SHEILA

ET SI C'ÉTAIT VRAI...

Éditions Ramsay

Il y a des bruits de casseroles entrechoquées, des voix qui se chevauchent, une cacophonie soudain couverte par l'arrivée d'une carriole. Galop du cheval, crissement des roues, cri du conducteur arrêtant sa monture devant la grande porte en bois clouté, burinée par le temps.

L'aube éclaire un petit village médiéval du Cantal, nommé Pléaux, réfugié entre ses tours des XVe et XVIe siècles, couvertes en lause. Le mois d'août pénètre à l'intérieur de l'hôtel de *La Grille* où règne une agitation inaccoutumée, si matinale qu'elle a précédé le premier chant du coq.

Un homme, chapeau noir et moustache frisée au fer, descend d'un bond et pousse résolument les deux battants. Il remonte aussitôt dans son attelage, le gare, se saisit de sa mallette et s'apprête à frapper à la porte quand une voix féminine à l'accent qui roule retentit :

« Jean-Marie, c'est le Dr Rouchi ! Va donc ouvrrrir !

– Reste donc calme, la Julia. J'y vais, j'y vais. »

Le verrou qui claque, et la grosse porte en bois s'entrebâille, découvrant la face réjouie d'un futur grand-père.

« Venez, docteur ! Notre Marjolaine est en haut ! Cela va être un petit gars, c'est sûr. Hier la jument nous a fait un poulain. Si c'est pas un signe, ça ! »

Une bassine d'eau chaude entre les bras, Julia conduit le docteur à travers la pièce commune au sol pavé de galets. Un feu crépite dans la cheminée de six mètres de large où trônent des chenets en fer forgé d'un mètre de haut. Suspendues au-dessus des braises dans ce magnifique cantou, la marmite et la coupole pour poser les bols de soupe. Cachés dans l'âtre, deux vieux bancs de bois réservés aux anciens. Ce cantou en a tant entendu de conversations entre l'aïeul, le forgeron, Joseph maire du canton, qui acheta tous les noyers de la région pour y tailler ses fameux sabots, et Jean-Marie qui partait à la foire avec ses vaches rouges ferrées, les salers, pour y vendre de petits cochons.

Et voici Gustave, le mari de Marjolaine, à quelques minutes de la paternité, transi d'inquiétude et d'impatience devant les ultimes contractions de son épouse. À l'entrée du docteur, il se dresse au garde-à-vous, livide et bredouillant de reconnaissance.

Comme un Auvergnat ne perd jamais le nord, Jean-Marie, le patriarche, laisse tout son petit monde pour aller ouvrir les écuries, tâche quotidienne qui cette fois lui permet d'échapper aux gémissements de sa bru et à la confusion des sentiments qui préside à toute naissance. Les hommes sont toujours très courageux dans ces moments-là ! Mais à peine a-t-il le temps de libérer un essaim de mouches, folles de joie d'échapper enfin à l'odeur du fumier, que Julia apparaît brusquement à la fenêtre du premier étage, en même temps qu'un lumineux soleil d'août, et s'écrie : « C'est une petite fille ! Une jolie petite fille qui pèse ses trois bons kilos ! »

Réunis dans la cuisine autour d'une immense table en bois, le Dr Rouchi, Jean-Marie, Julia et l'heureux papa Gustave récupèrent de leurs émotions devant une généreuse assiette de soupe aux choux. Au plafond, juste au-dessus de leur tête, pendent de grandes rames de bois, comme un inattendu étal de marché, avec ses saucisses sèches, ses saucissons et un grand morceau de lard en train de rancir. Jean-Marie ouvre devant lui un tiroir secret, cachette réservée à la tourte et au cantal attaqué par les « coussous », petits vers indispensables au bon goût du fromage. Pendant que l'heureux grand-père coupe le pain à la serpe, l'heureux papa continue de remplir les assiettes de soupe. Des poules se sont jointes à la fête et picorent les miettes tombées au sol. Euphorique, entre deux cuillerées, Gustave laisse tomber un communiqué de victoire : « Cette fois c'est décidé ! Nous montons à Paris ! »

Le rêve sans cesse différé de monter à la capitale, pour ouvrir un « bistrot-bougnat », prenait corps pour de bon !

C'est au milieu de cette ambiance de liesse familiale, propice aux grands projets, que naquit la jolie Annette Choubignac, petite princesse de Pléaux, « bled » du Cantal, qui ne savait pas encore que les fées ne sont pas seules à se pencher au-dessus des berceaux...

Annette au fil des jours

À six ans, Annette est une enfant ouverte et gaie, une enfant sans histoire. On la retrouve régulièrement dans l'arrière-boutique au milieu des fagots et des sacs de charbon de bois, le nez penché sur une feuille blanche, s'essayant à recopier une gravure représentant des fleurs. Elle vient souvent derrière le grand comptoir en zinc, pour dire un petit bonjour aux habitués, mais surtout pour solliciter l'avis de Marjolaine, sa maman, peintre autodidacte de talent. *Le Joyeux Bougnat* est vite devenu le lieu de rendez-vous des habitants du quartier. Tout le monde apprécie l'accueil de Gustave, bel homme de trente ans, jovial et volubile, toujours prêt à plaisanter et à rendre service. Annette, très fière de son papa, répète à qui veut l'entendre : « Mon poupa, c'est le meilleur ami du chef des motards ! » Ou encore : « Papa ! il est génial ! C'est le roi de la manivelle. Chaque fois que la voiture tombe en panne, il la fait repartir ! » Il est vrai que la vieille Juvaquatre achetée d'occasion à son ami Tatane (il chaussait du quarante-cinq) est devenue l'objet de raillerie du coin.

Dans les années cinquante, chaque quartier de Paris ressemble à un petit village, avec ses joies, ses peines, ses naissances, ses morts, ses baptêmes, ses conscrits, ses mariés, son église et ses cocus (excusez-moi, monsieur le curé !). Il ne manque que les poules et les salers, les vaches du pays. Les journées commencent très tôt avec les éboueurs, les marchandes des quatre-saisons épuisées par les mauvais pavés et leur charrette trop chargée. Le laitier qui ne manque jamais son rendez-vous quotidien. Mon Dieu ! Que le lait était frais et sentait bon la vache !

Gustave n'omet jamais d'aller chercher à la saison la tomme fraîche. La patranque, malgré leur vie nouvelle, restait présente comme un rituel. Sous les conseils avisés de Gustave qui épluchait les gousses d'ail, Marjolaine tranchait avec précaution, en fines lamelles, la tomme fraîche de cantal, pendant que le pain trempait. Les bonnes recettes de campagne sont souvent peu onéreuses. Tous les jours, Annette avait l'habitude de réciter ses leçons à sa mère. Mais, ce jour-là, la préparation du repas prit le dessus sur les devoirs :

« Maman, fais attention ! Tu n'écoutes pas bien papa. N'oublie pas de la faire avec plein de fils ! » Et Gustave de surenchérir : « Ta fille a raison, Marj ! Tu n'écoutes jamais ce que j'te dis ! »

La grosse moustache rousse de Gustave (raide comme un balai) tressaillit du plaisir de taquiner sa femme avec l'aide de sa fille.

« Regarde, maman ! La moustache de papa frise ! »

Marjolaine vivait au milieu de ces plaisanteries dont son mari était coutumier. Elle avait surnommé son époux « l'inspecteur des travaux finis ».

Constamment derrière elle, surveillant la marmite qui bout, épiant sous le couvercle les senteurs de l'ail ou des petits oignons rissolés, Gustave inspectait, il était né pour ça.

Annette, couteau et fourchette à la main, attendait la grande poêle où le fromage, remué par une main experte, fumait. Après avoir été servie trois fois et avoir bataillé une heure avec les fameux fils, Annette, son appétit d'ogre assouvi, embrassa tendrement ses parents pour aller dormir, sans se douter des soucis qui assaillaient quotidiennement ses parents.

Malgré l'animation et le passage constant de la rue, *Le Joyeux Bougnat* battait un peu de l'aile. Marjolaine portait le pantalon dans le ménage. Dans le petit appartement au-dessus du café, après avoir nettoyé le petit salon où couchait sa fille et briqué la cuisine, la chambre et les toilettes, elle épluchait les livres de comptes pour essayer de joindre les deux bouts. Un peu moins de ceci, un peu moins de cela, l'argent manquait toujours dans la maison.

Les vacances furent écourtées, cette année-là, dans la minuscule maison de bois – sans eau ni électricité, mais c'était fréquent dans les campagnes à l'époque. Mais le moral de la famille n'était pas entamé, bien au contraire. Gustave, marteau et clous en main, consolidait les cloisons attaquées par le temps. Marjolaine, binette, plantoir, engrais, régnait sur le potager. Immunisée contre les problèmes inhérents au monde compliqué des adultes, Annette, amoureuse de la nature, passait de longues heures à étudier la vie des fourmis, hébergeait dans ses poches coccinelles égarées, moucherons éclopés, sauterelles fatiguées et tout autre insecte en difficulté ou sans domicile fixe ! Un après-midi, enfourchant sa bicyclette, appareil photo en bandoulière, sac à dos rempli de flacons vides, elle partit une nouvelle fois dans la forêt pour de nouvelles investigations sur les insectes.

Une demi-heure de route suffit à notre chercheuse pour trouver une clairière pleine de nouveaux trésors. Seule dans le silence, affairée à suivre à la loupe une migration d'ouvrières d'une fourmilière à une autre, elle fut surprise par un bruit d'ailes, accompagné d'un croassement. Se retournant, elle découvrit un énorme corbeau, la tête légèrement dégarnie, s'affairant à piquer de son bec toutes les parties brillantes de l'appareil photo sur lequel il était juché. Aussitôt elle identifia un passériforme adulte au bec épais robuste, carnivore et granivore. S'approchant pour l'attraper, elle le baptisa derechef : « Coco ».

« Coco ! Viens, mon Coco ! »

Elle saisit l'oiseau, qui entra dans le sac sans se débattre. Coco devint très vite le diablotin de sa famille d'adoption. Pinçant avec un plaisir certain la queue du chat, arrachant soigneusement une par une les plantations du matin. Quel bonheur de vider la boîte à couture de Marjolaine, de faire des nœuds avec les lacets de chaussures de Gustave. La balançoire était subitement devenue le portique du supplice. Chaque fois qu'Annette s'élançait, le corbeau de trois coups d'ailes venait prendre position sous la planche de bois pour guetter avec bonheur le séant de sa maîtresse. À chaque passage, l'oiseau sautait bec en l'air et, dans un élan très précis, lui pinçait les fesses.

La petite quinzaine de jours de vacances parut très courte dans cette tranquillité paradisiaque.

Avant de repartir, Annette fit un dernier numéro de trapèze, quelques grands écarts, un ultime cochon pendu aux anneaux, et en musique, s'il vous plaît, accompagnée par la voix appuyée de Coco qui essayait de couvrir sans succès le son sortant du pavillon de l'électrophone soigneusement remonté. Notre gamine, devenue soudain enfant de la balle, virevoltait délicatement au son de *Moulin des amours* ou encore de « Deux petits chaussons de satin blanc, sur le cœur d'un clown dansaient gaiement... »

Moteur vrombissant, après trois coups de manivelle, la Juvaquatre enfin chargée fut prête pour le départ. Les poissons rouges flottant dans leur bocal, la cage des canaris suspendue à un crochet, le corbeau dans un panier, seul le chat Mickey (privilège dû à son âge) eut l'autorisation de voyager à l'avant (sage précaution, vu son tableau de chasse !).

Le voyage, plus de deux cents kilomètres, eut – comme à l'habitude – tout d'une expédition longue et mouvementée.

Tant bien que mal, toute la famille retrouva *Le Joyeux Bougnat*. Seul Coco mit un certain temps à trouver ses points de repère !

La maison du bonheur

Les parents d'Annette avaient décidé de soustraire leur fille au « coup de feu » du bistrot bougnat en demandant à Mme Soubieux, concierge de son état, de l'accueillir tous les jours pour le déjeuner. La petite loge était son second « chez-soi », et Annette prenait un vrai plaisir à se précipiter à la porte au moindre coup de sonnette. Donner le courrier, indiquer un étage, rédiger un petit écriteau informant « Je suis dans l'escalier ».

La table dressée dans la cuisine, la famille entière déjeunait devant une petite boîte à images en noir et blanc qui fascinait tout l'immeuble. Zappy Max, notre héros radiophonique, qui accompagnait le déjeuner, était tombé en disgrâce, son « Jeu des mille francs » ayant subitement perdu son intérêt à nos yeux.

Jacques Angelvin et Jacques Chabannes lui succédaient avec leur « Paris-Club ». Seuls « La Famille Duraton » et « Signé Furax », rescapés des ondes, résistaient à la montée du petit écran.

Quatre années étaient passées. Annette s'était habituée à n'entrevoir ses parents que le soir. Ils paraissaient fatigués tous les deux, mais n'abordaient jamais le sujet. Fouchtra ! On garde la tête haute en Auvergne.

« Tiens ? V'là la grande sauterelle qui rentre ! »

Gustave savait déjà que les gènes de sa fille la faisaient pousser comme un champignon géant. C'était la famille qui voulait ça : le plus petit des six frères mesurait un mètre quatre-vingt-quatre !

L'année scolaire était déjà commencée quand une nouvelle élève fit son entrée dans la classe, accompagnée du prof de maths :

« Nous accueillons parmi nous une nouvelle recrue ! Mettez-la au courant ! Elle s'appelle Claude Mathos ! »

À la fin de la journée, elles prirent toutes deux le même chemin, se suivant, tournant à droite puis à gauche pour arriver dans l'immeuble d'adoption d'Annette.

« Bonjour ! Je suis la fille du nouveau locataire du premier ! Vous êtes la fille de la concierge ?

– Non ! Mais je déjeune ici tous les jours ! Mes parents tiennent le café au coin de la rue. Nous pourrions partir ensemble le matin ? »

Claude avait une sœur, Andrée. Un trio se constitua aussitôt.

Annette était ravie de cette amitié naissante. À un détail près : Claude avait la fâcheuse manie de lui tirer les cheveux, pour un oui ou un non. Une sorte de hobby ! Les premières semaines, Annette préféra se taire et souffrir en silence. Mais une touffe de cheveux arrachée en trop précipita un mémorable règlement de comptes dans le hall de l'immeuble ! La pauvre Andrée hurlait de peur pendant que deux furies roulaient l'une sur l'autre. Heureusement, fidèle à son rôle, la concierge était dans l'escalier.

« Arrêtez-vous ! Qu'est-ce que c'est que ce cirque dans mon entrée ! »

Tétanisées par la voix haut perchée de la gardienne, elles obtempérèrent, assises sur le paillasson, ressemblant plus à des épouvantails tout ébouriffés qu'aux petites filles modèles. Cette empoignade tumultueuse scella pourtant définitivement leur amitié.

Un soir, à la sortie de l'école, alors qu'en compagnie de Claude Annette attendait devant les grilles la sortie d'Andrée, un attroupement inhabituel capta son attention. S'approchant, elle vit un groupe de jeunes adolescents, couteau à la main, s'entraînant au lancer sur un pauvre corbeau affolé, cloué au sol. Son sang ne fit qu'un tour. Traversant la foule, elle se jeta dans le tas en hurlant :

« Arrêtez ! Arrêtez ! Assassins ! C'est mon corbeau ! »

Les jets de lames cessèrent dans un silence religieux.

« Coco ! Viens, mon Coco ! Je suis là ! C'est moi ! Viens, mon p'tit bout ! »

Un croassement de joie, trois coups d'ailes, et hop, sur l'épaule de sa maîtresse.

« Vous voyez bien qu'il est à moi ! Il est apprivoisé ! Il ne s'envolera jamais, il adore les gens ! »

Annette avait bien remarqué durant le cours un oiseau noir qui passait et repassait devant les fenêtres du deuxième étage, rien pourtant ne lui laissait penser que Coco la cherchait. Rassurée, droite comme un I, elle traversa la foule, caressant son oiseau. Les badauds, admiratifs et médusés, regardaient drôlement Annette (instant prémonitoire sans doute). Ils s'étaient écartés pour lui faire une haie d'honneur, tandis que les conversations allaient bon train.

« Cette petite a toujours été étrange ! J'ai toujours conseillé à ma fille de ne pas lui parler !

– Une gamine comme ça, avec un corbeau de surcroît, les parents doivent fréquenter des gens spéciaux. Vous savez, de ceux qui voient des esprits partout ! »

Sur le chemin du retour, le corbeau jouait, trois petits tours au-dessus d'elle, puis il revenait gaiement atterrir sur la tête ou l'épaule de la jeune fille. Sa réputation était faite, elle était devenue aux yeux des gens « une sorcière », bien-aimée, naturellement. Ce soir-là, elle rentra seule, sans ses amies. Coco, son porte-bonheur, l'accompagna, faisant l'admiration de tous les passants.

Les journées de Gustave et Marjolaine étaient devenues une course effrénée. Du matin au soir, ils couraient entre les livraisons, le comptoir, les plats du jour, la comptabilité. Marj ne touchait plus ses pinceaux, Gustave n'avait plus une minute pour une bonne pétanque sur le terrain vague avec Tatane.

Leur seule joie quotidienne était d'apercevoir, au bout de la rue, Annette ébauchant quelques pas de danse en chantant, avant de pousser la porte pour se pendre à leur cou.

L'amour dans cette famille était essentiel. La complicité unissant ses parents offrait à Annette la chance de pousser comme une fleur sauvage sans se soucier du lendemain. Elle rouspétait souvent de devoir rincer les verres et rendre la monnaie à la caisse, pendant que ses copines allaient au cinéma ou à la patinoire.

« Pense à ce que tu fais ! S'il te plaît ! Tu connais les conditions : tu travailles correctement en classe, tu nous aides sans rechigner, et tu peux continuer la danse et le piano ! Sinon, ta mère et moi on arrête tout ! »

Et Annette regardait avec curiosité et appréhension la moustache de Gustave qui frisait...

Gustave Choubignac avait un faible, un vice caché, un secret. Seul le miroir fixé au-dessus du lavabo de la salle de bains était au courant. Gustave était un fan de Tino Rossi.

Il connaissait toutes ses chansons, il les sifflotait allégrement, sans fausses notes. Lorsque Annette découvrit avec le monde entier l'*Apache* des Shadows, ce fut le grand choc des cultures avec l'interprète de *Marinella*. Gustave-Rossi et Annette-Shadows s'étripaient joyeusement devant le transistor, chacun essayant d'imposer à l'autre son idole.

Gustave avait ses arguments :

« Tes Chadoves, c'est qu' des p'tits cons, attifés par le gaz et qui font du crincrin qui m'les brise, t'as compris ? »

Annette n'était pas en reste :

« Ton Tino Rossi, c'est un vieux qui chante pour les vieux ! »

Au milieu de cet échange d'amabilités, Marjolaine comptait les points en chantant : « Ah, ça ira, ça ira, ça ira !... », le grand tube du XVIIIe siècle, histoire de mettre tout le monde d'accord...

Le ver est dans le fruit

La passion du spectacle travaillait notre héroïne depuis quatre ans déjà.

Trois fois par semaine, elle prenait le métro pendant une heure, marchait ensuite une demi-heure, pour être à six heures dans son collant et ses pointes. Une heure de barre, trente minutes d'adage, où elle se plaçait toujours au premier rang, pour exécuter la chorégraphie de son professeur. Rosella Higtower la faisait rêver. Son corps de gamine s'allongeait, s'étirait cours après cours, son port de tête se modifiait, sa démarche ressemblait maintenant à celle du canard. Elle marchait désormais à dix heures dix ! La réalité réapparaissait très vite, lorsqu'elle délaçait ses chaussons pour retrouver ses pieds en sang. Sur le chemin du retour, au-delà de sa douleur, elle repassait dans sa tête les mesures apprises quelques minutes auparavant : pas de bourrée, préparation, tour, sissonne, pas de bourrée, pas de bourrée (pour une Auvergnate, rien de plus facile).

Dans le métro, bercée par le bruit des roues sur les

rails, une idée l'obsédait : « Cette année, nous devrions préparer un spectacle pour l'immeuble. J'ai une idée ! Nous devrions préparer à nous toutes une pièce de théâtre. »

Claude, Andrée, pourquoi pas Édith (leur grande sœur) et moi, quatre personnages, c'est largement suffisant.

Son esprit fusait dans tous les sens, elle en oubliait son mal aux pieds. Il fallait avoir l'air naturel et garder son secret jusqu'au lendemain. Huit heures du matin, le jour suivant, elle piétinait devant la porte du premier étage. N'y tenant plus, elle sonna :

« Bonjour, monsieur Mathos ! Je suis un peu en avance ce matin ! Mais je dois voir les filles, c'est très important ! »

L'agitation de toutes ces demoiselles dans le salon obligea le père à remettre un peu d'ordre, direction l'école et dans le calme, à bon entendeur, salut !

Pendant les deux mois qui suivirent, les parents d'Annette eurent du mal à comprendre l'assiduité soudaine de leur fille pour l'écriture.

Souvent les trois filles échangeaient en souriant des monceaux de feuilles griffonnées. C'était une certitude, elles préparaient quelque chose. Mais quoi ? En y pensant, Gustave avait bien du mal à maîtriser sa moustache.

Le mois de juin arriva très vite. Tout l'immeuble avait reçu une invitation pour le spectacle. Toutes les chaises de l'étage avaient été réquisitionnées pour l'occasion. Prix de la chaise et du programme : deux francs.

AU THÉÂTRE CE SOIR :
une pièce en deux actes.
Sur une idée originale de :
ANNETTE CHOUBIGNAC
Dialogues de :
ANNETTE, CLAUDE, ANDRÉE.

LES FOLLES AVENTURES DE LA DUCHESSE

Interprété par :
CLAUDE, ANDRÉE, ANNETTE, LE CHAT.
Et dans le rôle du paravent : ÉDITH.
Les costumes sont du grenier de grand-mère.
Les décors sont de tout l'immeuble.

Un spectacle étonnant d'une heure attendait les spectateurs. Les trois artistes, sûres d'elles, évoluaient dans ce thriller, où l'arme du crime (un couteau) trônait sur le guéridon de l'aïeul.

Fin du premier acte. Allongée sur le sol, la duchesse de Saint-Cucuffa (Annette) attend vainement l'arrivée du paravent. Les secondes passent avec une lenteur désespérante, Édith (responsable de l'objet) tarde à faire son entrée. Toujours au sol, Annette commence à s'agiter, malgré sa terrible blessure.

N'y tenant plus, elle souffle :

« Faites entrer Édith... Chu... uut ! »

L'assemblée est déjà écroulée de rire. C'en est trop ! Dans son coma, la duchesse hurle :

« PARAVENT ? S'IL VOUS PLAÎT !!! »

Édith fait une entrée très remarquée. Paravent à la main, elle se prend d'abord le pied dans la chaise et s'écroule de tout son long. Emportée par le poids du décor, elle atterrit sur la duchesse qui trépigne de rage.

Plus de peur que de mal pour les deux participantes, mais cet effet comique imprévu, et des plus ridicules pour l'auteur, acheva de propager un fou rire communicatif dans l'assistance.

Marjolaine et Gustave réalisèrent vraiment cette année-là le désir profond de leur fille d'exercer un métier artistique. Ils avaient beau essayer de parler d'autres sujets, les conversations revenaient immanquablement au « spectacle ».

Annette travaillait correctement en cours, mais pour leur faire plaisir. Toutes ses pensées, tous ses espoirs tournaient autour de la danse, du piano, du chant.

Pendant ce temps, le certificat d'études approchait à grands pas, cinq fautes à la dictée et hop dehors ! Une horreur ! Première en rédaction, Annette se concentrait énormément sur l'orthographe, les fautes d'inattention, les accords des verbes et ces innombrables petits pièges de la grammaire qui font du français une langue aussi belle que difficile. Son imagination fertile, son goût pour les histoires lui rapportaient toujours d'excellentes notes.

Comme toute maman, Marjolaine conservait bien à l'abri dans une jolie boîte tous les bulletins de satisfaction, les premiers prix, collectant même les bulletins d'encouragement. La mère et la fille se réservaient une heure de temps à autre pour se parler. Ni l'une ni l'autre n'aurait raté ce rendez-vous pour rien au monde.

Annette, de plus en plus coquette, commençait à maquiller ses yeux en cachette. Elle témoignait de plus en plus d'intérêt pour Michel, un garçon qu'elle avait remarqué à la sortie des classes. Dans son école, filles et garçons étaient séparés par un grand mur, mais la fin des cours, à seize heures trente, permettait aux bleus et aux roses de se croiser, de se regarder sans y paraître. Balançant un peu les hanches, Annette adorait attirer l'attention, tout en conservant un air très dégagé, sachant pertinemment que le coup de sifflet qui suivait son passage lui était destiné.

« Tu sais, maman, Michel est vraiment très beau garçon ! Il cherche toujours à m'éviter, mais il me siffle dès que je passe devant lui. Tu crois qu'il m'aime bien ? C'est étrange, non ?

– Occupe-toi de tes études ! Tu as bien le temps de penser aux garçons. Il vaut mieux avoir dix bons copains avec lesquels tu passes de merveilleux moments qu'un petit flirt qui va t'enquiquiner au bout de deux jours avec toutes ses questions ! »

Annette racontait tout à sa mère. Enfin presque ! Car elle n'avait jamais parlé de sa première cigarette, une Parisienne. Ali, un fils de harki, si fier de son paquet de P 4, lui en avait offert une, qu'elle avait acceptée pour sauver la face. Les deux premières bouffées furent suffisantes pour provoquer chez elle une quinte de toux carabinée. Du coup, elle jura de ne plus jamais y toucher.

Très souvent, au milieu de la conversation, elle se précipitait vers la radio pour monter le son :

« Écoute, maman ! C'est Paul Anka !

« *Be so sweet Diana ! I love you so ! I don't wanna let you go ! LA ! LA ! LA ! LA !*

– Annette ! calme-toi ! Nous sommes en pleine discussion !

– Tu préfères qui, maman ? Paul Anka ? ou Ricky Nelson ? Moi je préfère Ricky ! Il est tellement beau !

– Ça, je l'ai bien compris ! Tu as des photos de lui partout !

– Ah bon ! Tu l'avais remarqué, c'est incroyable, tu devines toujours tout ! »

La candeur de cette grande gigue (comme la surnommait Gustave) faisait sourire sa mère, qui pensait intérieurement : « J'espère que sa crédulité lui passera plus tard. »

Annette, ne pensant jamais au mal, mesurait rarement les conséquences possibles de ses actes. Très fière de Gustave, elle avait un jour glissé dans son portefeuille une photo de son père à vingt ans.

Un feutre, un taupé, légèrement incliné sur le front, une pipe entre les lèvres, l'œil clair, la moustache fournie, sur ce portrait noir et blanc Gustave ressemblait à un jeune premier de cinéma. Il était le portrait craché de Charles Boyer.

Pendant une heure d'étude, Annette montra la photo à ses copines, que la moindre histoire de baiser sur la bouche faisait habituellement glousser. Je vous laisse imaginer leur réaction quand elles virent le visage du beau ténébreux : ce fut un concert de Ooooh, Aaaah, qui ne passa pas longtemps inaperçu.

Prise sur le fait avec sa photo, Annette fut immédiatement convoquée par la directrice.

« Mademoiselle Choubignac, je viens de téléphoner à votre mère, car la photo de ce garçon dans vos affaires est inacceptable. Vous êtes au collège pour apprendre, pas pour donner le mauvais exemple. Restez ici en attendant l'arrivée de votre mère ! »

Une demi-heure plus tard, la fine silhouette de Marj apparut au fond du couloir. Folle de colère, elle ne regarda pas sa fille et tapa directement à la porte marquée « Direction ».

Dans le bureau, la directrice se lança dans un discours enflammé.

« Madame Choubignac, je suis navrée de vous avoir demandé de venir aussi rapidement, mais ça ne pouvait pas attendre, le sujet est beaucoup trop grave !

« Mademoiselle votre fille se permet d'apporter en classe des photos de son petit ami ! Elle n'est absolument pas concentrée sur son travail, elle ne pense qu'à chanter ! Son comportement est inadmissible ! »

Marjolaine, gênée, fusilla sa fille du regard.

« D'ailleurs, madame, voici la photo, que j'ai bien entendu immédiatement confisquée ! »

Marjolaine prit la photo, pensant y voir Pierre, Paul ou Ricky, lorsqu'un sourire illumina son visage : elle avait sous les yeux la photo de Gustave quinze ans plus tôt :

« Madame Bignon, je vous prie de bien vouloir excuser ma réaction, mais cette personne n'est pas du tout son petit ami, mais une photo de mon mari lorsque je l'ai rencontré. C'est tout simplement une photo de son père ! »

Annette fut reconduite en cours, Marj quitta le bureau aussi rapidement qu'elle y était entrée, et la directrice claqua sa porte de rage de s'être fourvoyée.

Gilberte, une copine, donne sa première surprise-partie. Annette, responsable du bar, sert les jus d'orange à tous les invités. La musique bat son plein, le haut-parleur du Teppaz vibre au son de *Only You, Hello Marie-Lou, Diana, Be Bop a Lula, Let's Twist Again*.

Gaby, chef de bande du quartier, fait l'admiration de toutes les filles. Son attitude sauvage, ses cheveux longs et bouclés, son sourire de publicité pour Émail Diamant lui donnent une allure de cow-boy « Marlboro ». Annette a bien remarqué, elle aussi, le bel étranger, mais joue la parfaite indifférence. Pourtant, sous le regard étonné de l'assistance, il se déplace vers elle pour l'inviter à danser. Rouge de stupeur, elle accepte sans se faire prier.

Des bras musclés enlacent aussitôt le corps d'Annette pour mieux la serrer contre lui. Joue contre joue, son souffle chaud dans l'oreille, Annette, troublée par un étrange émoi incontrôlable, est subitement devenue Cendrillon.

Une danse, deux danses, encore un slow, flottant langoureusement au beau milieu d'un rêve, elle oublie tout. Gaby commence doucement à lui donner un baiser dans le cou. Elle le repousse sans aucune conviction. La chaleur est devenue complètement insupportable pour nos deux amoureux. Il lui prend la main énergiquement et l'entraîne vers l'extérieur.

Elle découvrait ainsi son premier baiser, son premier amour, dans les bras de Gaby, ce cow-boy mal léché qui lui fit pour la première fois tourner la tête.

Les jours qui suivirent, Marjolaine nota bien un changement chez sa fille, qui passait son temps à rêver. Gustave, lui, toujours aussi terre à terre, plaisantait avec un humour qui faisait rire tout le monde.

« Tu ne vas pas nous emmerder pour un gringalet qui tète encore le sein de sa mère ?

« Un de perdu, dix de retrouvés !

« De toute façon, j'ai droit de vie ou de mort sur toi ! »

Cette phrase, pour le moins radicale, mettait Annette hors de ses gonds.

« Personne n'a de droits sur moi ! »

Marjolaine, au milieu de ses deux « enfants », avait fort à faire pour rétablir la paix des familles !

Annette s'était mise en tête de répéter avec des musiciens dans la réserve de pommes de terre d'un voisin. Elle avait découvert, non loin de ses cours de danse, dans des entrepôts désaffectés de la gare d'Austerlitz, une agitation bizarre. Des baffles, une batterie, des accords de guitare et des éclats de voix. Il se passait assurément des choses importantes pour son avenir dans le hangar numéro cinq ! Un jour, n'y tenant plus, Annette poussa de toutes ses forces réprimées l'immense porte de métal au numéro magique... Elle n'en crut pas ses yeux : une estrade, un rai de lumière sur un guitariste. C'était Dean, le leader des Fantômes ! Incroyable ! Mais vrai ! Le groupe à la mode répétait bien ici, caché derrière cette porte. Un bruit de moteur ramena Annette à la réalité. Une petite MG rouge décapotée venait de stopper derrière elle...

Le conducteur et trois autres garçons s'éjectent rapidement.

« Dépêchez-vous, les gars ! On est en retard pour la répète ! »

Tout en montant les trois marches, l'un d'entre eux regarde Annette et dit :

« Vous cherchez quelque chose ? N'ayez pas peur ! Rentrez avec nous, personne ne vous dira rien ! »

Gênée, rouge comme une pomme d'api, elle le

remercie en leur emboîtant discrètement le pas. À l'intérieur de cette ancienne réserve de vin, les mains se serrent, on s'embrasse généreusement, comme dans des retrouvailles d'anciens combattants. Légèrement à l'écart, Annette regarde ce surprenant et sympathique manège, lorsque Dean interroge un de ses musiciens.

« Dis-moi, Danny. Qui est cette fille ?

– Je ne sais pas ! Elle avait l'air très intéressée. »

Danny s'approche d'elle.

« Vous cherchez quelque chose ? Quel est votre nom ?

– Voilà, je chante, et je suis à la recherche de musiciens pour m'accompagner ! » s'entendit répondre Annette, abasourdie par sa propre audace.

Ils avaient promis d'en parler à des copains.

En effet, alors qu'elle rendait une troisième visite au hangar numéro cinq, Danny lui tendit une enveloppe. Elle y découvrit le nom et le numéro de téléphone d'un groupe qui répétait non loin de là. Chaleureusement, Annette remercia et se dit que la parole donnée était sacrée dans ce métier. Le surlendemain, sur la lancée de son conte de fées, elle contacta un certain Marcel (dit James), qui lui proposa de venir faire un essai. « Un essai ? Mais pour qui il se prend celui-là ? »

Remontant la rue à pied, elle comptait les numéros, c'était pourtant simple : « le garage à côté d'une laverie ». Annette passa une fois devant pour repérer les lieux avant de rentrer au fond de la cour. Elle préférait marcher un peu plus longtemps pour se calmer avant de sauter le pas. S'engouffrant sous le porche d'une allure décidée, elle poussa bientôt la porte, et découvrit un batteur, Georges (dit Rocky), un bassiste, Maurice (Jordan), une guitare d'accompagnement, Justin (Jimmy) et enfin Marcel, le soliste, qui se dirigea vers elle.

« Je suis James. Nous travaillons énormément, on a beaucoup de projets, le groupe s'appelle les Mandolines Boys ! Qu'en penses-tu ?

– Moi, je trouve ça génial ! c'est surtout très original ! À côté des Chats Sauvages ou des Chaussettes Noires, ça sonne très moderne ! » répondit joyeusement Annette, ravie d'être mise « dans le coup » aussi rapidement.

Elle choisit de chanter *Itsi bitsi petit bikini*.

En trente secondes, elle était prête et elle interpréta sans faiblir du début à la fin le succès à la mode devant les Mandolines Boys affairés à suivre son tempo endiablé.

Le succès fut tel que le groupe décida instantanément de se rebaptiser : « Les Mandolines Boys avec Annette ».

Un bel après-midi de juin, Annette, désormais sûre d'elle, était en train de demander à Rocky d'accélérer le tempo quand James entra dans le hangar. Elle le trouvait de plus en plus beau avec ses cheveux longs, ce qui ne l'empêcha pas de se mettre à hurler dans le micro :

« Tu es en retard ! qu'est-ce qui t'arrive ? C'est pas comme ça que l'on progresse !

– En retard sûrement ! Mais quand tu connaîtras la nouvelle, tu changeras de ton ! D'ailleurs tu es plus jolie quand tu souris. Je parie qu'on te l'a déjà dit !

« Les Mandolines Boys et Annette sont engagés

pour jouer au bal de samedi soir, au casino de Bécon-les-Bruyères », annonça James avec une solennité ironique.

Danses de Sioux, cris de guerre, embrassades. En route pour Bécon-les-Bruyères, c'était déjà en route pour la gloire ! D'autant qu'on leur offrait, en cas de succès, de revenir les week-ends suivants.

La traction noire de James, surchargée des espoirs et des membres du groupe, grimpa péniblement chaque côte, poussive mais pleine de mérites avant de leur permettre d'apercevoir enfin la façade de l'inoubliable casino de Bécon. Première déception : ils n'étaient pas le seul groupe invité. Une bonne dizaine d'orchestres rivaux se pressaient devant l'entrée.

Un tirage au sort avait placé les Mandolines en avant-dernière position. Terrible ! Pire ! Épouvantable !! Premier groupe, deuxième groupe, troisième groupe, rock'n'roll, typique, twist, instrumental, tous les styles de musique étaient représentés. L'estomac dévoré par un Alien nommé « angoisse », les mains moites et tremblantes, Annette découvrait le trac.

Enfin, le speaker annonce avec un accent du pays :

« *And now ! Ladies and gentlemen ! I am pleased* de vous présenter... les Mandolines Boys !

« Excusez-moi, j'ai oublié la chanteuse ! Annette ! »

Merci pour elle. Trois chansons seulement pour séduire...

Rocky avale le bon tempo, James accumule les canards, Annette, toujours aussi swing, a du mal à tenir le micro qui saute de gauche à droite et ne parvient pas à le stabiliser devant sa bouche. Gosier serré, elle atteint avec beaucoup de difficulté les aigus, pourtant son point fort.

Sifflements et cris en tout genre recouvrent cruellement sa voix. Les irrésistibles Mandolines Boys sortent sous les huées et les projectiles, accompagnés par les pleurs de la chanteuse.

« Ce n'est pas parce que ces provinciaux n'ont aucun goût qu'il faut tout laisser tomber », souffle James à sa chanteuse.

Après tout, des bals et des crochets, il y en aurait d'autres. Toute expérience est bonne à prendre. Personne ne fut découragé !

Les Mandolines Boys

Dix-sept heures, la radio en marche hurle : « SLC. Salut les copains... »

Tous les nouveaux groupes, les débutants, les futures idoles sont présentés par Daniel Filippachi. Annette retrouve dans l'émission son copain Danny Boy, Eddy et les Chaussettes Noires (dans *Daniela*), Daniel Gérard (avec *Petit Gonzales*), un déjà connu grand blond, pas mal, Johnny Hallyday, avec une chanson super (*Souvenirs, souvenirs*)... !

« SLC. Salut les copains », les jingles se succèdent à un rythme d'enfer, quelques dates de concerts, et hop ! un disque !

L'animateur fait souvent remarquer :

« Où sont les chanteuses ? Heureusement, il y a Sylvie ! Alors, les filles, réveillez-vous ! »

Annette bouillait devant sa radio :

« T'inquiète pas, Daniel ! J'arrive ! »

Il faut bien se donner du courage !

Marjolaine demandait régulièrement à sa fille de

baisser le son de cette fichue radio qui résonnait jusque dans la salle :

« Annette ! Mais qu'est-ce que c'est ? C'est pas de la musique ! C'est du bruit tout au mieux ! »

« Pauvre maman, elle ne comprend rien à ce qui est moderne », pensait notre auditrice, sans faire le moindre effort pour baisser un peu le volume.

Les répétitions s'intercalaient entre les classes, la danse et le piano. Les horaires devenaient de plus en plus élastiques. À tel point qu'un soir Annette oublia l'heure. Ses parents avaient beau lui laisser une grande liberté, ils lui demandaient d'être de retour au plus tard à vingt-deux heures. Passé cette limite, le quartier était fréquenté par une drôle de faune. Seulement voilà ! Au milieu de la musique, des guitares électriques et *tutti quanti*, le beau James avec ses cheveux longs trouvait toujours un sujet très important et très urgent à régler avec sa chanteuse. Devant un verre de Verigoud Soda, Annette fondait littéralement devant ses explications, qui n'avaient pourtant pas plus d'intérêt pour elle que l'augmentation du prix de la baguette. Elle s'amusait follement à le voir inventer de nouveaux moyens pour rester seul auprès d'elle. Et, comme dans toutes les belles histoires, notre héroïne finit par succomber au charme de son dernier accord de guitare...

La colère de Gustave fut proportionnelle au retard de sa fille. Comme disait Eddy Constantine : « Ça bardait ! ça bardait ! On n'avait jamais vu un truc comme ça ! » La moustache du père était électrique (il était dans le coup, le poupa).

Annette trouva une excuse du genre panne de métro,

à laquelle ni sa mère ni son père ne crurent, bien évidemment. Pour la première fois de sa vie, Gustave gifla sa fille, qui n'en crut pas sa mâchoire, vu la taille des mains (aussi larges qu'un battoir à linge) de son géniteur.

Quelques jours suffirent pour calmer la tension dans la famille. Et pendant ce temps Annette écrivit plusieurs lettres de candidature à des radio-crochets.

Les répétitions s'étaient légèrement espacées et les horaires avaient repris un rythme régulier. Le travail acharné du groupe n'aboutissait pas au résultat escompté, il fallait sûrement inventer quelque chose de nouveau. Les idées « géniales » étaient jetées en pâture au vote collectif.

« Si on prenait un pianiste ?

– C'est une question de costume.

– Annette pourrait peut-être danser ?

– Il faut assurer chez Rock and Roll.

– Attendez ! On a envoyé des lettres de candidature ! Ça va venir ! »

La réponse vint, un mois après. Un mois, qui parut des années à cette gamine impatiente. Dans l'enveloppe libellée à son intention, il y avait une réponse positive pour la participation du groupe au crochet de la fête des pompiers de Paris, sous le patronage de la mairie du treizième. Spectacle présenté par Marcel Fort.

« Maman ! Maman ! Nous sommes retenus pour le spectacle ! hurla Annette dans la maison. Cette fois-ci, je te jure que personne ne nous passera devant ! »

Marjolaine tentait vainement de calmer sa fille.

« Oh, mon Dieu ! Mais c'est terrible ! Je n'ai rien à me mettre ! Tu vois le chemisier blanc à jabot que tu n'as pas voulu acheter, j'en aurais bien besoin maintenant ! »

L'énervement d'Annette retombait toujours sur sa mère, qui ne pouvait s'empêcher de sourire devant tant de mauvaise foi.

Le fameux samedi arriva évidemment à la vitesse grand V. Plus rien n'allait, le chemisier blanc à jabot (porte-bonheur offert par ses parents) était déjà démodé, son chignon (banane) crêpé lui faisait une tête en pain de sucre, son tailleur en daim col Mao était étriqué.

James, Rocky, Jordan et Jimmy arboraient tous un nœud papillon. L'un portait la veste de mariage de son père, l'autre souffrait le martyre dans les chaussures trop petites achetées pour la communion du petit cousin, le troisième affichait le mouchoir brodé de sa grand-mère en guise de pochette, et le dernier, toujours en pleine rébellion, avait refusé les mocassins vernis pour rester pieds nus.

Quatre groupes participaient au concours : les Léopards, les Rangers, les Aiglons et les Mandolines Boys.

Catapultée sous les sunlights, Annette, perchée sur ses talons, jouait de l'épaule et de la hanche : « *Be Bop a Lula, sh'is my Baby* ». Campée au beau milieu de la scène, elle entamait maintenant : « Avec son itsi bitsi tini wini, tout petit petit bikini, qu'elle mettait pour la première fois... »

Elle avait pris de l'assurance, regardant droit devant elle, son déhanchement dalidien rythmant les claquements de mains du public.

Pour la première fois les Mandolines Boys sortirent

sous des applaudissements nourris, sans avoir remarqué les panneaux agités par des majorettes de chaque côté de la scène : « APPLAUDISSEZ ! APPLAUDISSEZ ! APPLAUDISSEZ ! »

À la différence des concerts auxquels ils avaient participé jusque-là, les coulisses grouillaient de monde. Le maire avait déjà fait son discours et, avec ses collaborateurs, le chef des pompiers et le commissaire de police, ils devisaient dans leur coin sur les dangers de la chaîne de vélo et de la bottine pointue à l'italienne. À part le public, personne ne se souciait du clou de la soirée : Vince Taylor.

Un groupe de types bruyants, à l'accoutrement bizarre, blouson noir clouté, pattes d'éph et chemise rose, s'agitait et courait dans tous les sens autour de la scène.

« On n'entend rien ! Montez le son de la guitare !

– C'est bientôt le solo. Où sont les techniciens, bordel ? »

Sur sa chaise, Annette buvait du Pschitt orange, fascinée par l'hystérie collective. C'était qui, tous ces blousons noirs ? Sa curiosité était piquée au vif, ce qui lui évitait de se ronger les ongles en attendant le verdict de l'applaudimètre.

« Tu crois qu'il en a encore pour longtemps ? Qu'est-ce qu'il a fait au bon Dieu pour être entouré comme ça ?

– C'est long ! Franchement, je ne vois pas pourquoi on lui a fait enregistrer un disque à celui-là ! Je suis convaincue que son père est un ami d'enfance du directeur de chez Barclay.

– Calme-toi ! C'est sympa ! lui dit James. Les musiciens ne sont pas si extra, comparés à nous ! De toute façon, on est les meilleurs ! On va gagner, c'est sûr, et les autres n'ont qu'à bien se tenir. »

Dans la salle on entendait les jeunes hurler et chanter tout en renversant les chaises. Le dernier accord arriva, accompagné par le retour de Marcel Fort.

« Super ! Merci encore à Vince Taylor d'être venu parmi nous ce soir ! Je suis heureux de vous annoncer le résultat du concours. Notre jury a eu beaucoup de mal à prendre une décision, car nos participants d'aujourd'hui ont tous été FOR-MI-DABLES !

« Nous avons donc utilisé l'applaudimètre pour séparer les ex æquo ! Il s'agit des Léopards et des Mandolines Boys ! Je suis heureux de vous annoncer le nom des gagnants !

« Les Léopards !!! »

Annette, folle de colère, balança un coup de pied dans son Pschitt orange. Aucune larme ne montait à ses yeux, le sort lui avait joué un mauvais tour. Elle regarda fixement ses amis et, d'un signe rageur, leur fit comprendre qu'elle partait. Sans détourner le regard du panneau *Sortie*, Annette quitta les lieux la tête haute, au milieu des cris et de la joie des gagnants.

La rencontre

Le départ précipité du groupe n'empêcha pas l'assemblée de fêter l'événement au champagne (personne n'est indispensable). Les discussions allaient bon train, les projets fleurissaient. Au bout du buffet, Marcel Fort répondait aux questions de ses admirateurs. Derrière lui, un homme attendait patiemment son tour. Son pantalon à pinces le moulait beaucoup trop et son blouson était si étriqué que sa tête semblait surgir d'un ballon gonflé à l'hélium.

Marcel, considérant la petite mallette que l'autre tenait à la main, songea à un représentant de commerce.

« Bonjour, Marcel ! Hubert Haudevan ! Vous me reconnaissez ? (Des années plus tard, cette réplique aurait valu son pesant d'or...)

« J'ai enregistré *Cigare, vodka et p'tites nanas*. Je chante tous les soirs chez Mme Lenoir. J'ai aussi écrit plusieurs chansons. D'ailleurs, la prochaine doit être enregistrée par Richard Anthony. »

Le regard dissuasif du présentateur ne découragea pas l'homme à la mallette.

« Dis-moi, Marcel ? Je voulais juste te demander un renseignement. Aurais-tu les coordonnées du deuxième groupe ? J'ai peut-être une idée pour la petite ! Excuse-moi, je suis super pressé, j'ai un rendez-vous avec Eddy (Barclay) qui veut absolument enregistrer mon prochain quarante-cinq tours. Il est tombé fou amoureux de mes chansons ! Tu sais ce que c'est ! »

Marcel fouilla dans ses poches, lui donna un morceau de papier griffonné et continua à signer des autographes en pensant : « Toi, si tu as rendez-vous avec Barclay, moi c'est avec Presley pour présenter son prochain spectacle... Il me prend vraiment pour un con, celui-là avec sa mallette ! »

James avait repris son travail de mécano, persuadé que cette scoumoune ne pouvait pas durer éternellement. Annette, l'élue de son cœur, restait silencieuse, pas de nouvelles. Le patron s'approcha de lui, furieux :

« Eh, la vedette ! Un certain Hubert Haudevan a téléphoné pour toi. Il a laissé un numéro ! Je t'ai déjà dit que je ne veux pas de coup de fil pendant le boulot ! Je ne suis pas ta secrétaire, mets-toi bien ça dans ta p'tite tête ! »

À la sortie du boulot, James fonça au bistrot d'en face pour téléphoner. Quelques instants plus tard, il ressortait en courant comme un fou, pour se précipiter dans la bouche du métro.

Une dizaine de stations, un dernier sprint et il se retrouva essoufflé devant la porte ouverte du *Joyeux Bougnat*. Il n'y trouva que Gustave :

« Bonjour, m'sieur ! Est-ce que je peux parler à Annette ? C'est super important, c'est pour le groupe !

– Ben alors, môme, t'as l'air dans tous tes états ! T'affole pas, p'tit gars ! La sauterelle doit être avec sa mère ! »

Et Gustave de héler sa fille d'une voix de stentor dans l'escalier.

« James ? Qu'est-ce qui se passe ? Tu sais bien que je n'aime pas que tu viennes ici ! Allons, dehors ! »

Gustave observait de loin, l'air innocent, les gesticulations de sa fille, qui se terminèrent par de folles embrassades. James disparut aussi rapidement qu'il était arrivé et Annette revint en poussant des hurlements :

« Poupa ! Tu ne peux pas savoir ! C'est extraordinaire ! Tu sais le crochet où nous avons perdu d'un cheveu, il y avait un producteur connu dans la salle ! Il veut nous voir au garage après-demain !

– Attends ! attends, ma fille ! D'où y sort ce producteur ?

– Il s'appelle Hubert Haudevan ! Avec un nom pareil, il est sûrement super connu dans le métier. Je demanderai à Danny, je suis certaine qu'il le connaît ! »

Sous le regard sceptique de son père, Annette aurait raconté n'importe quoi.

Deux jours, seulement deux jours, avant le jour J. Annette répétait les paroles de ses chansons, essayait ses vêtements, tentait en vain de trouver un renseignement sur le fameux Hubert sans toutefois rater un cours.

Dernier coup de fil de James : « Rendez-vous tous ce soir à huit heures. »

Annette avait décidé de partir une heure plus tôt. Elle enfouit son énorme scoubidou porte-bonheur dans son sac, embrasse ses parents, et croise les doigts dans l'encoignure de la porte. À l'angle de la rue, elle aperçoit la traction de James. Muet, le jeune homme est dans un état voisin du sien.

Un trajet éclair et la traction s'immobilise devant le hangar. La cour est inondée de musique. Tous les musiciens sont là. En ouvrant la porte, Annette est éblouie par la lumière :

« Tu as vu un peu le travail ? J'ai loué des spots ! Ça fait sérieux ! On se croirait à l'Olympia ! »

Le même trac habite tous les Mandolines Boys.

« J'aimerais revoir une fois *Itsi bitsi* ! D'accord les garçons ? »

Chacun gardait les yeux rivés sur la pendule. Encore un quart d'heure.

« Rocky ? N'oublie pas d'accélérer le tempo de *Be Bop* ! T'es toujours trop lent ! Ça me gêne !

– Qu'est-ce qui t'arrive, tu t'es jamais plainte ! Alors, c'est pas le jour !

– C'est toujours trop lent, un point c'est tout !

– James ! Tu veux lui expliquer à ta nana que c'est du blues. Bientôt, elle va finir par en faire un fox-trot ! »

La pendule indiquant que le grand homme avait déjà une demi-heure de retard mit un terme aux disputes.

« C'est normal, à cette heure-là, c'est plein de bagnoles !

– Vous n'avez pas faim, vous ? Moi, j'ai la dalle !

– Il va arriver dans cinq minutes, c'est pas le moment ! »

Vingt et une heures. La tension est légèrement redescendue, faisant place à un silence de cathédrale et à une température de sauna.

« On est tous en train de fondre ! Est-ce que quelqu'un pourrait éteindre les spots ? Écoutez, on lui laisse encore une demi-heure et on se tire !

– Il a dû changer d'avis ! Ou alors il se prend pour Stark ! »

Annette commençait à perdre son sang-froid. Elle, toujours ponctuelle, détestait les gens en retard. La faim les tenaillait. Rocky, le plus boulimique de la bande, ne cessait de geindre. Jordan allait rater son rencard avec sa dernière conquête et Jimmy essayait inlassablement de jouer les mêmes *Jeux interdits*.

« Quand est-ce qu'on mange ? Je ne vais pas tarder à tomber en syncope !

– Ça me rend malade, je vais rater une fille sublime pour ce mec ! Celui-là, faut pas que je l'aie devant moi, sinon je l'allume !

– Vingt-deux heures ! C'est bon ! On remballe ! C'est fini, il ne viendra plus ! Il aurait pu prévenir, laisser un message, il a le numéro du concierge ! »

Tout le monde était affairé à plier les rallonges, remettre les spots dans les cartons. James consolait tendrement sa chanteuse.

Quand...

Coup de sonnette, la porte en métal s'ouvre sur un petit homme au brushing extravagant, congestionné dans un blouson moulant, une mallette en skaï à la main.

Annette ne peut s'empêcher de le dévisager : « Il a une tête ronde, il s'est fait refaire le nez, je suis certaine qu'il aime les hommes ! Pour s'habiller comme ça, il n'a vraiment pas de goût ! Et en plus, il n'a pas l'air aimable ! » Etc. !

« Bonjour ! Je suis Hubert Haudevan ! J'ai un peu de retard. Trop de boulot ! J'aimerais écouter ce que vous faites, je suis compositeur, j'ai écrit la dernière chanson de Richard Anthony ! Vous connaissez sûrement *Ma mélodie*. Tout le monde en parle ! »

Devant tant d'aplomb, les Mandolines Boys réagissent comme des enfants pris en faute.

« Excusez-nous, monsieur ! Juste le temps de rebrancher les spots, il y en a seulement pour quelques minutes !

– Laissez tomber ! On s'en fout de la lumière ! On y va tout de suite... »

Pac ! Pac ! Pac ! Pac ! Rocky, le nez dans ses baguettes, a donné le signal du départ. Annette cadence le tempo de son mouvement de hanches qui ne l'a pas encore rendue célèbre.

« Un petit itsi bitsi tini wini tout petit, petit bikini qu'elle mettait pour la première fois... »

Souriante, sûre d'elle, elle se donne à fond mais, les doigts dans la bouche, M. Hubert semble s'impatienter et se tortille sur sa chaise. Son bras se lève. Annette, inquiète, fait signe à tout le monde de stopper.

« Vous n'avez pas autre chose ?

– Si ! Bien sûr ! Rocky, *Be Bop* ! »

Tête haute mais complètement décontenancée, Annette, le gosier coincé, tape de plus en plus vite sur sa cuisse, faisant signe au batteur d'accélérer le tempo. Cette fois-ci un couplet suffit avant que, bras en l'air, M. Hubert ne réclame autre chose. Annette commence une autre chanson. Puis une autre, trois, quatre, encore une autre. Plus rien ne ressemble à rien, des petits bouts de refrain, enchaînés toutes les trente secondes. Un vrai supplice. Un dernier signe coupe Annette dans son élan :

« Merci ! J'aimerais vous entendre en studio ! Je vous tiens au courant. Je me débrouille pour après-demain ! James, je t'appelle ! Soyez prêts ! Au revoir ! »

Épuisée par la tension nerveuse, elle est à la fois folle de joie et frustrée de ne pas connaître l'avis de M. Hubert.

« Il n'a rien dit mais, s'il veut aller en studio, c'est qu'il a aimé ! » décrète James.

La soirée se termine pour tout le monde au café du coin, devant un sandwich, avec des projets plein la tête.

Gustave et Marjolaine étaient à la fois heureux et préoccupés par l'importance de l'audition que devait passer leur fille.

Habillée sur son trente et un, Annette, talons hauts, tailleur col Mao et le chignon digne de Bardot, partit d'un pas décidé pour le studio. Elle retrouva devant la porte ses Mandolines.

Pendant qu'ils installaient le matériel, Annette attendait dans son coin en dévorant des yeux les photos des artistes qui étaient venus enregistrer là. Soudain, une voix sortit du baffle à côté d'elle :

« Vous êtes prêts ? On va y aller ! Mets-toi devant le micro, Annette, et enchaîne les trois chansons que je t'ai choisies. »

Elle se racla la gorge deux ou trois fois, un signe

à Rocky. Pac ! Pac ! Pac ! Pac... « Un petit itsi bitsi tini... »

Les chansons défilaient, les ennuis de guitare s'enchaînaient, ce qui ne les empêcha pas d'arriver à la fin très fiers du travail accompli. Une voix leur demanda de bien vouloir venir écouter en cabine. Annette eut l'impression d'un désastre. Elle ne reconnaissait pas cette voix très haut perchée.

« Comment se fait-il que ma voix soit si aiguë ? Je ne me suis jamais entendue ainsi ? Vous avez fait quelque chose ? » demanda-t-elle, alarmée, à l'ingénieur du son. Mais celui-ci ne lui fournit que des explications ésotériques. M. Hubert, au téléphone, semblait très agité. Tout près de lui, Annette en avait maintenant la certitude, il s'était fait refaire le nez, mais pourquoi un si petit nez ?

L'audition achevée, les Mandolines ne savaient plus s'il fallait rire ou pleurer.

Ils s'apprêtaient à quitter tous le studio quand M. Hubert retint Annette auprès de lui.

« Voilà ce que j'ai décidé. Je veux travailler avec toi, mais je vire tous les autres.

– Mais, monsieur Hubert, c'est pas possible ! C'est mon groupe, je travaille avec eux depuis le début.

– Écoute ! je ne veux pas discuter ! Il y a assez de boulot comme ça ! J'ai pas de temps à perdre. Attends-moi cinq minutes, je sors avec toi ! Il faut que je te parle ! »

Annette sortit suivie par l'homme à la mallette. Il s'arrêta devant une 404 couleur or (!) qui avait déjà dû traverser plusieurs champs de bataille.

« J'aimerais parler à tes parents ici et demain ! Disons midi.

– Mes parents travaillent, ils sont au *Joyeux Bougnat*, enfin dans leur bistrot ! Ils ne peuvent pas fermer comme ça ! Vous pourriez peut-être venir les voir, si je vous donne l'adresse ? »

Il la toisa, visiblement irrité, mais nota l'adresse et le téléphone, en fixant le rendez-vous à treize heures.

Puis il s'engouffra dans sa voiture, la plantant là, au milieu de la rue, et démarra dans un bruit de casseroles.

Annette, angoissée à l'idée d'abandonner ses amis, ne pouvait se laisser aller à la joie.

« Pourquoi ne veut-il pas des garçons ? Quand je pense que je vais peut-être faire un disque ! Mais ce type est vraiment trop désagréable et, en plus, il a une tête bizarre ! Est-ce que je peux lui faire confiance ? »

Marjolaine et Gustave (moustache interrogative) écoutèrent attentivement le récit passionné de leur fille, mais ils attendirent que la « sauterelle » fût couchée pour envisager sérieusement la situation.

« J'me demande bien c'qu'il veut à la p'tite, celui-là ?

– Écoute ! Nounou, répondit Marj, il trouve seulement qu'elle a une jolie voix !

– Je ne suis pas comme toi, je ne vais pas m'emballer comme ça ! Je veux d'abord voir la tête qu'il a, faut pas m'la faire à moi ! »

Le lendemain, dans l'agitation coutumière du bistrot, le crémier buvait son p'tit blanc en racontant sa dernière blague, le boucher maculé de sang faisait son tiercé avec le boulanger devant un côtes-du-rhône et le bon Dudu, pilier de comptoir breveté, écroulé mollement sur le zinc, observait fasciné l'imposante poitrine de la poissonnière.

Marjolaine, très pimpante pour la circonstance, ondulait aux côtés de Gustave (moustache au garde-à-vous).

« Alors, Gustave ! Tu sors la patronne aujourd'hui ? Méfie-toi ! Tu pourrais bien t'la faire enlever, habillée comme elle est ! »

Avant même qu'il ait eu le temps de répondre, la porte s'ouvrit sur M. Hubert, avec son brushing, son nez écourté et l'éternelle mallette en skaï.

« Pas l'temps ! Pour les commandes, faudra repasser demain », réagit aussitôt Gustave.

Les habitués comprirent vite, à l'agitation de Marjolaine, qu'il ne s'agissait pas (malgré la mallette) du nouveau représentant de chez Suze.

« Je suis Hubert Haudevan ! Nous avons rendez-vous, au sujet de votre fille ! Est-ce qu'il y a un coin tranquille pour parler ? »

Marjolaine, affolée par la bévue de Gustave, se précipita :

« Bien sûr, monsieur ! Suivez-moi, s'il vous plaît ! C'est par ici ! »

Et elle lui ouvrit le chemin vers la minuscule salle du fond.

M. Hubert entra aussitôt dans le vif du sujet.

« Annette vous a sûrement expliqué la situation, elle ne chante pas mal et, comme je connais beaucoup de gens dans le métier, je veux m'occuper d'elle !

– Excusez-moi, mais vous travaillez avec quel chanteur ? coupa Gustave, pour se rassurer.

– Personne pour le moment. J'écris des chansons. Mais il faut vous décider rapidement : j'ai d'autres jeunes en vue ! Je lui signerai un très bon contrat, ce qui se fait de mieux actuellement. »

C'était la proposition que l'on ne peut pas refuser, un contrat pour toute une carrière. (Mais qui vous lie jusqu'à la fin de vos jours, jusqu'à la mort...)

« Je vous en laisse un exemplaire, afin que vous puissiez le lire ! Prenez une journée de réflexion pour en parler avec Annette ! Je vous appelle après-demain !

« Je suis obligé de partir, j'ai rendez-vous avec Barclay ! Je suis déjà très en retard ! À bientôt ! »

Il disparut aussi vite qu'il était entré, laissant Gustave et Marjolaine plongés dans la perplexité et sans remarquer Annette dissimulée à l'angle de la rue, qui attendait son départ pour rentrer.

Le soir, la fille et les parents eurent une conversation qui devait être décisive.

« Papa ! c'est la chance de ma vie ! Si tu ne réponds pas oui, si tu réfléchis trop longtemps, il va engager quelqu'un d'autre ! Il me l'a dit !

– Gustave, on ne connaît rien à toutes ces finesses ! remarqua Marjolaine en feuilletant le contrat.

– Lui non plus, il n'est pas connu ! rétorqua Gustave. C'est aussi important pour cet homme, cette affaire-là ! »

Mais Marjolaine était déjà convaincue :

« Il a l'air honnête et il est né à Clermont-Ferrand ! C'est un Auvergnat et, entre pays, on ne se fait pas d'entourloupes. »

Gustave, sentencieux, lui opposa ces mots pleins de méfiance paysanne :

« *Il a l'air couti come una bobe.* (Il a l'air malin comme une couleuvre.) »

La discussion prit fin à une heure très avancée de la nuit.

Marjolaine et Annette avaient réussi à force de persévérance à obtenir le « Oui ! Fouchtra ! » déterminant de Gustave.

1962
La fin de la guerre d'Algérie

Une sonnerie ! Annette décrocha immédiatement le téléphone.

« Annette ? C'est Hubert ! On commence le travail ! Prends le métro et retrouve-moi dans une heure devant le studio ! Faut que je te parle ! »

Elle enfila son imperméable et s'exécuta si vite qu'elle arriva avec de l'avance. N'osant pas sonner, elle préféra faire les cent pas sous la pluie, et c'est bien plus tard qu'il sortit et la découvrit trempée jusqu'aux os :

« Y a longtemps que tu es là ? Je suis en retard, j'ai trop de boulot ! J'ai joint James, il avertira tout le groupe de ton départ ! Chante-moi *Sur ma plage* ! » aboya-t-il, indifférent à son état, en lui ouvrant la porte de sa voiture.

« Mais ! Monsieur Hubert ! sans musique, comment voulez-vous que je chante ?

– Écoute, tu ne vas pas discuter chaque fois que je vais te demander quelque chose ! Chante ! C'est pas la musique que je veux entendre, c'est toi ! Vas-y, je t'écoute ! »

Et il démarra.

Écarlate, les yeux baissés, Annette, décontenancée, fit un effort surhumain pour sortir un son. La voix éraillée, elle commença le couplet en tapant doucement du pied pour prendre le tempo. La 404 stoppa au feu rouge en même temps qu'Annette.

« Continue, je t'écoute ! Pourquoi tu t'arrêtes ?

– Mais tout le monde nous regarde...

– Ne t'occupe pas des gens. Chante ! J'ai des tas de choses à faire, c'est le seul moment que j'ai pour te faire travailler ! À toi maintenant, recommence au début, avec plus de voix ! »

Les larmes aux yeux, un sanglot entre chaque phrase l'empêcha d'abord de retrouver sa voix.

Enfin, pendant deux heures, au beau milieu des embouteillages, Annette enchaîna tant bien que mal des chansons, puis il l'abandonna devant le métro en lui fixant un autre rendez-vous pour le lendemain.

« Sois à l'heure demain ! Nous travaillerons d'autres chansons ! Bonjour à tes parents, dors bien, ce n'est que le commencement ! »

Elle ne pouvait heureusement imaginer que ce supplice allait devenir quotidien ! Mouchoir sur le nez, elle tentait de cacher son gros chagrin aux voyageurs indifférents. Pendant le dîner, elle fut peu loquace sur sa journée, laissant seulement échapper une réflexion sur la dureté de M. Hubert.

Treize heures trente, Annette use ses talons comme tous les jours à attendre.

La 404 préhistorique surgit enfin au bout de la rue, un coup de klaxon lui enjoignant de venir à sa hauteur.

« Monte, je suis en retard ! Alors, ça va mieux aujourd'hui ?

– Ça va, merci ! Bonjour, monsieur Hubert !

– J'ai une nouvelle formidable ! J'ai la chanson pour ton premier disque, c'est un prénom : Diana !

« À partir d'aujourd'hui, ton nom de chanteuse sera *Diana* !

– Pourquoi pas Annette Choubignac ? Il est bien, mon vrai nom ! Il y a bien Françoise Hardy ! Sylvie Vartan ! Pétula Clark ! Elles portent toutes leur nom ?

– Tu ne comprends rien ! Laisse-moi faire ! À partir d'aujourd'hui ton nom est Diana !!! Attends. Je vais te chanter les paroles. Où ai-je mis mon papier ? »

Au beau milieu des encombrements, une main brandissant son papier fripé, le pied sur le frein et donnant de grands coups de volant dans tous les sens, M. Hubert se met à chanter toute voix dehors, au mépris de la circulation. On aurait cru le chanteur préféré de la grand-mère, Aristide Bruant.

En silence, Annette ne pouvait s'empêcher de se réjouir à l'idée de voir son rêve prendre forme. Il s'arrête et lui assène d'un trait :

« Je tiens à ce que tu travailles ta voix ! Je vais te faire rencontrer un maître ! C'est mon ancien professeur, c'est un vieux monsieur ! M. Pencini. Il est salle Pleyel. Tu vas aller le voir trois fois par semaine pour débuter, après, on verra !

– Il y a un problème avec ma voix ? Ça ne va pas ? demande-t-elle angoissée.

– Nous travaillerons les chansons ensemble mais, avec lui, tu feras des vocalises, c'est autre chose !

C'est excellent pour ton souffle, bien que tu n'aies pas de problème de ce côté-là ? Il va te faire travailler pour donner des graves à ta voix ! Tu n'auras qu'à l'écouter et faire ce qu'il te dit ! »

À dater de ce moment, elle apprit chaque jour une nouvelle chanson, passant ses après-midi à les répéter entre les rendez-vous avec M. Hubert. Trois matinées par semaine, elle montait au deuxième étage de la salle Pleyel, traversait le grand couloir où chaque porte laissait échapper des accords de guitare, de piano ou des airs d'opéra bien loin parfois d'être maîtrisés. L'avant-dernière porte était celle du maître. Ce petit homme aux cheveux gris, au fort accent italien, assis devant son piano, voyait défiler heure après heure tous les chanteurs, professionnels ou amateurs, auditionnait toutes les voix graves ou aiguës, justes ou fausses de la place de Paris. S'il était ainsi à la mode, c'est qu'il passait pour obtenir des résultats formidables et rapides. Annette devint une spécialiste des « Ooooo ! Aaaaaa ! Ninini ! Uuuuu ! ».

Annette prévint un soir ses parents que son producteur allait s'inviter à dîner chez eux. Heureusement, au *Joyeux Bougnat*, il y avait toujours de quoi se nourrir. Pendant que Marjolaine, très inquiète, faisait cuire son rosbif, Gustave, moustache gaillarde, préparait avec amour sa fameuse salade à l'ail.

Une demi-heure suffit pour que la table soit dressée, juste à temps pour voir arriver M. Haudevan.

« Bonjour, Marjolaine ! Bonjour, Gustave ! Oh ! mais c'est terrible ce que ça sent l'ail ! À partir de maintenant plus d'ail ! C'est d'une vulgarité ! Il n'y a que les paysans qui mangent de l'ail ! »

Les moustaches dépitées de Gustave remontèrent sous un regard assassin.

« Mais qu'est-ce que vous avez contre les paysans ?

– Rien, mais vous comprenez bien que, si des journalistes viennent ici, c'est très mauvais pour Diana !

– Qui c'est ça, Diana ? hoqueta le père.

– Diana, c'est votre fille. D'ailleurs, à partir de maintenant, il faudra l'appeler tout le temps Diana.

– Écoutez, monsieur Haudevan ! Vous pouvez nous demander beaucoup de choses, mais nous l'appellerons toujours Annette. C'est notre fille avant tout ! » s'emporta Marjolaine.

Et vlan ! Annette souriait bêtement, pensant que cette première soirée promettait. Inquiète pour l'avenir, elle assura gentiment ses parents qu'il s'agissait d'une situation passagère, que tout rentrerait bientôt dans l'ordre et qu'il ne valait pas la peine de se fâcher.

Le jour fatidique arriva. L'enregistrement de son premier disque était prévu dans le lieu même où elle avait passé son audition : le studio DMS.

Pour la première fois, elle allait chanter avec des musiciens qu'elle ne connaissait pas, et qui accompagnaient sûrement de grands artistes sur scène. Elle jubilait de vivre cette aventure, se promettant d'être absolument à la hauteur. À son grand étonnement, le studio silencieux était vide. Seul François Dentan, l'ingénieur du son, vérifiait la place du micro.

« Mais, monsieur Hubert ! Où sont les musiciens qui m'accompagnent ?

– Ils ont enregistré hier ! Aux États-Unis, personne ne chante avec les musiciens ! On prépare tout avant pour que le chanteur soit plus à l'aise ! C'est la nouvelle façon de travailler ! »

Le grand studio vide devenait d'autant plus angoissant. Annette écouta attentivement les dernières recommandations du chef. Il fallait faire vite, les choristes seraient là dans trois heures et il y avait quatre chansons à mettre en boîte. Annette prit sa place devant le micro, regarda derrière la vitre de la cabine... Le signe du départ fut donné. Subitement seule avec elle-même, envahie par le trac, les bras plaqués contre son corps, elle eut un mal fou à s'empêcher de trembler.

Le haut-parleur diffusait l'intro familière. Les yeux rivés sur la gaze blanche fixée au micro (pour éviter les sifflantes), elle prit sa respiration et manqua d'avaler la gaze ! Rien malgré tout n'aurait pu l'arrêter et, sans plus penser à rien, elle enchaîna les morceaux attendus. Ce n'était pas seulement le rythme qui la guidait. En réalité, elle suivait ce qu'elle avait appris récemment.

À la fin de la première prise, à l'arrêt derrière le micro, en nage, elle attendit le verdict.

« C'est bien ! On en fait une autre tout de suite ! »

Annette s'exécuta une seconde fois sans discuter.

« Tu peux venir nous rejoindre pour écouter ? » lui proposa gentiment François dont le sourire sympathique lui redonna un peu de courage. M. Hubert lui fit simplement signe de s'asseoir, pendant qu'il continuait à discuter avec l'ingénieur.

Une nouvelle fois, elle ne reconnut pas sa voix. Angoissée, elle cherchait à surprendre la discussion des deux hommes.

« On ne perd pas de temps ! C'est parfait pour

celui-là ! On se met sur *Le Voilier s'en va.* Tu peux retourner dans le studio, n'oublie pas de tenir la note de fin. »

Tout allait trop vite. Bloquée pour la seconde fois le nez dans la gaze, elle était repartie !

Les trois heures de répétition passèrent à toute allure et les choristes firent leur entrée. Une poignée de main par-ci, une embrassade par-là, ils écoutèrent une fois la chanson, prirent leurs partitions et allèrent tous s'installer devant le micro.

Pour eux rien d'extraordinaire, juste une chanson de plus à exécuter : « Doub ! Doub ! Houap dou houap ! »

Mais M. Hubert annonça d'une voix tonitruante :

« C'est bien, mais il faut que je sois avec vous pour vous donner le style ! »

On lut dans les regards un mécontentement général, et le groupe se resserra pour s'adonner à ses commentaires.

Annette comprit ce jour-là le danger du micro : s'il reste ouvert, on entend en cabine des réflexions du genre :

« Qui c'est, celui-là ? Pour qui se prend-il ? On chante avec tous les plus grands, il ne va tout de même pas nous donner une leçon ! T'inquiète pas, c'est un chanteur raté, faut bien qu'il se case quelque part ! » Etc.

Annette, gênée, aurait nettement préféré être ailleurs. Elle découvrait que l'humanité n'est pas tendre, mais il fallait bien en convenir : « Quelle idée aussi de prétendre donner des leçons à des gens qui font leur métier ! »

Le regard complice de François Dentan essaya de la rassurer mais restait circonspect sur le résultat.

La bande se mit à tourner. Annette souffrait toujours autant de sa voix aiguë, mais elle commençait à prendre plaisir à écouter cette chanson qu'elle ressentait pour la première fois comme sienne. Dans le studio, M. Hubert, au beau milieu des choristes, tapait énergiquement du pied lorsque les « voix divisées » firent leur entrée. Tous chantaient parfaitement en place ; seule une voix timbrée était toujours légèrement en retard, donnant à l'ensemble un effet des plus étranges.

Après le premier refrain, François, sans se poser de questions, arrêta la bande pour parler dans le micro à ordres :

« Il y en a un qui est tout le temps en retard ! »

Toutes les têtes se tournèrent immédiatement sur M. Hubert qui, sans se démonter, dit :

« C'est peut-être moi ! Parce que j'aimerais un truc plus tonique ! Tu vois ce que je veux dire, c'est un peu mou ! Pouvez-vous le chanter plus gai ? Ce sera mieux, je crois. »

Annette devait mettre encore un certain temps pour découvrir que les superstitions et les états d'âme de M. Hubert allaient envahir sa vie. Pour l'heure, elle supposa seulement qu'avec sa voix sur le disque il pensait vendre mieux sa protégée...

La maison Philips avait accepté de sortir le disque en octobre. Annette passait ses journées entre la voiture de M. Hubert, le studio de photos pour faire une pochette, le coiffeur et le bistrot de ses parents.

Le téléphone sonna et Marjolaine, les mains dans la farine, demanda à Gustave de répondre.

« C'était la môme, elle vient dîner avec Haudevan, il veut nous parler ! C'est pas ce soir que je ferai ma salade à l'ail ! Quand j'y pense, qu'est-ce qu'il est con, celui-là !

– Calme-toi. Pense aussi à la petite. C'est important pour elle. »

À vingt heures trente, tout le monde était déjà à table, en pleine discussion. Annette n'arrêtait pas de faire des allées et venues entre la cuisine et la salle à manger, pendant que son destin se jouait.

« Diana fait sa première télévision au mois de décembre. Si on a de la chance, elle sera présentée par Marcel Carné !

– Vous croyez que ça va marcher ? s'inquiéta Marjolaine.

– Il faut que ce soit clair ; si ça ne va pas comme je veux, je la ferai enfermer dans un château, ou je la perdrai sur une île au bout du monde et nous jouerons l'enlèvement ! Quoi qu'il en soit, je n'ai pas droit à l'erreur, je suis prêt à faire n'importe quoi ! »

Gustave, Marjolaine et Annette, éberlués, n'en croyaient pas leurs oreilles. Annette prit la parole :

« Mais c'est malhonnête et dangereux ! Et si on découvre la vérité, c'est horrible, que vont penser les gens ?

– Écoute, Diana, tu feras ce que je te dis ! Les gens, je m'en fous ! Je sais ce qui est bon pour toi. Suis-moi aveuglément, c'est dans ton intérêt ! Toi et moi, c'est la famille. Et puis, rassure-toi, c'était juste une supposition. Mais je préférais vous prévenir tout de suite. »

Une heure plus tard, il partit repu, laissant la famille Choubignac sous le choc.

Les événements commencèrent à se bousculer avec la sortie du disque. Chez Philips, Diana était le nouveau poulain. La direction avait donné ses consignes. Tous les services de la maison, dans la joie et la bonne humeur, glissaient un petit mot sur leur prochaine vedette. Les premières interviews du responsable de la presse eurent lieu en présence de l'imprésario. Rien ne se décidait sans son accord.

Au milieu de ce cyclone, Gustave et Marjolaine accueillaient de temps en temps des photographes en compagnie de leur débutante de fille, suivie de près par son imprésario. Le patron du *Joyeux Bougnat*, l'œil pétillant, fier comme Artaban, se prêtait volontiers avec sa femme aux demandes des photographes :

« Diana, pouvez-vous vous placer entre votre maman et votre papa derrière le comptoir ? Jolie ! Madame Choubignac, regardez votre fille ! Je peux en faire une autre dans votre salon ? Je vous assure, ça sera génial ! »

Chaque photographe pensait visiblement avoir trouvé l'idée du siècle, ce qui amusait énormément Annette qui les observait, jour après jour, faire tous la même photo. Dans son for intérieur, Gustave, quant à lui, espérait qu'au moins toute cette agitation lui amènerait de nouveaux clients.

Tous les matins, Marjolaine feuilletait discrètement la presse, espérant y trouver Diana. Annette jouait, elle, avec le bouton de la radio, changeant de station toutes les cinq minutes, afin de trouver sa chanson, ravie surtout d'entendre citer son nom.

Les habitués du bistrot venaient d'autant plus assidûment aux nouvelles :

« Salut, Gustave ! Tiens, j'ai entendu la pitchoun ce matin à RTL ! annonçait le boucher.

– Moi, j'écoute France-Inter, ils ne la jouent jamais ! Je vais leur écrire, c'est pas normal un truc pareil ! Faut bien aider les jeunes ! T'as vu, elle a une petite photo dans *Paris-Presse, l'intransigeant* », surenchérissait le boulanger.

L'agitation monta lorsque Gustave annonça que sa fille passait à la télévision la semaine suivante.

Sous les yeux de l'ami de M. Hubert, André Salvet, auteur et producteur de télévision, Annette répétait sa chanson sur le plateau, dans le décor. Une fois, deux fois. Annette twistait, levait la jambe dans un pyjama violet et bleu du plus bel effet, pendant que M. Hubert lui adressait des signaux dignes d'un mécano pendant un atterrissage sur un porte-avions.

« Souris ! tu as l'air coincé. Fixe la caméra. On te regarde ! Continue comme ça ce soir et c'est la catastrophe ! »

Toujours encourageant ! enrageait Annette, dévorée par le trac, qui mettait pourtant tout son cœur à être à la hauteur.

Vingt heures trente, générique de *Toute la chanson*, l'émission d'André Salvet. Les uns derrière les autres, chacun y alla de son refrain : Henri Salvador, Sacha Distel et, enfin, notre débutante.

Lorsque son tour arrive, Annette, au milieu d'un décor de chambre de jeune fille, sourit timidement et se lance dans un twist fou. Quand, au beau milieu du refrain, la caméra se coince dans les fils et ne peut plus suivre le chemin prévu pendant la répétition. Paniqués, les techniciens courent dans tous les sens :

« Mince, c'est coincé ! Tire vers toi, Gégé, j'y arrive pas de mon côté ! »

Sans perdre son sang-froid, Annette continue à se déhancher au milieu des jurons de l'équipe technique. Et hop ! La jambe en l'air :

« Fais gaffe ! Tu vas être devant la caméra ! souffle l'un.

– La ! La ! La ! Tout au fond de moi ! débite Annette en essayant de ne pas voir.

– Bébert, derrière toi, le fauteuil ! Tu vas tomber !

– La ! La ! La ! Je ne t'oublierai jamais ! »

Et hop ! Jambe en l'air encore.

Les yeux tournés sur le rouge de la seconde caméra, Annette essaie de sourire malgré la débâcle.

C'est fini pour elle, tout le monde va la trouver ridicule, tout le monde a vu les techniciens affolés.

Elle termine tant bien que mal sa chanson et se précipite dans un coin du plateau pour pleurer.

Mais André Salvet s'approche d'elle, l'embrasse, la rassure, quand l'imprésario fonce sur eux :

« Tu t'en es bien sortie pour une première. Il y a encore des choses à améliorer, on verra ça ensemble ! Va dans ta loge ! Habille-toi, j'arrive ! »

Et il disparaît, tenant par l'épaule le producteur.

Annette aurait tellement voulu voir sa mère tout de suite pour avoir son avis.

C'est ainsi que la France découvrit un lundi soir la jeune Annette. Pour les téléspectateurs, une nouvelle chanteuse était née : elle s'appelait Diana.

De retour chez ses parents, un message l'attendait : « Émission de radio avec RTL demain à quatorze heures. Rendez-vous chez moi à treize heures (bien habillée). Signé Hubert. »

Toujours matinale, le lendemain, après un bon petit déjeuner, Diana profita de ce moment pour mettre de l'ordre et surtout relire les premières lettres arrivées à sa maison de disques et qui lui étaient personnellement adressées. Quelle étrange sensation que de recevoir du courrier d'inconnus. Ils posaient des questions sur sa vie, sur ses parents, qui semblaient être des gens vraiment très sympa, et terminaient invariablement en demandant une photo dédicacée. Posant subitement le regard sur le réveil, elle se précipita dans la salle de bains, prit sa douche et se prépara à l'élaboration de sa coiffure. Chez le coiffeur, tout semblait simple, trois coups de ciseaux, dix bigoudis et un coup de peigne, parfait ! Un petit mot du genre :

« Avec cette coupe, vous n'aurez aucun problème pour la refaire vous-même, trois coups de brosse, un peu de laque et c'est fini ! Vous verrez, vous m'en reparlerez ! »

Devant sa glace, le cheveu mouillé, Diana commence patiemment la pose des bigoudis. Bras levé, tête tordue pour essayer de voir si toute la mèche est bien roulée, elle suit consciencieusement les conseils du coiffeur. Bien entendu, juste à ce moment le peigne lui échappe, emportant avec lui toute la boîte d'épingles à cheveux, indispensables accessoires pour fixer le fameux bigoudi. Essayant de rester calme, elle ramasse les épingles une à une, un bras toujours en l'air.

Une demi-heure après, les bras tétanisés, Diana, couleur écrevisse, termine enfin son échafaudage, épuisée par la tension nerveuse. Il faut compter une demi-heure à trois quarts d'heure sous le casque en plastique de Marjolaine. Elle sait l'importance de ce rendez-vous. Elle ne peut absolument pas se permettre de rater le fameux coup de peigne. Mais elle a beau brosser ses cheveux dans tous les sens, ils sont de plus en plus électriques, et qui plus est sans aucun volume. Dans ce cas-là, la seule solution consiste à crêper la racine bien entendu. Diana peste contre la terre entière, mais particulièrement contre le coiffeur :

« Il se fiche de moi avec cette coiffure ! C'est impossible à refaire, j'ai l'air d'un plumeau !

« Je ne peux pas sortir avec cette tête ! Juste aujourd'hui !

« Il n'y a qu'une solution : la laque ! »

Pchiiiiiitt à droite, pchiiiiiiitt à gauche. Au bout de deux heures de souffrance, un ouragan aurait arraché sa tête, pas un cheveu n'aurait bougé.

Dans un état de nerfs indescriptible, elle ne trouve pas son petit tailleur en daim suspendu sous ses yeux. C'est le moment que choisit Marjolaine pour faire son entrée dans la salle de bains.

« Tu as un problème, ma chérie, tu as l'air bien agitée ! »

La découvrant cachée derrière la porte du placard, elle renchérit :

« Mais, qu'est-ce que tu as fait à tes cheveux ! C'est bizarre, ils sont beaucoup trop gonflés ! Tu veux que je les arrange un peu ? »

Marjolaine a malheureusement touché le point sensible !

« Écoute, maman, je t'en supplie, laisse-moi. Ça fait deux heures que j'y suis. Alors... »

Et, s'enfuyant, elle lance un baiser à sa mère pour disparaître dans le couloir, prétextant son grand retard.

Traversant le bistrot pour sortir, Diana est accueillie évidemment par les chaleureux commentaires de son père et des habitués :

« Regarde, Gustave, vl'à notre chanteuse ! T'as vu comme elle est bien coiffée, ce matin !!!!

– Salut, la môme, qu'est-ce qui se passe, tu as mis tes doigts dans la prise ? T'en as une drôle de coiffure ! Fais gaffe, y a du vent ! Bonne journée quand même ! »

Impatiente de leur échapper, elle s'engouffre dans le taxi qui l'attend devant la porte.

Pendant le trajet, le chauffeur ne cesse de la regarder dans le rétroviseur :

« Excusez-moi, mademoiselle, mais votre visage ne m'est pas inconnu. »

Très fière, Diane se lance :

« Je chante. Vous avez dû me voir dans l'émission *Toute la chanson* ?

– Voilà, c'est ça ! Ma femme vous a adorée !

« Mais, dites-moi, vous avez changé de coiffure, j'aimais mieux l'ancienne. Allez, vous êtes mignonne quand même ! »

Ruminant une réplique inutile, Diana grimace un sourire de politesse.

Arrivée devant la station de radio, son imprésario qui l'attend devant sa voiture saute sur elle :

« Fais vite ! Nous sommes en retard !

« Arrange tes cheveux, tu ne peux pas entrer à RTL avec une tête pareille ! »

Décidément la terre entière en veut à ses cheveux !

Devant le pare-soleil baissé, Diana, peigne à la main, tente vainement de démêler la laque collée dans ses cheveux.

« Tant pis, tu n'as qu'à sourire et bouger. Mais, franchement, plus de ça ! »

Découragée et vraiment inquiète maintenant, Diana suit M. Hubert au radar, le cœur tambourinant.

Arrivée dans un grand studio, elle découvre les photographes s'agitant au milieu d'une vingtaine de personnes.

M. Hubert serre des mains quand, soudain, Diana aperçoit Françoise Hardy et Sylvie Vartan en train de discuter tranquillement.

Mais, déjà, un photographe lui attrape le bras.

« Bonjour, Diana, ça ne vous ennuie pas de venir faire les photos maintenant ? Je dois partir très vite.

– Bien sûr ! » répond-elle, en plongeant la main dans ses cheveux, avant d'être propulsée en avant par son interlocuteur.

« Bonjour !

– Bonjour ! Bonjour ! »

Le dialogue entre nos chanteuses est aussi bref que possible. Faisant face aux appareils, elles sourient comme on pare au plus pressé. Diana prend son courage à deux mains :

« J'aime beaucoup vos dernières chansons !

– C'est gentil, merci ! » répondent-elles.

On en reste là. Car toutes trois sont immédiatement happées par leurs imprésarios attitrés, qui sautent et rebondissent comme des grenouilles au printemps.

1963
On a tué John F. Kennedy

Des espoirs plein la tête, Diana entama la nouvelle année avec la conviction d'être en train de réaliser son rêve de petite fille : chanter.

Hubert Haudevan, quant à lui, insatisfait, estimait que sa petite affaire n'avançait pas assez vite : imaginez, les ventes du premier quarante-cinq tours n'atteignaient que cent vingt mille exemplaires. Autant dire rien pour Haudevan, qui avait besoin de bien davantage !

Il avait décidé de prendre le taureau par les cornes. Il courait de rendez-vous en rendez-vous, relançait les auteurs, les éditeurs, les compositeurs, susceptibles de l'aider à trouver le « tube ».

Un matin, Diana rejoignit son imprésario chez lui près de la place Clichy. Son deux-pièces, au dernier étage sans ascenseur, était tenu de main de maître par Mme Rabret, charmante femme qui lui préparait petits plats et petits gâteaux pour qu'il ne manque de rien.

Une sainte ! Il avait trouvé une seconde maman, la sienne s'étant perdue au plus profond de sa mémoire.

En l'attendant, comme elle en avait pris l'habitude, Diana taquinait les touches du piano complètement désaccordé.

Haudevan fit une entrée fracassante de son cru :

« Tu joueras du piano plus tard ! Habille-toi, on est en retard ! Madame Rabret ! Où est mon blouson ? Dépêchez-vous ! »

Diana, fascinée par autant de sans-gêne, enfila son manteau sans broncher, embrassa la charmante femme qui aurait pu être sa grand-mère et augura que la journée s'annonçait agitée.

La 404 les emmena « à fond la caisse » aux éditions Rideau rouge. Un petit homme brun, les yeux noyés derrière ses lunettes à double foyer, les accueillit dans un immense bureau tapissé d'étagères croulant sous les dossiers. « On se croirait chez le Trésorier principal », pensa-t-elle, et son instinct ne la trompait pas !... Premier prix de Conservatoire, il caressait les touches du grand piano à queue noir, en chantant plusieurs chansons.

« Écoutez celle-ci, Hubert ! Je crois que ce serait bien pour Diana !

« La classe est finie la ! la ! la !

– C'est très bien, mais il faut que j'arrange moi-même certaines choses », répliqua Haudevan sur un ton qui n'admettait pas d'opposition.

« Diana, viens ici, voyons ce que donne ta voix là-dessus. »

Heureuse d'être enfin conviée à participer, elle se précipita...

Quelques semaines plus tard, de retour en studio, Diana retrouvait l'ingénieur du son, la gaze devant le micro et le stress du chat dans la gorge. Elle devait enregistrer en trois heures, avant l'arrivée des choristes, *Papa, tu m'comprends pas, La Ferme de mes rêves* et *La classe est finie*, les quatre titres de son nouveau disque.

Dans la cabine, les choristes, Haudevan, l'assistant et François tapaient dans leurs mains en dansant. Diana, aux anges, claquait discrètement des doigts lorsque Hubert stoppa la bande magnétique et dit :

« Les claquements de mains du pont ne sont pas assez forts ! Je vais aller dans le studio taper sur l'armoire avec une planche ! Ça fera plus de bruit !

– T'as raison, Bill ! » répondit en souriant un des choristes.

La mise en place de ses coups de battoir leur fit perdre à tous deux heures, mais Haudevan était content : il avait poussé sa note avec les choristes et, si certains aujourd'hui « tapent sur des bambous » lui à l'époque tapait sur les armoires.

Le disque terminé, il fallait trouver un nouveau style pour Diana, une tenue idéale qui lui ressemble et qu'elle rende célèbre. Après avoir couru de couturiers en petites boutiques, ils se retrouvèrent un soir chez Marie Martine, rue du Faubourg-Saint-Honoré. La réputation de l'endroit n'était plus à faire : on y habillait de Brigitte Bardot à Sylvie Vartan, avec sa robe bleue en mousseline qui faisait rêver tant de jeunes filles.

Du vichy, elle adorait. « Oui ! mais banal ! Il y a eu Bardot avant toi, grimaçait Hubert. Une jupe écossaise, pas mal ! Impossible : le kilt, c'est Sheila ! Passons à autre chose ! »

Le responsable sortit de l'atelier la dernière nouveauté pour l'été prochain. Elle se précipita en cabine pour l'essayer. Tournant devant le miroir de droite à gauche, elle marchait sur la pointe des pieds, imitant les mannequins :

« Regardez comme c'est original, monsieur Hubert. Je trouve ce chemisier et cette jupe à pois à mourir ! Des petits pois, des gros pois ! Ça change des carreaux ! Vous aimez ? attendait-elle, fébrile.

– Oui, elle est peut-être un peu courte. Le milieu du genou serait mieux pour toi ! Il faut rallonger.

– Mais pourquoi ? C'est à la mode cette longueur.

– Tu as le genou gras ! C'est mieux de le cacher ! »

Rouge de honte, devant le responsable et les vendeuses, Diana baissa les yeux vers ses rotules devenues subitement un nouveau prétexte pour la vindicte de M. Hubert et se révolta :

« Le genou gras ! Personne ne m'a jamais parlé de mes genoux gras ! En voilà une lubie ! Moi qui danse depuis ma plus tendre enfance. »

Le responsable de la boutique tenta une médiation, gêné de voir la jeune fille si affectée :

« Ce n'est pas ce qu'il a voulu dire, ils sont charmants vos genoux ! On peut rajouter un demi-centimètre et comme ça tout le monde sera content ! Ça ne change rien à cette jupe qui vous va si bien ! »

Diana le remercia, heureuse malgré tout de porter sa superbe jupe à pois, tout en jetant des regards assassins vers Haudevan.

De retour au *Bougnat*, elle contemplait, perplexe, dans la boîte en tissu à fleurs d'époque offerte par Justine, ses bijoux fantaisie. Qu'allait-elle bien pouvoir porter avec sa nouvelle tenue ? Tout ce qu'elle possédait en fait de boucles d'oreilles, de broches, de bracelets, lui plaisait encore, mais elle avait envie de nouveautés. Elle se souvint d'un fabricant de bijoux, ami d'enfance de Gustave : « Organisé comme il l'est, pensa-t-elle, je suis convaincue que papa a conservé le numéro dans un coin de sa mémoire. »

Voilà comment, le lendemain, Diana se retrouva rue des Petites-Écuries, au beau milieu d'une caverne d'Ali Baba, dont le propriétaire, un monsieur bien rond au nez aquilin, ayant passé sa jeunesse à Clermont-Ferrand, ravi de recevoir une Auvergnate aux débuts prometteurs, se mit en quatre pour lui trouver son bonheur.

« Est-ce long de réaliser un bijou ? J'aimerais porter une nouveauté, quelque chose qui me porterait bonheur ! J'ai déjà une idée ! Oh ! pardonnez-moi de vous ennuyer, oubliez ce que je viens de dire !

– Je vous en prie ! murmura le brave homme. Trop heureux de faire plaisir à la fille de Gustave. Dites-moi ce que vous voulez, je m'arrangerai. »

Diana, ravie de sa gentillesse, se lança :

« Si vous avez un crayon et une feuille de papier, je vais vous dessiner ce que j'ai en tête ! »

Et elle dessina ce qui devait devenir le porte-bonheur et l'emblème de Diana : la coccinelle ou bête à bon Dieu.

Sa chanson, *La classe est finie*, envahissait les ondes, à la grande joie de ses parents, mais surtout de Haudevan qui ne cessait de lui répéter : « Il faut que tu dormes car tu vas avoir énormément de travail. »

RTL décida de l'engager pour un feuilleton radiophonique. Deux fois par semaine, elle passait l'après-midi en studio à enregistrer avec ses partenaires, Yves Rénier, Jean-Pierre Dambal, les épisodes des *Aventures de Diana*. La réalisatrice, Marie-France Brière, une jeune débutante elle aussi, rêvait avec elle de voyages, de voitures de sport et d'une amitié durable !...

Diana s'amusait énormément, mais cette petite oasis de détente durait généralement peu. À la sortie, Haudevan l'assaillait avec un emploi du temps de chef d'État en voyage officiel !

Jacqueline Joubert, productrice d'émissions de télévision, l'invita pour son *Rendez-vous junior* du mois. Dans un décor de salle de classe, l'institutrice de choc, Alice Tissot, surveillait d'un œil attentif ses recrues. Tous étaient des artistes débutants. Claude François, ex-batteur, chantait et dansait comme sur des charbons ardents sur son futur tube *Belle belle belle*. Pierre Vassiliu, jeune homme aux grosses moustaches, fredonnait les aventures d'un pauv' gars qui s'appelait « Armand ». Hugues Auffray, guitare à la main, était le seul connu du grand public avec ses chansons de cow-boy, et Diana le trouvait vraiment très beau.

Pour la première fois, elle avait été désignée comme la vedette de l'émission. Vêtue de sa jupe à pois, de son chemisier arborant sa bête à bon Dieu porte-bonheur, elle entama sous le regard faussement furieux de la maîtresse *Papa, tu m'comprends pas*. Elle enchaîna avec *La Ferme de mes rêves*, *Parle-moi encore* et termina en dansant avec tout le monde un twist endiablé au beau milieu des feuilles blanches qui volaient. Juchés sur les bureaux, Cloclo et Diana dansaient si fougueusement que l'on aurait pu voir des étincelles jaillir de leurs semelles. Pierre Vassiliu et Alice Tissot claquaient des mains et jetaient des boulettes de papier. La soirée était une réussite, Jacqueline Joubert ravie d'avoir ouvert ses portes à de nouveaux talents dont elle ne doutait pas qu'ils étaient de futures idoles. Claude François et Diana avaient sympathisé. Hughes Auffray était toujours aussi beau dans sa veste à franges et ses santiags, Vassiliu arborait une moustache beaucoup plus guillerette. Quant à M. Hubert, carnet à la main, il évoluait comme un éléphant dans un jeu de quilles, relevant à droite et à gauche tous les numéros de téléphone susceptibles de lui servir dans l'avenir.

Sur toutes les photos, dans toutes les émissions de télévision, Diana portait sa tenue de bataille, « jupe à pois et coccinelle », et on commençait à trouver dans la rue, dans le métro, dans certains journaux, des jeunes filles portant la même tenue. Les fans de Diana traduisaient leur amour en s'habillant comme elle. La presse titrait : « La France a trouvé sa Madelon. Prospère, insouciante et bourrée *(sic)* de bon sens ! »

Les magazines féminins demandant à leurs lecteurs « Que pensez-vous de la chanteuse Diana ? » obtenaient en guise de réponse un « Rien ! » ou « Mignonne ! » ou encore « J'ai cru que c'était une pub pour le dentifrice ! ».

Entre ses partisans et ses détracteurs, les discussions étaient serrées car Diana ne laissait personne indifférent. Elle était entrée maintenant dans le peloton de tête : Diana va-t-elle détrôner ses aînées Françoise et Sylvie, Sylvie remonte, Françoise descend, Diana prend la première place, Sylvie bat d'une place Diana, Françoise... Une véritable ambiance de soirée électorale !

Haudevan, de son côté, avait grandi d'un coup, une sorte de croissance tardive, en somme. Tel un taureau dans l'arène, il tapait du pied dans ses nouvelles chaussures faites sur mesure. Les talonnettes et les semelles compensées le grandissaient de dix centimètres, mais donnaient l'impression qu'il était affligé de pieds bots, un truc incroyable. Il avait enfin définitivement jeté son blouson aux ordures et, arborant maintenant un élégant costume, l'imprésario débordé ne savait plus où donner de la tête. Une rencontre avec André Maurois, l'académicien, une chute de cheval imprévue au cours d'un reportage pour *Paris-Presse* (coude déboîté), la couverture de *Salut les copains*, première reconnaissance des teenagers, la une de *France-Soir* pour ses premiers essais au cinéma jalonnaient l'ascension de « sa » chanteuse. Au milieu de cet engouement général, Diana passait son temps à courir de rendez-vous en rendez-vous, trimbalée par Hubert qui continuait à prendre un malin plaisir à la faire répéter dans sa voiture. Elle rentrait le soir chez ses parents, littéralement abrutie par un déluge de recommandations : « Fais ci, fais ça ! Regarde l'objectif ! Tu souris trop ! Tu ne souris pas assez ! Sois détendue ! » (Facile à dire.)

Heureuse, elle ne profitait pourtant pas de son rêve de petite fille. Elle découvrait de nouveaux visages, inaugurait de nouvelles amitiés, mais le mentor, toujours à l'affût, prétextait systématiquement un retard pour l'entraîner au loin dès qu'elle amorçait une conversation privée.

« Écoute, Hubert ! Tu aurais pu me laisser parler cinq minutes à ce photographe, je le trouve très gentil !

– Tu n'as pas de temps à perdre avec ce type ! De toute façon, ce n'est qu'un imbécile, sinon il ne serait pas photographe ! Si les choses ont l'air de bouger, c'est parce que je sais ce qui est important pour toi ! Ne te pose pas de questions, fais ce que je te dis sans réfléchir et tout ira bien !

« Au lieu de perdre du temps, chante-moi plutôt ta prochaine chanson... ! »

Diana, frustrée, s'exécutait. Peut-être avait-il raison ? Et puis elle était inquiète devant tout ce qu'il lui fallait apprendre en si peu de temps...

Au *Joyeux Bougnat*, tout le monde guettait avec impatience les derniers exploits de « l'enfant prodige ». Mais Gustave et Marjolaine distillaient les informations avec soin, soucieux de ne pas faire naître des jalousies.

De temps à autre, Diana retrouvait ses parents pour dîner. Redevenue Annette, elle adorait se faire chouchouter par sa mère. Marjolaine s'inquiétait beaucoup pour la santé de sa fille, qui avait une petite mine à ses yeux :

« Tu es sûre que tout va bien ? Tu as l'air fatiguée. Il faut qu'il fasse attention à toi, ce Haudevan.

– T'inquiète pas, maman, il faut bien courir plus vite que le temps si je veux réussir... Mais je suis un peu angoissée à l'idée de monter sur scène. »

Diana pouvait enfin se laisser aller devant eux. Joyeuse à l'idée de tout ce qui l'attendait, mais coupée de ses amis, elle avait parfois un peu de vague à l'âme.

Une nouvelle séance de photos se terminait. Diana pliait soigneusement tous les chemisiers prêtés à cette occasion. Qui ne porte pas la marque Odilène n'est pas dans le coup. Claudine Copin, Françoise, Sylvie, Alice Dona, pas une n'échappe aux broderies noires sur ramages multicolores de coton. La fabricante, femme d'affaires très lancée, discute avec l'imprésario de Diana. La partie a l'air de se jouer serré, une poignée de main scelle leur entrevue avec une formule du genre « Elle est vraiment charmante » pour accompagner son départ. Pendu au téléphone, Hubert se frotte les mains : une enveloppe volumineuse était venue agrémenter avantageusement cette rencontre « si sympathique ». À chacun sa collection.

À la sortie, Haudevan, euphorique, prit soin de ménager Diana. Il couvait de plus en plus sa poule aux œufs d'or...

« J'ai pris date pour le premier spectacle ! On commence le 15 octobre à Reims ! Tu feras la deuxième partie, environ une heure quinze. Je n'ai pas encore trouvé qui sera avec toi, mais j'en fais mon affaire. Ne t'inquiète pas. Ah ! j'ai oublié de te dire, j'ai trouvé les musiciens pour t'accompagner. Le groupe est sympa, ils ont une bonne tête. »

Diana ne répondit rien. Elle songea brusquement à James, aux Mandolines Boys. Qu'étaient-ils devenus ? Elle s'en voulait de les avoir quittés comme ça. Enfin... Mais Hubert continuait :

« Nous allons répéter tous les jours à partir de la semaine prochaine !

– Mais je ne serai jamais capable de rester seule en scène si longtemps. Pourquoi pas seulement la première partie ? Comme les autres. Il faut bien débuter...

– Fais ce que je te dis ! Nous allons beaucoup travailler et, après les répétitions, tout te paraîtra facile ! De toute façon ce n'est plus la peine de discuter, tout est prévu, on ne peut plus rien changer ! »

Il n'avait pas menti. Jour après jour, les musiciens jouaient, jouaient encore, les chansons défilaient. La voix parfois fatiguée, Diana enchaînait les titres du futur spectacle. Des amis de Haudevan venaient régulièrement la voir pour faire part de leurs appréciations.

« C'est bien, ma chérie, mais tu devrais danser davantage sur *Première Boum* ! Je te trouve un peu fatiguée, t'as pas bonne mine ! Ne t'inquiète pas, encore un peu de travail et tu seras parfaite ! »

« Rassurant. Exactement ce que vous avez besoin d'entendre dans ces moments-là. Mais pourquoi viennent-ils ? pensait Diana. Rien n'est en place. » Un break d'un quart d'heure lui permit de s'asseoir pour se détendre un peu. Elle en profita pour faire plus ample connaissance avec son groupe, lorsque, dans son dos, Haudevan surgit :

« Ne parle pas trop, Diana ! Tu as la voix blanche. Il est préférable que tu restes seule dans le silence !

– Laisse-moi tranquille cinq minutes, s'il te plaît ! » lança-t-elle, excédée.

Consciente de son surmenage et de sa rébellion, l'équipe qui entourait Diana l'encourageait à rester calme dans l'intérêt général.

Pendant ce temps, les hit-parades la classaient première. L'Académie du disque français lui donnait le prix Charles-Cros en même temps qu'à Claude François, Nana Mouskouri. Consécration du succès oblige.

Mais, dans les couloirs on entendait des avis très partagés à son sujet.

« Tu sais bien qu'il y a une combine ! T'es pas au courant ! C'est pas elle qui chante, c'est une choriste ! Elle va se planter, tout ça c'est bidon ! »

Prisonnière de ses rêves et trop confiante par tempérament, Diana suivait aveuglément Haudevan, lui laissant tresser autour d'elle une clôture en fils barbelés.

Elle ne sentait pas les regards envieux qui se posaient sur elle et se persuadait naïvement : « Tout le monde il est beau, tout le monde il est gentil. »

La mort de l'immense Édith Piaf avait plongé le monde du spectacle et la France entière dans la tristesse. Diana se souvenait des heures passées devant le vieux phono de sa grand-mère à écouter et réécouter « Une cloche sonne, sooonne, sa voix d'écho en échooo, c'est pour accueillir une âââme, celle de Jean-François Nicot... » Une partie de son enfance disparaissait avec la Môme mais, pour elle, le grand soir était arrivé. Une dernière prière, un cierge dans une immense cathédrale avant d'aller au théâtre.

Dans l'arrière-coulisse, une fourmilière l'attendait, la presse parisienne, la presse locale, les radios, les amis, les envieux... Des étrangers pour la plupart... Il fallait faire fort. Coûte que coûte.

Dans la bousculade générale, son imprésario serrait les mains, frayant un passage à sa chanteuse, la protégeant de peur qu'on ne dérange sa tenue ou sa coiffure. Son édifice ne tenait-il qu'à un cheveu à ses yeux ? Diana, l'estomac noué, sourire figé, cherchait dans un visage connu un peu de réconfort. Elle aperçut dans un petit coin Marjolaine et Gustave en tenue de gala. Leurs sourires lui mirent du baume au cœur et, d'un geste de la main, elle les invita à la rejoindre.

Dans la loge, les photographes attendaient son arrivée pour la photo du siècle (encore une !). Quelques clic clac, et tout le monde fut prié de sortir, les parents compris, pour permettre à « l'artiste » de se concentrer.

Vers la loge monte un grondement étrange difficile à définir.

« C'est quoi ce bruit ? demande Diana à sa coiffeuse.

– Hubert m'a dit que la salle était pleine ! Ce sont les spectateurs qui tapent des pieds en attendant !

– As-tu vu les autres... ? »

Trois coups à la porte interrompent sa phrase. Elle se lève pour se cacher dans les toilettes comme une gamine, pendant que la coiffeuse entrouvre la porte.

« Qui est là ?

– C'est nous ! »

Reconnaissant immédiatement les voix, Diana sort de sa cachette pour accueillir les Surfs.

Le groupe malgache, composé de deux filles et quatre garçons tous frères et sœurs, dernière découverte venue des îles, fait une entrée bruyante.

Ils lui tombent tous dans les bras. Ils doivent faire la première partie de Diana avant de l'accompagner dans ses chansons.

« Nous voulions t'embrasser et te dire m... avant d'entrer sur scène ! Nous avons tous le trac, ne t'inquiète pas, nous sommes avec toi ! À tout de suite dans l'arène ! »

Sans même lui laisser le temps de répondre, ils disparaissent à vitesse grand V dans l'embrasure de la porte. Diana, gosier de plus en plus serré, reçoit un baiser de Bernard Haller, une accolade de Frank Alamo.

Hubert, de plus en plus excité, en profite pour faire crêper une dernière fois ses cheveux, tout en répétant inlassablement d'ultimes recommandations.

« N'oublie pas de me regarder dans la coulisse. Je serai à droite ! Je te ferai signe !

– Arrête, je t'en supplie ! C'est moi qui suis sur scène ! Tu ne peux plus rien faire ! J'ai mal au cœur, je crois que je vais vomir.

– Ça va passer ! C'est normal. Pense à autre chose ! Pour la troisième chanson, tu n'oublieras pas... »

Il est brutalement interrompu par le départ précipité de la chanteuse, main sur la bouche, vers les toilettes du sous-sol.

Les minutes passent, les hurlements s'amplifient. Annette, penchée au-dessus de la cuvette, se vide lamentablement. Haudevan, haletant derrière la porte, fulmine :

« Dépêche-toi ! Ça va être à toi ! Je vais faire l'annonce ! »

Les premières notes jouées par le groupe résonnent...

« VOUS L'ATTENDEZ TOUS ! ALORS, CE SOIR, POUR LA PREMIÈRE FOIS SUR SCÈNE ! VOICI DIANA... !!! »

Définitivement obligée de quitter les toilettes, Diana, mouchoir à la main, grimpe quatre à quatre les marches, se plante devant le micro, avale en catastrophe une gorgée d'eau, se racle la gorge une dernière fois, se signe, regarde Hubert sans le voir et donne le signal du départ.

Avec l'intro de *C'est chouette la vie* le rideau rouge s'ouvre sur une salle bourrée de jeunes de son âge, de parents, de mamies. Son public a répondu à l'appel. Supportée par les Surfs, elle oublie instantanément. Adieu trac, gorge nouée, mal au cœur ! Elle se livre à son public et lui communique son enthousiasme, sa joie de vivre. Sorties, entrées, rappels, rappels, rappels, elle traverse une dernière fois la scène une cloche à la main et entame son tube *La classe est finie*. La salle en délire entonne à tue-tête le refrain, quand un mouvement de foule déborde le service d'ordre.

Des fans de tous âges envahissent le devant de la scène, dansant, chantant. Mais ils cherchent aussi à l'embrasser, à la toucher, et Diana, émue par tant d'enthousiasme et de marques de sympathie, mais submergée et légèrement affolée, tente de se dégager. Et jusqu'au bout, entourée d'un cordon protecteur, elle continue à chanter devant *son* public, dans l'ivresse d'une émotion partagée.

La soirée se termine par une séance de dédicaces sur la scène, rencontre nécessaire avec le public. Hubert a soudainement disparu. La coiffeuse envoyée en reconnaissance par Diana le retrouve... à la billetterie, très occupé à relever la caisse.

Champagne – jus d'orange pour Diana –, fleurs, embrassades, photos, compliments, embrassades encore... Cette fois les amis sont bien nombreux ! Haudevan relève cette fois les numéros de téléphone...

Gustave et Marjolaine, touchants de fierté, sont également félicités de toutes parts. Seul un homme de spectacle, circonspect, douche leur enthousiasme :

« Votre fille a du tempérament, mais faites très attention ! Il va vous la tuer à la faire trimer comme ça ! Elle est jeune et ne tiendra pas le coup physiquement. »

Assombris, ils taisent leur inquiétude et se gardent bien d'en faire part à leur fille.

À la sortie, les fans ont attendu la vedette. On doit précipitamment faire appel à la police. Elle monte sous les heurts et les cris dans un panier à salade. Mais le véhicule est malmené puis renversé par les poussées violentes des ados qui veulent « approcher » celle qui est devenue en un soir leur « idole ». Protégée par des agents, elle doit se précipiter dans un deuxième fourgon, qui l'arrache enfin à ses admirateurs. Tout le long du trajet jusqu'à l'hôtel, ils sont poursuivis par des klaxons de voitures, mais Diana, soulagée, respire enfin librement.

Elle s'endort, brisée de fatigue après cette incroyable journée... et pas tout à fait sûre de l'avoir vraiment vécue.

Diana révolutionne Marseille !

Diana ! Un Johnny en jupons !

Diana ! Une marionnette bien remontée !

Une gamine de 17 ans enflamme le palais des Sports de Toulouse !

Le téléphone l'arrache à la lecture du press-book que sa mère lui a amoureusement constitué. C'est la voix d'Hubert :

« Bonjour, ma petite Diana ! Tu vas bien ? J'ai besoin de te voir cet après-midi ! Je dois te présenter la personne qui va travailler pour ton club ! Prends un taxi et rejoins-moi à seize heures chez Philips !

– Quel club ? Allô, Hubert ? Allô ? ALLÔ ?

– ... »

Dans le bureau du deuxième étage, l'attachée de presse se bat avec le planning, devant Haudevan qui se fait un malin plaisir de refuser toutes les propositions qui arrivent pour sa chanteuse :

« Nous sommes débordés par les appels, il faudrait faire un effort ! Nous pouvons avoir besoin d'eux plus tard ! » s'insurge l'attachée de presse.

Détournant la tête, Hubert embrasse Diana qui arrive.

« Bonjour, tout le monde ! Attends une seconde que j'embrasse aussi ma copine ! » réussit-elle à placer à l'intention d'Haudevan qui la tire déjà par le bras.

Dans la pièce voisine, une jeune femme brune, pas très grande mais plutôt jolie, attend son tour, sagement assise.

« Je te présente Trinité ! Elle est secrétaire et va s'occuper du courrier. Il y a trop de lettres, ils ne peuvent plus fournir ici ! Tu n'es pas leur unique artiste ! Il faut créer ton club, il est grand temps ! »

Diana, souriante, lui tend la main :

« Bonjour, Annette ! Heu ! Pardon, Diana ! Je me trompe encore... Je suis sûre que nous allons bien nous entendre. Je tiens beaucoup à répondre à tous ces gens ! Mais c'est un boulot monstre ! On pourrait envoyer un petit mot personnel à chacun ?

– C'est une bonne idée.

– Tu as autre chose à faire, ne commence pas à te disperser ! Travaille. Trinité et moi on va s'occuper de ça, intervient Haudevan.

– Excuse-moi, mais c'est quand même bien à moi que les gens écrivent ! C'est normal que je me sente concernée ! Je peux donner mon avis, non ? »

Tout en défendant ses idées, Diana crayonne nerveusement sur des feuilles blanches toujours le même dessin : une coccinelle.

« Oh ! Comme c'est mignon ! Une bête à bon Dieu ! s'exclame Trinité en se penchant sur une feuille. J'ai lu que c'est votre porte-bonheur ! C'est aussi le mien ! (Scapin n'aurait pas mieux dit !) On pourrait en mettre une sur le courrier, qu'en pensez-vous ? »

Mais Haudevan coupe net.

« Trinité ! Je discuterai de tout ça avec vous demain ! aboie-t-il. Venez ici à dix heures et triez les sacs postaux qui sont déjà dans le couloir, car il y en a autant au sous-sol.

« Diana ! Partons, nous sommes en retard ! »

Fin de l'année 1963. Le premier Club de Diana est né. Il a pour emblème un petit insecte... évidemment une *coccinelle*.

Tout au fond de son cœur, elle préférait l'appeler : « La bête à bon Dieu ».

1964
Le sacre de la mini-jupe

Le Club de Diana grandissait tous les jours et les nouveaux adhérents recevaient avec gourmandise leur nouvelle carte de membre. Trinité, submergée par les sacs postaux qui arrivaient chaque matin, n'avait déjà pas assez de temps pour endiguer cet afflux de courrier. D'un commun accord Hubert et Diana choisirent de créer un petit journal réservé aux membres. Quatre pages entièrement consacrées à la chanteuse : ses projets, les paroles de ses chansons, ses photos, les échanges de disques pour ses lecteurs. Plus, en ouverture chaque mois, une lettre de Diana.

Trinité, en secrétaire-assistante organisée, inscrivait dans le fichier le nom des nouveaux adhérents. En quelques mois, les mille fidèles devinrent très vite trente mille, puis cinquante mille...

Diana, emportée par les événements, perdait petit à petit, sans s'en apercevoir, la notion du temps. Harcelée par les médias, entre les rendez-vous, les embouteillages, les répétitions, les télévisions, elle pouvait accessoirement manger et dormir.

Diana grignotait Annette à pleines dents. Sa résistance hors du commun lui donnait toujours le coup de pouce indispensable pour assurer sans faiblir un dernier rendez-vous, après dix autres aussi indispensables selon Haudevan.

À ce rythme de folie, Diana perdait lentement pied et avait déjà abandonné toute relation avec ses anciennes amies. Désormais, son agenda se remplissait de dîners et de déjeuners planifiés, de téléphones échangés, de noms et d'adresses en abondance. Mais elle n'en avait plus la maîtrise. Faute de temps, la conversation se résumait presque toujours à « On s'téléphone, on s'fait une bouffe ! », le sésame du métier ! Elle n'avait pas encore compris toute la cruauté de la formule.

Malgré la fatigue, comme une bonne petite ouvrière, Diana finissait tant bien que mal sa tournée. La ville de Lyon, connue pour son public difficile, attendait l'arrivée de « l'oiseau rare ». Le coiffeur vedette de la rue principale avait contacté Haudevan pour que l'artiste inaugure son nouveau salon. Incroyable comme les après-midi si chargés de Diana se libéraient facilement lorsqu'une enveloppe s'agitait sous le nez de son imprésario !

La rue était déjà interdite à la circulation depuis trois heures, et un embouteillage monstre bloquait le centre-ville. Diana, souriante, serrait des mains, embrassait à tout va, signait des photos jetées dans la rue pour calmer l'ardeur des fans et éviter qu'ils n'assiègent le salon de coiffure ou, pire, qu'ils n'en brisent les vitrines.

Humberto lui-même, roi du crêpage et chanteur en herbe lui aussi, s'occupait à lui faire encore « une aussi grosse tête ».

Elle ne se sentait pas bien. Un mal au cœur persistant lui donnait d'horribles nausées. Derrière le sourire qu'elle affichait en permanence, son inquiétude grandissait pour le gala du soir. Elle fit part de son malaise à Haudevan qui disparut aussitôt mystérieusement. À son retour, il coupa court à la séance de dédicaces qui aurait pu durer encore des heures, pour propulser Diana dans sa voiture, direction l'hôtel.

« M. Bertrand nous attend à l'hôtel à dix-sept heures. Il vient de Paris en avion, il va s'occuper de toi !

– Qui est ce M. Bertrand ? Il est médecin ? s'enquit Diana, toujours aussi nauséeuse.

– Si on veut. Il est un peu magnétiseur ! Tu vas voir, il est formidable ! »

Dans le hall de l'hôtel, un petit homme aux tempes grisonnantes, Breton de pure souche, l'attendait.

Ce quincaillier utilisait ses mains pour soulager les maux de ses congénères dans son arrière-boutique. Sur la demande d'Haudevan, il avait accepté exceptionnellement de quitter son échoppe pour voler au secours de cette gamine qui aurait pu être sa petite-fille. Allongée sur son lit, un peu inquiète, elle ferma les yeux pendant que les mains de M. Bertrand posées sur son estomac dégageaient une immense chaleur. Soudain, rompant le calme et le silence qui régnaient dans la pièce, le magnétiseur éructa bruyamment plusieurs fois :

« Votre estomac et votre foie sont vraiment très bloqués ! Excusez-moi, mais je suis en train de vous dégager ! »

Diana eut un mal fou à garder son sérieux et à retenir le fou rire provoqué par ces rots incongrus. « Heureusement que je n'ai pas l'intestin dans le même état », pensait-elle, paupières closes.

L'heure des trois coups était venue. Le public lyonnais, venu en grand nombre au palais d'Hiver, attendait en silence la chanteuse. Pour la première fois, l'hystérie collective dont elle avait pris l'habitude n'était pas au rendez-vous.

Son entrée sur scène ne fut saluée que par quelques applaudissements qui retombèrent aussi vite. Diana, redoublant d'énergie, parcourait la scène en tous sens et tentait désespérément d'inciter le public à taper dans ses mains pour l'accompagner. Enfin, au bout d'une demi-heure, elle devina une légère détente. Certains se levaient, quelques jeunes dansaient. Elle termina avec quelques rappels, épuisée par ce combat qui ressemblait fort à celui de don Quichotte.

Elle venait de découvrir que, quand le public ne veut pas participer, c'est l'enfer. On a l'impression de tirer un quinze tonnes enlisé dans le sable. Finis l'amusement et le rêve. Elle avait à faire un difficile métier.

Heureusement, la tournée s'acheva dans le Nord et en Belgique, sous un manteau de fleurs, un concert d'applaudissements et une collection de peluches à faire rêver tous les enfants.

De retour à Paris, Diana fut très heureuse de retrouver Trinité, de plus en plus noyée sous le courrier ! Elles décidèrent de déjeuner ensemble afin de préparer le nouveau *Journal* du Club.

« On pourrait faire paraître des photos de la tournée.

J'en ai un tas. Je voudrais aussi écrire une lettre plus longue. Et si on créait une nouvelle rubrique pour les fans qui voudraient faire des échanges ou se rencontrer ? On s'y met dès demain !

– Demain ! C'est impossible ! Je suis en plein dans les cartons, on emménage dans nos nouveaux bureaux.

– Quels bureaux ?

– M. Haudevan est tellement débordé ! J'ai donc trouvé moi-même un bureau à l'angle des Champs-Élysées. Tu verras, c'est très bien, et en plus c'est une belle adresse !

– Je suis ravie d'avoir été tenue au courant ! protesta Diana, un brin énervée. C'est étrange quand même qu'il ne m'en ait même pas parlé !

– Il a dû oublier ! Il a tellement de travail avec toi. Il ne pense plus qu'à vos affaires ! »

Un peu déçue, mais estimant avoir d'autres chats à fouetter, Diana embrassa Trinité et lui donna rendez-vous la semaine suivante, avant son grand départ pour ses premières vacances sur la Côte d'Azur. Sautant dans un taxi, elle prit la direction du studio où elle avait encore deux titres à enregistrer.

M. Haudevan avait décidé de quitter définitivement le DMS pour le plus grand studio de Paris.

À son arrivée, Haudevan, cheveux en bataille pour une fois, juché sur ses fameuses chaussures à bascule que le Tout-Paris lui enviait, s'agitait devant la console.

« Je n'entends pas la guitare ! L'écoute est mauvaise ! Il y a des instruments qui manquent ! »

Les tympans agressés par le niveau sonore, Diana

embrassa tout le monde, étonnée de n'entendre, elle, que la guitare.

Elle choisit de s'installer dans le studio pour revoir une dernière fois ses paroles et éviter de devenir complètement sourde.

Parfaitement rodée, elle connaissait maintenant sa place derrière le micro, n'avalait plus la gaze et buvait le thé au miel, accessoire psychologiquement indispensable dans la parfaite panoplie du chanteur qui a peur du « chat ». Les tournées lui avaient donné beaucoup plus d'aisance devant le micro, mais l'œil d'Haudevan la mettait toujours aussi mal à l'aise.

La séance terminée, Hubert plia bagage à deux cents à l'heure, sa chanteuse sous le bras, et courut vers un nouveau rendez-vous.

« Je dois passer voir quelqu'un. Tu vas m'attendre dans la voiture, il faut que je te parle. Je te raccompagnerai chez toi ensuite. »

Arrivé dans une petite rue de Clichy, il stoppa devant un marchand de couleurs qui alignait impeccablement casseroles, balais, plumeaux, paillassons et martinets à l'extérieur le long de sa vitrine.

Sans dire un mot, Diana suivit son imprésario et s'engouffra derrière lui dans l'échoppe. Le magnétiseur et sa femme, plantés derrière la caisse, faisaient leurs comptes.

« Qu'est-ce que tu fais là ? Je t'avais dit de rester dans la voiture à m'attendre ! hurla Hubert. Bon, ben tant pis, viens ! Mais fais-toi toute petite dans un coin !

« Bonjour, monsieur Bertrand ! Je suis en retard, mais il faut me voir quand même. Je suis épuisé !

poursuivit-il en se dirigeant vers l'arrière-boutique sans se soucier davantage d'elle.

– En attendant, venez vous asseoir dans le salon, m'zelle Diana ! Si les clients vous voient ici ça va faire une révolution dans le quartier ! » compatit Mme Bertrand en la précédant.

Restée seule, Diana feuilletait un magazine quand les rots du magnétiseur derrière la porte entrebâillée la firent sourire. Mais la fatigue provoquée par cette journée longue et harassante eut raison d'elle et elle s'endormit sur le coin d'une table, le visage sur les bras. Il était grand temps pour elle de prendre des vacances...

Sur le chemin du retour, Haudevan se révéla en pleine forme :

« J'ai oublié : depuis deux jours, j'ai un chèque pour toi dans mon attaché-case. Comme tu as bien travaillé sur la tournée, je te donne dix mille francs en plus de ton salaire ! »

Émue par tant de générosité, Diana contempla son premier chèque les larmes aux yeux.

« Merci beaucoup ! Je suis tellement fière de ramener de l'argent à mes parents. C'est la première fois que je vois autant de zéros !

« Au fait, Trinité m'a parlé de nouveaux bureaux ! Pourquoi ne m'en as-tu rien dit ?

– Elle ne peut pas se taire, celle-là ? s'énerva Hubert. C'est vrai, concéda-t-il, j'ai pris des bureaux, c'est indispensable pour toi aujourd'hui. Ce n'est pas immense, mais c'est très bien placé. Maintenant, nous allons pouvoir travailler correctement ! »

De retour au *Joyeux Bougnat*, Diana attendit le dessert pour montrer à ses parents le fameux chèque. Marj et Gustave serrèrent « petite Annette » dans leurs bras pour mieux cacher l'émotion qui les étreignait.

La France se préparait à partir en vacances. Diana aussi qui remplissait ses valises de tee-shirts et de maillots de bain. Comme tout agent en vogue, Hubert ne pouvait rater le rendez-vous du show-biz. Il avait donc loué pour un mois une superbe maison cachée dans la pinède. Diana savait très bien qu'elle n'échapperait pas aux photos de vacances pour sa première visite dans le petit port mythique de Saint-Tropez.

À son arrivée, la maison était déjà pleine d'amis d'Hubert attendant « l'idole » : Humberto, le coiffeur chantant, descendu de Lyon avec son amie, un parolier à la mode, toujours prêt à griffonner un nouveau texte, et une ravissante danseuse arrivée là on ne sait comment...

Diana, candide, fut surprise de ne pas trouver le magnétiseur. Mais peu lui importait, après tout, puisque deux choses seulement comptaient : voir pour la première fois la mer et avoir la chance de croiser sur son chemin la star des stars... Brigitte Bardot.

Les cigales chantaient, l'eau de la piscine était chaude, la campagne sentait bon et le maître nageur au teint hâlé aurait pu figurer sur une carte postale californienne.

Hubert, débordé par le téléphone qui occupait ses matinées, ne sortait jamais avant midi. Tout le monde, Diana y compris, attendait son bon vouloir pour lever l'ancre. Ils avaient tout le temps de bavarder, tous soucieux d'annoncer *le* scoop, *la* nouvelle qui devait rester secrète :

« T'es au courant de la dernière ? Il paraît que certains attachés de presse mettent des enveloppes dans les disques ! lança ce jour-là le parolier.

– Qui t'a dit une chose pareille ? s'étonna Diana.

– Ma copine est secrétaire et c'est elle qui ouvre les colis ! »

Le début des « révélations » fut interrompu par Hubert.

« Diana, viens ! Nous avons quelqu'un à voir sur le port ! Les autres, prenez une voiture. On se retrouve à l'*Auberge des Maures* dans une heure ! »

Diana avait l'habitude depuis les tournées de jeter trois affaires dans un sac en cinq secondes : maillot, serviette, huile, short, un peu de maquillage, et hop ! dans la Mini louée pour le séjour. Les yeux grands ouverts, elle s'extasia devant la place des Lices et les ruelles animées menant au fameux petit port devenu célèbre sur toute la planète en grande partie grâce à une femme et quelle femme !

Les bateaux amarrés faisaient rêver les badauds et Diana qui luttait désespérément avec Hubert pour qu'il ralentisse un peu.

« C'est Diana ! Un autographe, s'il vous plaît. Je vous adore ! J'peux en avoir un aussi pour ma copine ? »

La voiture continuait à rouler pendant que la nouvelle se propageait.

« C'est qui ?

– La jeune chanteuse, tu sais : Diana ! »

Les étrangers, ne comprenant pas l'agitation, se renseignaient de peur de rater quelque chose.

« *I am sorry, who's that girl ?*

– *Is she well known ?* »

Ils se réfugièrent rapidement dans la réserve à bateaux, où le maître des lieux les attendait.

« Monsieur Hubert ? Le bateau nous attend au ponton avec le photographe.

– Quel photographe ? Tu ne m'as pas dit qu'on était en vacances ?

– Laisse-moi faire, on en a pour cinq minutes ! » biaisa l'imprésario.

Un hors-bord tout blanc de 280 chevaux, montant à soixante-dix kilomètres à l'heure, attendait son nouveau propriétaire : Diana. Photos avec le vendeur, avec son mentor, seule au volant, sur la plage arrière...

« C'est son cadeau d'anniversaire ! » soufflait Hubert au photographe.

Le lendemain, la presse annonçait : M. Haudevan offre un bateau à son artiste... Diana s'offre un magnifique hors-bord pour ses vacances à Saint-Tropez.

Diana comprit très vite que le fameux cadeau ne lui était pas destiné et que la séance de photos avait sûrement servi à obtenir une ristourne sur l'achat de l'engin. Le bateau s'appelait *Hubertus*.

Aussi, quand on s'extasiait sur son bonheur et les délicates attentions de M. Hubert qui devait « l'adorer », elle se contentait d'un sourire. La déception était trop grande.

Les journées, réglées comme du papier à musique, se ressemblaient toutes. Matin : piscine. Midi : port et bateau, déjeuner à la plage, où l'attendaient des leçons de ski nautique. Le tout sous l'œil inquisiteur d'un photographe mandé pour l'occasion et chaque jour différent.

Quand Diana rencontra par hasard un jeune pigiste débutant, qui tentait désespérément d'avoir lui aussi sa photo, Haudevan trouva régulièrement un prétexte pour l'en empêcher.

Diana accepta alors de poser pour quelques photos avec lui le lendemain. Haudevan, l'apprenant, fou de rage, ne trouva d'autre subterfuge que d'avancer leur déjeuner pour raccourcir leur séance. Il aurait sans doute été plus furieux encore de savoir que de cette complicité imprévue devaient naître une grande connivence et une longue série d'aventures à travers le monde.

Toute bronzée et heureuse, Diana ne se plaignait que du côté répétitif de ses journées.

Tout était planifié : l'inauguration de la dernière boîte à la mode, le dîner avec les représentants de sa maison de disques car, aux yeux d'Hubert, tout était indispensable pour sa carrière.

Les promenades dans les ruelles à la recherche de Brigitte Bardot exaspéraient de plus en plus Haudevan, qui trouvait cette quête puérile et ridicule. Les invitations pleuvaient, les visites des amis d'Hubert instituaient un va-et-vient constant dans la maison. Le bateau, désormais entretenu par un marin, Jules, était souvent trop petit pour promener tout le monde.

Jules, visage buriné, menton remontant presque à la hauteur du nez, était le sosie de Popeye. Il fit bientôt partie intégrante des vacances. Peau de chamois à la main, il passait son temps à nettoyer le cuir des sièges, des coussins, pestant contre les petites mignonnes qui ne se souciaient guère de la crème ou de l'huile fondant et dégoulinant à la chaleur. Jules détestait l'eau (le comble pour un marin), il râlait par mauvais temps, haïssait les vagues qui cinglaient son visage et ne quittait jamais sa casquette, rivée sur son crâne. Il avait sa vision à lui du photographe armé de son téléobjectif pour le cliché ski nautique, une vision très imagée colorée par l'accent du Midi :

« Peûchèrrre ! Avec un engin parrrreil, t'es trrrranquille ! Je suis cerrtaiin qu'un poil du cul, tu te le vois gros comme un trronc d'arrbrre ! » (Poétique, non ?)

Il avait pourtant raison. Quelques jours plus tard, une double page de *Paris-Match* montrait Diana en pleine mer, dans le plus simple appareil, en train de se changer. Elle avait beau être avertie, cette fois elle n'avait pas échappé à l'embuscade des paparazzi.

Le week-end suivant, un rendez-vous avec *Dimanche-Paris* avait été organisé par Haudevan. À onze heures, Diana attendait patiemment sous la tonnelle, lisant les nouvelles devant un jus d'orange, un journaliste, un certain Gérald de Vipaire.

Des voix la tirèrent de sa lecture. Hubert, maître des lieux, parlait fort, avec un sourire qui en disait long.

« Mon cher Gérald !

« Rappelez-moi votre nom, mademoiselle ? »

Môssieur de Vipaire était venu accompagné d'une jeune créature blonde et insignifiante.

Diana comprit très vite que l'interview, qui devait durer une heure, allait se prolonger quelque peu.

« Nous allons au bateau, vous resterez bien pour la journée ! On fera du ski nautique cet après-midi.

« T'es d'accord, Diana ? »

Mise devant le fait accompli, elle sourit faussement.

« Oui, c'est une merveilleuse idée », sachant fort bien maintenant ce qui l'attendait.

Hubert allait surveiller ses cheveux, les courants

d'air, son assiette. Aussi espérait-elle, sans trop y croire, qu'il s'intéresserait surtout à la femme du journaliste.

Haudevan commanda des melons, des poissons pour tout le monde, sauf pour Diana qui avait décidé de se régaler d'un bon bifteck et d'un plat de frites (elle avait besoin de grossir, pour une fois).

« Vous êtes amoureuse ?

« Vous avez bien quelqu'un dans votre vie ?

« Vous voulez avoir des enfants ?

« Hubert Haudevan s'occupe très bien de vous, vous savez !

« Vous avez déjà gagné énormément d'argent, êtes-vous milliardaire ? »

Gérald, mine de rien, la harcelait de questions et elle lui trouvait, avec son nez pincé et ses petits yeux rusés, l'air d'une fouine. Surtout, cet interrogatoire d'une bêtise inquisitrice mettait Diana très mal à l'aise. Elle sentait bien que toutes ces questions étaient tendancieuses. Pendant ce temps, Haudevan serrait des mains à qui mieux mieux, adressant des signes à tout ce qui bougeait et gloussait auprès de la blonde plantureuse.

À la fin du repas, le demi-camembert commandé par Hubert restait sur l'estomac de sa vedette préférée. Mais la journée n'était pas terminée pour autant. Jules, le marin, s'approcha à l'appel du « patron » pour embarquer tout le monde sur le ponton.

Au large, la séance de ski nautique débuta :

« Diana, montre-nous comme tu fais bien du mono !

– Je suis un peu barbouillée, j'en ai pas envie !

– Mais si, ça va te faire du bien. Allez, ton ski est

dans l'eau et Gérald a très envie de te voir, n'est-ce pas, Gérald ? »

Les petits yeux noirs de Gérald dévisageaient Diana :

« Bien sûr ! Montrez-nous ce que vous savez faire ! »

Détestant le monde entier, elle s'exécuta avec la sensation d'être un singe savant accroché au bout d'une corde.

Mais elle comprit très vite, voyant les deux hommes en pleine discussion, que son exhibition n'était qu'un prétexte afin de l'éloigner et de bavarder tranquillement.

Ce fut ensuite le tour de la naïade blonde à qui Hubert – comme à l'habitude – enseigna son « savoir-faire ». Debout sur la plage arrière, il réitéra son numéro gestuel des plus réussis sur *la* bonne et *la* mauvaise position.

Cinq jours passèrent après cette intrusion. C'était la fin des vacances. Diana ne se doutait pas de ce qui se tramait.

Dans tout Paris, dans les kiosques, la nouvelle éclata à la une de *Dimanche-Paris* :

La terrible rumeur : DIANA EST STÉRILE.
Ses proches confirment la nouvelle !
C'est un drame !
Elle qui rêve tellement d'avoir des enfants !

Diana, dans sa voiture, interrogea toutes les stations de radio : elles ressassaient la nouvelle. Elle se gara, heurtant à l'avant et à l'arrière les pare-chocs pour se faire une place. Cachée derrière d'énormes lunettes noires, elle s'engouffra dans l'immeuble où se trouvaient les bureaux de Haudevan, grimpa quatre à quatre les escaliers jusqu'au deuxième étage, sonna, attendit l'ouverture et claqua la porte.

« Bonjour, ma petite Diana. Ça va ? interrogea tranquillement Trinité.

– Justement non, ça ne va pas du tout ! »

Et elle surgit violemment dans le bureau d'un Haudevan souriant, le journal étalé devant lui, discutant avec une amie.

« Entre, Diana. Je viens juste de terminer avec Sonia ! Je t'embrasse, ma chérie. N'oublie pas pour ta copine, appelle-moi ce soir et dis-moi si c'est possible. On pourrait dîner tous les trois ! »

Il ferma la porte et se réinstalla dans son fauteuil présidentiel. Elle put enfin hurler :

« Tu te rends compte ! C'est dégueulasse ! Aller dire que je suis stérile ! J'en étais sûre. Ce type avait une tête de faux jeton. »

Derrière ses verres noirs, les larmes coulent sur les joues de Diana.

« Calme-toi ! C'est pas grave ! Dans ce métier, tant que l'on parle de toi, c'est bon ! Regarde Sarah Bernhardt, c'était une grande artiste et on a bien dit qu'elle avait une jambe de bois ! »

– Mais qu'est-ce que ça a à voir ? Je m'en fous de Sarah Bernhardt ! Qu'est-ce qu'on peut faire maintenant ?

– Diana, fais-moi confiance ! Ce n'est pas aussi catastrophique ! Je vais y réfléchir... »

Il n'eut pas le temps de finir sa phrase. Elle était déjà partie. Elle était atrocement déçue de ne pas avoir trouvé en Hubert l'appui dont elle avait besoin. Humiliée, elle avait même l'impression qu'il se souciait de cette histoire comme d'une guigne.

Dans sa voiture, elle roula pare-soleil baissé, main sur la bouche, essayant de dissimuler son visage.

Elle conduisit plusieurs heures avant de rentrer au *Joyeux Bougnat*. Elle ne voulait pas que ses parents la voient dans cet état. Elle avait honte et se sentait extrêmement seule. Qui allait la croire ? Elle savait déjà ce que tout le monde penserait : « Il n'y a pas de fumée sans feu. » Plus elle démentirait, plus le doute serait grand.

Marjolaine et Gustave essayèrent de rester calmes face à leur fille.

« Qui c'est cet abruti-là ! ne put retenir Gustave à propos de l'auteur de l'article sulfureux.

– Et Hubert, que dit-il ? » interrogea Marjolaine.

Le matin, ils avaient déjà dû affronter eux aussi les témoignages de sympathie des habitués. Ils les avaient contredits, agacés par cette stupidité, mais ils avaient bien constaté que la pensée de tous restait la même : « Si c'est écrit dans le journal, c'est obligatoirement la vérité ! Les journalistes ne racontent pas n'importe quoi, ils sont bien informés... »

Diana s'enferma plusieurs jours chez elle, terrassée par la déprime et un mal de dents qui la tenaillait.

Haudevan continuait à minimiser la nouvelle qui circulait pourtant dans tout Paris.

Les douleurs dentaires empirant, le diagnostic du praticien fut clair : risque de trismus de la mâchoire, quatre dents de sagesse à extraire de toute urgence.

Hubert, devant un planning tellement chargé, lui annonça :

« On arrache les quatre en même temps. Dans quinze jours, tu seras sur pied ! Ne t'inquiète pas, tu ne sentiras rien !

– Si on ne peut pas faire autrement, allons-y ! répondit Diana. Mais où en es-tu avec *Dimanche-Paris* ?

– Occupons-nous de tes dents pour le moment. Le reste, les gens l'ont déjà oublié. »

Haudevan faisait maintenant partie de la famille. Il fallait cesser de se poser des questions et continuer à lui faire confiance. C'était le seul moyen de retrouver sa tranquillité d'esprit.

Mais sa naïveté devenait sa pire ennemie.

À sa sortie de clinique, la tête comme un ballon après quatre heures d'intervention, Diana rentra directement chez ses parents. Non seulement son menton était traumatisé et marqué, mais le chirurgien-dentiste avait malencontreusement touché le nerf, provoquant une paralysie temporaire de la langue. Résultat : régime purée pendant une semaine, arrêt forcé pendant un mois et demi, et un charmant zézaiement. Haudevan bouillait dans son coin :

« Trop long ! Beaucoup trop long ! »

Dimanche-Paris ne rata pas la nouvelle :

DIANA RISQUE DE NE PLUS CHANTER.
Sa carrière est en péril.
Sa langue est paralysée.

Certains commentateurs bien intentionnés jubilaient : « Autant de gagné pour nos oreilles. » D'autres proposaient même d'élever une statue à la gloire du chirurgien-dentiste qui l'avait mutilée.

Au téléphone, avec Trinité, Diana s'interrogeait :

« D'où peuvent bien venir ces informations ?

– Écoute, Diana, il n'a parlé à personne ! Je n'ai reçu aucun coup de téléphone de chez eux ! Les journalistes appellent pour des rendez-vous, pour le club et d'autres renseignements. À propos, je suis tellement débordée que j'ai pris une de mes amies pour s'occuper de ton courrier ! Elle est formidable ! »

Diana, une nouvelle fois mise devant le fait accompli, ne trouva pas le courage de protester.

Un mois et demi plus tard, sa première sortie publique était très attendue. Haudevan, survolté, avait décidé qu'elle inaugurerait le nouveau bowling d'Arcueil, devant la presse aux abois, réjouie de photographier enfin la chanteuse stérile « qui a mal aux dents ». Les responsables de l'établissement, ravis de tant de publicité, lui offrirent une boule de bowling dans un étui gravé à son nom.

Cette idée géniale d'Hubert fit des petits puisque Diana inaugura pendant trois mois tous les bowlings de la région. Il y avait trouvé sans doute d'autres intérêts que purement sportifs.

Pour la maison Philips, Cloclo, Johnny et Diana étaient les valeurs montantes.

La première séance de photos de Diana avec Jean-Marie Perrier pour *SLC* le confirma. Jean-Marie, photographe-phare du journal, était tellement sollicité qu'il ne posait son objectif que sur les « idoles » et pour les couvertures. Hubert, toujours à la recherche d'un coup qui pourrait rapporter un sou ou un nouveau « joujou » pour le soir, accompagna la chanteuse.

La maquilleuse attendait dans la loge pour une retouche de dernière minute. Jean-Marie vérifiait ses lumières, tandis que Haudevan, dans son rôle d'imprésario débordé, téléphonait, utilisant sans vergogne l'appareil du studio.

Diana entra pour prendre sa place sous les spots, Hubert collé à ses basques :

« Diana, si ça ne t'ennuie pas, j'aimerais que nous travaillions tous les deux tranquilles ! demanda Jean-Marie. Je suis désolé, mais je ne veux que l'assistant et la maquilleuse dans le studio ! Si vous voulez bien sortir ! s'adressa-t-il à Haudevan. Je tiens à ce qu'elle se détende.

– Mais je suis Hubert Haudevan. C'est moi qui m'occupe d'elle..., précisa-t-il vexé.

– Je sais. Mais, justement, revenez dans deux heures, je pense avoir terminé ! À tout à l'heure ! »

Haudevan, toute rage réprimée, capitula. On ne se fâche pas avec ces gens-là.

Jean-Marie s'excusa auprès de Diana :

« Tout ce qui vous entoure vous empêche d'être relax, ce n'est déjà pas évident. Nous allons bien travailler ! »

Sans la connaître, Jean-Marie avait compris l'isolement de la chanteuse au sein d'un entourage trop empressé. Dès ce jour, naquirent entre eux une amitié et une vraie tendresse.

La jeune fille progressait lentement mais sûrement dans sa compréhension du monde des adultes. La petite « oie blanche » ouvrait les yeux. Elle rêvait d'une cachette tout près du *Joyeux Bougnat*, pour s'y installer dans le calme, loin des questions, des interviews, des paparazzi qui guettaient des nouvelles sur sa prétendue « stérilité ».

Certaines questions revenaient sans cesse la torturer.

« Peut-être mon médecin a-t-il peur de me dire la vérité ! » Mais surtout : « D'où les journalistes tiennent-ils une information aussi stupide ? Et pourquoi persistent-ils à en parler ? Et si c'était l'idée d'Haudevan ? Il a peut-être acheté tout le monde ? »

« Il faut que j'arrête de penser à ça, sinon je vais devenir folle ! »

La chance voulut que, le mois suivant, elle visite au huitième étage d'un immeuble neuf l'appartement de ses rêves. À trois rues du bistrot. Salon, salle à manger, une jolie chambre avec sa salle de bains, un petit bureau, mais surtout une terrasse ensoleillée qui surplombait le jardin d'un couvent.

Un crédit de vingt ans couvrirait l'achat, puisque ses économies étaient inexistantes. Deux ou trois fois par semaine, toute la famille se retrouvait pour un bon dîner préparé avec amour par Marjolaine.

Il arrivait souvent que le téléphone vienne interrompre la réunion. Hubert avait sûrement oublié de parler à Diana d'un truc « primordial » pour sa carrière :

« Tu te rappelles que nous voyons demain un journaliste de *Dimanche-Paris* à trois heures ?

– Pas question que je parle à ces gens-là ! s'emportait Diana.

– J'ai tout arrangé, il faut les voir, c'est indispensable pour nous !

« Tu crois qu'il y aurait un p'tit quelque chose pour moi à manger ? Passe-moi ta mère. »

Marjolaine prenait le combiné en soupirant, et choisissait d'être diplomate :

« Quand il y en a pour trois, y en a pour quatre !

– Soyez gentille ! Ne mettez surtout pas d'ail ! À tout de suite ! »

Les moustaches de Gustave s'affaissaient à vue d'œil, mais il parvenait, lui aussi, à maîtriser ses sentiments.

Il ronchonnait mais taisait ses ressentiments à l'arrivée d'Hubert.

« Ne croyez pas que c'est facile, monsieur Choubignac ! Personne n'en veut de votre fille. Si ça marche, c'est grâce à moi ! se plaignait souvent Hubert.

– Elle y est quand même bien pour quelque chose aussi ? protestait Gustave au bout d'un moment.

– Vous ne pouvez pas comprendre ! C'est normal ! » concluait l'autre en haussant les épaules.

Diana, qui détestait ces conflits, préférait ne pas intervenir.

La soirée se terminait tôt, sur les conseils avisés de Hubert, qui ne pouvait s'empêcher de récapituler pour la trentième fois les horaires du lendemain.

Après son départ, l'atmosphère redevenait paisible, les anecdotes du quartier et de la famille étaient passées en revue par le franc-parler de Gustave, ravi des fous rires de sa fille.

Malgré les ruses de Sioux employées par Diana pour rentrer chez elle, sa nouvelle adresse fut vite repérée dans le quartier. Les fans avides d'autographes faisaient le pied de grue devant l'entrée du parking, sonnaient à tous les interphones, guettant le moment où la gardienne avait la tête tournée pour se faufiler dans les couloirs. Régulièrement, soir et matin, Diana trébuchait sur un admirateur endormi sur son paillasson.

Diana, toujours amoureuse des bijoux fantaisie, continuait à dessiner boucles d'oreilles, bracelets, pendentifs, pour les faire fabriquer par l'ami de son père, qui était aussi devenu le sien.

À chaque émission de télévision ou de radio, à chaque séance de photos, quelqu'un s'extasiait :

« C'est ravissant, ton collier, tu l'as trouvé où ?

« Comment fais-tu pour avoir un collier aussi original ? »

Elle n'était pas dupe. Certains étaient moins enthousiastes :

« C'est vraiment de la pacotille, ce qu'elle porte !

« Comment peut-on avoir aussi mauvais goût !

« Il ne lui manque plus qu'une cloche autour du cou !

« Remarque ! C'est Haudevan qui serait content : au lieu de ne pas la quitter des yeux, il n'aurait plus qu'à suivre le tintement de sa petite chèvre ! »

Haudevan se gardait bien de donner son opinion sur les babioles portées par sa protégée. Son idée était faite depuis longtemps...

Mais Diana ne pensait qu'à chanter et à ne pas perdre sa place au premier rang des hit-parades. Et elle persistait à rêver de trouver une amie sincère et de rencontrer l'amour.

Un après-midi, assise en face de Trinité (le bureau personnel qu'il lui avait promis n'avait jamais existé),

Diana papotait sur le courrier et les nouvelles rubriques du journal, lorsque l'irruption d'Haudevan interrompit net leurs activités.

« Ah ! tu es là ! Il fallait justement que je te parle. Entre dans mon bureau, j'arrive ! Trinité, j'ai eu des coups de fil ? Je ne veux pas être dérangé, vous ne me passez personne ! »

Diana, accoudée au piano, feuilletait les paroles et les partitions jetées çà et là sur le demi-queue noir :

« Où étais-tu ? demanda-t-elle. Ça fait une heure que je t'attends. Je te jure que ce n'est pas marrant.

– Bon ! Venons-en aux choses sérieuses ! J'ai eu une idée géniale pour toi ! »

Inquiète à la pensée de nouveaux bowlings à inaugurer, Diana prit néanmoins place dans un des fauteuils, face à son imprésario les deux pieds (dans quelles chaussures !) sur l'angle du bureau Empire.

« Il faut penser un peu à ton avenir : j'ai rencontré quelqu'un qui pourrait fabriquer les bijoux que tu portes ! On pourrait les distribuer partout et tu aurais une boutique qui porterait ton nom ! Tiens, je viens de trouver : La Boutique de Diana ! Je prendrai bien sûr une personne pour dessiner ta collection ! »

Son sourire, son œil brillant et sa conviction enchantèrent Annette et surprirent la chanteuse.

« Crois-tu que les gens aimeraient ça ? C'est une bonne idée. Mais il faudrait que je dessine les accessoires ou au moins que je propose mes idées. Puis il faudrait demander à l'ami d'enfance de papa qui fait mes bijoux.

– C'est déjà fait ! Nous allons travailler avec lui ! D'ailleurs, j'ai aussi trouvé un local rue du Sentier. Il faut juste refaire les peintures mais, pour travailler, c'est exactement ce dont nous avons besoin ! Si tu veux nous irons le visiter demain ! »

Diana fit immédiatement part de la nouvelle à ses parents :

« Vous imaginez une boutique qui vendrait des bijoux, des ceintures, des sacs, je ne sais pas moi... il y a encore des tas d'idées à trouver ! C'est formidable ! Non ?

« Maman, tu te mettrais à la caisse ! Papa, tu surveillerais la fabrication ! Je dessinerais !

– Doucement, doucement ! temporisait Gustave. Nous on s'occupe du bistrot, ta mère et moi, on ne peut pas être partout ! Et puis, moi, ce que tu portes, ça me rappelle les marques que l'on mettait dans les oreilles des vaches avec ton grand-père. »

Malgré l'ironie paternelle, Diana était lancée. Ce projet l'enthousiasmait. Pour la première fois, elle oubliait les mesquineries d'Haudevan, la tête de fourmi de Gérald de Vipaire, sa vie un peu folle, folle, folle...

1965
De Gaulle fait de la résistance

Diana était plus que jamais au top. Les auteurs-compositeurs se bousculaient dans le bureau des Champs-Élysées. Textes et cassettes affluaient ; les bandes s'empilaient à côté du Revox, le dernier magnétophone à la mode. Les Éditions Haudevan, fraîchement créées, gardaient tout en réserve. Et si, un jour, une chanson avait l'heur de plaire à Hubert, voire même à Diana, l'affaire était entendue, sans même consulter parfois qui de droit. Quoi qu'il arrive, Haudevan, incontournable, cosignait tout. Le début de 1965 fut couronné par un nouveau hit : *Écoute la musique*.

Diana, au milieu de cette « bourrasque », faisait sagement son travail, comme sur un nuage, emportée par le vent et aveuglée par la lumière trompeuse des projecteurs. Ses faits et gestes ne lui appartenaient plus, elle était locataire de sa propre vie.

Elle mettait tout son cœur, toute sa jeunesse et son

inconscience dans un rêve si vite – trop vite – devenu réalité.

Elle suivait, yeux fermés, les plans d'Haudevan, sans s'alarmer du talent qu'il mettait à ignorer ses projets à elle. Après tout, La Boutique de Diana commençait à très bien marcher. Bijoux et accessoires trônaient, à grand renfort de publicité, en place de choix dans tous les grands magasins.

Diana aimait prendre un peu de son temps pour passer rue du Sentier, dire un petit bonjour à la styliste, lui parler de ses goûts, dessiner sur le bureau une broche, une nouvelle coccinelle, pour servir de mascotte. La collection s'enrichissait tous les jours.

« Diana, savez-vous à quelle heure vient M. Haudevan ? lui demanda ce jour-là le directeur d'un ton inquiet.

– Nous avons rendez-vous ici pour faire des photos. Il ne devrait pas tarder ! Pourquoi ?

– Il faut que je lui parle, c'est très urgent ! C'est pour la collection de lunettes.

– Quelle collection de lunettes ?

– Ce n'est pas grave ! Merci ! Nous verrons tout à l'heure ! »

Il disparut dans le couloir pour rejoindre son bureau. Diana, qui lui emboîtait le pas, fut arrêtée dans son élan par la standardiste.

« Le photographe est là. Il vous attend ! Pouvez-vous venir ? Je ne sais pas quoi lui dire ! »

Une séance de photos était prévue avec une autre chanteuse, pour présenter les nouvelles créations de La Boutique de Diana.

Deux heures après, elle se précipita dans le bureau

directorial où Haudevan, enfin arrivé, était venu s'installer. Décidément, il squattait tout avec un culot inégalable. Telle la reine de la ruche, il siégeait entouré de son essaim vibrionnant : buzzy, buzzy, buzzy, buzzy...

Lorsqu'elle fit son entrée, il comprit à son regard et à son allure que l'affaire était urgente. Il pria aussitôt tout le monde de sortir pour le laisser seul avec elle et il raccrocha.

« Ma petite Diana ! Tes photos se sont bien passées ? Je n'ai pas eu le temps de venir voir, j'étais déjà en retard. De toute façon, je te fais confiance, tu te débrouilles très bien sans moi. Pour ça tu es formidable !

– Écoute, Hubert ! On me parle de lunettes ! Quelles lunettes ? Je fais des photos, pour rendre service ! Mais moi je ne suis au courant de rien !

– Je ne vois pas pourquoi tu t'inquiètes. Tu as déjà tellement à faire. Tu n'as pas le temps de t'occuper de l'intendance, je suis là pour ça ! Toi, tu fais des télés, des photos, tu enregistres, tu as tes cours de chant, le journal du club, tes cours de danse ! Aucun être humain ne pourrait tenir un tel rythme sans se reposer un peu. Ta santé est fragile !

– Quelle santé fragile ? Si un journaliste t'entendait... Je vais très bien ! Arrête, tu vas me porter malheur.

– Fais-moi confiance. Je vais faire établir des contrats pour que tes parents et toi vous ayez des parts dans cette affaire. C'est bien normal ! Pour le reste, tu sais très bien que c'est la famille : ce qui est à toi est à moi et vice versa ! »

Elle aurait dû l'enregistrer... Mais il continuait :

« J'ai une très grande nouvelle. J'ai été contacté par le responsable du festival de Cannes. Il t'invite. Formidable, non ? Laisse-moi maintenant, nous en reparlerons ! J'ai du monde à voir. Dans l'intérêt de nos affaires ! »

Un sourire plein de sous-entendus accompagna sa dernière phrase. Il l'embrassa sur la joue, la tenant par le cou, direction la porte.

Avant de partir, Diana alla s'épancher auprès d'Isabelle, une jeune assistante qu'elle avait prise en sympathie. C'est ainsi qu'Isabelle, très vite, quitta la Boutique et devint, avec l'accord d'Hubert évidemment, sa secrétaire, son ombre, sa confidente surtout : Zaza.

Les deux nouvelles amies ne se quittaient plus. Diana, heureuse d'avoir enfin trouvé quelqu'un à qui confier ses petits secrets, retrouvait le plaisir des fous rires partagés.

« Zaza ! Tu ne trouves pas que j'ai une tête de gobbi, aujourd'hui ? C'est terrible, comment je vais faire ce soir dans *Âge tendre et tête de bois* ?

– Une tête de quoi ? demanda Zaza, pensant qu'il s'agissait d'un nouveau mot à la mode.

– Une tête de gobbi ! répondit Diana, morte de rire. Tu ne connais pas ? Le gobbi est un poisson à tête plate, toute plate avec deux gros yeux ! Il n'a pas de forme, quoi ! Tu vois ce que je veux dire ! Une tête complètement aplatie, un tout petit corps, un truc terrible que tu ne souhaites même pas à ton pire ennemi ! Ce matin, j'ai une tête de gobbi...

– Tu as vraiment des idées incroyables ! Dépêche-toi plutôt, on va finir par être en retard au bureau et

Haudevan va me passer un savon en disant que c'est de ma faute !

– T'inquiète pas ! C'est avec moi que tu travailles. Et lui, avec sa coiffure, tu ne trouves pas que l'on dirait un Indien vu de dos : quand il y a du vent, son crêpage se soulève et on dirait une coiffe de Sioux. D'ailleurs, à partir d'aujourd'hui, que les Sioux me pardonnent, pour parler de lui, on l'appellera Sitting Bull !

– Tu es vraiment complètement folle ? Gobbi ! Sitting Bull ! Qu'est-ce que tu as ce matin ? »

Zaza s'inclina, pliée de rire.

Malgré sa gaieté retrouvée, Diana continuait de traquer toutes les rumeurs courant sur son compte. La blessure n'était pas refermée.

Zaza faisait l'espionne pour elle, récoltant au gré de conversations les bruits lancés au vent.

« Tu es au courant, ce n'est pas elle qui chante, c'est une choriste ?

« Elle ne chante jamais en direct ! Ça veut tout dire ! C'est la plus grande escroquerie du siècle !

« Il paraît qu'elle est malade, Haudevan la gave comme une oie et elle ne grossit pas. » Etc., etc. !

Sur le plateau de la fameuse émission pour teenagers, Albert Raisner souriait de toutes ses dents, heureux de faire partie des pionniers et de vivre avec tous ces jeunes la vague de folie collective.

De simples gradins accueillaient pêle-mêle groupes, débutants, chanteurs, chanteuses et public. Diana et Zaza, toujours à l'heure, attendaient, cachées dans un coin, l'arrivée d'Hubert, seul capable selon lui de se charger d'apporter la bande d'enregistrement.

Eddy Mitchell, en pleine répétition, s'en donnait à

cœur joie. La jambe et le mouvement de hanches du *French rocker* faisaient craquer Diana depuis longtemps. *Daniela* et *Dactylo Rock* l'avaient totalement conquise. Elle avait encore du mal à réaliser qu'elle était aujourd'hui du même côté de la barrière. Albert, l'apercevant, lui fit signe de venir prendre sa place assise, et l'étreignit comme lors de retrouvailles d'anciens combattants. Il était devenu le grand frère à qui tous les jeunes se confient. Pétula, elle aussi à sa place, lui adressait un signe amical, lorsque Haudevan en personne fit une entrée remarquée, perché sur des chaussures genre échasses landaises, organisant son propre bain de foule et serrant toutes les mains à sa portée.

« Il y a plein de chanteurs en direct ! Pourquoi pas moi ? demandait souvent Diana à Hubert.

– C'est mieux : comme ça, tu peux danser tranquille ! Et puis, je veux le son du disque !

– En scène, je me suis bien débrouillée, je ne vois pas où est la différence ! On commence à dire que je ne sais pas chanter !

– Ce n'est pas pareil. Je ne reste pas des heures en studio sans raison ! Le son est épouvantable en direct, ils font n'importe quoi ! Arrête un peu d'écouter tout ce que l'on dit ! Ne t'inquiète pas, je sais ce que je fais ! »

L'émission terminée, Diana et Zaza, suivies de leur cerbère Haudevan, sortirent sous la protection de gardes du corps engagés pour la circonstance car, chaque fois que la chanteuse montrait le bout de son nez, l'émeute menaçait.

Il fallut bientôt que Diana se prépare pour son invitation au festival de Cannes. Comme beaucoup, elle n'eut qu'une idée en tête : « Comment je m'habille ! » Après deux jours de recherches fébriles, elle opta pour le grand couturier Guy Laroche. Séduit et ému par Diana, il créa pour elle une robe en satin rose, portée sous une veste courte, ras du cou, ornée de motifs fleuris très colorés : « un rêve, un vrai jardin d'Éden. »

Guy Laroche serait son cavalier d'un soir, et fier de l'être, pour monter les marches du grand palais des Festivals. Haudevan, provisoirement évincé, suivrait sa chanteuse à distance respectable et professionnelle !

Rendez-vous à Orly. Voyage à bord d'une Caravelle privée, louée pour les artistes et la presse par Georges Cravenne et Otto Preminger. Diana, dans son tailleur vert et blanc commandé pour le voyage, se sentait un peu perdue au milieu de ce beau monde : Michèle Morgan, Marie Dubois, Elsa Martinelli, Carole Linley, Françoise Brion, Jean-Claude Brialy, Eddie Constantine... Un peu isolée, Diana fut ravie de voir arriver Henri Salvador, seul chanteur dans ce groupe. Peut-être pourrait-il lui tenir compagnie pendant le vol. Ludmilla Tcherina, coiffée d'un turban, arriva la dernière, une paire de pointes brillantes neuves à la main, ce qui fut suffisant pour provoquer des remarques acerbes :

« Elle est superbe. Les chaussons me paraissent en trop !

– Si tu veux mon avis, elle doit avoir peur qu'on ne la reconnaisse pas ! Faut toujours qu'elle en rajoute ! »

Les photographes à la fête faisaient fumer leurs appareils. Le vol d'une heure et demie parut très rapide à Diana qui, assise à côté de Salvador, s'étranglait de rire entre chaque petit four.

Arrivée au *Negresco* en limousine, elle prit possession de la chambre, « une suite... ». Toutes les fenêtres de la tour surplombaient la mer. Fleurs et fruits confits ornaient la table du petit salon. Devant tant de faste, elle se sentait telle Cendrillon.

La coiffeuse, le maquilleur et l'indispensable Zaza l'attendaient déjà au garde-à-vous. Elle avait tellement à raconter qu'elle en bafouillait comme une gamine. L'arrivée d'Haudevan, faciès tendu, mit un terme aux joyeuses retrouvailles.

« On se calme ! Vous la maquillez, tu la coiffes, attention il faut que ça tienne ! » précisa-t-il d'un ton qui en disait long.

Prête pour le grand soir, Diana cherchait tous les miroirs de la chambre pour se rassurer :

« Zaza, ma robe ça va ? Et mes cheveux ? Tu me le dirais si quelque chose clochait, hein ? »

Haudevan, au téléphone, faisait de grands gestes pour leur demander de se taire.

« J'ai le trac, tu comprends ! Je suis stressée ! Va donc téléphoner dans ta chambre ! »

L'heure de rejoindre son chevalier servant arriva à la vitesse de la lumière. Avant de la quitter, Hubert lui fit un petit geste d'adieu.

Guy Laroche en smoking l'attend dans le hall. « Voilà un homme qui a du savoir-vivre », pense-t-elle, reconnaissante, en s'engouffrant avec lui dans la limousine noire.

Plus ils approchent du Palais, plus la foule retenue par les barrières grandit.

Le couturier rassure son égérie en lui confirmant qu'elle est ravissante et que sa robe lui va à la perfection.

Enfin arrivent les célèbres marches couvertes du tapis rouge, où les attendent les journalistes, la télévision, les amis, les ennemis... Les gardes du corps jouent des coudes pour éviter aux artistes de périr étouffés.

Diana sort la première, aidée par le chauffeur, sous les acclamations du public. Elle ne fait pas partie du monde du cinéma, mais les fanatiques de stars du grand écran lui réservent une ovation. Elle s'accroche, tout sourires, au bras de Guy en lui glissant discrètement à l'oreille :

« Bon attention, voilà les marches ! Ne me lâchez surtout pas. J'ai tellement peur de glisser sur ce tapis avec mes chaussures neuves !

– Oooh ! Aaaah ! Quelle jolie robe ! Diana, vous êtes superbe ! Bravo !

– C'est Diana ! T'as vu : elle est plus belle qu'à la télé !

– Moi, j'peux pas la voir celle-là ! J'préfère Sylvie Vartan ! elle chante mieux ! »

Les premières marches sont franchies mais plus personne ne peut faire un pas en avant. Diana harcelée par les clic ! clac ! fait des bonjours timides de la main.

« Diana ! Par ici ! un p'tit sourire ! Diana, Diana ! Là, à droite, pour nous aussi ! Diana, pour l'ORTF, s'il vous plaît, juste un p'tit mot !

« Nous sommes en direct de Cannes avec de nombreux artistes ! Diana, c'est la première fois que vous venez à Cannes, comment vous sentez-vous ! Quelles sont vos impressions ? »

Surprise par la rapidité de la question, elle répond : « J'ai l'impression d'être dans un rêve, je ne réalise pas encore... »

Le mouvement de foule des artistes qui la suivent la coupe en pleine phrase.

« Nous n'en saurons pas plus pour ce soir, chers téléspectateurs ! La foule pousse tellement, mais je vois arriver Michèle Morgan, à qui je vais demander ses impressions ! »

Diana, enfin arrivée saine et sauve en haut de l'escalier, vérifie si elle n'a pas perdu une fleur dans la bataille. Tous les artistes ont droit à l'éternelle photo sur la scène du Palais. Elle se sent très fière de faire partie de ce « fabuleux générique ».

Deux heures plus tard, un festin de roi les attend. Des tables fleuries aux couverts d'argent envahissent tout l'espace. Chacun y cherche son nom. Elle ne quitte pas son couturier et, à son côté, dîne auprès de Guy de Rothschild, Marie Dubois...

Quelle n'est pas sa surprise de voir soudain arriver Haudevan ! Il ne s'installe pas à sa table mais il est là. On ne sait jamais, si sa chanteuse se laissait débaucher par un baron...

Les yeux bien ouverts sur ce spectacle mondain, elle parle de futilités pour être certaine de ne pas laisser échapper une énormité. D'ailleurs, de quoi d'autre parler dans cet endroit et à cet instant ? C'est merveilleux, mais sa jeunesse lui souffle que toutes ces célébrités sont bien engoncées dans leurs brillants costumes, bien glacées dans leurs rôles de composition.

Le clou du gala l'achève pour de bon. L'invitée de

la soirée, une chanteuse renommée aux USA, fait son entrée et prend le micro. À la première note, Diana se demande si elle a eu raison de s'engager dans cette voie. Elle entend pour la première fois Shirley Bassey.

Elle resta encore deux jours en haut de sa tour, déjeuna avec Otto lui-même, dans le merveilleux restaurant, *La Colombe d'Or*, rencontra François Chalais, *le* journaliste du cinéma, se soumit bien entendu à une véritable succession de séances photos et n'omit pas de répondre, chaque fois qu'on lui demandait :

« Alors, Diana ! C'est pour quand le cinéma ? Si vous êtes là, vous avez certainement des projets ?

– Je ne veux pas aller trop vite ! Peut-être un jour... »

L'avion la ramena très vite à la réalité. Cette fois, elle était sordide. À son retour, la première page de *Dimanche-Paris* annonçait :

Après la terrible nouvelle sur sa stérilité !
Le bruit circule qu'elle a perdu sa voix !
Qui veut du mal à Diana ?

La petite affaire, la Boutique de Diana, fructifiait de jour en jour. Dans tous les coins de France, on demandait à pouvoir vendre la collection. La plus belle récompense arriva trois mois plus tard, par le courrier.

Nous sommes heureux de vous informer
que votre collection vient d'être choisie cette année
par le Comité du bon goût français.
Nous vous remettrons donc
avec le plus grand plaisir,
au cours du cocktail organisé à cet effet,

la coupe Prestige de la France.
Nous espérons vivement votre présence
pour notre soirée.

Diana, accompagnée par son imprésario, participa à la soirée. Souriante comme un enfant qui reçoit son premier train électrique.

Quand ils s'éclipsèrent, comme on le devine, elle emportait une superbe coupe gravée et Hubert de nouveaux numéros de téléphone dans son agenda.

Les grandes stations de radio suivaient sa carrière de près. Diana, régulièrement invitée, prenait parfois un malin plaisir à accepter ce qui ne paraissait pas toujours nécessaire à Haudevan. RTL proposa un grand déjeuner, en direct sur l'antenne, pour inaugurer son premier programme féminin. Dalida, Micheline Dax, Nana Mouskouri, Micheline Presle, Annie Cordy, Colette Renard et Diana, ravies que l'on donne la parole à des femmes, furent conviées à se réunir autour d'une table.

Les rires explosèrent quand elles virent débarquer, plats à la main, les serveurs du jour : Michel Cogoni, valeur en place de la station, Jacques Martin et Jean Yanne, compères des premiers jours, dont l'humour cinglant allait se donner libre cours.

Cette fois, il leur fut plus difficile que d'habitude d'en placer une. Maladroits, ils rataient les assiettes, renversaient la sauce, mais ils réussissaient à s'emparer totalement du micro.

Jean Yanne prit pour cible les bijoux de Diana :

« Dis donc, Jacques ! T'es sûr qu'elle n'a pas oublié quelque chose, la p'tite ?

– Non, elle m'a bien donné l'enveloppe ! Comme prévu ! répondait Jacques Martin, sous le nez d'Haudevan qui riait jaune dans la cabine.

– Moi, je te dis que si ! Regarde-la bien ! Les oreilles, le cou, les poignets, les doigts ! Elle a oublié de se mettre... un anneau dans le nez ! »

Diana, qui en avait entendu d'autres, ne répondit pas. D'ailleurs, tout le monde eut droit à un traitement de choc. Dur, dur. L'entourage des artistes entassé dans le couloir se régalait. L'occasion était trop belle et personne ne se priva de surenchérir dans la petite vacherie et le dernier potin.

Dès le soir, la rumeur pourrait s'en emparer pour les déformer encore...

Zaza, privée de sortie par Haudevan sous prétexte d'un terrible retard dans le courrier du club, écoutait la radio en compagnie de Trinité ; elle tentait sans en avoir l'air de récolter quelques informations :

« Trinité ? T'es au courant d'une boutique qui s'ouvrirait à Boulogne ?

– M. Haudevan m'en a dit quelques mots, mais ce n'est pas encore fait.

– Pourquoi n'en parle-t-il pas à Diana ? Elle devrait être au courant : ça la concerne un peu, tu ne crois pas ?

– Zaza, tu ne devrais pas dire une chose pareille ! Il ne pense qu'à elle ! Tu sais bien qu'il fait son maximum pour la soulager de tout souci ! Il l'aime tellement ! Il ne cherche qu'à la protéger. Elle a déjà tellement de boulot ! Je sais très bien ce qu'il a en tête, je vois tous les papiers ! Crois-moi, elle n'a aucun souci à se faire ! »

Diana, de retour chez elle, s'empressa d'appeler sa

secrétaire pour échanger les nouvelles de la journée et leurs impressions. Zaza, rassurée par Trinité, lui raconta sa conversation, convaincue que sa « patronne » allait pouvoir dormir comme un vrai bébé.

Hubert, ou plutôt Sitting Bull, selon la nouvelle inspiration de Diana, lui avait fixé un rendez-vous. Cette fois, il se montra tout sucre et tout miel :

« Ma petite Diana ! En écoutant un duo, il m'est venu une idée formidable : pourquoi n'enregistrerais-tu pas, en plus de ton quarante-cinq tours, une chanson avec un jeune qui débute ? Ce serait excellent pour ton image ! On dira que ton succès ne t'a pas donné la grosse tête et que tu aides les jeunes ! Crois-moi, j'y pense depuis deux jours, cette idée vaut de l'or ! »

Diana était devenue assez lucide pour comprendre qu'éditer et produire deux disques à la fois valait évidemment de l'or... pour Haudevan.

Mais elle avait vaguement l'impression que quelque chose encore lui échappait.

« En quel honneur un duo ? Et d'où sors-tu ton jeune débutant ?

– Il m'a envoyé une cassette. Sa voix ira très bien avec la tienne ! C'est un fils de famille, bien gentil, bien convenable. Vous irez très bien ensemble ! »

Voyant le doute sur le visage de sa chanteuse, il appuya sur la touche du magnétophone. Confondue, Diana le vit se mettre à danser et taper du pied, sur la musique, imitant un partenaire et agitant ses bras comme pour une sérénade. On aurait dit un gibbon amoureux, ce qui eut pour effet de provoquer un fou rire chez la future duettiste.

« Tu imagines ! C'est un tube ! Tu sais très bien

que je sais ce qui est bon pour toi ! J'ai pas de raison de t'emmener dans une galère ! De toute façon, tu vas le voir, il doit venir à dix-huit heures, il ne va plus tarder !

– Cher Hubert, ce que j'aime chez toi, c'est que tu me donnes toujours le temps de la réflexion ! Qu'est-ce que je vais lui dire, à ce garçon ? Je ne sais même pas ce que je vais décider... »

Trinité les interrompit en annonçant :

« Gilles est là, monsieur Haudevan ! Je le fais entrer ? »

Hubert, heureux de la diversion, accueillit très chaleureusement le charmant jeune homme.

« Diana, je te présente Gilles, un admirateur, le fils du meilleur ami d'un ami d'un tel... »

Diana, rouge de confusion à l'idée qu'il ait pu entendre leur conversation, lui serra la main. Et elle se laissa immédiatement toucher par la timidité de Gilles. « Le pauvre, il est paralysé par le trac, pensa-t-elle. Et je sais ce que c'est ! »

Et Gilles, devenu Karim, se retrouva dans un studio et devant les caméras aux côtés de Diana, pour interpréter avec elle une chanson qui devint numéro un au hit-parade : *Derrière le juke-box*.

L'année se termina en apothéose pour Diana, puisqu'elle se vit proposer d'être la première « idole » féminine à figurer au musée Grévin. Après quelques jours de pose devant le sculpteur Alexandre Barbiérie, elle eut le plaisir, lors de sa première visite entourée d'une nuée de photographes, de se découvrir en place de choix au milieu de tous les grands de l'actualité.

1966
Un homme, une femme et moi et moi et moi...

De nombreuses boutiques ouvraient leurs portes à travers la France. De Boulogne à Clermont-Ferrand, de Villeneuve-sur-Lot à Strasbourg, accompagnée de Hubert et Zaza, Diana, malgré son planning surchargé, partait inaugurer toutes ces nouvelles enseignes de plus en plus lumineuses. Sans jamais témoigner de lassitude, gentiment, elle embrassait, signait des autographes, posait pour des photos avec le gérant, sa femme, sa fille, avec les copines d'école et leur institutrice...

Zaza ne la lâchait d'un pouce que pour courir chercher de nouvelles cartes postales pour de nouveaux autographes.

C'est ainsi que, survenant dans une arrière-boutique, elle surprit le gérant de l'établissement tendant à l'imprésario une volumineuse enveloppe que celui-ci s'empressa d'escamoter.

« Qu'est-ce que tu fais là ? Diana est toute seule ?

Tu es folle ou quoi ? Je t'ai déjà dit de ne pas la lâcher trente secondes... »

De nouvelles émissions de variétés envahissaient le petit écran. *Âge tendre et tête de bois* passait de mode. Le nouveau présentateur de télévision en vogue, l'incontournable Gérard Louksor, déployait ses talents partout. De Cloclo à Hugues Auffray, de Johnny à Dalida, d'Adamo à Tino Rossi, aucune n'aurait manqué sa nouvelle émission vedette *Un soir une étoile* qui faisait systématiquement doubler ou tripler les ventes de disques dès le lendemain.

Diana en était ce soir-là l'invitée principale. Trois chansons en direct avec l'orchestre : un vrai quitte ou double. Haudevan la faisait répéter dans les studios avec les danseuses et le chorégraphe qui en bavait des ronds de chapeau :

« Crois-moi, c'est beaucoup mieux comme ça ! Fais-moi confiance, j'ai l'habitude ! »

Diana recommençait, changeait de pas, sans s'énerver, afin d'éviter l'esclandre. L'essentiel était d'être prête, le jour J. Son numéro accompli, après des heures passées à tout modifier, Hubert disparaissait, laissant derrière lui une ambiance tendue comme une peau de tambour. Exaspéré, le chorégraphe flanchait :

« Si je suis encore là, il faut vraiment que je t'aime... Je ne veux pas t'abandonner mais il est insupportable. Il croit tout connaître, alors qu'il est incapable de danser le moindre pas. Et puis avec des chaussures pareilles ! »

Heureusement, Diana entretenait toujours d'excellents rapports avec les équipes de travail, ce qui sauvait souvent la situation. Elle était cependant très tourmentée parce que tous les chanteurs devaient se produire en direct. Mais Hubert n'en démordait pas : avec les chorégraphies exécutées sur chaque morceau, elle n'arriverait pas à chanter en direct. Diana savait d'avance qu'elle devrait payer le prix fort pour les lubies de son imprésario.

« Tu vois bien que ce n'est pas elle qui chante ! Combien il a payé pour qu'elle nous fasse son numéro de mime ? Cette fille-là, c'est un véritable robot ! »

Cette fois, le sort en décida autrement : deux jours avant les répétitions, Diana se cassa le pied en tombant pendant une séance de photos pour *Salut les copains*. Fini la danse. L'imprésario ne pourrait plus rien dire, le direct était inévitable.

La nouvelle de l'accident plongea Hubert dans une rage folle. Il voulait tout changer et passait sa colère sur Trinité qui n'en pouvait plus :

« Trinité ! Dans mon bureau ! Mais enfin, ce n'est pas possible, où avez-vous foutu ces partitions ?

– Monsieur Haudevan ! Vous ne me les avez jamais remises ! C'est moi qui range tout ici...

– Arrêtez de discuter ! Répondez au téléphone et trouvez-moi ce que je vous demande ! »

Diana fit son entrée dans le bureau, clopinant sur ses béquilles, suivie par Zaza :

« Qu'est-ce qui se passe, on l'entend hurler jusque dans la rue ? »

Le regard mouillé de Trinité en disait long.

« Ah ! Te voilà ! rugit l'imprésario. Qu'as-tu fait des partitions ?

– Holà ! T'es gentil, tu ne commences pas à m'agresser ! Nous devons être chez le chef d'orchestre dans une heure. Mais, si ma mémoire est bonne, tu as laissé les partitions au studio !

– Trinité ! Vous ne pensez donc à rien ! Appelez-moi le studio tout de suite ! C'est terrible, je suis tout seul à travailler, avec des imbéciles sans aucune imagination. »

Zaza vexée regarda Diana qui, habituée, gardait son calme.

Les tonalités étaient bonnes, le tempo parfait, le chef rassura la chanteuse :

« Ne t'inquiète pas ! Les musiciens ont l'habitude ! Si tu te trompes, si tu rates une mesure, ils te rattraperont ! Dors bien et fais attention de ne pas te casser l'autre pied d'ici après-demain, sinon tu vas faire une entrée en civière ! »

Diana trouvait étranges ses remarques.

« Franchement je ne vois pas pourquoi je raterais une mesure ! C'est un métier non ? Il ne va quand même pas me dire que certains ne chantent pas en mesure. »

Des répétitions très mouvementées attendaient la chanteuse. Gérard Louksor menait toute son équipe à la trique. Sa réputation de grand nerveux, colérique, se confirma sur le plateau. Le réalisateur, son assistante, le chef éclairagiste, tout le monde en prenait pour son grade. Haudevan, sans arrêt aux basques du producteur pour obtenir exactement ce qu'il voulait, ne faisait qu'aggraver la situation.

« Je t'assure, Gérard ! Ce plan n'est pas bon ! On en a pour cinq minutes !

– Tu me fatigues ! » protestait l'autre, ajoutant toutefois en criant dans son micro :

« On refait une fois très vite la chanson de Diana ! Pour faire plaisir à Haudevan ! Vas-y, ma poule, on t'écoute ! »

Diana, sous les sourires narquois de l'assistance, la haine au cœur pour Hubert, recommença courageusement sa chanson. Les gesticulations toujours plus ridicules de l'imprésario derrière les caméras faisaient pouffer toute l'équipe. Seule, Diana contenait sa détresse.

Vingt heures trente, la speakerine annonce l'événement de la soirée : « Vous retrouvez ce soir Gérard Louksor dans votre émission favorite *Un soir une étoile*, avec en vedette la chanteuse Diana, pour la première fois en direct. »

Encore un examen de passage, avec la France pour jury et tout le monde du show-biz attendant ou espérant l'effondrement du château de cartes.

Pied plâtré décoré d'une fleur, Diana fait son entrée, portée par les danseurs : une scène totalement surréaliste. Les fans, fous de joie de la retrouver, poussent des cris stridents et scandent son nom en tapant des pieds. Le studio 102 est en pleine émeute.

Tout se passe pour le mieux, elle n'oublie pas la mesure. Haudevan, lui, ressemble de plus en plus à un pantin désarticulé. Enfin, Karim vient la rejoindre – c'est la « surprise » de la soirée – pour lui offrir des fleurs et chanter avec elle *Derrière le juke-box*.

Dans les coulisses, Gérard Louksor, Trinité, le réalisateur, l'assistante, tout le monde se congratule. Hubert se détend enfin. Deux jeunes débutants, révélations de l'année, frappent à la porte de sa loge :

Antoine et Mireille Mathieu qui viennent la féliciter.

Diana, heureuse de leur parler, regrette une fois de plus de ne pas pouvoir poursuivre la conversation car Hubert Haudevan s'interpose déjà. Le présentateur les quitte sans omettre de l'embrasser et de crier à la cantonade :

« Encore bravo ! Tu es formidable ! Allez, à bientôt, ma poule ! »

L'apparition de Diana au festival de Cannes avait donné des idées à un producteur de cinéma. Mais il tenait à lui faire passer une audition comme tous les débutants. Une courte scène fut envoyée pour les essais. Pendant deux jours Diana et Zaza profitèrent de tous les instants libres pour voir et revoir le texte.

Pour ces essais sur les plateaux de Billancourt, les photographes, déjà prévenus, l'attendaient devant les grilles.

Diana leur adressa quelques signes, mais elle n'avait pas le cœur à sourire, tout entière investie par le trac. Philippe Nicaud, en tournage dans le studio voisin, avait accepté de lui donner la réplique.

Après les présentations, Yves Allégret plaça Diana de face, de profil et de trois quarts, puis lui demanda de bien vouloir répéter sa petite scène. Elle avala la moitié de sa première réplique sans pouvoir réfréner le « débit fou » provoqué par le trac. Philippe Nicaud lui expliqua gentiment l'importance de prendre son temps et de respirer. Ces conseils lui furent salutaires puisque le deuxième essai fut le bon. Après deux heures de travail, Yves Allégret félicita Diana et lui donna rendez-vous au mois de juin pour le tournage.

Le film raconterait les mésaventures d'une jeune fille qui veut reprendre l'agence de détective de son grand-oncle.

Le casting avait retenu Jean Yanne, Jean Richard et Franco Fabrisy. Les figurantes étaient choisies, futures élèves de l'école de détectives, « toutes des danseuses avec qui Diana avait déjà travaillé ». Il manquait le jeune premier. Dans le bureau du producteur, Diana, pour une fois consultée, examinait une pile de photos afin de donner son avis. Le choix était plutôt difficile : trop grand, trop petit, trop cher.

Bobine, surnom trouvé par Diana pour le producteur, assis à ses côtés, sortit de son attaché-case la photo d'un acteur anglais presque débutant.

« Brett Hasley ! Un mètre quatre-vingts ! A tourné dans des séries ! Qu'est-ce que tu en penses ?

– Il est plutôt beau garçon ! Il a l'air assez *in* ! répondit Diana les yeux rivés sur son regard bleu.

– Il est libre pour les dates de tournage ! Par contre il refuse de tourner en maillot de bain. Il ne veut pas montrer ses jambes.

– Bizarre, tu ne trouves pas ? Il faut faire une enquête ! » s'esclaffa Diana.

Tous les rôles étaient distribués, sauf « l'esprit de l'oncle », qui devait apparaître régulièrement dans un halo pour protéger sa nièce.

C'est alors que Bobine, gêné, annonça :

« Hubert a décidé de prendre Gérard Louksor.

– Tu plaisantes j'espère ! Il fait de la télé ! Qu'est-ce qu'il vient faire dans cette histoire ?

– Écoute, ma petite Diana, Hubert m'a dit que c'était une obligation ! Il ne peut pas faire autrement ! Ce n'est pas grave, on s'arrangera ! »

Diana ravala ses commentaires, préférant ne pas semer le trouble. Yves Allégret, qui devait mettre en scène, avait disparu pour laisser sa place à un garçon au nom beaucoup moins prometteur. Elle ne réussit pas à connaître la vraie raison de ce changement. Le budget serré peut-être...

Le tournage commença sous de bons augures, sur une île privée, au soleil. L'équipe allait vivre pendant deux mois côte à côte. Diana, comme les autres, liait connaissance avec tous, souriante et heureuse de rencontrer de nouveaux visages. Blanche, la maquilleuse qui avait déjà travaillé avec le chef opérateur et le cameraman, rassura Diana sur le tournage.

Hubert, discret les premiers jours, commença à redevenir envahissant. Imposant des réunions de plus en plus nombreuses, il surveillait les allées et venues, les horaires du lever et du coucher de *son* « artiste ».

Jean Yanne ne manquait jamais un bon mot pour détendre l'atmosphère. Projeté tout habillé dans la piscine pour les besoins d'une scène, il ressortait avec la tête d'un pauvre chien battu, coinçait une cigarette entre ses lèvres, présentait le briquet et faisait alors savamment s'écouler sur le tabac toute l'eau qu'il avait gardée dans sa bouche. Avec lui, chaque scène se terminait par un gag imprévu.

Zaza avait pour mission de surveiller Diana qui, après chaque séquence, était sommée de regagner sa chambre pour se reposer. Elle enrageait car, à son âge, elle avait surtout envie de s'amuser. Voyant qu'il lui serait difficile, cette fois, de tout contrôler, Hubert Haudevan prenait régulièrement des rendez-vous avec la presse nationale et locale. Bobine, conscient de la bulle étouffante qu'on organisait autour de son héroïne préférée, aménageait des déjeuners, des réunions pour qu'elle puisse un peu respirer.

Après une semaine, le cameraman surnommé Goupy, l'œil derrière son viseur, devina lui aussi très vite le matin sur le visage de la jeune femme les « dégâts » causés par le passage de son imprésario. Alors il venait gentiment réconforter Diana.

« Ne pense plus à rien, respire ! Ta jolie petite frimousse est toute tendue ! N'oublie pas que c'est moi qui me cache derrière ! Et moi je t'adore ! »

Tous les soirs, le metteur en scène vérifiait avec la scripte le plan de tournage du lendemain, sous le regard d'Hubert... qui commençait à avoir quelques idées sur le sujet ! Le metteur en scène essayait tant bien que mal de garder son calme et de suivre son fil. Bobine, en bon gros nounours qu'il était, arrondissait les angles pour éviter que tout le monde ne veuille quitter le navire.

Enfin le jeune premier débarqua sur l'île. Un dîner fut organisé pour les présentations. Diana essayait tout le contenu de son armoire pour choisir sa tenue.

« Zaza, t'as pas vu mes chaussures à talons ? Je ne les trouve pas !

– Pour quoi faire ? Tu ne vas pas mettre des escarpins fermés, en plein été ?

– Mais attends ! Il est grand ! Tu ne voudrais quand même pas que j'aie l'air minuscule à côté de lui ?

– Mais tu n'es pas petite, avec ton mètre soixante et onze ? De quoi as-tu peur ? Écoute, mets ce que tu veux, c'est encore ce qu'il y a de mieux !

– Voilà ! C'est bien ce que je pensais, je suis toute seule, tout le monde s'en fout et personne ne m'aime ! » concluait en riant Diana qui prenait toujours plaisir à la compagnie de Zaza.

Mais, sous ses plaisanteries de jeune fille comblée, persistait le sentiment d'une solitude profonde et grandissait un doute lancinant sur l'authenticité des rapports que son entourage entretenait avec elle.

Finalement, la rencontre avec le jeune premier fut cordiale mais le dialogue limité. Il ne connaissait pas encore le nom de la chanteuse, il ne parlait pas le français et l'anglais de Diana se limitait à « *How are you ? Yes, no and shit* ! ».

Dès le lendemain, les photographes inondèrent les agences de presse de clichés des futurs héros du film.

Chaque matin, Diana relisait ses scènes avec Zaza, et Blanchette venait la maquiller tout en lui racontant ses anciens tournages. Haudevan inspectait tout...

Chaque jour ajoutait un épisode mouvementé au tournage : poursuites en voiture dans les ruelles, enlèvement par un hélicoptère en plein cœur d'une fête. Et la chanteuse, malgré ses courbatures, était heureuse de se montrer à la hauteur de son rôle.

La scène suivante prévoyait une attaque de gangsters contre l'héroïne en pédalo. Bien entendu, Brett devait surgir pour la sauver. Tout était prévu pour cette difficile journée de tournage : la vedette blanche des gangsters, le Zodiac du cameraman, le nouveau bateau d'Hubert conduit par Jules, indispensable pour transporter l'imprésario et ses idées, la maquilleuse et ses raccords, la coiffeuse et sa laque, Zaza et le peignoir de bain pour les courants d'air. Une seule chose n'était pas au rendez-vous, le temps : mistral force 6, la mer était très forte !

Impossible de reporter au lendemain : trop cher. Diana partit donc avec son escorte, emmitouflée dans un peignoir, fichu de la coiffeuse sur la tête, Kleenex de la maquilleuse sur le visage, pour rejoindre son pédalo déjà en pleine mer. Jules, au volant, avait pour ordre d'éviter les vagues et les gouttes d'eau ! Ça tombait bien, il détestait toujours l'eau. Excédé par l'inanité de sa mission, il jurait dans son menton :

« Peuchère ! Qué fada ! I faut pas sorrrtirrr en merrr quind on veut pas se mouiller ! Ah ! Bonne mèrrre, ces Parrigots qui commprrennent rrrien au Midi y m'escagassent... »

Il fallut d'abord qu'elle passe du bateau au pédalo, sans tomber, sans se mouiller, ni se faire mal... Première difficulté ! Lorsque le bateau montait par la force du vent, le pédalo descendait, et vice versa. Hubert, arc-bouté au pédalo, passait ses nerfs sur les autres occupants du bateau :

« Mais enfin, Jules, faites quelque chose ! Ne restez pas planté comme un idiot ! En avant ! Mais non, pas comme ça ! Arrière !

« Zaza, bouge-toi ! Tu vois bien qu'elle va attraper froid ! T'es complètement bornée ! J'te dis de faire attention à elle ! »

Diana commençait à rire nerveusement, d'appréhension sans doute, mais surtout de voir le ridicule de leur posture.

« Hubert, arrête de hurler comme ça. Diana a mal au cœur, s'insurgea Zaza. Elle va vomir ! C'est pas de sa faute !

– Faut que j'arrive à monter là-dessus, bon sang de bonsoir ! »

D'agacement, elle fit ni une ni deux et se propulsa

sur le siège, saisissant immédiatement la dérive pour reculer. Première opération réussie.

Elle pédala de toutes ses forces pour se placer face à l'objectif, se rapprochant au maximum de la côte pour ne pas dériver. Goupy dans le Zodiac filmait les passages répétés de la vedette blanche autour du pédalo, devenu un capricieux cheval de rodéo pour Diana. Les messages diffusés par les talkies-walkies lui étaient transmis à chaque passage.

« Haudevan est dans le champ ! Qu'est-ce qu'il fait encore là à nous emmerder, ce con ? Qu'il dégage ! »

Diana, de plus en plus trempée par les vagues, continuait à pédaler, sans plus penser à son mal au cœur.

Mais il fallut partir chercher le pédalo qui dérivait de plus en plus (un vrai radeau de la Méduse). Haudevan, toujours dans les parages, demanda à Jules de jeter une corde pour la remorquer. Une fois, deux fois, trois fois, ce fut la bonne :

« Tu veux ton peignoir ? Zaza ! Mais passe-lui donc, elle va avoir froid ! »

Diana, hystérique, hurla :

« Dépêche-toi ! On ne va pas perdre une heure avec le peignoir ! Hubert, t'es fatigant ? Sors du champ, on va encore être obligés de recommencer à cause de toi ! »

Du haut de son rocher, Brett, le « sauveur », avait bien remarqué qu'il ne pouvait pas laisser sa partenaire, sans réagir :

« Attention, on n'en fait qu'une ! Moteur ! Ça tourne ! »

Le bel Anglais, torse nu mais en pantalons, dans un saut digne de Johnny Weissmuller, plongea pour rejoindre Diana.

« Il est franchement beau, il plonge bien, il nage bien et il sent bon ! » ne put-elle s'empêcher de penser en l'aidant à se hisser, avant qu'il ne la serre dans ses bras forts et musclés.

Tout le monde, trempé, frigorifié, malade, regagna l'hôtel en Zodiac. Diana, toujours blottie dans les bras du beau brun qui la réchauffait, espérait une panne de moteur pour que ce moment ne finisse jamais.

Le rêve prit fin en accostant violemment sur le ponton, et ils se séparèrent tous pour rejoindre leurs chambres respectives et se bourrer de cachets avant de dormir.

C'est seulement le lendemain matin qu'on vint lui apprendre la triste nouvelle : un machino qu'elle aimait beaucoup s'était noyé pendant le tournage de la veille.

La merveilleuse petite île était devenue triste. Toute l'équipe reprit la route trois jours plus tard, destination le château de Lignières, dans les environs d'Angoulême.

Cette magnifique propriété, entourée par un parc aux arbres centenaires, était clôturée par un immense mur de pierre. La tranquillité absolue. Le château devenait pour trois semaines une école privée anglaise pour apprentis détectives.

Toutes les figurantes s'entraînaient au rubgy, au tout-terrain en moto, aux combats de boxe française, s'initiaient aux tours de cartes du bonneteau et à l'art de subtiliser le contenu des poches de « l'ennemi »... Les rythmes militaires de l'école et du tournage se rejoignaient, et pour cause, de façon extraordinaire.

Diana, ravie d'avoir trouvé des complices, répétait avec elles. Haudevan, tel un coq dans une basse-cour, avait rarement été aussi aimable, bien qu'il ait décidé en plein tournage qu'il fallait modifier la fin de l'histoire.

Le metteur en scène, au bord de la dépression, se battait avec ses plans, ses découpages, ses cadrages et les notes de son futur montage, sans cesse contestées par Hubert, dit Cecil B Dix Mille.

Il avait enrichi son leitmotiv : « Je sais de quoi je parle ! Fais-moi confiance ! » d'une nouvelle formule qui devait clore toute discussion : « C'est mon métier ! J'ai appris ça quand j'avais seize ans. D'ailleurs tout le monde vient me demander mon avis ! »

Une journée chargée s'annonçait. Diana, treillis, godillots et mitraillette au poing, s'entraînait à tirer à blanc sans fermer les yeux, malgré le bruit assourdissant. Dans la cour des écuries transformée en stand de tir, le niveau des décibels avait largement dépassé un seuil critique.

À chaque « Moteur, on tourne », les armes s'enrayaient et les filles n'étaient pas très au point : l'une tirait trop tôt, l'autre tombait sur son séant, renversée par la puissance des pétoires. Fou rire général. Et une bonne demi-heure perdue...

La cantine derrière le château accueillait des tablées de quinze ou vingt personnes. Diana y trouvait toujours une place près de Goupy, Bobine ou le metteur en scène.

L'étang, dont on ne voyait pas le fond, plein de bestioles sans doute, l'attend pour l'après-midi :

« Je ne pourrais pas simplement courir autour ?

– T'en as pour cinq minutes ! Tu sautes dedans les bras en l'air avec ta mitraillette, tu traverses en courant, tu jettes ton arme au sol, tu attrapes les buissons, tu sors, et hop, c'est fini ! On ne le fera qu'une fois ! insiste le metteur en scène.

– Merci beaucoup, vous êtes vraiment gentils ! ironise Diana. Vous ne vous demandez même pas s'il y a des serpents là-dedans ! »

Elle est sur le bord de l'étang, mitraillette à la main et, presque sans hésitation, elle saute dans la vase, arme au-dessus de la tête. Les hurlements simulés pour une attaque ont triplé d'amplitude. Ses grosses chaussures glissent sur le fond, mais elle court de toutes ses forces, terrifiée par les bêtes qu'elle imagine au fond. Le soir même les assistants découvrent au bord de l'eau un nid de bébés vipères dont les parents se baignaient dans ce bel étang.

Dimanche, jour de relâche. On attend le retour du beau brun et l'arrivée de Gérard Louksor baptisé Tonton Gérard pour les besoins du film. Diana, très agitée, ne tient plus en place à l'idée de retrouver son partenaire. Dissimulée derrière le rideau de sa chambre, en compagnie de Zaza, elle guette les entrées de voitures dans le parc :

La sonnerie du téléphone retentit. Zaza décroche.

« Allô ! C'est Zaza ! Bonjour, monsieur Hubert. D'accord, je vais le lui dire, monsieur Hubert ! Au revoir, monsieur Hubert !

– Tu es bien aimable ! Monsieur Hubert par-ci, monsieur Hubert par-là ! Qu'est-ce qu'il voulait ?

– Rien, tu déjeunes à midi avec lui et Louksor !

– Ah ! non ! il le fait exprès, je l'ai averti que je veux déjeuner avec Brett ! Je vais le rappeler !

– Il ne m'a pas dit où il était. Il vient te chercher à midi et demi, en bas ! »

Pour Haudevan, seul importait de confirmer à Gérard Louksor que c'était Diana qui avait souhaité sa présence dans le film. Comment lui faire croire qu'elle l'adorait si elle ne lui tombait pas dans les bras dès son arrivée ?

Les affaires avant tout ! « C'est bon pour ta carrière ! » Elle verrait plus tard, beaucoup plus tard, que c'était surtout excellent pour la sienne...

Le tournage allait réunir maintenant chaque jour les deux jeunes premiers. Le film n'avait toujours pas trouvé sa fin, mais avait enfin un titre : *Boom Boom*, tiré d'une chanson américaine, qu'elle interprétait les yeux dans les yeux de son partenaire.

Après ce déjeuner manqué, l'après-midi au bord de la piscine permit à Diana, le cœur toujours en émoi, de découvrir non seulement les mystérieuses jambes du comédien, pas si catastrophiques finalement, mais surtout son attirance évidente pour les danseuses. Son imagination débordante avait bâti une belle histoire, sans même avoir consulté l'intéressé !

Son anniversaire tombant en plein tournage, le propriétaire du château, Haudevan et l'équipe du film avaient préparé une fête. Une estrade, une immense table pour le buffet, des fleurs, furent disposées au milieu du parc. La presse avisée avait annoncé la nouvelle, et les photographes devaient se mêler aux invités. Diana, « reine d'un jour », n'avait aucune idée de ce qui lui était réservé. Surprise !

Au réveil, un concert lointain de klaxons la tira de son sommeil. Sur l'invitation du propriétaire, tout le village voisin arrivait en voiture pour participer à la fête du château. La file des véhicules bloquait la circulation dans tout le secteur. Les motards, appelés à la rescousse, avaient déjà déclaré forfait. Seules les grilles encore fermées retenaient la foule.

Diana, qui sentait cette agitation fébrile autour du château, préférait rester cachée dans sa chambre.

Lorsqu'elle descendit sur le coup de midi, une immense chaise à porteurs l'attendait, entourée de laquais en tenue d'apparat, avec les cuisiniers, jardiniers, Bobine, le metteur en scène, Goupy, Blanchette, les danseuses, Zaza, et Haudevan enfin, qui annonça d'un ton solennel :

« La chaise de mademoiselle est avancée ! »

Diana rouge de confusion s'excusa :

« Merci ! Mais je peux marcher toute seule.

– Vas-y, ma petite Diana ! Assieds-toi ! Ces messieurs vont te faire faire un petit tour ! C'est plus prudent !

– Qu'est-ce qui se passe ! Pourquoi prudent ?

– Écoute, nous avons un petit problème ! On s'en occupe ! »

Lorsque l'assistant, essoufflé, entra en courant.

« Nous n'avons rien pu faire. Ils sautent par-dessus le mur. Nous tenions les grilles, mais ils étaient trop nombreux ! Ils courent dans tous les sens ! Dans dix minutes, il y en aura partout ! »

Diana, rodée, comprit qu'il fallait commencer les festivités au plus vite.

En quinze minutes, plus de cinq mille personnes avaient envahi les jardins. Sous les bravos et les hourras, siégeant sur son trône, elle reçut en cadeau toutes les spécialités du pays : du cognac, des grillons charentais, son poids en jambon... Le marquis de Amadio l'intronisa membre de la Compagnie du franc pineau, les Galants de la verte Marennes lui offrirent des huîtres et enfin, les larmes aux yeux, les charcutiers de la région apportèrent une bassine de rillettes. Etc., etc.

Les félicitations et le discours du maire annoncèrent l'arrivée du gâteau géant, un mètre cinquante de haut, plus de cinquante kilos, dominé par des bougies. Les porteurs, protégés par les gendarmes, eurent du mal à se frayer un passage, mais par chance l'immense échafaudage de crème et de chocolat arriva entier près d'elle.

Diana souffla les bougies, ce qui donna le signal de départ à tous les orchestres parsemés dans le parc. Elle n'eut que le temps de grignoter quelques canapés avant d'être assaillie par les collectionneurs d'autographes. Ce fut un vrai moment de bataille rangée pour obtenir sa signature. Haudevan rassembla tout le service d'ordre afin de la raccompagner sans danger. Elle dîna cachée dans le château et, vers minuit, sortit sur le balcon avec Brett « le Mâaagnifique » pour saluer une dernière fois la foule en délire ! Comme à la cour d'Angleterre : on sombrait dans le ridicule ! Elle partit enfin se coucher : tournage oblige.

Le lendemain matin, tout le monde avait la tête à l'envers. Jusqu'à l'aube, l'invasion avait continué : réserves et congélateurs vidés, bar pillé, parterres piétinés... Il faudrait des années pour refaire vivre les magnolias, les haies de rosiers, le petit jardin de curé. Un véritable Waterloo pour la magnifique propriété !

Le château de Lignières vécut encore quelques jours au rythme du film. La cantine avec ses grandes tablées, lieu de retrouvailles de toute la troupe, voyait se faire et se défaire les amours d'un jour ou d'une nuit. Des clans s'étaient formés. Haudevan avait déniché au moins trois ou quatre nouvelles chanteuses pour la rentrée, de futures victimes... Gérard Louksor, l'homme à la réplique qui tue, « Ne t'inquiète pas, ma cocotte ! Tonton Gérard veille sur toi », était aux anges ; il repartait avec un premier rôle au cinéma, une « nièce » dans le vent, des accords avec Hubert, et une poche lestée par une grosse enveloppe. Diana rêvait toujours aux bras musclés de son beau ténébreux. Le metteur en scène résistait encore à Hubert Cecil, maintenant convaincu de pouvoir prendre sa place. Bobine perdait du poids à se ronger d'inquiétude de voir les jours passer sans que la fin du film soit encore écrite. Zaza, qui n'avait pas encore bien déterminé quel était son patron, jouait de plus en plus l'intermédiaire entre Diana et Sitting Bull.

De retour à Paris, on filma la « nouvelle » fin dans les studios de Boulogne. Diana tournait maintenant avec Jean Richard. Il la faisait rire avec ses mimiques et son personnage de tendre geôlier qui joue désespérément aux durs. Elle aimait être avec lui car son cœur débordait de gentillesse. Rassurant avec son ventre rond et sa salopette, il avait toujours un petit mot pour tout le monde.

Dernier jour du tournage. Ultime scène, image finale : LE BAISER...

Diana et Brett attendent devant un grand fond bleu

et une cage contenant... des tourtereaux. Du grand art en perspective !

Premier imprévu : Diana doit monter sur un cube pour être à la hauteur de la bouche « pulpeuse » de son partenaire. Romantique !

Les lumières tamisées enveloppent les deux amoureux, enfin seuls pour leurs étreintes.

Deuxième imprévu : Diana, dans son élan, perd l'équilibre. « Coupez ! »

Derniers imprévus de taille : Haudevan entre en vociférant sur la position de la caméra, et le responsable du projecteur, pris d'une terrible allergie, se met à éternuer toutes les secondes. Trois fois il interrompt la scène jusqu'à être gentiment prié de sortir par le chef suprême.

Malgré ces contretemps, qui auraient pu briser bien des vies, Diana et le merveilleux Brett finissent par s'embrasser, une fois, deux fois. Des baisers de cinéma, bien sûr, mais Diana, rouge comme une pivoine, très émue, a beaucoup de mal à jouer l'indifférence.

D'un air qu'elle veut dégagé, elle s'excuse d'être aussi gauche.

Rendez-vous est pris pour une séance de photos le lendemain avec Jean-Marie Perier, indispensable pour la promo. Les deux interprètes se retrouvent pour poser une dernière fois l'un contre l'autre.

Diana ne sut jamais s'il y prenait du plaisir ou si seule la publicité le faisait vibrer.

La relation de travail prit le pas sur l'amour. Il n'avait probablement existé que dans l'esprit exalté de la chanteuse. Mais *Dimanche-Paris* exposa sa version :

DIANA AMOUREUSE !
PREMIER DRAME D'AMOUR AVEC SON PARTENAIRE !
L'amour lui est interdit !
Il est marié !
Elle ne veut pas briser un ménage !

À peine le dernier clap tombé, Haudevan reprit très vite les rênes sans laisser à la chanteuse le temps de réfléchir. Comme à l'habitude, tout était déjà organisé, signé, accepté et minuté, sans même qu'elle en soit avertie.

Un œillet portant son nom avait été créé par les horticulteurs de Nice. Étrange choix puisque, chez les artistes, cette fleur est censée porter malheur. Mais un chèque substantiel avait dû chasser toute forme de superstition chez son imprésario.

Pour fêter la commercialisation de la fleur, une grande parade de chars fleuris défilait sur la promenade des Anglais. Diana, du haut de son char, saluait la foule. Le créateur de l'œillet vermillon et blanc vacillait auprès de la chanteuse, projetée de droite et de gauche par les fans qui rêvaient d'embrasser leur vedette préférée et d'obtenir une signature. Zaza, assise à l'arrière de l'énorme plateau fleuri, tentait de soulager sa copine en jetant au vent des dizaines de photos signées.

Elle reçut, au cours du cocktail organisé pour arroser l'événement, une broche en or logée dans son étui rouge, représentant la fleur qu'elle venait de baptiser.

Le dernier vol pour Paris ramena Hubert, Zaza et Diana qui commentaient toutes deux la folie de l'après-midi, lorsqu'elles furent interrompues par Haudevan :

« Dis donc, Zaza, pendant que j'y pense, il ne faut plus lancer les cartes postales en l'air ! Ça coûte une fortune ! C'est le genre de plaisanterie qui me revient beaucoup trop cher !

– C'est moi qui le lui ai demandé ! Mais, au fait, puisque tu parles d'argent, c'était quoi l'accord pour l'opération œillet ? »

Haudevan, jamais désarçonné, trouva sans plus attendre une réponse digne de lui :

« C'est un ami qui a des problèmes financiers. J'ai accepté de donner ton nom à cet œillet pour lui rendre service ! Il est gentil : il t'a offert une broche et il a payé les frais de voyage pour quatre personnes ! Mais, pour l'argent, ne t'inquiète pas, je te donnerai quelque chose ! »

Plus tard, piétinant devant le tapis roulant, il s'était déjà ravisé :

« Tu sais, Diana, j'ai trouvé la solution pour aujourd'hui ! Plutôt que de te donner de l'argent, j'ai vu que ta télé date de six mois. Il faut la changer. Je connais quelqu'un qui a des prix ! Voilà, pour te faire plaisir, je t'en achète une neuve ! Tu fais une très bonne affaire, c'est encore toi qui y gagnes ! »

La générosité de cet homme était vraiment fantastique. Et puis quelle délicatesse de lui demander son avis et de lui donner le choix...

L'année s'acheva aussi glorieusement : elle reçut l'Oscar féminin 1966 pour avoir été la chanteuse la plus sollicitée par les auditeurs de Radio-Monte-Carlo. Jean Béliar, directeur général, lui remit pour sa victoire une sculpture, gravée à son nom, représentant une clé de sol sur laquelle reposait joliment une note de musique. Pour une fois, Haudevan sembla se contenter d'enrichir... son répertoire téléphonique.

1967
Adieu Otis, bonjour la marée noire

Le tourbillon du succès avec son cortège de folies continuait d'emporter Diana qui ne savait plus où donner de la tête. Tout ce qui portait son nom était synonyme de réussite. *Dimanche-Paris* accumulait les premières pages et les titres-chocs, faisant systématiquement doubler ou tripler ses ventes.

L'ENFANT CACHÉ DE DIANA !
SA STÉRILITÉ LA REND FOLLE !
Elle adopte en secret un petit garçon !
Même Hubert Haudevan, ami et imprésario
de la chanteuse, n'était pas au courant !

Avant même que Diana n'ait eu le temps de faire surface, une autre une venait démentir la première :

L'ENFANT SECRET DE DIANA !
LA VÉRITÉ ÉCLATE !
Qui veut nuire à la carrière de Diana ?
Les calomniateurs DÉMASQUÉS !

Malgré sa colère intérieure, la chanteuse avait bien dû s'habituer à vivre avec cette presse, d'autant que, curieusement, M. Haudevan était devenu très ami avec le directeur de *Dimanche-Paris*...

Marjolaine prenait très au sérieux la carrière d'Annette et ne pouvait contenir sa rage lorsqu'on s'y attaquait. Ses journées de repos ne lui suffisaient plus pour venir à bout du press-book de sa fille. Zaza prenait de temps à autre la relève afin de n'oublier aucun article.

Avant la sortie du film *Boom Boom*, Diana fut invitée par le couple de producteurs en vogue de la télévision, les Carpentier, à leur célèbre *Sacha Show*.

L'imprésario, la bande sous le bras, précédait Diana suivie de Zaza. Son arrivée, tête haute et pardessus bleu marine, ne passa pas inaperçue. Ses ailes avaient elles aussi grandi, et il arrivait en terrain conquis sur tous les plateaux, se plantant devant le réalisateur en plein travail pour annoncer invariablement : « Hubert Haudevan ! Diana et moi sommes très pressés, il faut qu'elle passe tout de suite car nous avons un autre rendez-vous dans une heure, nous ne pouvons pas attendre ! »

Les producteurs restèrent calmes et demandèrent à leur invitée de prendre place. Elle commença à répéter *Boom Boom*, la chanson du film, devant Haudevan qui, sans même attendre la fin du play-back, se tourna vers le réalisateur et dit :

« Ce plan n'est pas bon, elle a un mauvais profil. Il faut la cadrer tout le temps de face !

– Écoutez, Haudevan, ici c'est moi qui décide, c'est mon boulot ! Je sais ce que je fais, alors laissez-moi travailler tranquillement ! Allez faire votre numéro chez Louksor, si ça vous amuse, mais moi vous me lâchez ! »

Diana, toujours sous les lumières, était rouge de honte, mais se réjouissait secrètement de voir enfin quelqu'un tenir tête à son imprésario. Sacha Distel avait tout entendu de sa cabine. Il descendit dire un petit mot d'encouragement à sa duettiste, afin de lui redonner confiance :

« Ne t'inquiète pas, tout ira bien ! Je suis très heureux de faire ce duo avec toi ! Ça va être magnifique ! Ils nous ont fait une superbe balancelle, romantique à souhait ! »

Après une dernière répétition, Diana retourna comme une furie dans sa loge où l'attendait Zaza pour le changement de costume.

« Tu t'rends compte de ce qu'il fait ? Mais il est malade ce type ! Comment tu veux faire une bonne télé dans des conditions pareilles ? Par moments, j'ai honte !

– Tu étais très bien, je t'assure ! Je t'ai regardée ! Il réagit comme ça parce qu'il veut que tout soit parfait ! Regarde plutôt la sublime robe qu'ils t'ont choisie pour le duo !

– C'est ça, parlons d'autre chose ! C'est plus pratique ! Je me demande parfois de quel côté tu es ? Tu lui trouves toujours une bonne excuse ! Toi aussi, tu es horripilante, on dirait Trinité : “Oui, monsieur, bien sûr, monsieur, tout de suite... !” » ajouta Diana en se déchaussant.

La coiffeuse entra dans la loge, coupant court à leur dispute. Elle lui composa un chignon d'où sortaient de longues mèches bouclées roulant élégamment sur les épaules. Puis Diana enfila sa longue robe noire, toute en jupons. Pour le temps d'une chanson, elle était devenue Scarlett O'Hara.

De la danseuse en tutu à l'Indienne du bal costumé, de l'amoureux de Peynet à la duchesse de Saint-Cucuffa, sa passion des costumes resurgissait, intacte. Diana raconta, au milieu des éclats de rire, sa mère, les essayages, ses copines « les Mathos », Mme Dazzy, son professeur de danse, toutes les folles aventures de son enfance. Zaza et la coiffeuse demandaient impatiemment la suite lorsque la porte s'ouvrit pour laisser passer une tête bien connue :

« T'es prête ? Dépêche-toi, tout le monde t'attend sur le plateau ! dit Sitting Bull avant de disparaître.

– Hubert, attends, regarde-moi trente secondes ! supplia Diana en le suivant.

– J'ai vu ! C'est très bien ! » marmonna-t-il, sans même prendre le temps de tourner la tête.

« Tu es trop lente, on est en retard, tu fais attendre tout le monde, c'est pas sérieux ! »

Heureusement, lorsqu'elle fit son entrée dans le studio, Sacha Distel, les producteurs, le réalisateur, les cameramen l'accueillirent avec des compliments. Nos deux amoureux d'un soir chantèrent assis sur leur balancelle. Haudevan, à l'écart, ne disait plus rien, déçu sans doute ne pas figurer sur la photo. La coiffeuse surveillait les boucles, Zaza ne quittait pas des yeux l'écran de contrôle, et Diana remontait le temps en s'imaginant sur le Mississippi.

Diana siégeait toujours dans le peloton de tête des hit-parades. *L'Heure de la rentrée*, deuxième chanson du film, avait laissé sa place de numéro un au nouveau quarante-cinq tours *La Smala*, qui entrait directement en première place sur *Le hit de hit* d'Europe 1. La bataille était rude entre Pétula Clark dans *C'est ma chanson*, les Beatles *Penny Lane*, Claude François *Tout le monde a besoin d'amour*, Polnareff *Ta ta ta ta*, Eddy Mitchell *Bye bye Prêcheur*, Johnny Hallyday *Hey Joe*, Nino Ferrer *Le Téléphon*, les Rolling Stones *Let's Spend The Night Together*, Adamo *Inch'Allah*, Antoine *Je l'appelle Cannelle*, Gilbert Bécaud *L'important c'est la rose*, Dalida *Mama*, Sylvie Vartan *2 minutes 35 de bonheur*, Jacques Brel *Mon père disait*, et tous ceux qui poussaient derrière comme Jacques Dutronc, Sonny and Cher, Les Monkees, Wilson Pickett, Herman's Hermits, Michel Fugain, Jean Ferrat, le Spencer Davis Group.

En attendant la prochaine sortie de *son* film, Haudevan s'était mis dans la tête qu'il fallait absolument commander une biographie de Diana. Il organisa un rendez-vous avec une journaliste qui aurait pour tâche d'écrire le récit que Diana ferait de sa propre vie.

Avant d'entrer dans le bureau de son imprésario, Diana interpella Trinité :

« Dis-moi, il t'a parlé de mon augmentation de salaire ? »

Diana était sûrement la seule chanteuse salariée de l'époque ! Elle était la bonne ouvrière de Haudevan pour le meilleur et pour le pire, ne possédant aucune part dans sa société.

« Je ne devrais pas te le dire ! répondit Trinité. Mais il va te faire un cadeau ! Il a commandé trois magnétoscopes et je sais qu'il va t'en offrir un ! Il est tellement généreux ! »

Un Haudevan tout miel accueillit sa vedette.

« Ma p'tite Diana, nous parlions justement de toi

avec Hortense Laridon. Vous avez déjà travaillé ensemble pour son journal ! »

La chanteuse embrassa son imprésario, beaucoup trop aimable à son goût, et salua la journaliste.

« Je suis très heureux que vous vous entendiez bien toutes les deux ! enchaîna-t-il. Tu sais, ma p'tite Diana, c'est Hortense qui va travailler avec toi sur le livre, nous en avons déjà parlé ensemble, je suis certain que vous ferez du bon travail ! N'est-ce pas, ma p'tite mère !

– Sois gentil, ne m'appelle pas comme ça ! Et d'autre part je trouve cette idée de livre prématurée.

– Mais pas du tout ! protesta Haudevan. Hortense est de mon avis : c'est le moment idéal. Ton public est avide de connaître les moindres détails de ton histoire. »

Diana ne se sentait pas assez forte pour lutter contre l'emprise de son imprésario, jamais à court d'arguments. Elle capitula une fois de plus. Hortense accompagnerait la chanteuse dans tous ses déplacements et enregistrerait son histoire sur un petit magnétophone. Jour après jour, du matin au soir, Hortense fouillait, explorait minutieusement la mémoire de la chanteuse à la recherche de ses souvenirs d'enfance. De temps en temps, Diana riait en évoquant le passé. Zaza, retenue par le courrier et le Club, ne voyait que très peu Diana, mais remarquait les visites de plus en plus fréquentes de M. Bertrand, le magnétiseur, aux Productions Haudevan.

La grande première de *Boom Boom* n'était pas prévue à Paris mais à Nice, la sortie parisienne ayant lieu trois jours plus tard simultanément dans trois salles.

Diana, qui n'avait pas encore eu droit à une projection, tremblait comme une feuille. Les essayages pour cette soirée de gala avaient repris de plus belle. Son choix s'était porté sur une robe blanche décolletée, sur laquelle une cape, col en cygne, protégeait ses épaules dénudées. Toute la presse serait présente pour cet événement. L'équipe au complet, Sitting Bull, Zaza, la maquilleuse Blanchette, réquisitionnée pour l'occasion, et le nouveau venu dans le trust, « le coiffeur qui ne chantait plus », prit le vol de quatorze heures pour être fin prête à la projection de vingt heures trente. Diana pensait à son beau partenaire et chuchota dans l'oreille de Zaza :

« Tu crois qu'il va venir ?

– De qui parles-tu ? interrogea-t-elle.

– Réfléchis un peu ! »

Brett n'était pas complètement sorti de ses pensées.

Elle se sentit soudain très seule, profondément solitaire, mais trouva tout de même en elle l'énergie pour amuser la galerie, faisant le clown devant son miroir et juchée sur ses escarpins, imitant la démarche des mannequins lors des défilés de mode.

« Je suis prête, la, la, la, lalère ! Où est Hubeeert ? demanda-t-elle à Zaza. Je voudrais bien descendre rejoindre toute l'équipe !

– Il faut que tu attendes ici ! Il ne va pas tarder ! annonça la secrétaire.

– Je peux aller dire bonjour à toute l'équipe, quand même ! Si je l'attends, il va arriver au dernier moment pour m'expédier dans la voiture sans me laisser le temps de dire un mot à personne ! Viens avec moi, Zaza ! Blanchette, s'il m'appelle, tu lui diras que je suis en bas. »

Diana ouvrit la porte et s'engagea dans le couloir d'un pas élégant, suivie de Zaza qui craignait le pire. Elles attendaient devant l'ascenseur, lorsque la porte s'ouvrit sur Hubert et Humberto.

« Qu'est-ce que vous faites là ? Zaza, je t'ai demandé qu'elle m'attende dans la chambre, c'est pourtant pas compliqué ! articula-t-il nerveusement avant de se tourner vers la chanteuse.

« Tu ne dois pas descendre maintenant, ce n'est pas encore le moment ! Ils sont tous en bas ! Repose-toi en attendant ! Si tu veux, Humberto restera avec toi.

– J'ai quand même le droit de revoir ceux avec qui j'ai travaillé, non ? Je ne peux plus voir les murs de cette chambre ! Je ne suis pas en sucre, tu peux comprendre, oui ou non ?

– Ne t'énerve pas, il y a des journalistes partout ! C'est très mauvais de les voir avant la projection ! Tu connais mon avis, moins on te voit, mieux c'est ! »

Elle rebroussa chemin, accompagnée du coiffeur et de Zaza, en marmonnant : « Au fond, j'aurais dû être carmélite ! Ça aurait été excellent pour l'image. Je n'aurais parlé qu'aux murs. J'aurais donné ma vie à Dieu. Au lieu de la remettre aux mains d'un Peau-Rouge assoiffé d'honneurs qui joue au Grand Manitou. »

À l'entrée du cinéma, les barrières contenaient la fougue du public de Diana. Elle se souvint de la montée de l'escalier du Grand Palais, les photographes mitraillant son arrivée au bras de Brett. Bobine jubilait, Jean Yanne toujours aussi drôle « balançait », Jean Richard s'amusait et Hubert, inquiet, hurlait de rage parce que le directeur de la salle avait vendu les quatre-vingts places réservées aux journalistes venus en avion spécial pour couvrir l'événement. La projection se déroula à peu près calmement mis à part quelques admirateurs qui pleuraient, applaudissaient et riaient en voyant leur chanteuse dans des situations extravagantes. Une séance de dédicaces improvisée permit à Diana de calmer les ardeurs de la foule qui bloquait la sortie.

Le lendemain les critiques furent très favorables au film et à la prestation de la p'tite Auvergnate, lui prédisant une carrière dans le septième art, Jean Yanne et Jean Richard ayant déjà fait leurs preuves depuis longtemps. Tous citèrent le beau Brett Hasley et se montrèrent sceptiques sur les prochaines réalisations du metteur en scène. Ils ne pouvaient savoir qu'Haudevan avait très largement dénaturé son travail...

Son emploi du temps étant surchargé, Haudevan avait délégué au « coiffeur qui ne chantait plus » le rôle de « pisteur ». Diana était en effet très sollicitée : émissions de télévision et de radio, parrainage de la fête du mimosa à Nice, création d'une collection de chaussures en toile.

Entourée comme une reine, Diana n'avait aucun souci. Haudevan s'occupait de tout pour son artiste : les chansons, les enregistrements, les mixages, les éditions, la Boutique de Diana, l'ouverture de chaque magasin en France, l'encaissement des enveloppes, les propositions de tournées ou de films. Tout arrivait à son bureau sans qu'elle soit jamais au courant. Et, bien entendu, il s'occupait de la déclaration d'impôts de la chanteuse (en Auvergne, la famille c'est sacré!).

Par ailleurs, Haudevan commençait à s'intéresser

activement à de nouveaux artistes, tout en conservant ses projets pour Trinité, qui avait maintenant et le droit de lui masser les pieds et la signature.

Pour fêter la réussite de « ses » affaires, il projetait d'offrir à Diana, à l'occasion de son anniversaire, un bateau Riva Super Aquarama, et à la presse quelques photos du baptême de *Hubertus III*. Mais cette fois, Diana en eut ras le bol. C'en était trop ! Et elle se réveilla un jour en décidant de casser le jeu infernal.

Elle partait pour Londres. Londres, l'Angleterre, c'était un rêve d'adolescente, un dépaysement complet à une heure d'avion et, surtout, le centre mondial de la création musicale du moment : les Beatles, les Rolling Stones, les Who, les Animals, les Kings, les Yard Birds... Elle avait soif d'apprendre, d'élargir son horizon. Bien entendu, elle avait fait part à Hubert de son projet.

« Un voyage en Angleterre ? Tu es folle ! c'est de la bêtise ! Tu n'as rien à faire là-bas, d'ailleurs personne ne te connaît et tu ne parles pas anglais, alors... Et puis, leur musique, c'est de la musique de drogués ! Écoute-moi, ne perds pas ton temps, je sais ce qu'il te faut, fais-moi confiance ! Et puis si tu veux te reposer, va à Saint-Tropez... ! »

Saint-Trop, la maison, le bateau, Jules, le poisson bouilli, le melon ras la casaque et la dolce vita version Hubert, tout cela lui parut tout à coup insupportable au point de devoir s'échapper sans plus attendre. Ce fut donc par un beau matin de juillet que Diana prit l'avion à destination de London-Heathrow. Dans le Comète de la British Airways, elle se sentit décoller vers les étoiles. Au-dessus du Channel, Diana s'offrit le luxe d'une coupe de champagne à la santé de sieur Hubert. Diana avait appris quelques mots d'anglais en vitesse, juste de quoi héler un taxi à la sortie de l'aéroport.

Les taxis londoniens, noirs et merveilleusement désuets, incarnaient pour Diana tous les mystères de Londres.

« *Good morning, miss, where are you going ?*

– *I want to go to the* Savoy Hotel, *please !* »

Le mythique *Savoy*, niché au cœur de Londres, donnait sur Hyde Park. Sur les conseils de Zaza, Diana avait décidé d'y réserver une chambre au nom d'Annette Choubignac, on ne sait jamais...

Lorsqu'elle arriva à destination, grooms, bagagistes, réceptionnistes et garçons d'étage lui firent un accueil princier. Elle craignit d'avoir été reconnue mais elle constata très vite que c'étaient les usages de la maison. Arrivée dans sa chambre, elle eut la surprise de trouver sur la table de chevet un message à son intention. Elle lut avec stupeur :

Bon séjour, ma p'tite mère, et surtout fais attention à ci, à ça, ne vois pas de journalistes, fais attention à ce que tu manges, ne parle à personne, fais-moi confiance, je sais ce qui... Je veille sur toi ! Signé : *Hubert.*

Comment avait-il pu savoir où elle était descendue ? Elle se consola en buvant une coupe de champagne et en téléphonant à Zaza. Le dimanche matin, après un copieux breakfast comme seuls les Anglais les confectionnent, elle décida d'aller se promener dans Hyde Park.

« *Good morning, miss, have a good day !* » lança un groom.

Elle traversa l'avenue et se retrouva bientôt en pleine verdure. Les habitants de Londres aimaient à flâner le dimanche dans le grand parc où, curieusement, vers onze heures du matin, des groupes se formaient spontanément. Diana, s'approchant de l'un d'eux, aperçut un homme perché sur une table pliante en train de haranguer les passants. Elle apprit plus tard que ces orateurs improvisés parlaient de tout et de rien, de leur propre vie, de l'histoire du monde, de religion, de politique, du mouvement perpétuel ou de la vie sexuelle des Martiens. Les gens s'arrêtaient, écoutaient un moment puis continuaient leur chemin pour se joindre à un autre groupe. C'était charmant et insensé à la fois.

À treize heures, elle rentra à l'hôtel pour déguster un shrimps cocktail accompagné d'une sauce au goût inconnu, suivi d'une superbe entrecôte avec des french potatoes. Une fois dans sa chambre, elle trouva deux messages. Le premier lui annonçait l'arrivée de Zaza pour le lendemain et le second, signé Hubert, l'informait qu'elle avait tort de rester à Londres plus longtemps, etc.

Vers la fin de l'après-midi, elle alla de nouveau respirer l'atmosphère bucolique de Hyde Park, en pensant qu'il était préférable d'attendre l'arrivée de Zaza pour partir à la découverte du grand Londres. Le soir, elle téléphona à ses parents pour les rassurer. Marjolaine lui demanda si les Anglais étaient gentils tandis que Gustave, qui n'avait jamais vraiment digéré Waterloo, n'aborda pas les questions indigènes et se contenta de demander à sa fille si elle avait été voir où se trouvait le quartier général de De Gaulle pendant la Seconde Guerre mondiale !

Le lendemain, Diana fut réveillée par Zaza, toute pimpante, qui débarquait en fanfare du premier avion du matin, une dizaine de sacs en bandoulière. Les deux amies s'embrassèrent chaudement et s'attablèrent devant un copieux petit déjeuner composé de sausages, scrambled eggs, cheese, bacon, sweet muffins, marmalade... Elles dressèrent leur « plan de campagne ». D'abord, visiter les musées, un peu de lèche-vitrines dans Oxford Street ou Savile Road, promenade du côté de Piccadilly Circus, quelques sensations à Soho, sans oublier Carnaby Street, haut lieu de la culture psychédélique. Zaza ne s'arrêtait plus :

« Il faut que je te montre tout, on achètera des fringues, on s'fera un restau indien ! Ici, ce sont les meilleurs du monde ! Il faut aller voir Abbey Road, on aura peut-être la chance de tomber sur Paul Mac Cartney, il paraît qu'il y travaille tous les jours en ce moment ! »

Depuis quelques jours Londres était submergé par un raz de marée nommé : *All You Need Is Love*.

« Il faut que je t'emmène au Marquee Club, continua Zaza. Mon petit doigt me dit que Georgie Fame s'y produit tous les soirs et j'ai une surprise pour toi : on rencontrera peut-être Spencer Davis, je le connais ! »

Diana écoutait, elle était ivre des mots de Zaza, elle avait l'impression d'être dans un rêve. Elles avaient tant de choses à voir, à faire, sans contraintes, sans réfléchir, en se laissant aller tout simplement.

Onze heures du matin, la réalité s'abattit comme le balbuzard sur sa pauvre proie.

« *Good morning, miss, you have a message from Mister Hoodevanne !* » annonça le garçon d'étage.

Les deux filles se regardèrent en silence pendant quelques instants.

« On s'en fout ! » explosa Diana en jetant l'enveloppe sur le lit. Et elle fonça dans la salle de bains.

À travers la porte, Zaza lui cria :

« Dis donc, ça te dirait de voir la relève de la garde à Buckingham Palace ? »

Sous la douche, Diana lui lança :

« Tu crois qu'on verra la reine ?

– J'en sais rien mais, en tout cas, on verra les Horse Guards avec leurs gros bonnets à poils ! »

Les jours qui suivirent furent mouvementés. De boutiques en musées, de restaurants en boîtes à la mode, à pied ou en bus rouge à deux étages, ça n'arrêtait pas. Un soir, Zaza emmena Diana au Marquee Club où, ô miracle, Georgie Fame chantait. Diana crut devenir folle de plaisir lorsqu'il entama son fameux : « *I say yeah, yeah, that's what I say, I say yeah, yeah !* » Toute la salle reprenait en chœur et la petite chanteuse française redécouvrait avec ravissement le bonheur revitalisant d'être du côté du public.

Un après-midi, elles allèrent traîner leurs guêtres jusqu'au studio Abbey Road. Zaza, malgré tout son culot et sa force de persuasion, n'arriva pas à décider Diana à pousser les portes. Celle-ci était terrorisée. Ne disait-on pas que Mac Cartney était en train d'y enregistrer de nouvelles chansons pour les Beatles ?

Un soir, après un fabuleux et explosif curry madras, arrosé de bière comme le veut la coutume anglaise,

Zaza entraîna Diana au *Ronnie Scott*, célèbre boîte de jazz. Zaza paraissait connaître tout le monde, ce qui ne laissait pas d'intriguer sa complice. De boîte en boîte, elles se retrouvèrent dans un club situé en plein Soho, l'équivalent de notre Pigalle. À peine installées, Zaza, une fois de plus, fit son numéro :

« *Hey, Spence ! What are you doing here ?* » s'exclama-t-elle en apercevant deux grands garçons aux cheveux longs et aux costumes brillant de mille feux.

« *Hello, Zézé chairrie, you're the must beautiful girl that I've seen in my life !* »

Les deux Anglais vinrent s'asseoir à leur table et Zaza fit les présentations :

« *Diana, may I introduce you to the greatest Spencer, leader of the famous Spencer Davis Group.* »

Diana bredouilla quelques sons :

« Euh ! Bah ! Beuh ! *Sorry !* »

Il ne manquait plus que « *My taylor is rich* » pour faire le compte. Zaza expliqua à Spence que Diana était une chanteuse très connue en France.

« *Yes, I know !* » acquiesça-t-il avec une suprême courtoisie.

Pour lui, Diana c'était la Patagonie, le pôle Nord et les sources du Nil réunis.

Malgré la barrière linguistique, l'ambiance était chaleureuse et, après s'être fait raccompagner en Bentley jusqu'au *Savoy*, il fut convenu que les filles assisteraient à une répétition du groupe au début de la semaine suivante. Diana avait hâte de voir et d'entendre Steevie Windwood, le chanteur, bassiste, organiste, à la voix fantastique. À la porte de l'hôtel, Diana apprit non sans intérêt que le garçon qui accompagnait

Spence se prénommait Lewis. C'était le premier mot qu'il prononçait depuis le début de la soirée.

À l'hôtel *Savoy*, on ne rigolait plus. Le nom d'Hubert Haudevan était sur toutes les lèvres. Environ toutes les heures, il adressait un message, sans compter les coups de fil impromptus. Il ne manquait que les pigeons voyageurs !

Depuis une semaine, Diana subissait sa pression. Il ne voulait pas lâcher prise. Alors, à travers Zaza, il avait trouvé la faille :

Ai besoin de toi de toute urgence. Ici, nous sommes débordés et Trinité ne peut pas s'en sortir toute seule. Quant à moi, j'ai des choses très importantes à faire et je n'ai pas le temps de m'occuper des détails. Je t'attends au bureau lundi matin, sans faute ! Signé : *Haudevan.*

Zaza comprit qu'elle était coincée.

Diana était trop bien depuis quelques jours, et Haudevan l'avait senti : il ne pouvait pas supporter qu'elle tente d'exister seule. Il savait très bien qu'en rappelant Zaza Diana rentrerait elle aussi.

Elle rapporta un chapeau melon pour son père :

« Mais, ma petite fille, tu me veux du mal ? Un chapeau melon à moi, pourquoi pas un casque à pointe au pape ? Le melon, c'est snob et c'est pas français ! » déclara-t-il, la moustache en bataille et en imitant Du Guesclin.

Pour sa mère, Diana avait déniché une belle reproduction d'un tableau de Turner représentant la lagune de Venise. Marjolaine fut tellement heureuse qu'elle n'eut pas besoin d'éplucher des oignons pour avoir les larmes aux yeux.

Ainsi s'achevaient les vacances de Diana à Londres. Un mégalomane, égocentrique et jaloux de tout avait fauché à la base promesses et espoirs...

Folle de rage, elle ne pensait qu'à se venger mais lorsque Hubert lui proposa d'aller profiter du soleil dans son « complexe tropézien », elle accepta sans rechigner car elle avait un projet qui lui tenait à cœur : retrouver Claude, Claude François...

Depuis ses débuts, elle avait conservé des rapports de camaraderie avec Cloclo. Malheureusement, leurs emplois du temps très chargés ne leur permettaient guère de développer leur amitié. Ils se croisaient sur les plateaux de télé, pour des photos, ou encore par duplex interposé. Diana avait décidé de soustraire Cloclo à sa tournée des plages pour passer une journée de calme en mer. Un coup de téléphone avait suffi pour fixer l'heure du rendez-vous. Jules, le marin, l'emmènerait à Cannes.

Au cours du petit déjeuner, elle rappela, comme convenu, à Haudevan son intention de prendre le bateau.

« Ma p'tite Diana, c'est impossible aujourd'hui ! J'ai besoin du bateau pour aller à la plage, sinon comment veux-tu que je fasse ? annonça-t-il l'air très préoccupé.

– Hubert, ne sois pas de mauvaise foi ! Fais un effort ! Si tu prends la voiture, tu vas mettre dix minutes, alors que moi j'en ai pour plus de deux heures ! » plaida-t-elle.

– Il faut que je passe un coup de téléphone, je vais trouver une solution ! » dit-il en se levant.

Diana préféra partir à la piscine et plonger ses pieds dans l'eau pour tenter de se calmer. « C'est incroyable, il m'offre un bateau et je ne peux même pas l'emprunter, ne serait-ce qu'une journée ! » La chanteuse ruminait sa rage en essayant de trouver une issue lorsque Hubert, sourire aux lèvres, apparut derrière la haie de thuyas.

« Tout est réglé, tu te faisais du souci pour rien ! Nous partons tous ensemble rejoindre Claude, j'ai réservé une table pour déjeuner ! Prépare tes affaires et préviens les autres. On part dans dix minutes !

– Je préfère le voir seule, sans toute ta smala ! Tu ne comprends vraiment rien, ou tu le fais exprès ? » lui répondit-elle fermement.

Puis elle partit sans même le regarder et se réfugia dans sa chambre.

Le *Hubertus III* quitta le petit port avec aux commandes Hubert assisté de Jules. Le coiffeur, le directeur de la programmation d'une grande radio et son petit ami et trois ravissantes jeunes femmes descendues de la capitale avec des projets plein la tête avaient pris également place à bord. Tout le temps du voyage, Diana resta allongée sur la plage arrière, fuyant vainement les recommandations d'Haudevan : « Attention au vent, tu vas attraper froid ! » Si elle avait pu être seule...

À l'amarrage au ponton du *Carlton*, deux photographes mitraillaient déjà la chanteuse au téléobjectif.

« Mais qu'est-ce qu'ils font là, ces types ? Personne ne savait que je devais prendre Claude ici ! marmonna-t-elle à son mentor.

– C'est moi qui les ai appelés. Vous faites juste une petite photo ensemble sur le bateau. Ce ne sera pas long et c'est sympa de vous voir tous les deux ! Tout est arrangé, laisse-moi faire ! dit-il, fier de son organisation sans faille.

– Mais enfin tu n'as pas le droit de faire ça sans demander à Claude ! Nous avions décidé de nous voir tous les deux, tranquillement ! Qu'est-ce qu'il va penser ?

– Il est d'accord, j'en ai parlé avec son imprésario, ça ne lui pose aucun problème ! Nous n'avons qu'à l'attendre là, il a fini très tard hier soir ! »

Les passagers quittaient le hors-bord lorsqu'une agitation inhabituelle retint leurs regards. La plage retentissait des hurlements des jeunes filles venues accueillir Claude François. Se bousculant sans pitié, elles tentaient de l'approcher, glanant un autographe, un sourire, cherchant à toucher, à embrasser celui qui les faisait tant rêver...

Haudevan appela sa chanteuse toujours retranchée dans la cabine :

« Diana, tu peux sortir, il arrive ! Il faut que tu sois dehors pour l'accueillir ! Dépêche-toi, on t'attend !

– J'arrive ! » répondit-elle en pensant : « Quel con ! il faut surtout fixer sur la pellicule les retrouvailles ''imprévues'', le baiser sur la joue et le départ en mer des deux chanteurs... »

Ignorant superbement Haudevan, Diana s'avança vers son ami assailli par un essaim de fans qui le mitraillaient de questions.

« Où vas-tu, Claude ? Tu peux nous emmener avec toi ? À quelle heure tu reviens ? Ce soir, tu me verras, je suis au premier rang ! Qu'est-ce que tu vas faire ? »

Puis l'une d'entre elles s'écria :

« Regardez, les filles, c'est Diana ! Tu vas partir avec elle ? »

Toujours souriants mais sans donner de réponse, Diana et Claude s'embrassèrent rapidement, avant de se réfugier dans le bateau, seule issue de secours pour échapper aux fans et aux photographes.

« Diana ! Claude ! Un p'tit sourire pour moi ! Oui, c'est ça !

– Je suis là ! Regardez un peu à droite tous les deux ! S'il vous plaît ! Voilà, très bien ! Diana ! Un peu plus souriante ! »

Ils sautèrent tous deux sur la plage arrière, sous les yeux de Jules furieux qui ruminait :

« Ben, quoi ! Y savent pas qu'on enlèveu les chaussures avin de montrer sur un bateau ! Y vont encoorre me pourrrirreu les coussiins ! Quéleu malheurrr ! »

Tournant le dos à Hubert, à l'imprésario de Claude et aux deux photographes qui avaient eu l'autorisation d'embarquer, ils essayèrent d'oublier le piège auquel ni l'un ni l'autre n'avait pu échapper, en contemplant la mer. Le vrombissement des moteurs leur laissait au moins la possibilité de converser en secret.

« Comme je suis contente de te voir ! Je te jure qu'Haudevan a l'art de ruiner tout ce que je veux faire ! Tu étais au courant pour les photographes ?

– Ne t'inquiète pas, si tu veux mon avis, ils ont dû se parler ce matin et ils ont tout arrangé ensemble ! On ne les changera pas ! Ils se ressemblent tous, tu sais ! Tu as de la chance d'être en vacances ! Tenir ce rythme tous les soirs, c'est vraiment dur. Enfin je ne vais pas me plaindre, j'adore ça ! Et toi, qu'est-ce que tu attends pour y aller ? Je suis sûr que tu casserais la baraque ! » assura-t-il, les yeux brillants.

Diana l'écoutait, enthousiasmée par autant de conviction :

« Si tu savais comme j'en ai envie, j'espère qu'il va se décider l'année prochaine, pour le... »

Hubert venait de réduire brutalement les gaz.

« Si tu es d'accord, mon petit Claude, nous pourrions faire les photos maintenant ! La lumière est très bonne ! Regarde-moi, oui, c'est superbe ! Tu es très beau ! Arrange un peu tes cheveux, Diana, tu as l'air d'une folle ! Je t'avais demandé de mettre un chapeau, tu sais que le vent donne des rougeurs ! »

Elle se tourna vers son ami et répliqua :

« Tu sais, Claude, ce que j'aime chez Hubert, c'est sa délicatesse et sa galanterie, on sent très bien que chez lui c'est inné ! »

Le soleil à son zénith était cependant très difficile à supporter pour nos deux « modèles » qui ne pouvaient s'empêcher de cligner des yeux. Plus Sitting Bull que jamais, Haudevan prit, comme à son habitude, l'affaire en main :

« Attendez, les gars ! lança-t-il aux photographes. Je vais tourner le bateau pour trouver le contre-jour. »

La secousse du démarrage, un peu trop rapide, provoqua un tollé général :

« Monsieur Haudevan, vous allez trop vite !

– Il est cinglé !

– Jules ! Prenez donc les commandes, je ne peux pas être partout ! répliqua Hubert pour sauver la face.

« Là, c'est excellent ! Restez dans cette direction, Jules ! »

Les appareils des photographes crépitèrent autour

d'eux pendant dix bonnes minutes. Puis Cloclo fit un clin d'œil à Diana et donna l'ordre aux photographes d'arrêter :

« Merci, messieurs ! C'est bon ! On arrête là, je crois que vous avez largement de quoi travailler !

– Tu as raison ! C'est fini ! enchaîna Haudevan. On va déjeuner ! Diana, veux-tu faire du ski nautique, sur le chemin du retour ? Ça ferait plaisir à Claude. »

Elle répondit non d'un signe de tête, espérant continuer sa conversation avec son ami. Hélas Haudevan accapara Claude pendant tout le chemin du retour. Une tablée de quinze personnes les attendait face à la piscine d'un hôtel. Ils purent à peine échanger quelques mots avant de se quitter. Cloclo serra Diana dans ses bras :

« Travaille bien, fais attention à toi et n'oublie pas de m'appeler lorsque tu rentres à Paris.

– On essaiera de se voir dans le calme », répondit-il en l'embrassant.

Chacun emprunta une sortie différente. Cloclo repartait pour son hôtel. Diana, quant à elle, reprit place sur la plage arrière du *Hubertus III*, loin des cancans de la troupe qui durèrent jusqu'à Saint-Trop.

Les vacances terminées avaient vu *Adieu mon amour* couronné numéro un de l'été. Le studio d'enregistrement l'attendait pour une version italienne de son nouveau succès. Diana consacrait toutes ses matinées à des cours d'italien. Zaza avait fidèlement repris son poste. Trinité commençait à prendre du grade. M. Bertrand, l'homme aux mains magiques, avait recouvert son tabouret d'un coussin, les heures passées à attendre et magnétiser Hubert Haudevan étant de plus en plus longues. *Dimanche-Paris* titrait :

ELLE A CHANGÉ !
UN NOUVEAU NEZ POUR DIANA !
PLUS FIN ET RETROUSSÉ, À LA PARISIENNE !
Un chirurgien lui propose un nez !
Diana réfléchit encore
avant de prendre sa décision !

D'autres journaux ironisaient :

APRÈS SON TUBE Adieu mon amour
DIANA REGARDE POUSSER LES RADIS
POUR SE DÉTENDRE.

1968
Pavés en mai, succès en juillet

À force de pugnacité, Diana avait réussi à convaincre ses parents d'abandonner pour quinze jours *Le Joyeux Bougnat* pour les pentes enneigées de Crans-sur-Sierre où Haudevan, comme à l'habitude, avait troqué une location contre, cette fois, quelques reportages photos. Il adressa deux billets d'avion à Gustave et Marjolaine qui allaient enfin vivre leur premier baptême de l'air. À l'aéroport de Genève, Marj eut tout juste le temps de recevoir un gros bouquet de fleurs. Un petit avion de tourisme attendait la famille Choubignac au complet pour la déposer à Sion après une petite demi-heure de vol. Gustave prit place à côté du pilote, obéissant à ses ordres :

« Je préfère que vous vous mettiez à côté de moi, s'il vous plaît, monsieur ! C'est une question de répartition de poids ! »

Diana, heureuse de partager avec ses parents leur première aventure alpine, tapa sur l'épaule de son père, prit la main de sa mère et cria, au moment où le pilote mettait les gaz :

« Ça y est ! On est partis ! Youpi !!!!!! »

Après avoir survolé une vallée et frôlé des sommets enneigés, le commandant de bord annonça à ses passagers :

« Le mauvais temps arrive ! Il va falloir passer entre ces deux montagnes avant que la tempête se déclare ! Ne vous inquiétez pas, j'ai l'habitude ! »

Leurs regards se croisèrent. Diana essaya de rassurer ses parents. Mais la visibilité devenait de plus en plus mauvaise. L'avion s'approchait des parois montagneuses, lorsque l'horizon disparut soudain sous une tempête de neige.

« Oh, merde ! » lâcha le pilote en tirant violemment sur le manche. L'appareil vira aussitôt à gauche. Gustave, déséquilibré, s'appuya sur la petite porte au-dessus de l'aile. Marjolaine, pour ne pas tomber sur sa fille, avait lâché son bouquet de fleurs qui termina sa course sur la tête de Diana. L'avion, volant sur le flanc, tournait en rond dans le brouillard.

« Collez vos yeux aux fenêtres ! Regardez bien si vous ne voyez pas la montagne ! cria le pilote, se sachant en mauvaise posture.

« Regardez bien partout ! Il faut l'éviter, cette putain de montagne ! Ah, les cons de la tour, ils m'ont pourtant dit que je pouvais passer ! Je ne sais même pas où je suis !

– Et question essence, ça va ? » chuchota Gustave au pilote, le teint verdâtre et la tête en bas.

Tout le monde se rendait compte que le petit coucou perdait de l'altitude, quand enfin une trouée bleue se dessina. Le pilote redressa immédiatement l'appareil pour se jeter dans la lumière et put découvrir sa position. Son manège fou ne les avait pas éloignés du passage laissé entre les deux pics. Ce petit clin d'œil du ciel lui permit de retrouver ses points de repère et d'atterrir dans de bonnes conditions.

Les embrassades qui accompagnèrent l'arrivée sur le plancher des vaches ne redressèrent pas les moustaches de Gustave qui jura qu'on ne l'y reprendrait plus !

Après une nuit agitée de cauchemars gommés par un copieux petit déjeuner, le professeur de ski attendait nos trois sportifs au pied des pentes. La location du matériel fut rapide malgré les plaintes de Gustave :

« J'te jure, Annette, que je ne suis pas obligée de faire du ski ! J'vais m'balader, ce sera parfait !

– Écoute, mon p'tit poupa, tu devrais prendre exemple sur maman ! Regarde-la, on dirait une championne !

– Ta mère, c'est pas pareil, elle est folle ! Elle s'imagine qu'elle a toujours vingt ans ! »

Marjolaine riait de voir son Auvergnat de mari qui ressemblait de plus en plus au bonhomme Michelin.

« Tu devrais mettre ton bonnet, Nounou ! Tu risques de t'enrhumer de la tête ; et puis, comme ça, tout le monde pensera que tu fais de la compétition ! »

Diana oubliait pour quelques heures son statut d'idole pour redevenir la fille chérie de la famille Choubignac. Gustave, engoncé dans son anorak, ressemblait à un vrai bûcheron canadien et n'en finissait pas de pester.

« Tu veux vraiment mon malheur ! grogna-t-il à sa fille en tentant de fixer ses skis. Après l'avion d'hier, tu ne trouves pas que c'est suffisant ? »

Diana laissa le moniteur expliquer l'importance du *Stem*, position de freinage indispensable pour le premier essai.

Marjolaine poussa sur ses bâtons et glissa lentement dans un style haché mais très efficace.

« Serre un peu tes skis, maman, sinon tu ne peux pas avancer !

« Vas-y, papa ! À toi ! Démarre tout doucement ! Ça va glisser tout seul ! Ne t'inquiète pas ! »

Elle ne croyait pas si bien dire. Gustave, malgré des efforts désespérés, avait toute la peine du monde à tenir debout sur des planches de deux mètres cinquante de long. Emporté par son poids, il attaqua le léger dénivelé à grande vitesse, pour finir sa course un peu plus bas, à genoux, les bâtons en croix et la tête plantée dans un mur de neige. Rouge comme un homard, la moustache congelée de froid, il se dégagea en riant :

« Putain d'bois ! Ça va vite c'truc-là ! J'ai même pas pu m'arrêter ! Bon, René, comment on fait pour se dévisser quand on est dans cette position ?

– Attendez, j'vais vous aider ! lui promit le moniteur avec l'accent du Valais, en lui tendant son bâton. « Attrapez le bout, m'sieur Choubignac ! Vous résistez et moi j'vous tire ! Vous êtes prêt ? Attention ! Un ! Deux ! Trois ! »

René s'arc-bouta et tira de toutes ses forces pour résister à la pression. Gustave, se rendant compte du comique de la situation, éclata de rire et lâcha la pointe du bâton. René tomba à la renverse aussitôt déchaînant des cascades de fous rires. Il fallut bien dix minutes pour que le patron du *Joyeux Bougnat* soit enfin sur ses jambes. Les rires se prolongèrent autour d'un bon vin chaud. René leur fixa rendez-vous le lendemain et Diana persuada son père de persévérer.

Ce fut donc avec le teint hâlé, un moral à soulever des montagnes, et une cargaison d'anecdotes que Gustave et Marjolaine rouvrirent *Le Joyeux Bougnat*. Diana rentra également en pleine forme, sa rencontre avec un maaagnifique skieur suisse sans accent et fabricant de montres y étant pour beaucoup.

Zaza l'attendait à sa descente d'avion.

« Tu te rends compte comme la vie est fabuleuse ? Je descendais une piste en attaquant les bosses avec René, quand un fou furieux, lancé à toute vitesse, m'a percutée de plein fouet. C'était lui !

– Si Haudevan apprend ça, il va faire une syncope ! répondit Zaza, l'œil taquin.

– Il n'y a que toi et mes parents qui soient au courant, je ne vois pas comment il pourrait le savoir ! » se persuada Diana, subitement angoissée par cette perspective. Elle préféra changer de sujet.

« Quelles sont les nouvelles au bureau ? Je parie que je suis en studio la semaine prochaine, pour le nouveau quarante-cinq ! C'est bizarre, j'ai l'impression de passer mon temps à enregistrer, on est encore dans les dix premiers des hit-parades avec deux titres, et Hubert a déjà réservé des séances en studio ! Lorsque je lui demande, il me répond qu'il sait ce qu'il fait !

– Au fait, nous allons partir en Italie ! Tu vas faire la plus grande émission. Tu es très bien classée avec *Adieu mon amour*. Il me semble que c'est à Venise ou à Rome, je n'ai pas très bien entendu et tu sais bien qu'avec moi Sitting Bull ne parle jamais de rien ! »

Quelques jours plus tard, le rythme d'enfer recommençait. Les cours d'italien avaient repris, mais avec moins d'intensité, Diana ne faisant pas d'efforts particuliers pour devenir une spécialiste de la langue de Michel-Ange. Dans le studio d'enregistrement, H. H. avait tombé la veste, ne trouvant pas exactement le tempo idéal pour la nouvelle chanson de son artiste. Les discussions étaient plutôt serrées entre l'orchestrateur, l'ingénieur du son et le manager :

« Ça ne me plaît pas ! critiquait Hubert. Tout ça c'est trop mou ! C'est un tango moderne, et les musiciens dorment. Trouve une solution, remue-les ! Je veux quelque chose de jeune ! Tu comprends ? JEUNE !

– Je ne peux décemment pas te faire du rock and roll, avec cette chanson ! À force de l'accélérer, on ne va plus rien distinguer », argumentait le chef d'orchestre.

L'ingénieur du son rembobinait le huit pistes pour la vingtième fois, lorsque Diana entra dans le studio.

« Mais tu es en avance ! Je t'avais dit pas avant 11 heures. Assieds-toi là, nous avons un problème ! lui lança Hubert.

– Quel accueil ! Bonjour, tout le monde ! répondit-elle en s'approchant de l'ingénieur pour l'embrasser.

– Ne perdons pas de temps avec les embrassades ! Tu nous déconcentres ! Puisque tu es là, écoute ! Je n'ai pas ce que je veux ! »

Le play-back défilait. Diana esquissant quelques pas de danse dit :

« Personnellement, je trouve le tempo beaucoup trop rapide, on dirait que tout le monde se presse pour finir plus vite !

– Voilà ! Tu vois, c'est ce que je te disais, Hubert ! triompha le chef d'orchestre.

– Tu ferais mieux de te taire ! Tu ne comprends rien ! De toute façon, si tu savais, ça se saurait ! rétorqua Haudevan.

– Ce n'est pas la peine de se mettre dans un état pareil ! » répondit Diana en conservant sa bonne humeur.

Dans le studio, les musiciens attendaient en parlant de leurs dernières séances, de tel ou tel chanteur, du tiercé, de la tournée de machin, du bide de l'autre... de vraies commères. Le chef fit son entrée en les priant de bien vouloir reprendre leurs instruments.

« Mais, enfin, tu veux bien nous expliquer ce qu'il veut celui-là ? demanda le guitariste excédé.

– Le problème, c'est qu'il ne le sait pas lui-même ! » ajouta le bassiste avant d'être coupé par la voix de Haudevan dans les haut-parleurs.

« Les gars, on recommence, car je viens d'avoir une idée ! »

Diana craignit aussitôt le pire.

« Mademoiselle Diana va venir dans le studio avec vous pour danser, comme ça tout le monde sera de bonne humeur ! »

La nouvelle fut accueillie par des « Oh ! Ah ! Hip ! Hip ! Hip ! Hourra ! », mais n'enchanta pas Diana.

« Allez, ma p'tite mère, vas-y ! Tu n'as qu'à bouger un peu devant eux, ça va les réveiller ! »

Dans le studio la tension avait monté et chacun imitait les fans lors des spectacles : « Diana ! Diana ! » Plus mal à l'aise que jamais, Diana aurait voulu être ailleurs, disparaître dans un trou de souris.

« Tu vois bien qu'ils te réclament ! Il faut que tu y

ailles, ce studio nous coûte cher ! » insista Hubert, sourire en coin.

Diana se sentit piégée et trahie mais s'exécuta. Elle entra dans le studio d'enregistrement sous les bravos, bien décidée à transformer son calvaire en bon moment.

« Puisque vous insistez ! » lança-t-elle.

Le tempo était bon, Diana fredonnait en souriant et en dansant. Cette prise fut la bonne. *Une demoiselle de Gaulois bon teint* était dans la boîte. Personne ne pouvait imaginer les événements qui allaient se dérouler.

Paris n'est pas la France, disait de Gaulle, mais ce fut pourtant dans les rues de la capitale que la colère commença de gronder. Diana suivait l'actualité dans les journaux et à la télévision comme tout le monde. Du couvent proche montaient un calme et une sérénité qui lui donnaient la sensation de vivre dans une autre époque.

Indifférent aux convulsions de l'Histoire, Haudevan continuait à gérer la carrière et les comptes de son artiste depuis son bureau Empire. Il était de plus en plus difficile de lui parler : Trinité prévint Diana que son rendez-vous journalistique de 17 heures était confirmé.

Elle quitta son refuge, avec un énorme sac rempli du courrier de ses admirateurs. Chaussant ses lunettes noires, elle s'installa au volant de sa nouvelle voiture américaine blanche et flambant neuve (la voiture de la société Haudevan dont elle avait l'usufruit), en pensant au meilleur chemin à emprunter pour éviter la casse. Alors qu'elle s'engageait dans le boulevard

Arago, Diana aperçut au loin une agitation inquiétante. Ne pouvant faire marche arrière, elle avança quelque temps au ralenti au milieu des courses échevelées des jeunes révoltés puis décida de tourner dans une rue à sens unique. Arrivée au bout, elle découvrit avec effroi un groupe de plusieurs personnes qui tapaient sur tout ce qu'ils pouvaient, lançaient des pavés à tout va. Elle s'était jetée dans la gueule du loup. L'un des manifestants aperçut le « bateau » blanc et cria :

« Eh, les mecs ! Regardez la bagnole ! Elle est à moi ! »

Il ponctua la fin de sa phrase par un jet de pierre qui termina sa course dans le phare avant du véhicule. Enfermée à double tour dans sa voiture, Diana se faisait toute petite.

« Touché ! J'l'ai eue ! On n'a pas idée d'avoir une caisse pareille ! J'y vais, j'vais m'la faire ! » hurla-t-il à ses amis heureusement trop occupés à leur « besogne révolutionnaire ».

La chanteuse, affaissée sur son siège, s'apprêtait à passer un sale quart d'heure. Les yeux exorbités et encore rougis par les bombes lacrymogènes, il s'approcha de la voiture et se mit à taper sur le pare-chocs avec un morceau de bois arraché à un banc public. Diana se décida à réagir :

« Oh non, s'il vous plaît, pas la voiture ! Elle n'est pas à moi ! »

Le garçon fut stoppé net dans son élan en voyant le visage d'une jeune de son âge au volant de cette carrosserie à rallonge et se calma un peu.

« Mais j'ai d'jà vu ta tête quelque part ! C'est toi qui chantes des conneries à la télé ! Qu'est-ce que tu fous là ?

– J'habite dans le coin et j'essaie d'aller travailler ! Mais je t'assure qu'à partir de maintenant je prendrai mon vélo, comme les Chinois ! continua la chanteuse du bas de son piédestal.

« Casse-toi de là avant que je t'éclate ton bolide ! Recule ! Dégage et dis-toi que c'est ton jour de chance ! Tu pourras remercier ma grand-mère au passage : elle t'adore ! » lança-t-il en donnant un dernier coup de poing sur le capot.

Elle enclencha la marche arrière, ne put s'empêcher de lui crier avant de démarrer :

« Bonne chance et faites attention à vous ! »

Diana, assise dans le canapé du salon, attendait les dernières nouvelles auprès du poste de radio, lorsque le téléphone sonna.

« Allô, oui ? »

Son visage s'empourpra et le ton de sa voix changea sur-le-champ.

« Comme je suis heureuse de t'entendre, je m'ennuyais de toi ! Je ne t'ai pas eue depuis deux jours ! »

Elle écoutait et semblait à la fois de plus en plus radieuse et de plus en plus agitée.

« Le week-end prochain ? Où ça ? C'est une idée formidable ! Je ne sais pas comment je vais faire... Non, ne t'inquiète pas ! Tu sais très bien que j'ai envie de te voir, je vais trouver une solution ! Tu m'aimes ? Moi aussi ! Je t'embrasse ! »

Elle raccrocha le combiné puis se mit à sauter partout en poussant de petits cris. Maria apparut à la porte du salon avec un air inquiet :

« Madémoisselle a un prrroblème ? Vouz avez mal

quelqué parrt ? Ché vouz ai entendou crrrrier, ché m'inquiètè !

– Tout va bien, ma p'tite Maria, je suis heureuse ! C'est la joie qui me met dans cet état-là ! Je vais partir ce week-end, personne n'est au courant, il faudra me préparer une valise ! Surtout, si Haudevan me demande, vous ne savez pas où je suis ! Enfin je vous expliquerai plus tard ! »

Diana avait tout oublié, les manifs, les rendez-vous, la voiture cabossée. Elle appela Zaza et lui demanda de venir la rejoindre au plus vite et de rester pour le dîner. Devant le miroir de la salle de bains, elle se lança dans une interminable séance d'essayage. Perruque brune, perruque blonde, perruque rousse, cheveux courts, cheveux longs, avec frange, sans frange... toutes les coiffures y passèrent. Son choix se fixa enfin sur la brune mi-longue à frange qui lui descendait au ras des yeux, ce qui lui donnait un faux air entre les Beatles et Mireille Mathieu. La sonnerie de la porte la fit sursauter.

« Bonchourrr, madémoisselle Sasssa !

– *Hello, Maria ! How are you ?* répondit la secrétaire, toujours prête à repartir à Londres. Elle est là... ? »

Diana, interrompant sa phrase depuis la salle de bains, partit dans un fou rire :

« Attends-moi, Zaza, j'arrive ! Mets-toi dans le salon cinq minutes ! »

Zaza était loin de se douter de ce qui l'attendait. Diana, vêtue d'un long manteau noir ne laissant entrevoir que ses bottes, col roulé noir, brune, fausses lunettes de vue sur le bout du nez, fit son entrée, surprenant Zaza qui avait déjà plongé dans le courrier.

« *Hello, my Dear ! My name is Jeanne !* » murmura la chanteuse en changeant sa voix.

La secrétaire leva la tête et regarda sa copine d'un air médusé.

« C'est incroyable, on ne te reconnaît pas. Je t'assure, c'est stupéfiant ! »

Elle se leva pour examiner de plus près la chanteuse, transformée soudain en Mata Hari.

« Ma Zaza, si tu savais ! J'ai reçu un coup de fil de Hans. Il est en Espagne ce week-end et je veux le rejoindre ! Es-tu bien certaine que personne ne peut me reconnaître ? » continua-t-elle en marchant de long en large dans la pièce.

Diana commençait à bien connaître les paparazzi et surveillerait tout ce qui bougerait dans les buissons, derrière les portes ou dans les recoins d'aéroports. Zaza lui conseilla de parler et de sourire le moins possible car elle risquait, malgré son nouveau look, de se faire rapidement repérer.

Elles passèrent la soirée à trouver des sentiers de guerre apaches pour que Sitting Bull ne la retrouve pas.

Tout était prévu : Zaza l'accompagnerait à la gare. Train-couchettes jusqu'à Marseille, puis taxi réservé de la gare à l'aéroport, où une réservation sur le vol de Madrid l'attendrait. Diana tenait toujours ses parents au courant de ses faits et gestes pour qu'ils ne se fassent pas de mauvais sang. Marjolaine soutenait toujours sa fille lorsqu'elle décidait de faire des escapades. Quant à Gustave, sa moustache guerrière vibrait au son de ses menaces.

« Tu crois pas que t'es un peu malade de faire un cirque pareil, pour ce soi-disant Auvergnat ! Moi, j'te dis que c'est un bâtard ! Faut pas qu'il vienne nous emmerder, ta mère et moi ! On sait rien, un point c'est tout ! Amuse-toi bien, ma fille, et ne te fais pas de soucis ! »

Diana adorait les répliques de son père, qui parlait beaucoup en présence de « ses » femmes mais qui observait de grandes minutes de silence devant l'étranger.

Le jeudi après-midi, comme convenu, Diana monta dans la voiture de la secrétaire et se coucha sur la banquette arrière, sous une couverture. Dès le vendredi matin, Haudevan, assis derrière son bureau présidentiel, appuyait sur son interphone.

« Trinité, appelez-moi Diana !

– Tout de suite, monsieur Haudevan ! » répondit sa collaboratrice.

Trente secondes s'écoulèrent.

« Excusez-moi de vous déranger, monsieur, mais elle n'est pas chez elle ! glissa Trinité par l'encoignure de la porte.

– Trouvez-moi Zaza !

– Allô, madame Choubignac ? C'est Trinité. Diana est-elle chez vous ? c'est pour M. Haudevan. »

La réponse négative de Marjolaine inquiéta la secrétaire qui continua ses recherches. Zaza ne répondait pas au téléphone. Maria parlait de plus en plus mal le français et feignait de ne pas comprendre l'interrogatoire sur sa patronne. Trinité dut se résoudre à annoncer la nouvelle à son P.-D.G.

« Monsieur Haudevan, excusez-moi de vous déranger, mais Diana est nulle part. Quant à Zaza, son téléphone ne répond pas ! »

Elle eut à peine le temps de finir sa phrase. Hubert

se dressa comme un diable en faisant tomber à terre une pile de dossiers.

« Je ne suis entouré que d'incapables ! N'importe qui la trouverait, mais pour vous, ma pauvre Trinité, c'est le bout du monde ! hurla-t-il en arpentant les bureaux de long en large. Je vais le faire, puisque je suis tout seul ! Je vais vous montrer, pour la énième fois, comment on trouve quelqu'un ! »

Il décrocha le combiné et s'assit fesses sur le bureau, faisant voler tout ce qui pouvait toucher son beau pantalon.

« Marjolaine ? C'est Hubert ! J'ai besoin de Diana tout de suite ! »

Il fut interrompu par Marj, un tantinet agacée par ce malotru.

« D'abord, bonjour, Hubert ! Et du calme, SVP ! »

Il enchaîna avec la même intonation :

« Bonjour, bonjour ! Je suis très pressé, je n'ai pas le temps ! Où est-elle ? Je ne peux pas la joindre ! C'est très important pour sa carrière ! Il faut que je lui parle immédiatement !

– Je ne sais pas où est ma fille ! Elle est majeure, elle ne me dit pas tout ce qu'elle fait ! C'est le week-end, vous pourrez sûrement la joindre lundi ! Je suis obligée de vous laisser, j'ai du monde qui m'attend ! Allez, Hubert, au revoir ! »

Hubert, n'ayant plus désormais dans l'oreille que le bip, bip, bip, signalant que la communication était terminée, raccrocha si violemment le combiné qu'il en cassa l'appareil. Il ne décolérait pas.

« Ils sont tous complètement abrutis dans cette famille ! C'est bien ça ! Envoyez-les aux sports d'hiver, voilà comment on vous remercie ! Des ingrats ! Vous êtes tous des ingrats ! »

Pendant ce temps, se cachant d'haciendas en grands hôtels, nos deux tourtereaux filaient le parfait amour au son des castagnettes. Diana avait réussi, au prix de beaucoup d'efforts, à échapper pour quelques heures à son employeur tyrannique qui, malgré tous ses agents secrets, était pour une fois obligé de s'avouer vaincu, faute de combattants.

Après des adieux déchirants, Diana s'envola pour Paris, le cœur débordant d'amour et les yeux pleins de larmes. Fini la parenthèse, la perruque brune, le maquillage, le col roulé et le grand manteau dans sa valise ! Elle devait revenir à la réalité.

Dès son arrivée, Haudevan lui expliqua qu'elle était irresponsable, qu'il devait pouvoir la joindre à n'importe quelle heure du jour et de la nuit. Le planning excessivement bien organisé de l'imprésario favorisait la promotion de son nouveau quarante-cinq tours, *Une demoiselle de Gaulois bon teint*, qui faisait couler beaucoup d'encre. Certaines radios trouvaient l'idée d'Haudevan géniale (sans savoir qu'elle n'était pas de lui), d'autres criaient à la provocation, trouvant la chanson malvenue après les événements de mai. Diana décrocha la place de numéro un. Répétitions, photos, radios, interviews, plateau de *Tonton, Gérard, Têtes de bois et tendres années* et *Quatre Temps*, la nouvelle émission de Michèle Arnaud, qui voyait le retour d'un jeune présentateur de talent nommé Michel Drucker. H. H., qui avait deviné que le cœur de sa chanteuse battait la chamade, l'empêchait par tous les moyens de quitter la capitale.

Avant son prochain départ pour Saint-Tropez, Diana inaugura au bras d'Éric Tabarly le nouveau port de Saint-Raphaël, dont ils devinrent parrain et marraine à grand renfort de télévisions, de photographes, de ministres, de députés et de maire, auxquels se joignirent des centaines d'autochtones. La journée se termina par un grand dîner, au cours duquel Haudevan manifesta un intérêt soudain pour la politique :

« Monsieur le ministre, je me présente, Hubert Haudevan. Je suis le producteur de Diana, je sais qu'elle voulait vous parler de certains problèmes. »

Le grand navigateur, timide, souriait en silence, regrettant de ne pas être en mer. Diana, de son côté, dédicaçait des cartes postales du nouveau port, répondait vaguement aux questions en rêvant à son fabricant de montres suisses. Les vacances d'été furent écourtées par une mauvaise chute en ski nautique et surtout par les nouveaux objectifs de Sitting Bull devenu Picsou.

Dans le bureau parisien, Zaza, Trinité, en compagnie de deux messieurs, discutaient la tête penchée sur des maquettes représentant des pots de crème :

« Vous comprenez ! dit l'un en s'adressant à Trinité. Si nous mettons une photo de Diana en fond, ça n'aura pas le même impact ! C'est très important pour les ventes !

– Vous parlerez de tout ça avec M. Haudevan », répondit Trinité, bien installée dans le rôle qu'elle affectionnait tant : collaboratrice en chef. Elle enchaîna :

« C'est un homme plein d'idées ! Il en a dix à la seconde, vous pouvez lui faire confiance ! Il sait ce qui est bon pour la carrière de Diana et elle ne fait rien sans son avis, il s'occupe de tout ! »

La porte sonna et Zaza se trouva devant une femme d'un certain âge, de corpulence assez ronde, très chic, des cheveux grisonnants, qui lui ordonna en passant la porte :

« Bonjour, mademoiselle, prévenez Hubert que je suis là ! Je suis sa tante et je n'aime pas attendre !

– Bonjour, madame Plumot ! Comment allez-vous ? intervint rapidement Trinité, manifestement dans la confidence. Entrez donc dans le bureau, votre neveu vient de me téléphoner, il arrive avec Diana ! Donnez-moi votre manteau. Je vous sers un café ? »

Zaza se pencha sur Trinité.

« Dis-moi, elle n'a pas l'air aimable !

– C'est une femme charmante, c'est la sœur du père de M. Haudevan, c'est la propriétaire de Diamerdine, la célèbre marque de soins de beauté ! répondit Trinité très affairée.

– Mais alors, il ne s'appelle pas Haudevan, il s'appelle Plumot ? Où a-t-il été pêcher Haudevan ?

– C'est son nom d'artiste ! ajouta la secrétaire, le nez sur la mesure d'eau de la cafetière.

« Il chantait dans un restaurant ou un cabaret, je ne sais plus, avant de rencontrer Diana ! Mais aide-moi, plutôt que de parler ! Il faut s'occuper d'elle rapidement. »

La porte d'entrée s'ouvrit sur Hubert, suivi de « sa » chanteuse, qui s'arrêta pour embrasser son assistante.

« Diana, viens, on nous attend ! On verra les politesses tout à l'heure ! »

Dans le bureau de l'ex-chanteur de cabaret, tout le monde attendait assis.

« Bonjour, ma tante ! Je te présente Diana ! Messieurs, montrez-nous rapidement les projets car nous sommes tous très pressés ! »

Sans perdre une minute, les responsables de la promotion commencèrent à argumenter. Diana tapa sur l'épaule de son imprésario et marmonna :

« Qu'est-ce que c'est encore cette histoire ? Je ne savais pas que ta tante était dans les crèmes ? Je suppose que c'est encore toi qui as eu cette idée !

– Ce sont d'excellents produits, ma tante a créé une crème qui va porter ton nom ! C'est formidable, non ? Laisse-moi faire, ne t'inquiète pas, c'est la famille ! »

Les spécialistes argumentaient. Haudevan tranchait et Diana regardait ce qui une fois de plus allait se faire sans même qu'elle ait été consultée.

Le lendemain, elle téléphona à H. H. pour lui dire sa façon de penser :

« Écoute, Hubert, je trouve que tu vas trop loin. À partir de maintenant, je veux être intéressée sur toutes les affaires portant mon nom d'artiste. »

Le ton n'était pas à la plaisanterie, elle ne se doutait pas encore de la surprise qu'il lui avait réservée :

« Ma p'tite cocotte ! Tu ne sais pas de quoi tu parles ! Tu devrais me remercier pour avoir fait de toi une chanteuse ! Diana, ce n'est pas toi, c'est moi. Ce nom est déposé, il m'appartient, La Boutique de Diana aussi, et, si tu n'es pas contente, c'est la même chose ! Tu me fais perdre mon temps, j'ai beaucoup trop de travail, on s'rappelle ! »

Cette franchise brutale la déconcerta. Mais la vie était belle malgré tout, et chanter restait sa raison de vivre.

Elle le laissa mariner trois jours sans téléphone, espérant bien trouver une solution.

L'automne discographique la transforma en « Femme fatale », vêtue d'une minijupe, jambes gainées dans des cuissardes.

Les premières neiges l'attendaient en Suisse, Gustave et Marj ayant renoncé à obtenir le « Chamois d'or ». Ils étaient restés derrière leur comptoir. Quant au fabricant de montres, il avait disparu. Elle se consola sur la nouvelle bicyclette des neiges appelée « Ski Bob » en compagnie de Monsieur 100 000 Volts et d'un grand bonhomme, d'une gentillesse et d'une discrétion folles, appelé Bourvil.

1969
On a marché sur la lune

Avec la nouvelle année, Diana eut droit à un lot de petites découvertes.

Haudevan avait décidé de modifier les bureaux de la société en pleine expansion. Il voulait des locaux plus vastes, ayant pris la décision d'engager de nouveaux artistes.

« Ma p'tite Diana, ''notre'' affaire doit s'ouvrir vers de nouveaux horizons ! déclarait-il. Évidemment, tu y trouveras ton compte, tu toucheras un centime sur chaque disque vendu par les autres artistes de la maison ! Je continuerai à m'occuper spécialement de toi. Pour les autres, je déléguerai. »

Sa technique de recrutement pour les nouveaux poulains et pouliches de son écurie était simple. Il repérait sa proie et lui tenait un discours édifiant :

« Écoute, suis ton étoile ! Ta chance, c'est de m'avoir rencontré ! Tu connais Diana, je l'ai fabriquée de toutes pièces. Pour toi ce sera pareil ! Mais tu dois me faire confiance. Crois-moi, je sais ce qu'il te faut ! »

Les heureux élus – plutôt des filles que des garçons – ne pouvaient qu'accepter ce programme alléchant.

H. H. avait aussi des vues sur l'étranger et Trinité était chargée d'envoyer de nombreuses lettres aux maisons de disques. Le texte était pratiquement toujours le même :

« Je suis très intéressé pour la représentation de tel artiste en France. Je suis le créateur de Diana, j'ai fait mes preuves et la promotion n'a pas de secrets pour moi. Je suis l'homme qu'il vous faut pour vous représenter à Paris. Je connais le marché comme personne et je sais ce qu'il faut faire. Faites-moi confiance et c'est gagné ! »

M. Hubert mettait au point sa méthode « révolutionnaire » de promotion. Aux producteurs d'émissions de TV et de radio, il tenait un langage d'une simplicité et d'une limpidité à toute épreuve :

« Si tu veux Diana dans ton émission, il faut que tu me prennes la petite "Mimi Brossard" avec elle, sinon tu n'auras rien ! »

Parfois il y avait une petite variante :

« Si tu veux Diana, il faut prendre "Sandra Bonbon", tu verras, c'est super, c'est la nouvelle qui monte ! »

Alors qu'une *Demoiselle de Gaulois bon teint* se sifflait encore dans toutes les chaumières, Diana entra en studio pour enregistrer un autre quarante-cinq tours. Sa nouvelle chanson s'appelait *Le Bouffon*.

Hubert était là, donnant un ordre et son contraire

dans la même minute, houspillant l'ingénieur du son, pestant contre les musiciens, aboyant à travers la vitre de la cabine en pointant l'index vers Diana :

« Tu ne chantes pas dans le tempo !

– C'est de ma faute ! reconnut timidement l'ingénieur, je ne lui ai pas envoyé la bonne prise.

– C'est bien ce que je disais, tous des incapables ! » lança Hubert, une main vers le ciel et l'autre curant son nez.

Diana, agacée, intervint :

« Arrête de faire ton grand numéro. Si, comme tu me l'as dit, Diana c'est toi, tu n'as qu'à venir chanter à ma place ! »

L'imprésario se calma d'un coup :

« Enfin, ma p'tite mère, ce n'est pas possible ! Reprends-toi ! Si je t'ai blessée, c'est involontaire ! Tu sais bien que je ne pense qu'à ton bien-être et à ton bonheur ! »

Il ajouta aussitôt :

« Allons, les gars ! On se relaxe cinq minutes et on recommence. Ce n'est pas grave. Dans toute création il y a des tensions. »

Vers la fin de la séance, une jeune fille, genre Barbarella en plus pailletée, entra dans la cabine. Hubert se leva immédiatement et la présenta : « Voilà Sandra, une nouvelle artiste de notre production ! »

Diana l'observait en coin, admirant sa ressemblance frappante avec la poupée Barbie. Elle demanda :

« Quel est votre nom déjà ?

– Sandra Bonbon ! » fit la jeune fille en baissant ses yeux ombrés de longs faux cils.

Diana, s'adressant à Haudevan, se fit persiflante :

« C'est son nom ou le tien ? En tout cas, avec un

nom pareil, tu vas pouvoir ouvrir une chaîne de boutiques pour vendre des berlingots ! »

Haudevan haussa les épaules et proposa :

« C'est terminé pour aujourd'hui. Si tu veux, Diana, je vous emmène dîner en ville toutes les deux ! »

Diana accepta, curieuse de voir le comportement de la petite nouvelle dans le « cirque » Haudevan.

« En mai fais ce qu'il te plaît », dit le proverbe, et Diana ne s'en priva pas.

Un vendredi après-midi, coincée dans une réunion marathon avec le Grand Manitou afin de planifier minute par minute son emploi du temps, elle s'échappa quelques instants pour aller prendre un café avec Zaza. À peine assise, elle attaqua :

« Qu'est-ce que tu fais pour le week-end ?

– Rien, répondit Zaza.

– Eh bien, moi, je sais ce que tu vas faire ! Depuis des mois, tu me parles de Rome, de sa lumière et de sa beauté ! Alors, on y va ! »

Zaza la regardait avec des yeux ronds comme des soucoupes, se demandant quelle mouche l'avait piquée.

« Tu es complètement folle ! Que va dire Hubert ? On doit se réunir encore demain matin. »

Diana réfuta les arguments de son amie :

« Il fera son speech tout seul. Ça le changera, et moi, ça me reposera. »

À vingt heures, l'avion à destination de Rome survolait les Alpes. Le regard perdu dans les bulles de sa coupe de champagne, Diana savourait cette tranche de liberté. Elle se sentait bien. Cette fois, H. H. aurait bien du mal à la trouver...

À Rome, le programme prévu était simple. Pas de boîtes de nuit, pas d'endroits à la mode. Diana voulant fuir son univers quotidien, ne pensait qu'à une seule chose, rester a-no-ny-me ! Elle dit à Zaza :

« Tu connais la ville, alors tu me guideras. J'ai envie de me balader, et de visiter ! Si on a le temps, on traquera la chaussure. Pour ce qui est du régime, on verra ça en rentrant, dit-elle en salivant à la pensée d'un grand plat de spaghettis à l'ail ou d'une pizza du pêcheur parsemée de petits poulpes bien grillés.

À la sortie du hall de l'aéroport, Diana fut aveuglée par un flash. Décidément, les paparazzi ne lâchaient jamais prise !

Diana s'engouffra la première dans le taxi sans même chercher à savoir qui lui avait volé cet instant de vie privée.

« Hassler villa Médicis, lança-t-elle au chauffeur, observant la réaction de Zaza.

– Dis donc, tu ne te refuses rien !

– Je ne “nous” refuse rien », répliqua Diana en riant.

La suite était superbe, la décoration somptueuse. Le tableau Renaissance accroché dans le petit salon était à lui seul un petit joyau. De la terrasse du restaurant panoramique, la vue sur la Ville éternelle était divine. Diana était heureuse. Il faisait si bon que rien de ce qu'elle fuyait ne semblait pouvoir l'atteindre.

Zaza goûtait elle aussi au charme impromptu de cette escapade romaine. Demain, elles se griseraient de beauté, elles respireraient le parfum subtil des vieilles pierres antiques, elles se tordraient le cou de bonheur devant les chefs-d'œuvre de la chapelle Sixtine, elles se perdraient comme dans un jeu de piste à la recherche des fontaines de la villa Borghèse. Du Capitole aux thermes de Caracalla, du Palatin au Colisée, elles s'useraient les yeux pour ne rien oublier de la grandeur impériale des lieux.

Elles rentrèrent épuisées à l'hôtel. Diana eut le plaisir de constater qu'aucun message ne l'attendait. C'était mer-veil-leux. Après un bon bain réparateur, les deux amies se relaxèrent en attendant l'heure du repas. Diana dit à Zaza :

« Tu te rends compte, César respirait le même air que nous !

– Enfin presque ! répondit Zaza, le CO_2 en moins. »

Elles rigolèrent de bon cœur devant cette évidence, et, pour tout dire, jusque-là, la vie était plutôt belle.

Le soir, elles dînèrent de nouveau sur la terrasse ; elles avaient assez marché pour aujourd'hui. Pendant et après le repas, elles durent faire face à une attaque en règle du sexe fort. Une centaine de serveurs au teint hâlé et au charme italien entreprirent de faire le siège des deux jolies Françaises.

La partie fut rude et exténuante ; Zaza s'amusait beaucoup. Diana était flattée mais les prétendants étaient vraiment trop nombreux. Alors elle eut une idée lumineuse, déclarant qu'ils étaient tous très beaux et qu'il était trop difficile de faire un choix. Il valait donc mieux en rester là. L'un d'eux, plus ténébreux et plus hardi que les autres, lui prit la main :

« Maaaa, Ragazza Franchèse, tou me toue lé cœurr ! »

Et il lui baisa la main.

Comme chacun sait, à Rome, les nuits sont chaudes. Aussi est-ce avec un certain soulagement, teinté d'un soupçon de regret, que Diana et Zaza opérèrent un repli stratégique vers leurs appartements.

À Paris, le samedi avait été dantesque. Haudevan en rage avait remué ciel et terre pour retrouver Diana. Les insultes n'avaient épargné personne. Trinité était une « conne », les parents de la diva étaient des « tarés », le chanteur à la voix qui tue mais qui ne chantait plus n'était qu'un pauvre « rigolo », Zaza était une « pute » et l'idole du terroir n'était qu'une petite sotte qui allait voir ce qu'elle allait voir. Il la déshériterait !

De colère, il se vengea sur ce qui lui tomba sous la main. Le lourd cendrier qu'il jeta contre la porte de son bureau fit un trou gros comme une assiette.

Trinité, terrorisée, en larmes, s'était réfugiée sur le palier. H. H., tournant en rond et bavant comme une hyène immmmonnnde, saisit enfin son téléphone et composa le numéro du directeur de *Dimanche-Paris*. Cette petite garce allait le payer !

Au passage, Haudevan avait appris avec stupeur que sa « chose » avait été aperçue à Rome par un honorable correspondant. Il réquisitionna d'autorité Trinité pour qu'elle téléphone dans tous les hôtels de la capitale italienne. À onze heures trente, le dimanche matin, le gibier était localisé. Cependant, il n'était pas dans son terrier. Diana et Zaza étant reparties en vadrouille avec pour objectif principal : opération pizza, pescatore !

Lorsqu'elles rentrèrent vers dix-sept heures, un télégramme les attendait : « Urgent - Veux te voir au bureau demain matin - Si Zaza avec toi - elle est convoquée même heure - Signé : Haudevan. »

Bouclant son sac pour le voyage de retour, Zaza dit à Diana :

« J'ai l'impression que ça va chauffer ! Je crois qu'on a été trop loin !

– Comment ça, trop loin ? Je travaille quinze heures par jour, répliqua Diana. J'ai bien le droit de souffler un moment, je suis majeure et vaccinée et je ne suis pas son jouet. Il n'a pas intérêt à faire des histoires, car je ne suis pas décidée à me laisser faire ! »

Zaza hocha la tête sans rien dire ; elle éprouvait malgré tout une certaine appréhension pour le rendez-vous du lendemain.

Le lundi, à neuf heures pile, la chanteuse entra en trombe dans les bureaux de son producteur. Trinité était là, la mine défaite, en train de tailler fébrilement un crayon :

« Ah, vous voilà ! M. Haudevan n'est pas encore là, mais vous devez impérativement l'attendre ! »

À dix heures, César entra solennellement dans son bureau, coiffé comme la folle de Chaillot sur qui on aurait versé du goudron. Il claqua la porte, alla s'asseoir dans son fauteuil dix fois trop grand pour lui et attaqua sans préambule :

« Zaza, où étais-tu ce week-end ?

– J'étais avec Diana, monsieur Haudevan, répondit-elle poliment.

– Nous avions bien rendez-vous le samedi, si je n'm'abuse ?

– Oui ! chuchota-t-elle.

– Bon, tu es virée ? Prends tes affaires et va-t'en. J'ai besoin de parler à Diana, maintenant. »

Zaza sortit sans dire un mot. À peine avait-elle

refermé la porte qu'une tempête d'une rare violence éclata dans le bureau. Diana, debout, les poings serrés, rouge comme une pomme d'api, se mit à hurler :

« J'en ai marre de toi et de ton numéro de dictateur attardé ! Je ne suis pas ta marionnette et je ne m'occupe pas de ta vie privée ! Alors trop, c'est trop ! Il vaut mieux pour nous deux que s'arrête là notre collaboration ! D'ailleurs c'est toujours à sens unique ! »

Mister H. écoutait Diana, recroquevillé dans son fauteuil. Soufflé, incapable de placer un mot, il attendit la fin de l'orage et menaça :

« Si tu continues, je ne m'occuperai plus de toi. Tu le sais, j'ai maintenant beaucoup d'autres choses à faire. Des artistes, il y en a plein les rues ! Alors, réfléchis bien !

– C'est tout réfléchi, répondit la chanteuse en lui jetant un coussin à la tête. Tu reprends immédiatement Zaza et tu me lâches un peu les baskets, ou alors il faudra compter sur quelqu'un d'autre pour faire fructifier tes droits d'auteur présumés. »

Elle prit congé sans même dire au revoir et planta là le célèbre : « Cecil Billets de Mille ! »

Au festival de Cannes, le film *Easy Rider* triomphait, et avec lui l'avènement d'une nouvelle musique rock et du mouvement hippy en Europe.

Diana alla voir le film avec Zaza, qui avait été réintégrée dans l'équipe car Haudevan s'était très vite aperçu qu'il avait besoin de la coopération de sa « vedette préférée » pour caser ses produits. Alors, on s'était rabibochés tant bien que mal, pour la plus grande joie de Trinité qui vivait des nuits de cauchemars, peuplés de cendriers volants...

Tandis que Diana, avec sa chanson *Le Bouffon*, était une fois de plus dans le trio de tête des hit-parades, la France entière chantait avec Richard Anthony, *Le Sirop Typhon*. Claude François, Joe Dassin, Johnny Hallyday, Monty, Adamo, Françoise Hardy, Sylvie Vartan, Michel Polnareff, Antoine, Eddy Mitchell, Julien Clerc, Nicoletta, Jacques Dutronc, Herbert Léonard, Mireille Mathieu, Gilles Dreu et bien d'autres figuraient dans le même classement, en ce mois de mai 1969.

Le gros boom du moment était, sans aucun doute, la chanson d'un petit nouveau : David Alexandre Winter, avec *Oh ! Lady Mary ! Petite fille aux yeux bleus !* Impossible de ne pas entendre cette chanson, qui battit pour l'occasion tous les records de vente. Quelque temps plus tard, les ondes seraient submergées par le célèbre *Métèque* de Georges Moustaki. C'était chacun son tour et il y en avait pour tous les goûts. À l'évidence, on vivait l'âge d'or.

Pendant ce temps-là, l'humanité avait aussi d'autres préoccupations. Le 21 juillet 1969, de New York à Vladivostok, chacun retint son souffle lorsque le premier homme posa le pied sur la lune.

Comme des millions de Terriens, Diana suivit l'événement à la télévision, en compagnie de ses parents. Pour célébrer ce moment historique, on déboucha une bouteille de champagne. La sonnerie du téléphone interrompit la petite fête. À l'autre bout du fil, la voix de Haudevan :

« Ma petite Diana, j'espère que je ne te dérange

pas ? Je tiens à te rappeler que demain nous avons un rendez-vous très important avec Gérard Louksor. »

Diana n'en croyait pas ses oreilles :

« Je sais ! dit-elle. Mais à propos de choses importantes, tu ne regardes pas la télé ? Tu ne sais pas ce qui se passe en ce moment ?

– Non, pourquoi ? répondit le big manager.

– Mais on a marché sur la Lune ! annonça Diana, encore toute retournée par l'émotion.

– Ah, oui ! dit Hubert. Il fallait bien que ça arrive un jour. D'ailleurs, Nostradamus l'avait prédit. »

Diana abrégea la conversation, prétextant une migraine, et elle raccrocha.

« Vous vous rendez compte, c'est le premier pas d'un Terrien sur la Lune et ça ne lui fait rien ! dit-elle à ses parents.

– Ça ne m'étonne pas, vu qu'il est con comme l'astre en question ! » lança Gustave en se tortillant une moitié de moustache.

Le lendemain, Gérard Louksor, lui, était emballé. Ces hommes sur la Lune, c'était formidable. Quel spectacle ! Dommage qu'on ne puisse pas en faire une émission hebdomadaire !

Diana rêvassait, imaginant l'imprésario stellaire, vêtu d'une combinaison de cosmonaute et bondissant de cratère en cratère, poursuivi par des vachettes bleues à pois verts. Les bébêtes, très en colère, ne semblaient pas apprécier les grosses moon-boots spéciales portées par l'amiral Haudevan, chef de la flotte des lunatiques.

La chanteuse redescendit sur terre lorsque H. H. lui dit :

« Bon, ma p'tite mère, tu nous laisses ! Gérard et

moi, on doit préparer l'émission de la semaine prochaine, alors, va boire un petit café, et reviens dans une demi-heure car on a des choses à voir avec toi.

– Pourquoi pas tout de suite ? grinça Diana.

– Ce n'est pas possible ! Ne complique pas tout. Gérard est très occupé et il faut d'abord que nous arrangions quelques petites choses ! »

Un ange passa, pliant sous le poids d'un sac à dos rempli d'enveloppes estampillées $.

Le « rossignol de Pléaux » comptait passer une semaine de vacances avec ses parents. Ceux-ci traînaient des pieds car *Le Joyeux Bougnat* avait toujours besoin de leur présence. Une semaine, c'était une vie ! Diana insistait autant qu'elle le pouvait car elle voulait leur faire la surprise de les emmener dans le village berceau de la famille. La maison de pierre, plusieurs fois centenaire, le « Cantou », changeait des plages privées fréquentées par des gens ennuyeux et imbus d'eux-mêmes.

Malheureusement pour la famille Choubignac, Haudevan avait déjà tout prévu et sa devise était : « En août, vive le parc de la Moutte ! »

Diana n'avait rien contre Saint-Tropez. Bien au contraire, quoiqu'elle appréciât davantage le petit port du Var en dehors du grand flux des vacanciers.

« Diana, prépare tes affaires, nous partons demain. La maison et ton bateau nous attendent et j'ai prévu plusieurs interviews avec de grands journaux. J'ai aussi organisé une soirée où tous nos amis du show-business viendront nous retrouver. Tu verras, ce sera fantastique.

– Mais, Hubert, j'avais prévu de ne te rejoindre que

le 10 du mois. J'ai arrangé quelque chose avec mes parents. Je suis sûre que ça leur fera très plaisir !

– C'est impossible ! Tu dois te consacrer à ta carrière, c'est prioritaire, et tes parents le comprendront très bien. De toute façon, l'air de la mer et le soleil du Midi te profiteront sûrement plus que la campagne.

– Et l'air de la montagne et des volcans d'Auvergne, qu'est-ce que tu en fais ? regimba Diana.

– L'Auvergne, ce n'est pas la montagne. La montagne, c'est la neige », rétorqua le cosmonaute-vacher bardé de certitudes.

Une fois de plus, Diana suivit le mouvement. Elle était emportée comme un fétu de paille dans une tourmente qu'elle ne pouvait pas vraiment contrôler. Mais elle espérait qu'un jour Hubert Haudevan finirait bien par changer pour évoluer dans le bon sens, celui de la concertation.

La fête organisée par le « pacha » en son honneur tint toutes ses promesses. Poignées de main flasques, fourberies en tout genre, médisances à volonté et beuveries misérables. Diana était ra-vie ! Les autres aussi d'ailleurs car ils pensaient déjà à leur invitation pour la soirée du lendemain. Haudevan aussi était content. Cette fête lui avait fourni l'occasion de montrer ses signes extérieurs de richesse, la maison, la piscine, le tennis, le personnel et les mets les plus raffinés.

La veille de l'anniversaire de Diana commença le plus grand rassemblement de l'histoire du rock : le festival de Woodstock.

Cette manifestation à la gloire de la philosophie hippie eut un retentissement mondial. Une pléiade d'artistes de renom s'y produisirent.

Vu du vieux continent tout cela était magique et Diana n'échappait pas à cet envoûtement. Elle décida de parler de Woodstock avec le « grand chambellan ». Elle avait envie de chanter sur cette musique, avec des textes qui parleraient des préoccupations de la jeunesse d'aujourd'hui.

Une fois de plus, Haudevan coupa court à la tentative de dialogue.

« Tu n'y penses pas ! Cette musique n'est pas pour la France. Les Américains sont devenus fous. La révolution est proche, et ici ça ne marchera jamais ! »

Diana mit ses regrets dans sa poche et son mouchoir par-dessus.

Deux mois plus tard, Hubert Haudevan eut l'idée la plus géniale de l'année et en fit part à Diana :

« Ma p'tite mère, la musique hippie est fan-tas-tique. J'ai trouvé une chanson fabuleuse pour toi. Tu vas voir, ça va marcher très fort en France. »

C'est ainsi que Diana enregistra : *La Montagne de Santa Lucia*, affublée d'une chemise à fleurs, d'un bandeau à fleurs, d'un pantalon à fleurs, de chaussures à fleurs et de conneries à fleurs. Seul Johnny paraissait résister à cette débauche de corsos fleuris, quoique par instants on l'aurait pris pour Nabuchodonosor chantant l'« amuur » dans les jardins suspendus de Babylone.

1970
Les Beatles se séparent,
« Cry Baby Cry »

Chaque début d'année voyait Diana dans un studio d'enregistrement. Les auteurs et compositeurs se pressaient toujours aussi nombreux devant la porte de Haudevan pour tenter de placer une de leurs chansons. Le système des cosignatures était entré dans les mœurs et on pouvait trouver quelquefois trois, quatre, voire cinq noms sur une même étiquette.

Diana faisait partie des personnalités régulièrement citées en exemple : après huit années de carrière, les statistiques lui prêtaient déjà quinze millions de disques vendus. Cela grâce au roi de la cosignature qui cumulait les éditions Haudevan, les productions Haudevan, la nouvelle maison de disques en vogue Disques Haudevan. Diana était devenue le drapeau flottant sur la marmite, mais seul Hubert avait le droit de faire la soupe.

Diana interprétait chacune de ses chansons avec une

chorégraphie soignée. Elle adorait la danse et prenait toujours un plaisir extrême à apprendre de nouveaux pas.

L'Espion, chanson extraite de son nouveau quarante-cinq tours, méritait un traitement spécial. Mister H. H. déclara que ce qui convenait le mieux était un numéro de judo. Diana n'avait jamais pratiqué ce sport, mais deux jours plus tard elle avait déjà un rendez-vous avec un professeur particulier.

Diana et Zaza arrivèrent les premières à la salle d'entraînement. Un homme d'une trentaine d'années les attendait. Il s'avança pour les accueillir.

« Bonjour, je suis Michel Berreur. Nous allons travailler ensemble. Avez-vous un survêtement ? Si vous préférez, j'ai un kimono à votre taille. M. Haudevan vient d'appeler, il sera en retard. Il m'a demandé de commencer sans lui ! »

« Comme d'habitude, être à l'heure, c'est pour les autres ! » pensa Diana.

Elle partit se changer et revint en tenue de judoka, ceinture blanche.

Le professeur commença à enseigner les rudiments de la roulade à son élève. Cascadeur de métier, il avait déjà une idée sur les prises visuellement intéressantes qu'il pouvait utiliser et facilement réalisables pour elle en trois semaines de travail.

Tous les jours « la p'tite mère » volait de droite à gauche sur le tapis et commençait à projeter Michel qui se faisait léger comme une plume par-dessus son épaule.

Jour après jour, le numéro se mettait en place. Diana, très sportive depuis sa plus tendre enfance, avait malgré tout énormément de mal à tenir le rythme endiablé des répétitions et rentrait chez elle complètement moulue.

La date de la première télévision approchait. Michel Berreur avait choisi deux de ses amis dont Diana devait venir à bout à la fin de sa chanson. Les prises se passaient plutôt bien. Et, hop, un malabar de quatre-vingt-dix kilos par-dessus la tête. Attention, un deuxième Monsieur muscles au sol ! On se serait cru sur un tournage de James Bond. Haudevan, resté absent pendant tout le montage de la chanson, était venu superviser une dernière fois la mise au point.

« Souris, chante plus fort. Fais attention, tu es décoiffée ! Arrêtez tout ! Ça ne va pas du tout. Regarde tes cheveux, il faut trouver une solution, tu as l'air d'une folle ! »

Diana, exaspérée, tomba assise par terre, en pleurs :

« J'en ai marre ! Tu n'as même pas la politesse de regarder notre boulot. On est là, à travailler comme des malades, sur un numéro de fou furieux, et tu arrêtes tout en plein milieu pour me parler de ma coiffure. Je crois vraiment que tu te fous du monde », explosa-t-elle en continuant à pleurer sous les regards désespérés de ses trois partenaires, qui savaient le mal qu'elle s'était donné afin d'être prête à la date fatidique.

Elle s'isola dans le vestiaire pour se calmer, pendant que Michel Berreur conseillait à l'imprésario de garder le silence ou de sortir.

Le rendez-vous pour l'enregistrement était fixé le lendemain à quinze heures sur le plateau télé. Tournage à dix-sept heures. Une demi-heure suffisait pour l'échauffement de la chanteuse. Tout le groupe répéta une fois pour les caméras, sous l'œil ébahi des techniciens et du réalisateur qui trouvaient leur travail vraiment formidable.

Silence on tourne dans quinze secondes. Le décompte 4, 3, 2... lança l'intro. Tous les mouvements s'enchaînaient comme dans une machine parfaitement huilée. Diana attrapa le plus grand de ses partenaires pour le faire voler au-dessus de son épaule, ainsi qu'elle l'avait répété tant et tant de fois. Dans la précipitation, une prise fut exécutée légèrement de travers. Le cascadeur, voulant l'aider, lui donna involontairement un coup de pied dans le genou gauche, tendu au lieu d'être fléchi, et elle s'écroula sur le sol en hurlant. Résultat : genou déboîté, étirement des ligaments internes et arrêt immédiat du tournage.

Tant de travail, pour se blesser le jour J. Diana resta quinze jours sans poser le pied par terre. Elle se fit soigner par des spécialistes sportifs et entama une rééducation intense comme les athlètes de haut niveau. Elle avait impérativement besoin d'un genou solide pour continuer la danse qu'elle affectionnait tant.

Le toubib demanda à l'imprésario de prévenir l'assurance qui couvrait l'artiste, celle-ci étant obligée d'annuler plusieurs de ses engagements.

Voici comment Diana, avertie par le médecin, découvrit qu'en guise de couverture sociale elle avait une assurance-vie dont le bénéficiaire n'était autre que Haudevan lui-même.

Pendant plusieurs mois elle porta une genouillère, pour se rassurer psychologiquement, mais aussi pour éviter une récidive provoquée par la fatigue. Haudevan s'énerva beaucoup plus pour le manque de promotion de son artiste que pour l'accident qui allait laisser dans l'articulation de Diana une faiblesse qu'elle garderait toute sa vie.

Les invitations en tout genre s'empilaient sur le bureau de Zaza. Les coupures de presse aussi. Cette presse, que Diana lisait tous les jours, lui faisait peur. Elle ne détestait pas qu'on parle d'elle, mais elle craignait toujours de trouver une réflexion perfide, une allusion au « drame qui la frappait ». La rumeur, née on ne sait où, sur sa prétendue stérilité, remontait périodiquement à la surface et lui gâchait la vie.

Haudevan surveillait discrètement du coin de l'œil les sorties de Diana :

« Ce n'est pas bon pour toi ! Pense à ta carrière ! Fais-moi confiance, ce n'est pas ton ami ! On m'a dit ci ! On m'a dit ça ! Méfie-toi ! »

Plutôt que de s'exposer aux ragots, Diana préférait le plus souvent rester chez elle, avec ses intimes.

Hubert Haudevan n'était pas étranger à cette attitude. Rusé comme le renard, il lui avait appris à se méfier de tout et de tous et particulièrement de la faune du show-biz.

Les animaux, eux, ne lui feraient pas de mal. Elle les aimait depuis toujours et accepta immédiatement de devenir, comme on le lui proposait, marraine de la Société protectrice des animaux.

Au début de l'été, une missive spéciale arriva. La principauté de Monaco demandait à Diana d'être l'invitée d'honneur d'une réception organisée au profit de la SPA.

Elle accepta, à la fois réjouie et anxieuse. Malgré son statut de « star », elle ne connaissait rien au protocole princier. Haudevan jubilait dans son coin, à l'idée de côtoyer des altesses et s'était commandé pour l'occasion une nouvelle paire de chaussures avec lesquelles il frisait les deux mètres quarante.

Dans la voiture qui les conduisait au palais, Hubert fit ses dernières recommandations à Diana :

« Fais attention à ce que tu dis. N'oublie pas d'être toujours aux côtés de la princesse, pour les photographes. Quoi qu'elle fasse, tu restes près d'elle. »

Il insistait pour être certain de son affaire.

« Tu me prends vraiment pour une débile, rétorqua Diana vivement. Pourquoi pas : ne mets pas les doigts dans ton nez ? Lorsque tu parles comme ça, je me demande si tu es normal ! Je ne suis pas une sangsue, je ne vais pas suivre cette femme partout pour courir derrière une photo. »

À leur arrivée, la princesse Grace, resplendissante, vint les accueillir. Sa douceur, son accent, son histoire, sa position et son charisme faisaient d'elle un personnage sorti tout droit d'un conte de fées. Diana ne pouvait s'empêcher de voir en Grace Kelly l'héroïne de sir Alfred Hitchcock dans *Le crime était presque parfait* ou *La Main au collet*.

Au milieu des nombreux participants, la princesse Grace et Diana se promenèrent en parlant, pour le grand plaisir des photographes qui piétinaient dans tous les sens et de l'imprésario qui dirigeait les opérations avec de grands gestes.

« Excusez-moi, Diana, connaissez-vous ce monsieur qui est avec les photographes ? Il a l'air très agité, remarqua la princesse avec un calme olympien.

– C'est Haudevan, mon imprésario. Je suppose que vous avez connu ça. Bien que le mien soit particulièrement envahissant, je vous prie de l'excuser », répondit Diana, rouge de honte.

La princesse était très attentionnée, s'intéressant aux débuts de Diana dans la chanson, à ses projets futurs, saluant çà et là les invités, faisant les présentations. La réception se termina vers dix-sept heures. La princesse embrassa Diana avant de retourner dans son palais.

La chanteuse repartit pour Paris le soir même, escortée par son mentor, calmé et ravi à la pensée des retombées promotionnelles qui risquaient d'être nombreuses dès le lendemain.

L'industrie du disque évoluait, les quarante-cinq tours de quatre titres laissaient place à la nouvelle formule qui n'en comportait plus que deux. Diana se désespérait de voir tous les autres chanteurs sur scène en gala à travers la France ou à Paris. Elle abordait régulièrement le sujet avec Hubert qui restait retranché derrière des réponses vaseuses :

« Tu dois rester intouchable. Moins le public te voit, plus il te réclame. Tu ne tiendras jamais le coup, tu n'as pas la résistance nécessaire. Il n'y a que les imbéciles qui font de la scène. Tu ferais mieux de réfléchir à ce que tu vas faire sur ta nouvelle chanson. »

Elle avait beau essayer de comprendre la logique de son imprésario, elle n'y parvenait pas.

Devant l'entêtement de Diana, Haudevan cédait parfois, pour détendre l'atmosphère. Il engageait quelques musiciens et leur demandait de préparer plusieurs titres en vue de... Sur ce plan, il restait vague, mais il insistait tout de même.

« Répétez, répétez, répétez encore ! »

Diana était une des chanteuses qui passait le plus de temps en heures de répétition ; elle ne le faisait que pour les murs d'un studio.

Lorsqu'il considérait que le petit jeu avait assez duré, H. H. débarquait pour clore les séances.

« C'est super ! Il y a encore des choses à revoir ! Ce n'est pas encore le bon moment, mais ne vous inquiétez pas, ce n'est pas du temps perdu. Je vous tiens au courant. On s'rappelle. »

Les musiciens repartaient avec un chèque et Diana retournait à ses « futures et hypothétiques » apparitions scéniques.

Après des heures et des après-midi de photos pour *SLC* ou *Mademoiselle Âge Tendre*, Diana avait fini par devenir très copine avec une équipe de journalistes du groupe de presse. Connaissant sa passion pour le sport, c'était toujours elle qu'ils contactaient pour les reportages inattendus. Georges Renoux et Benjamin Auger, « les Globe-Trotters », étaient toujours partants pour de nouvelles aventures, rien ne les arrêtait pourvu qu'ils aient un bon reportage.

Ce jour-là, le sujet choisi était la plongée sous-marine. Nos trois compères se retrouvèrent au nouveau port de Saint-Raphaël, pour embarquer sur un bateau équipé dont le responsable était un professeur de la discipline en question. Direction, le rocher du Lion.

Diana écoutait attentivement les conseils de l'homme-grenouille, apprenant les signes indispensables pour la communication sous-marine. Georges, seul initié, rassurait ses troupes légèrement tendues. Benjamin photographiait la chanteuse, anxieux pour la lumière, pendant que l'assistant chargeait ses appareils. Tout était paré pour découvrir les fonds de la grande bleue : objectif, la statue d'une Vierge, posée trente-cinq mètres plus bas dans une grotte.

Plomb autour de la taille, appareils de photo autour du cou et bouteilles sur le dos, nos quatre téméraires plongèrent à la découverte des fonds méditerranéens.

La descente, le long de la corde tenant l'ancre, permit à Diana de s'entraîner à respirer calmement. Les quinze premiers mètres furent plutôt délicats. Passé vingt mètres, Benjamin se mit à photographier la chanteuse très absorbée par ce nouveau monde. Celle-ci ne voulait lâcher la main de son professeur sous aucun prétexte, c'était à ses yeux le seul gage de sécurité.

Trente mètres sous la surface, la vie était calme. Un oursin ouvert par le prof et déposé dans la main de la chanteuse attira une multitude de petits poissons venant goulûment voler le corail. Les photos près de la Vierge étant dans la boîte, l'équipe profitait au maximum de ses dernières minutes dans l'univers de Cousteau.

La journée faillit tourner en catastrophe. Benjamin, tellement obsédé par son reportage, n'avait pas contrôlé sa respiration, vidant sa bouteille plus rapidement que les autres. Parti en éclaireur, sans air, il fut contraint de tout laisser au fond pour remonter directement à la surface, afin de ne pas périr noyé. Il lui fallut deux bonnes heures pour récupérer. Sans dommages.

Le chanteur Antoine se découvrait une véritable passion pour la voile et commençait à sortir en mer sur le petit voilier qu'il avait loué. La règle d'or était de ne jamais perdre de vue la côte.

Une invitation, lancée au hasard, fut immédiatement reprise au bond par notre « rossignol d'Auvergne », qui se réjouissait de voir autre chose que le Saint-Tropez des plages privées et des noctambules. Diana, accompagnée de Renoux, ami du chanteur, avait rendez-vous le lendemain à onze heures, pour un petit tour en mer. Arrimé dans le port, le petit voilier avait fière allure avec à son bord son capitaine aux cheveux longs.

« Salut, ma belle ! Comment vas-tu ? » lança Antoine, en tendant la main pour aider sa passagère à embarquer.

Les deux chanteurs s'embrassèrent, pendant que le journaliste ne put s'empêcher de lancer des réflexions aigres-douces :

« Ça va ! Je te remercie, camarade ! C'est fascinant comme ma santé te passionne ! On voit ce que c'est l'amitié ! Es-tu certain que j'aie bien fait de venir ?

– Du calme, tous les deux ! Vous n'allez pas commencer à me charrier ? Trêve de plaisanteries, où va-t-on ? » demanda Diana, un peu inquiète par la taille réduite du bateau.

Nos trois navigateurs quittèrent le port pour hisser les voiles et voguer vers le large. Le bateau glissait en silence sur les flots. Vers treize heures, le vent léger du matin tomba pour laisser la place à une mer d'huile, recherchée par les amateurs de ski nautique mais désespérante pour les futurs Christophe Colomb. Il ne restait qu'une solution, manger un petit en-cas. Antoine se transforma en cuisinier dans la petite cabine, faisant cuire avec plaisir un paquet de pâtes, seul rescapé de ses journées en mer.

« À table, c'est prêt ! ordonna le chef, en ajoutant : Tu as eu une bonne idée, Georges, d'amener une bouteille ! J'espère que le vent va remonter tout à l'heure, sinon, on est dans la panade ! »

Diana trouvait la situation comique :

« Pour mon premier jour de voile, je ne suis pas certaine de faire beaucoup de progrès ! Je fais une bien piètre équipière ! »

Aux environs de quinze heures, ils se résignèrent. Le vent ne se levait toujours pas, le retour au moteur devenait la seule solution pour rentrer au port avant la nuit. Le skipper avait des doutes sur le carburant. Enfin, c'était à la grâce de Dieu !

Le teuf ! teuf ! teuf ! ne troubla pas Antoine qui prit sa guitare, laissant la barre à son ami Georges. Tout le monde chanta durant les trois heures que le bateau mit pour rejoindre la terre.

Diana, Antoine et Georges se séparèrent, enchantés par leur journée, et se promirent de renouveler l'expérience par jour de brise établie, comme on dit chez les voileux.

Les paparazzi vivaient, une partie de l'été, dans un dinghy avec des feuilles de palmier sur la tête, pour planquer en toute tranquillité les « stars ». Ils étaient à l'affût des rencontres imprévues, auprès d'un ami, d'un nouveau partenaire. La presse à scandale ne craignait pas d'inventer une idylle, en accompagnant la photo d'une légende. Elle transformait une image en une information, qui devenait un scoop, n'ayant pas peur d'imprimer un mensonge.

Trop occupés par une traque, les chasseurs de

scoops avaient raté une bonne occasion. Diana, et sa journée de voile en charmante compagnie, était passée à travers les mailles du filet.

Ils décidèrent de ne pas en rester là ; voilà pourquoi, la semaine suivante, elle resta abasourdie lorsqu'elle se découvrit dans le magazine au choix des mots et au choc des photos. Elle était en double page, se contorsionnant nue sur le *Hubertus IV*. Saura-t-on jamais pourquoi elle était dans cette position ? Eh bien, non ! Ils avaient appuyé sur le déclic au moment où Diana se changeait. Elle attrapait son pantalon, le cliché lui donnait les seins sur le ventre et des plis à la taille. Une véritable œuvre d'art ! Qui avait pris ces photos ? Hubert avait raison sur ce point ; il fallait se méfier de tout, tout le temps.

L'automne avait mis dans les arbres du couvent des couleurs mordorées que seule la nature peut inventer. Diana, sur son balcon, était fascinée par ce paysage, semblable à ceux que peignait si bien Marjolaine. Elle eut envie d'appeler sa mère pour lui demander de venir passer quelques jours chez elle afin de coucher sur la toile le calme de ce petit parc de nonnes. Le combiné à l'oreille, elle posa la question, connaissant déjà la réponse :

« Écoute, ma petite fille ! Je n'ai pas le temps. Ça fait tellement longtemps que je n'ai pas touché à mes pinceaux. Peut-être serais-je incapable de m'en servir ? J'ai regardé mes tubes de couleurs l'autre jour, tout est sec. »

Marjolaine trouvait toujours une excuse pour reculer le moment où elle devait affronter la toile blanche. Diana ne s'y laissa pas prendre.

« Bon, alors, nous sommes d'accord, ma p'tite maman chérie. Tu n'as donc rien de précis qui t'empêche de peindre. Ne t'inquiète de rien. Je m'occupe de tout. »

Marjolaine promit de passer le lendemain.

Depuis plusieurs jours, Diana recevait chez elle d'étranges missives. La première fois, elle ne porta pas vraiment d'attention à ces messages codés dans lesquels un dénommé Albert lui déclarait chaudement sa flamme. Sa vie de personnage public l'avait habituée à recevoir toutes sortes de lettres.

Mais les missives d'Albert prenaient, jour après jour, un ton de plus en plus menaçant. Diana les empilait avec les autres dans un panier, résolue à oublier cet homme au cerveau dérangé.

Marjolaine était venue voir sa fille comme prévu, débarquant au huitième étage en fin de matinée. Gustave l'accompagnait, les bras encombrés par l'énorme chevalet.

L'après-midi, Marjolaine, assise dans le salon, plongea machinalement le nez dans le panier à courrier. Elle aimait à lire les témoignages de sympathie adressés à sa fille. Elle tomba sur une lettre d'Albert.

« Qu'est-ce que c'est ça ? Il est malade celui-là ! »

Diana, voyant sa mère s'affoler, la rassura :

« Ne t'inquiète pas, maman ! J'ai l'habitude, j'en reçois d'autres du même acabit. Ce n'est pas grave ! »

Gustave, lissant sa grosse moustache, prit la parole, sur un ton solennel :

« Tu ne sais jamais ce qui peut se passer dans la cervelle d'un fêlé. On ne joue pas avec quelqu'un qui t'annonce qu'il veut te tuer, pour t'avoir à lui tout seul. »

Le mot d'ordre était lancé, Gustave appela immédiatement l'imprésario débordé, qui, pour une fois, n'était pas au courant. Quelques vieilles connaissances de la PJ furent contactées. Désormais, tout le monde était sur le qui-vive.

Zaza et le chauffeur ne devaient plus quitter Diana d'une semelle. Zaza habitait maintenant dans l'appartement du huitième étage. Cette surveillance constante était éprouvante pour Diana qui refusait toujours de prendre les menaces d'Albert au sérieux.

Pourtant, un jour, une nouvelle lettre alarmante arriva. Faite de coupures de presse, elle précisait : « Une charge de plastic aura raison de ta vie, et nous nous retrouverons pour l'éternité ! Signé : Albert. »

Dans la nuit du vendredi, pendant que Zaza, Diana et Maria essayaient de trouver le sommeil, un coup de téléphone anonyme au commissariat de Juvisy envoyait la police sur une intervention en banlieue parisienne. Un sexagénaire venait d'être tué chez lui d'un coup de feu alors qu'il regardait Diana à la télévision.

Le criminel, un homme d'une cinquantaine d'années, étrange et solitaire, au dire des voisins, vivait deux étages au-dessus, dans une mansarde. Quelle ne fut pas la surprise des policiers, lorsqu'ils entrèrent pour l'appréhender, de le trouver assis derrière la table de la cuisine, le fusil encore sur les genoux. La petite pièce, éclairée par deux loupiotes, était tapissée de photos de Diana, recouvertes de mots d'amour, de gribouillages et de menaces. Sur la table de nuit il y avait des ciseaux posés sur des coupures de journaux, de la colle, des débuts de syllabes qui allaient peut-être servir pour une prochaine mise en garde.

La police fouilla de fond en comble la petite chambre et découvrit, sous le lavabo, un pain de plastic et un détonateur. Le tout placé sur une feuille blanche sur laquelle figurait l'adresse de « l'idole ».

L'interrogatoire révéla que cet homme à l'esprit fragile avait tué son voisin parce qu'il regardait Diana, sa future promise. Il prétendait que la chanteuse était à lui tout seul. Qu'ils allaient vivre ensemble tous les deux. Que personne ne les séparerait jamais et que son devoir était de mourir avec elle, puisque l'amour les attendait au ciel ! Condamné, l'homme se retrouva dans une maison spécialisée.

Cet épisode marqua Diana qui, pendant plusieurs semaines, scruta avec méfiance les inconnus qui la dévisageaient avec trop d'insistance.

Le téléphone du bureau des Champs-Élysées sonnait toute la journée, Trinité empilait les messages et notait les rendez-vous, lorsqu'un jour, au milieu de l'agitation, une triste information vint s'ajouter à la pile : « Faites savoir à Mlle Diana que son "admirateur fou" vient de mettre fin à ses jours. »

Chez Diana la tristesse succéda à la peur. Comment pouvait-on en arriver là ? Décidément la vie publique réservait bien des surprises !

1971
Tout fout le camp, les Halles aussi !

Le monde de l'audiovisuel ouvrait ses portes à de nouveaux producteurs et présentateurs, élargissant du même coup son public. Les émissions de télé, pas encore soumises à la pression de l'Audimat, prenaient le temps de s'installer.

Les tiraillements venaient des producteurs, qui se battaient pour avoir l'exclusivité des nouveaux disques. Les grands shows de Maritie et Gilbert Carpentier faisaient l'unanimité et touchaient tous les publics. Malheureusement les invitations répétées du couple n'arrivaient jamais aux oreilles de Diana, bloquées par l'imprésario, qui prétextait une incompatibilité d'humeur entre elle et les décideurs.

Les soirées de Jacques Choubignac (né Vantroop) se voulaient beaucoup plus sélectives que la moyenne. Les yéyés n'étaient pas sa tasse de thé, s'il avait reçu « La Demoiselle de Gaulois bon teint », cela aurait été du bout des lèvres. Le fait qu'ils portent le même nom attisait les curiosités :

« Jacques Choubignac est-il votre oncle ? S'il est de votre famille, pourquoi ne vous invite-t-il pas dans ses émissions ? »

Diana aurait bien aimé mais elle ne voulait pas risquer de compromettre l'émission par sa présence. Sa figure emblématique des années twist était peut-être en décalage avec les choix du producteur.

Ah, l'image, l'image ! Même Haudevan voulait changer la sienne. Ampoule de framboise tous les jours sur le visage ; piqûres de vitamines dans les fesses trois fois par semaine. Un p'tit coup de magnétiseur, des ananas tous les midis pour le régime, le nouveau mot d'ordre était lancé : jeune, il faut faire jeune ! Ce changement radical avait inspiré à l'artiste un nouveau surnom pour son manager : Zampano ! Peut-être avait-elle un peu le sentiment d'être Gelsomina.

Au milieu de tous ces « teenagers », Diana avait repris la danse classique pour une participation spéciale dans une émission de son homonyme Choubignac. Il avait accepté de la recevoir en tant que danseuse car il voulait la voir à contre-emploi.

Son partenaire pour ce grand jour était un des premiers danseurs de l'Opéra de Paris. Genou bandé, Diana tournait, sautait, travaillait les portés, comme elle l'avait vu faire tant et tant de fois dans son enfance. Un grand studio du dernier étage des Buttes-Chaumont était devenu son repaire. Diana accumulait les courbatures mais la gageure que représentait le numéro lui donnait un enthousiasme extraordinaire.

Dans sa loge, sur les conseils du chorégraphe, elle

chauffait ses muscles endoloris. Tout le monde attendait vingt et une heures, moment du verdict en direct. Gigotant sur leurs chaises, Zaza, la maquilleuse et le danseur commençaient à trouver le temps long. Il était déjà vingt-deux heures et personne n'avait donné signe de vie. Haudevan avait disparu dans les immenses couloirs, cherchant la première qui le trouverait rajeuni.

Vingt-trois heures, minuit... Dans les coulisses, Diana faisait les cent pas pour rester concentrée, mais elle commençait à s'impatienter. À une heure du matin, Diana et le premier danseur de l'Opéra exécutèrent leur ballet qui fit l'admiration des invités du plateau, seul public à l'avoir vu. Ils partirent sans même dire au revoir et Diana jura bien que l'on ne l'y reprendrait plus.

Philippe Bouvard, reconnu depuis plusieurs années, était un des premiers à avoir cru en Diana et ne s'en cachait pas, titrant même un de ses articles : « Si Diana était cotée en Bourse, j'achèterais immédiatement des actions. »

Lorsqu'il lui demanda de faire un mini-concert au Châtelet, pour sa nouvelle émission, Diana accepta de bon cœur. C'était une chance nouvelle pour celle qui avait la réputation de n'être qu'une vedette du disque. Elle espérait ainsi influencer son mentor.

Sa prestation réussie amena certains professionnels à se poser des questions sur le plan de carrière de son « jeune » producteur. Des journalistes ne purent s'empêcher de l'interroger : « Diana est vraiment très bien sur les planches ! Qu'est-ce que tu attends, Hubert, pour la mettre sur une scène parisienne ?

– Et son spectacle, c'est pour quand ? demandait un autre reporter, espérant ainsi être le premier à annoncer la nouvelle.

– J'y pense ! disait Haudevan, d'un air entendu. Elle est formidable, mais c'est difficile. Il y a des problèmes, vous ne savez pas tout, et sa santé est fragile. »

La même conclusion s'imposait à tout le monde : « Quel homme génial ce Haudevan. Il fait tellement attention à elle ! Il l'adore ! »

Bref, Diana n'avait pas de quoi se plaindre, d'autant qu'elle venait de recevoir une nouvelle récompense : « La Note d'or de la chanson française. » Le planning continuait à se remplir avec un nouvel enregistrement d'une adaptation italienne qui devint *Les Trois Mages*. Diana ne fut pas étonnée de voir Haudevan arriver au studio avec M. Bertrand, son magnétiseur, qu'il ne lâchait plus.

Tout le monde cherchait à savoir qui était M. Bertrand, mais le secret était bien gardé : c'est un ami de la « famille », répondit Hubert, sur le ton des pompes funèbres.

Les musiciens partis, Diana attendait pour mettre sa voix sur la bande, lorsque l'ingénieur commença à se plaindre d'une étrange saute de niveau. Hubert, souriant, répliqua d'un air narquois :

« Ne t'inquiète pas, c'est M. Bertrand ! Il a trop de fluide ! De toute façon, ce n'est pas grave, il est là pour Diana. Il va aller dans le studio avec elle, pour l'aider à chanter. Allez-y, monsieur Bertrand ! » dit-il au magnétiseur, qui disparut dans la pénombre et alla s'asseoir devant le magnifique piano Steinway & Sons.

Diana, tel Zébulon sur son ressort, fit un bond en avant pour se retrouver nez à nez avec son producteur :

« Qu'est-ce qu'elle a ma voix ? Je n'ai jamais eu besoin de personne pour chanter ; alors, M. Bertrand, tu le laisses où il est, lança-t-elle en se sentant, une fois de plus, ridiculisée par le "jeune" Haudevan et ses manies de vieux.

– Ma p'tite mère, reste calme. Pourquoi tu m'agresses ? Tout va bien, je t'adore. Va donc dans le studio poser ta jolie voix, on est en retard. M. Bertrand est tellement gentil, je t'en prie, ne sois pas comme ça. »

Devant son micro, Diana s'époumonait. Oubliant M. Bertrand qui somnolait dans le fond, elle mettait toute son énergie dans ce qu'elle aimait tant : chanter. C'est alors que la bande s'arrêta en plein milieu, lui coupant le sifflet :

« Arrêtez tout ! » lança Hubert.

Puis, par le haut-parleur, il s'adressa au magnétiseur :

« Monsieur Bertrand, vous lui donnez beaucoup trop de fluide. Il ne faut pas l'énerver comme ça. »

L'homme aux cheveux grisonnants, qui dormait carrément, sursauta et, ne voulant pas contrarier son client, répondit d'une voix pâteuse :

« Mais je ne fais rien, monsieur Haudevan. Je vous assure, je récupère, vous m'avez tellement épuisé. »

Haudevan, remonté comme un yo-yo, tendu comme une peau de tambour par les ampoules de framboise qu'il frottait sur ce qui lui restait de nez, passait ses nerfs sur le pauvre homme innocent, qui aurait certainement préféré se trouver ailleurs.

Diana oubliait toutes ces péripéties en tournant tout à la dérision. Elle retrouvait de temps à autre ses copains, et les soirées de la fine équipe n'engendraient pas la mélancolie.

Aux Champs-Élysées, dans les bureaux de Haudevan, la file d'attente était de plus en plus longue pour ceux qui rêvaient de suivre le même chemin que « l'idole »...

Les demoiselles, très nombreuses, faisaient canapé, prêtes à tout pour une petite entrevue avec « l'homme qui avalait des milliards ». Un après-midi, passant par la belle avenue, entre deux séances de photos, Diana aperçut, sur le fameux canapé des Productions Haudevan, un jeune homme brun, caché derrière des lunettes de soleil.

« Pas mal ! » pensa-t-elle, avant d'interroger Trinité :

« Qui est-ce ? Qu'est-ce qu'il fait là ? Tu le connais ?

– Il attend M. Haudevan. Il s'appelle Étienne Meugle. Il me fait de la peine.

– Je suis d'accord avec toi. Avec un nom pareil, à moi aussi il me fait de la peine. »

Trinité poursuivit :

« Ça fait plusieurs jours qu'il vient. C'est terrible, il le fait revenir tous les après-midi et il ne le voit jamais. J'en suis malade. »

Diana, connaissant H. H., ne fut pas surprise et se contenta de dire :

« Il doit vraiment avoir envie de chanter pour accepter ça ! Mais je ferais mieux de me taire », conclut-elle en repensant à ses débuts.

Un petit café sur le pouce lui permit de se reposer,

avant de repartir pour un direct à la radio, chaperonnée par l'assistant de Haudevan qu'elle avait surnommé : Chut !

Son vieux professeur de chant, M. Pencini, l'ayant quittée depuis quelques années, Diana continuait à vocaliser salle Pleyel avec Mme Darcœur. Deux fois de suite, alors qu'elle se rendait à son cours, il lui sembla reconnaître le jeune homme brun qui faisait banquette chez son imprésario. Renseignements pris, il s'agissait bien de la même personne. Le hasard voulut qu'un jour ils se trouvèrent ensemble devant la porte close. Une feuille volante collée sur le carreau disait : « Mme Darcœur, souffrante ne pourra donner ses cours cette semaine. »

Étienne proposa à Diana de venir prendre un café. À sa demande, il parla de lui. Né à Montauban, il était monté à la capitale après avoir arrêté ses études. Il lavait des voitures dans un garage parisien en attendant de faire un disque. M. Haudevan lui avait signé un contrat en écoutant sa maquette, il lui cherchait un producteur.

« Il vous cherche un producteur ? releva Diana qui pensait ne pas avoir bien compris. Ah bon, s'il vous a signé un contrat, il va vous faire travailler. Croyez-moi, je le connais bien », affirma-t-elle pour rassurer le débutant angoissé mais sympathique.

Elle se leva pour partir à son prochain rendez-vous et dit en lui tendant la main :

« Je vous souhaite bonne chance. On se reverra sûrement sur un plateau de télé ou chez Zampano ! Pardon, je veux dire Hubert ! »

Elle éclata de rire en voyant l'air stupéfait d'Étienne

qui découvrait involontairement l'envers du décor. Dans la voiture, son esprit avait vite oublié le « mâaagnifique » jeune homme car le trac commençait à lui dévorer l'estomac. Haudevan, pour avoir la paix, avait enfin accepté de la laisser chanter pour un soir dans un gala exceptionnel. Il ne restait plus que deux jours pour les dernières mises en place avec les musiciens. Lâchée seule dans l'arène, Diana voulait être à la hauteur pour le grand jour du « concert à Rouen ».

Ce matin du 12 juillet, branle-bas de combat, tout le monde à son poste. Au programme, le concert donné le soir dans la bonne ville de Rouen.

La scène était pour Diana une aventure palpitante. Elle en faisait trop peu à son gré, mais Haudevan ne lui laissait pas le choix. Pourtant, rien ne pouvait remplacer ce merveilleux contact avec le public, cette communion avec l'amour pour toile de fond. C'est dire que les rares galas qu'elle donnait étaient pour elle des événements qu'elle préparait dans les moindres détails.

Zaza, la fidèle secrétaire, pliait sous deux énormes sacs comme une mule de caravane. Diana, elle, en traînait un troisième bien trop lourd pour elle. Bon sang, que pouvait-il bien y avoir à l'intérieur ? Deux tonnes de maquillage, une tonne de vêtements et une tonne de bijoux divers et variés, ça devait faire le compte. L'ensemble occupait le coffre et l'arrière de la grosse voiture, une Cadillac bleu roi aux chromes étincelants, laissant juste deux places pour Diana et Zaza.

En route pour Rouen.

À l'aller, Diana qui adorait conduire prendrait le volant pour se détendre.

Si tout allait bien, le voyage durerait une heure. Comme il était quatorze heures, Diana aurait tout le temps pour les essais de sonorisation et pour se préparer au concert prévu à vingt et une heures.

Lorsqu'elles arrivèrent à Rouen, Zaza et Diana tournèrent un bon moment avant d'apercevoir le chapiteau bleu et blanc, choisi par les frères Chaumard, entrepreneurs de spectacles réputés. Le chapiteau contenait trois mille places qui, au dire des Chaumard, étaient déjà toutes louées. On pouvait les croire sur parole car ils étaient plutôt du genre à vendre une place deux fois pour être sûrs qu'elle ne resterait pas vide.

Jean-Jacques, le régisseur, attendait en regardant sa montre. Lorsqu'il vit la voiture américaine, il afficha un large sourire. C'était toujours la même petite équipe qui participait aux concerts exceptionnels donnés par la chanteuse. Mêmes musiciens, mêmes techniciens au son et à la lumière. Jean-Jacques organisait tout cela de main de maître.

En règle générale, les frères Chaumard restaient invisibles. Seul l'un des deux passait dire un petit bonjour à Diana juste avant le spectacle ; ensuite, on l'apercevait rôdant autour des caisses, puis il disparaissait dans la nuit comme un fantôme. Le lendemain, Diana recevait invariablement des fleurs, accompagnées de la même carte avec ces mots : « Bravo, ma chérie, tu as été "mâaagnifique". Nous t'embrassons très fort. Signé : Fernand et Ernest. »

Après la balance du son, Diana vint signer des autographes et dire quelques mots à ses admirateurs au comble de l'excitation. Il était dix-sept heures lorsqu'elle réintégra la caravane qui lui servait de loge. À partir de maintenant, elle allait se concentrer lentement, avec de plus en plus d'intensité, jusqu'à l'heure du spectacle. Seule la pause « steack, pommes sautées, moutarde et salade » viendrait interrompre cet effort, bien qu'elle fasse partie intégrante de la concentration.

À dix-huit heures, un énorme bruit suivi de cris, de vociférations et de jurons en tout genre parvint aux oreilles de Diana. Curieuse et inquiète, elle ouvrit la porte et découvrit un tableau qui n'était pas fait pour la rassurer. La moitié du chapiteau s'était envolé. Jean-Jacques, le régisseur, courait dans tous les sens afin de parer au plus pressé.

« Y a eu un coup de vent, lança-t-il à Diana en l'apercevant. C'est complètement dingue, mais on va arranger ça. »

Il s'éloigna aussitôt, rameutant tous les bras disponibles pour reconstituer l'abri de toile.

« C'est curieux, dit Zaza, la météo est bonne, je ne comprends vraiment pas ce qui a pu se passer. »

Une heure plus tard, de gros nuages noirs avaient fondu sur la ville et il pleuvait des cordes. Le chapiteau était en cours de réparation et l'eau ruisselait un peu partout. Les techniciens essayaient de protéger comme ils le pouvaient les consoles son et lumière, les projecteurs, toute la sonorisation ainsi que les instruments qui se trouvaient sur la scène. Celle-ci était devenue en quelques minutes un vrai cloaque et les risques d'électrocution étaient bien réels. Les frères Chaumard, prévenus, avaient lancé laconiquement : « Que le spectacle continue... »

On ne pouvait pas dire que ce concert s'annonçait de tout repos.

À vingt heures, les spectateurs commencèrent à arriver. L'ambiance paraissait bon enfant, mais beaucoup furent surpris par l'état des lieux à l'intérieur du chapiteau. Pour la soirée, il valait mieux avoir prévu les bottes et le ciré que l'habit de gala, la robe longue et les escarpins assortis. La pluie continuait à tomber, moins forte, mais suffisamment pour entretenir l'humidité et pour illustrer le supplice de la goutte d'eau. Jean-Jacques vint prévenir la chanteuse que le spectacle était retardé d'une demi-heure, on débuterait à vingt et une heures trente.

Dans le public, personne ne râlait. Petit à petit, les travées se remplissaient dans un concert de pataugements. Dans les coulisses, on s'activait toujours mais l'équilibre demeurait précaire ; l'eau continuait à courir le long des fils électriques et sur les amplis.

À vingt et une heures trente, la salle était comble. Les musiciens se mirent en place et entamèrent l'intro de *C'est chouette la vie*.

Diana sortit de sa roulotte ; il pleuvait toujours et Zaza essayait de la protéger avec un minuscule parapluie qui avait perdu la moitié de ses baleines. La chanteuse faillit effectuer deux sauts périlleux arrière en montant les quelques marches de bois qui menaient à la scène. Tout était trempé, et Diana pensait qu'elle avait bien fait d'emporter dans son fatras, une paire de chaussures à semelles de caoutchouc antidérapantes. Ce soir, elles s'imposaient.

Le mini-rideau s'ouvrit, elle entendit la foule hurler son nom et marteler avec les pieds les traverses de bois qui servaient à fixer les sièges au sol :

« Dia-na ! Dia-na ! Dia-na ! Dia-na ! »

Le gosier serré par la trouille, elle se jeta sur le

micro et entama la première chanson. Ça y est, elle était corps et âme dans le bain ! Le temps était pourri, mais le public était superbe. Sur scène, Diana oublia tous les malheurs dus à la pluie pour ne voir que la salle qui tapait dans les mains et chantait à tue-tête.

Dehors, dans la nuit d'encre, seul un œil exercé aurait pu voir l'ombre d'un frère Chaumard tourner le coin du local réservé à la caisse ; il devait être vingt-deux heures quinze.

Après l'entracte, Diana entama la seconde partie à un train d'enfer. Le public était toujours aussi chaleureux. Quand elle commença à chanter *Boom, boom*, l'orage éclata de nouveau et la pluie ruissela de plus belle. Quelle ne fut pas la stupeur de la chanteuse en voyant les spectateurs ouvrir leur parapluie plutôt que d'allumer le traditionnel briquet.

La foule reprit en chœur *Boom, boom* en balançant les parapluies en rythme. Diana ne savait pas si elle devait rire ou pleurer. En tout cas, les musiciens, eux, étaient pliés en deux.

La chanteuse sortit de scène, trempée jusqu'aux os. Elle essayait désespérément de se changer lorsque Zaza vint lui dire que la foule était toujours là à l'attendre. Plus d'un millier de personnes étaient restées à l'intérieur du chapiteau et scandaient son nom dans l'espoir qu'elle viendrait leur dire un dernier bonsoir.

Diana, fatiguée, remonta sur scène. À une heure du matin, la chanteuse serrait encore des mains et embrassait des joues, signait des photos, échangeait quelques mots avec les uns et les autres. Traînée jusqu'à la voiture par Zaza, elle dormait déjà à la sortie de la ville. Elle ne vit même pas le panneau indiquant : « Paris 120. »

Le lendemain, à Paris, Haudevan ne put s'empêcher de lancer à sa chanteuse quelques petites piques.

« Tout s'est bien passé, paraît-il. Tu as de la chance qu'il y ait eu du monde ! Tu as compris maintenant. Quand je te dis qu'il n'y a que les imbéciles qui font de la scène. Avec des conditions pareilles, tu aurais pu t'électrocuter. Regarde la tête que tu as, tu es épuisée et en plus tu t'es enrhumée. »

Diana, connaissant la mauvaise foi de son imprésario, répliqua vivement :

« Je ne suis pas malade, je me sens très bien. Quant à ma tête, elle n'a rien à envier à la tienne ! Si tu n'as pas d'autres amabilités à me dire, je vais aller faire mes valises. »

Elle ajouta aussitôt :

« Au fait, j'ai rencontré Étienne Meugle chez le prof de chant. »

Devant le regard ahuri d'Hubert, elle comprit très bien que ce nom n'évoquait rien pour lui :

« Qui est-ce ? Étienne Meugle, tu parles d'un nom !

– Il t'attend souvent ici, tu lui as signé un contrat, à ce qu'il dit », insista Diana, qui voulait connaître la version de son interlocuteur sur ce sujet.

Hubert parut retrouver la mémoire :

« Ah, le grand brun. Oui, il a une bonne voix. De toute façon, il n'a rien d'autre à faire, il peut attendre. En ce qui me concerne, je suis beaucoup trop occupé. Sois gentille, laisse-moi travailler, j'ai un rendez-vous très très important pour "nos" futurs projets en Suisse. »

Diana quitta le bureau de H. H. et reconnut le représentant de la filiale helvétique Haudevan, avec son inséparable mallette qui devenait de plus en plus volumineuse.

« Bonjour, cher ami. Décidément, vous ne nous quittez plus », ironisa la chanteuse en lui serrant la main. Elle demanda :

« Aurons-nous beaucoup de promotions à faire pour la rentrée prochaine ?

– Je suis là pour les affaires personnelles de M. Haudevan. Rien à voir avec les promotions. De toute façon, je reviens dans quinze jours, nous en reparlerons. À bientôt », fit-il avant de s'engouffrer dans le bureau aux murs gardiens de secrets.

Diana prit sa voiture, convaincue que la valise vide repartirait pleine de l'autre côté de la frontière et que l'ouverture des trois cents magasins en France et à l'étranger avait donné naissance à de grosses piles d'enveloppes.

Comme elle avait demandé à plusieurs reprises une augmentation de salaire en attendant ses « comptes », le généreux producteur avait décidé de louer, sur une des sociétés de la « famille », une petite maison, pas très éloignée de la sienne, pour détendre l'atmosphère devenue de plus en plus irrespirable.

« Nous avons un beau champ de carottes dont je m'occupe très bien. Et tu vois, comme je suis un être sensible et généreux, tu peux en manger une. J'espère que tu sauras t'en rappeler. »

La chanteuse, ravie de la surprise, pensa : « Quelque part, Hubert n'a pas un aussi mauvais fond que ça ! »

Quelques jours plus tard, Marjolaine et Gustave, en compagnie de leur fille, découvraient pour la première fois Saint-Trop, le diamant de la côte varoise. Marjolaine éprouvait ses talents de nageuse dans la piscine en forme de haricot. Gustave se morfondait sur le bord : il avait l'interdiction de plonger depuis que son seul essai avait provoqué un véritable raz de marée.

Les retrouvailles de la famille Choubignac se passaient toujours dans le calme. Marjolaine peignait, Gustave, en grand professionnel, faisait tous les concours de mots croisés, et Diana, sous l'œil avisé de sa mère, s'adonnait à l'une de ses passions, le fusain.

Dix jours, c'était vite passé. Haudevan et sa troupe, de plus en plus nombreuse, débarquèrent en trombe dans la région. Le téléphone sonna immédiatement dans la petite maison, brisant la tranquillité paradisiaque qui régnait sous les pins.

« Allô, Diana, c'est Hubert. Rejoins-moi à la villa, c'est très urgent. Il faut que je te parle.

– Je peux dire adieu à la relaxation », dit Diana à sa mère en rangeant ses nus dans le carton à dessin posé sur la table.

Gustave, qui écoutait dans son coin, dit :

« En ce qui me concerne, je suis ravi que ta mère et moi repartions demain. Je préfère ne pas voir ces gens. Ce sont tous des barjots là-dedans. »

Diana adorait les commentaires de son père, qui n'avait jamais perdu sa vision auvergnate sur le monde :

« Parlez-moi donc de la bourrée, ça c'est de la musique bien d'chez nous » et il enchaînait en chantant en patois :

« Si canté qui canté ! Canté pas pir iouououou
Canté pir ma fille. Qui auprès diouououou ! »

Diana, se rappelant son enfance, reprit le refrain en

deuxième voix, une tierce au-dessus, tout en préparant son sac.

D'un saut de voiture, elle rejoignit le « château », où la smala l'attendait. Embrassades, compliments, seul Haudevan, continuant à travailler son image de « jeune » producteur affairé, était au téléphone :

« Allô, Trinité. Quoi, l'inspecteur des impôts ? Dites-lui qu'on a beaucoup de frais et que Diana coûte très cher à la société. Quant à la maison de campagne, c'est un studio d'enregistrement. Il y a deux magnétos, il faut bien qu'elle répète. Rassurez-vous, pas de panique, ça passera. Je vous laisse, Trinité, je n'ai pas le temps de discuter de ça. N'oubliez pas de m'amener la grosse enveloppe. Au revoir ! »

Diana, inquiète par la conversation qu'elle venait de surprendre, regarda Hubert :

« J'espère que je ne vais pas avoir de problèmes avec tes trafics. Je ne veux pas d'histoires avec ces gens-là. Depuis le temps que je te le demande, fais-moi mes comptes, je paierai mes impôts. Un point c'est tout.

– Ma p'tite mère ! Tu sais très bien que je fais tout dans ton intérêt. La meilleure solution est celle que j'ai trouvée : le salaire. Si je te donne ton argent, tu ne vas pas t'en sortir. De toute façon, je travaille pour nous deux. Ce qui est à toi est à moi ; je voulais dire : ce qui est à moi est à toi. Tu es ma seule petite sœur. Au fait, j'ai une surprise pour toi », annonça-t-il, l'air triomphant, heureux d'avoir trouvé l'échappatoire pour se sortir du sujet épineux qui risquait une fois encore de déraper.

D'un geste, il lui fit signe de le suivre dans le salon : « Regarde qui est parmi nous ! »

Diana n'en croyait pas ses yeux. Assis sur un coin du canapé, n'osant bouger un seul doigt de pied, il y avait Étienne. Il avait l'air d'un chien traqué par les hommes de la fourrière. Hubert enchaîna immédiatement :

« C'est le seul moyen pour moi, de travailler avec lui. Ici, je vais pouvoir m'occuper de son disque, c'est une idée formidable. Je ne vous présente pas, je crois que vous vous connaissez ? »

Diana s'approcha, souriante, pour lui serrer la main. Il la regarda, visiblement soulagé et ravi de trouver quelqu'un à qui parler.

Pendant plusieurs jours, la chanteuse reprit le rythme des vacances façon H. H. : photos, radios, interviews. Le prince des producteurs s'arrangeait tout le temps pour coller l'une ou l'autre de ses chanteuses dans les rendez-vous. « Elle débute, mais Diana l'adore », disait-il lorsqu'on lui posait une question sur la créature.

Les jours défilaient à une cadence folle et Diana commençait à trouver Étienne de plus en plus « mâaagnifique ». Il lui faisait de la peine lorsqu'elle le voyait attendre le bon vouloir de Zampano pour aborder ce qui lui tenait le plus à cœur : son premier disque.

Et voilà, il y avait le ciel, le soleil et la mer, comme dit la chanson, et surtout la pleine lune qui observa, gourmande, leur premier baiser. La chanteuse, habituée aux objectifs voyeurs, donnait tous les conseils de rigueur à Étienne qui rêvait de vivre son amourette au grand jour :

« C'est trop dangereux pour toi, disait-elle en le regardant avec les yeux d'une crapaude morte d'amour. Tu ne pourras jamais chanter, si le métier se doute de quelque chose. On dira toujours : c'est elle qui le pousse. Même si tu es le meilleur, tu resteras le petit ami de... »

Étienne comprit très vite qu'elle avait raison, et ce n'était pas une amourette de vacances qui remettrait en question ses envies de gloire.

L'idylle naissante de la chanteuse et du laveur de voitures « futur chanteur » était enrubannée de rose, une main qui effleure, des baisers volés, quelques nuits cachées. L'œil avisé d'Hubert, toujours à l'affût, avait très vite repéré le manège. Il trouvait cette romance sympathique, à condition qu'elle soit sans lendemain, tout en se disant que les fugues avec Zaza allaient prendre fin. Ainsi, Diana resterait sous sa coupe, et c'était très bien comme ça. La rentrée arriva, couronnant *Les Trois Mages* comme une des meilleures ventes de l'été en France et à l'étranger. L'imprévu, pour le grand marionnettiste, était que, de retour à Paris, Étienne Meugle et Mlle Choubignac continuaient à se voir en secret.

Un coup de téléphone convoqua Diana vers quinze heures au bureau de son producteur. Hubert l'attendait de « gros » pied ferme :

« Il était temps que tu arrives. Il faut que je te parle très sérieusement, annonça-t-il en la faisant entrer dans son antre.

– Que se passe-t-il, tu as mes comptes ? demanda-t-elle sur le ton de la plaisanterie, sachant très bien que le sujet n'était pas à l'ordre du jour.

– Ma p'tite Diana, tu as passé de bonnes vacances, tu t'es bien détendue ; alors, maintenant, il s'agit de penser aux choses sérieuses. Tu t'es bien amusée avec

Étienne, c'était charmant, mais c'est terminé. Tu arrêtes de le voir, on a du boulot », ordonna-t-il sur un ton péremptoire.

La chanteuse, abasourdie par tant de mépris, répliqua en essayant de garder son calme :

« Tu es complètement inhumain. C'est pratique, on prend, on jette. Tu te tais et tu ne le vois plus. Assez joué, ma cocotte, qu'il retourne à Montauban ! Alors sache que, premièrement, c'est toi qui lui as signé un contrat, deuxièmement, c'est toi qui l'as invité à Saint-Trop et troisièmement, il n'est pas question que j'arrête de le voir, parce que je l'aime beaucoup et que tout va bien. C'est ma vie, et tu n'as rien à voir là-dedans : je vois qui je veux, quand je veux. À bon entendeur, salut ! »

Elle se leva et sortit, le plantant là comme une vieille chaussette.

Trinité, la voyant partir en trombe, essaya de la retenir avec un « Ne t'énerve pas, Diana ! Ne pars pas comme ça ! Ce n'est pas grave, M. Haudevan et toi, vous n'arrêtez pas de vous disputer et pourtant tu sais bien qu'il t'adore. Il ne veut que ton bien. Il ne dit que des gentillesses sur toi... ».

Elle n'eut même pas le temps de terminer sa phrase, Diana avait déjà claqué la porte sans avoir oublié de lui dire : « Toi, tu touches trop les enveloppes. »

Zaza faisait des allers et retours entre les « Champs » et le huitième étage pour fixer les rendez-vous avec Diana qui refusait toute conversations avec Hubert « le détestable ». Elle apprit par une lettre de Trinité, que celle-ci avait un message très important à lui communiquer. Diana, toujours obsédée par ses comptes qui n'en finissaient pas d'être à la comptabilité, décrocha le combiné et composa le numéro de la ligne directe :

« Allô, Trinité, c'est moi. Qu'est-ce qu'il y a, il est calmé ? demanda-t-elle agacée.

– Diana, je suis tellement contente de t'entendre. M. Haudevan est très malheureux, il veut te voir. Sois raisonnable, vous ne pouvez pas vivre l'un sans l'autre. Il a besoin de toi, tu as besoin de lui. Tout repose sur votre formidable collaboration. Il reconnaît qu'il s'y est mal pris, mais ce n'était pas méchant, il a juste été maladroit.

– J'aimerais que tu réalises dans quelle situation je me trouve, répondit la chanteuse en essayant de masquer son émotion. Il n'écoute rien de ce que je lui dis. »

Elle fut coupée en pleine phrase par Trinité qui, n'y tenant plus, lança fièrement :

« Pour se faire pardonner, il vient de t'offrir la petite chambre de bonne à côté de ton appartement. Il savait que tu en avais envie. C'est pour ton Noël. Ne te fais aucun souci, il ne te laissera jamais avec le moindre problème, tu es sa seule famille ! »

Voilà comment, trois jours plus tard, ils se retrouvèrent dans un nouveau studio d'enregistrement, CBE, où le « géant », maître des lieux, officiait derrière la console. La petite cabine avait beaucoup de mal à contenir tout le monde. Il y avait Diana, Hubert, M. Bertrand, fidèle au poste, Jean-Claude Petit, jeune arrangeur que tout le monde commençait à se disputer et qui avait la réputation d'être un militant communiste convaincu, Proust, l'assistant responsable de l'écho magique venu du vieux puits creusé dans la cave par les Templiers pour tout autre chose, et enfin le responsable de cette petite entreprise vouée à devenir un des endroits fréquentés par tous les chanteurs en vogue. Bernard, l'homme au deux mètres dix, était omniprésent. Après avoir été pianiste de jazz, il était devenu le roi du fer à souder et de la réverbe intelligemment placée dans les toilettes. La housse en cuir qui couvrait le piano à queue aurait pu lui servir de blouson, et ses petites lunettes rondes lui donnaient la tête d'un nouvel Einstein du son. *Verts, bleus, blancs, rouges* fut le premier quarante-cinq tours à sortir du studio des miracles.

Pendant que la romance cachée de Diana et d'Étienne, de plus en plus « mâaagnifique » au cœur de la chanteuse, s'installait dans les rendez-vous secrets en cultivant l'excitation de l'interdit, des gerbes de fleurs de plus en plus grosses arrivaient au bureau, au huitième étage et sur le comptoir du *Joyeux Bougnat*. Gustave, intrigué et curieux, ne pouvait s'empêcher de lire la carte qui accompagnait les bouquets, destinée à Marjolaine.

« Madame, monsieur, vous comprendrez sûrement à travers ces fleurs tout l'amour qui me lie à votre fille. C'est un joyau extraordinaire, plein de talent, de beauté, qui hante mes jours et mes nuits. Je veux lui offrir tout mon amour pour la vie entière. Je veux mettre ma fortune à ses pieds, je donnerais tout pour un regard aux yeux bleus si tendres. J'espère vous rencontrer très vite et j'escompte que vous pourrez plaider en ma faveur. Signé : Sir William Burlington. »

L'amour est aveugle. Étienne, Étienne, d'accord, il pousse la chansonnette. Mais sir William méritait au moins une rencontre. Trente ans, pas mal du tout, une fortune dans les chaussures. Diana aurait pu être séduite, mais elle accorda peu d'attention à son soupirant britannique.

Noyée sous les bouquets, elle rassurait Étienne qui commençait à s'inquiéter. « Le jour où je serai connu, je te couvrirai de cadeaux », susurrait-il. De son côté, Haudevan trouvait subitement nos deux amoureux très fréquentables, craignant de se voir contraint à parlementer un jour avec un homme plus « jeune » que lui.

Sir William comprit très vite que le cœur de sa belle battait la chamade pour un autre, il se retira après deux mois de messages enflammés, de corbeilles de fruits et de fleurs décorées, le tout couronné d'un superbe bracelet Cartier qui lui fut retourné.

Le milliardaire s'était fait repousser par une petite chanteuse amoureuse d'un grand frimeur brun.

Adieu les promenades en Rolls, l'heure était aux balades furtives, dans une petite Austin déglinguée. Cela ajoutait un piment supplémentaire à la vie de Diana, décidée à défendre le pauvre débutant opprimé.

L'année se termina avec un nouveau contrat pour « l'idole des faubourgs ». C'était un rôle silencieux d'hôtesse de l'air pour les besoins d'un roman-photo. Son partenaire n'était autre que Meugle Étienne.

Diane avait déjà des idées plein la tête, rêvant de quitter Paris pour construire, dans un petit village caché au beau milieu des vergers, sa maison du bonheur. L'année prochaine risquait d'être très mouvementée.

1972
Pioneex, message à l'univers

Au premier de l'an, une auberge espagnole abrita les amoureux qui sablaient le champagne dans une des deux chambres réservées par Diana. On n'est jamais trop prudent !

Haudevan avait généreusement accordé deux jours à la chanteuse avant qu'elle entre en studio pour son nouveau disque. Étienne se désolait et déprimait de plus en plus, attendant toujours le bon vouloir de Hubert pour enregistrer. Diana décida d'intervenir dès son retour, car elle ne supportait plus de le voir dépérir sur un canapé à longueur de journée. Ce qui fut dit fut fait. À sa descente d'avion elle était seule, Zaza l'attendait pour la conduire directement au bureau.

Diana découvrit que son manager avait fait des frais dans l'affaire de « famille » grandissante : nouveau mobilier, nouveau standard, nouvelle moquette bleu roi. Le coiffeur chantant avait enfin réussi à gagner une petite place, poussant Zaza dans le couloir. Quant à Trinité, elle officiait au premier étage à côté d'une des portes du « roi Tirelire » et entourée de deux nouveaux bureaux vides, sur lesquels s'ennuyaient deux combinés téléphoniques.

« Bonne année, Trinité ! Santé, amour et plein de bonheur, pour toi et ta petite famille. Zampano est là ? demanda Diana en l'embrassant.

– Il est au téléphone. Il attend quelqu'un, mais il veut te voir, il a des choses à te dire, répondit-elle.

– Ça tombe bien, moi aussi ! » fredonna la chanteuse sur l'air des lampions.

Elle fit irruption dans le bureau, découvrant Hubert, rouge comme une écrevisse, qui lui fit signe de s'asseoir en silence, tout en continuant son numéro de grand charmeur :

« Oui, ma chère Aline, Diana va être ravie ! Nous allons faire de grandes choses ensemble. J'ai tellement de contrats en perspective, il me fallait quelqu'un comme vous. Ne vous inquiétez pas ! L'argent n'a aucune importance, je suis quelqu'un de très généreux, c'est dans ma nature. J'ai un rendez-vous qui vient d'arriver, je vous rappelle tout à l'heure. Au revoir, Aline ! »

Diana ne pouvait s'empêcher de sourire en le regardant, elle connaissait son numéro par cœur, après l'avoir vu faire tant et tant de fois.

« Qu'est-ce qu'il t'arrive ? dit-elle en riant. Tu t'es trompé de crème à bronzer ? Je t'ai toujours dit de faire attention à la réverbération de la neige ! Remarque, là tu es tranquille, on ne risque pas de te rater ! »

Le week-end au ski avait fait son effet, Haudevan était plutôt souriant, ce qui permit à Diana de se lancer tête baissée dans la bataille :

« Je viens pour te parler d'Étienne ! lança-t-elle.

– Tout est fini entre vous. Tu vois, je te l'avais dit, rétorqua-t-il avec un sourire de soulagement.

– Ça t'arrangerait ! Mais ce n'est pas encore le cas ! Écoute, Hubert, soit tu lui fais enregistrer un disque, soit tu lui rends son contrat. Tu n'as pas le droit de traiter les gens comme ça ! dit-elle en le fixant droit dans les yeux.

– On y est ! Ma p'tite cocotte, j'ai autre chose à faire, je ne trouve pas de chanson et ce n'est pas le sujet du moment. Occupe-toi plutôt de ta carrière, c'est beaucoup plus important que le reste. D'ailleurs, même en télévision, je suis obligé de me battre pour te trouver des émissions ! »

Diana ne put s'empêcher d'éclater de rire devant tant de mauvaise foi. Les difficultés pour lui venaient surtout de Sandra et autres qu'il imposait à coups de chantage. Elle reprit immédiatement la parole :

« Soyons clair, Hubert ! Je ne veux te créer aucun problème. Puisque Diana c'est toi, va faire les télévisions tout seul, je suis sûre que tu n'auras plus de difficultés ! En ce qui me concerne, je ne rentrerai en studio que lorsque tu auras réglé d'une façon ou d'une autre le problème d'Étienne ! C'est quand même toi qui l'as signé pour la maison, bien avant que je le connaisse. Je ne suis absolument pour rien dans ton choix ! » affirma-t-elle sans sourciller devant les yeux écarquillés de la tomate qui lui servait d'interlocuteur. Elle enchaîna, en enfilant son manteau :

« Réfléchis tranquillement ! Je serai chez moi, si tu veux me joindre ! À part ça, je t'adore ! J'espère avoir une chance de voir mes comptes cette année ! N'est-ce pas, mon cher Hubert ? »

Elle referma la porte derrière elle et partit, emmenant dans son sillage Zaza croulant sous le poids de son sac de voyage.

Voilà comment, le mois suivant, Étienne enregistra son premier disque chez le « Géant », sous l'œil attentif du producteur qui avait accepté une offre qu'il ne pouvait pas refuser.

Les Disques Haudevan avaient maintenant une pléiade d'artistes débutants sous leur label. Diana se retrouvait systématiquement avec un ou deux protégés maison dans les émissions de radio et de télévision. Le *Journal du club de Diana*, qui continuait à paraître tous les mois, devenait de plus en plus le prospectus de Haudevan, qui s'arrangeait toujours pour insérer des articles et des photos de ses protégés. Les quarante ou cinquante mille abonnés, en admirateurs fidèles, suivaient à la lettre ce qui paraissait dans le journal.

H. H., voyant son avenir et celui de la famille toujours grandissant, avait installé, dans un des bureaux vides à côté de Trinité, une nouvelle recrue qu'il présenta à Diana comme étant la perle des perles.

« Ma p'tite mère, j'ai engagé pour toi une fille formidable ! Elle t'aidera beaucoup à l'avenir, elle connaît le Tout-Paris ! C'est la reine de la promotion ! Tout le monde se bat pour travailler avec elle, elle sera d'excellent conseil pour toi ! D'ailleurs, nous avons déjà beaucoup parlé ensemble ! Elle t'adore ! N'oublie pas que c'est très important pour notre entreprise ! »

Aline Mangetou venait de faire son entrée en fanfare chez Hubert Haudevan.

Diana avait changé son look, pour les besoins d'un nouveau duo. On la découvrit dans le « Sacha Show » en perruque toute bouclée, courte et blonde, portant une robe longue moulante, fendue jusqu'en haut de la cuisse, fume-cigarette à la main, ondulant allongée sur un piano à queue devant son partenaire qui répétait « J'aime ! » avec son accent italien.

Aline, petite femme brune, montée sur des talons, les mains couvertes de bijoux, pliait sous le poids de son carnet de téléphone et de son planning rempli de rendez-vous chez le coiffeur. Nouvelle responsable de la bande play-back, elle accompagnait partout la chanteuse. Après plusieurs jours sur les plateaux, elles se trouvèrent des points communs. Aline avait été chanteuse de chorale au début des années soixante. Elle était née, comme Diana, sous un signe de feu.

Hubert, l'homme aux idées qui bouillonnent, influencé par la langue anglo-saxonne, avait rebaptisé Étienne Meugle en Mickael Jimmy Bird. Diana et Aline Mangetou, désormais responsable de l'écurie H. H., se permirent d'émettre un doute sur ce nouveau patronyme.

« Ce nom est ridicule ! Tu pourrais quand même trouver mieux ! » dit Diana, en attendant un soutien d'Aline, qui fit une tentative pour satisfaire la « grosse cocotte » de la basse-cour. Elle reconnut timidement :

« Effectivement, pour les interviews, je ne suis pas certaine que... »

Hubert, l'œil en kalachnikov, l'interrompit sur-le-champ :

« Si on lui demande quelque chose, c'est simple : il a un oiseau fétiche qui s'appelle Jimmy. Et le tour est joué ! Vous vous affolez pour pas grand-chose, il suffit de réfléchir un peu ! J'ai un instinct qui ne me trompe jamais ! Personne ne peut trouver quelque chose d'aussi original ! »

Aline, sentant que son choix de partenaire n'était pas le bon, enchaîna dans la fourberie la plus totale :

« C'est extraordinaire, l'imagination que vous avez, Hubert ! Quel moyen de promotion formidable ! Je vais le répéter à tout le monde ! Ils vont tous adorer cette histoire d'oiseau, c'est tellement ''koite'' ! » (Cute, en version originale).

Diana, interloquée par ce virage à cent quatre-vingts degrés, partit en marmonnant : « Koite ! Koite ! Tu m'en fais, une belle Koite ! »

Zaza n'avait aucun atome crochu avec Mme Mangetou qui empiétait sur ses plates-bandes. Elle se changeait les idées en s'occupant des papiers et du courrier de Diana. Un après-midi, la chanteuse, assise en face de sa copine, vérifiait ses relevés bancaires et eut soudain la surprise de découvrir qu'une somme était prélevée chaque mois sur son compte. Elle interrompit Zaza en plein courrier.

« Je n'y comprends rien, tu n'as pas remarqué que j'ai un prélèvement mensuel ? Qu'est-ce que c'est que ce truc-là ? Appelle-moi le banquier ! »

La courte communication fut édifiante : les prélèvements automatiques venaient en remboursement de l'emprunt fait pour l'achat d'une chambre de bonne.

« Mais qui a signé les papiers, puisque ce n'est pas moi ? demanda Diana en tapant sur la table.

– Votre signature m'a paru un peu bizarre, mais Trinité m'a confirmé qu'il n'y avait pas de problème !

J'espère que c'est vrai ! » ajouta le responsable de la succursale, légèrement mal à l'aise.

Diana découvrit ce jour-là que la chambre de bonne, offerte par son généreux manager pour son Noël, était financée par elle-même. La signature figurant sur les papiers n'était pas la sienne, et Haudevan avait fait faire la basse besogne par quelqu'un d'autre.

Cette découverte bouleversa Diana. Ses espoirs, sa confiance, son amour pour son métier, la « famille Haudevan », les comptes qui n'arrivaient jamais, tout cela tournait dans sa tête. Seule, enfermée dans sa chambre, elle pleura pendant des heures.

Lorsque Diana demanda, à grand renfort de cris, une explication à son manager, il invoqua des impôts, son obsession de la protéger, son intérêt à elle et surtout l'incapacité de la chanteuse à comprendre où était son avantage.

Diana, blessée et trompée, avait décidé de tout vendre pour partir habiter à la campagne.

Mickael Jimmy Bird, le type au nom d'oiseau, avait déjà fait sa place au soleil, traînant derrière lui une kyrielle de demoiselles en pâmoison.

Nos deux chanteurs continuaient à jouer au chat et à la souris, craignant que le pot aux roses ne soit découvert. Derrière son bureau, l'imperator managerum supervisait toutes les prestations du chanteur, le faisant régulièrement répéter devant lui sous les yeux de M. Bertrand qui continuait à le « fluidifier ». Lorsque les amants d'Haudevan hurlant comme le vent se retrouvaient, après deux heures de course-poursuite dans les rues de Paris, c'était pour parler de leur journée, tirer des plans sur le futur et se dire qu'ils auraient bien du mal à être seuls au monde.

Les soirées événementielles faisaient partie du registre de Gérard Louksor, qui pour une fois n'acceptait qu'un seul artiste, Haudevan prétextant un plateau trop riche. Ce genre de refus lui valait régulièrement deux ou trois débutants Haudevan dans l'émission qui suivait, c'était le tarif. Maurice Chevalier nous avait quittés depuis peu, et Diana, ayant eu la chance et l'honneur de le rencontrer chez lui, accepta avec une joie immense d'interpréter *Les Rues de Ménilmontant* au milieu des stars qui rendaient hommage à l'homme au canotier en chantant un de ses innombrables succès. Il y avait Paul Anka, Gilbert Bécaud, Alain Barrière, Georges Brassens, Pétula Clark, Antoine, Michel Sardou, Adamo, Marcel Amont, Annie Cordy, Claude François, Charles Aznavour, Enrico Macias, Zizi Jeanmaire et Charles Trenet.

Notre « maaagnifique » Étienne Meugle, s'étant définitivement ridiculisé avec son oiseau, était devenu Mickael pour les fans. Dans les bureaux de Haudevan, il gloussait comme un dindon parmi toutes ces dames. Trinité lui trouvait beaucoup d'humour, Aline Mangetou à qui il devait tout, après Haudevan, trouvait qu'il passait bien à l'image. Même Zaza craquait, elle avait changé de coiffure et de maquillage depuis qu'elle s'occupait de son courrier et elle tortillait de la croupe en attendant l'arrivée de sa « patronne » devenue la « reine des dindes » aveuglée par l'amour.

Leur idylle devenait très difficile à cacher, et les commentaires commençaient à aller bon train dans les couloirs du show-biz : « T'es au courant, Diana est avec Mickael ! C'est pour ça qu'il est dans toutes ses émissions de télévision, elle l'impose ! » susurrait l'un. « Haudevan est très fort, il a lancé sa chanteuse dans les bras de ce ringard, il est sûr qu'elle ne va pas partir ! » disait un autre. « Haudevan paie Mickael pour lui faire son affaire ! Remarque, il est tranquille, elle est stérile ! » déblatérait un troisième. Le dernier arrivé, comme par hasard un des grands amis d'Aline, ajoutait avec conviction pour épater la galerie : « De toute façon, ça ne l'empêche pas de sauter tout ce qui bouge, à l'oiseau ! À mon avis, la mère Mangetou y trouve son avantage, elle est très évasive sur le sujet ! »

Les paparazzi n'en dormaient plus. Quel était celui qui allait gagner le « loto » avec la photo compromettante ? Un soir, après une télévision suivie d'un dîner bien arrosé, Diana et Mickael rentraient en roulant tranquillement, heureux de se retrouver enfin seuls.

Diana, perpétuellement sur le qui-vive, ne cessait de répéter :

« Tu es certain qu'il n'y avait pas de photographes ? Fais attention, il y a une voiture qui nous suit ! »

Étienne trouvait que l'angoisse de sa petite amie frisait l'obsession.

« Écoute, arrête un peu ! Tu vois des téléobjectifs dans tous les coins, c'est vraiment pénible ! C'est de la paranoïa ! »

Agacé, il monta à fond le son de la radio et accéléra brutalement. La voiture, le dernier prototype de Toyota, une vraie bombe blanche, appartenait à Diana et faisait sa fierté. Elle ne supportait pas que l'on touche à sa voiture.

« T'es cinglé ou quoi ? Elle est en rodage, passe tes nerfs autrement ! »

À peine avait-elle fini sa phrase qu'il pila devant le dernier stop avant la maison. C'est à ce moment précis que deux paparazzi planqués à l'angle d'un immeuble sortirent comme des dingues en les mitraillant. Les flashes éclataient de partout sur les vitres et le pare-brise. Diana cacha son visage dans son manteau. Étienne surexcité sortit en hurlant et affronta les voleurs d'images. L'un des deux, plaqué par l'ancien cadet de l'équipe de rugby de Montauban, vit ses appareils, ses pellicules et tous ses projets voler en miettes. Le second disparut dans la nuit sans demander son reste, en sautant dans la voiture qui suivait la chanteuse et Jimmy Bird depuis leur départ du restaurant.

Diana, qui détestait les cris et la violence, bouda le reste de la soirée, tempêtant contre le comportement d'Étienne qui n'aurait pour résultat que de rendre sa vie encore plus impossible.

Haudevan sans rien laisser paraître était tenu jour après jour au courant de l'évolution de la situation, par Aline nommée directrice de la promotion, sous-entendu cheftaine des renseignements généraux !

Sans perdre de temps, H. H. renvoyait sa chanteuse en studio, partant du principe qu'il ne fallait surtout pas de silence dans la carrière de celle qui l'aidait à consolider son building qui commençait à avoir de nombreux étages.

Diana réclamait toujours ses comptes sans résultat et découvrit, dans des papiers exposés à sa vue par mégarde, que Trinité et Aline figuraient toutes les deux sur les statuts de la « Société Haudevan ». Elle entra dans le bureau, attaquant de front César :

« Tu ne crois pas qu'il y a un peu d'abus ! Pourquoi est-ce que je ne figure pas dans ton empire ? Tu me le dois plus qu'à n'importe qui d'autre dans cette maison ! »

Le responsable au sourire mielleux donna une réponse que lui seul pouvait inventer :

« Ma p'tite mère, on ne va quand même pas signer des papiers entre nous. Ce serait terrible, on ne fait jamais ce genre de chose en famille. Avec ces signatures, je les tiens ! Mais toi c'est différent ! Tu es ma petite sœur et je t'adore ! Il faut que tu sois à l'abri ! »

Diana, enfoncée dans le fauteuil, n'en pouvant plus d'entendre toujours la même rengaine, se mit à pleurer et sanglota :

« Ta petite sœur ? Je pourrais surtout être ta fille ! Tu me fatigues, tu radotes et rien ne se passe ! Où est le fameux centime que tu m'as promis sur les ventes de notre entreprise ? Où sont mes comptes ? Où sont... »

Elle n'eut pas le temps de finir sa phrase. Haudevan la coupa avec un ton doucereux :

« Tu vois, tu en reviens toujours à l'argent. Ne te mets pas dans un état pareil, je crois que tu fais une dépression ! Je m'inquiète pour ton état mental, ce n'est pas normal, je crois sincèrement que tu deviens folle ! Mais je vais te rassurer, j'ai pris une assurance-vie : s'il m'arrive quelque chose, c'est toi qui la toucheras ! Alors, tu es tranquillisée ? »

À travers ses sanglots, elle répondit :

« Mais je n'ai pas envie que tu meures ! C'est horrible comme façon de penser !

– Tu vois, tu n'es jamais contente ! Bon, excuse-moi, j'ai du travail, il faut que tu me laisses ! N'oublie pas CBE demain matin à neuf heures. Il y a beaucoup de travail sur ce titre ! »

Elle n'eut pas la force de continuer. Cachant ses larmes derrière ses grosses lunettes noires, elle quitta le bureau, embarquant au passage Zaza, et sortit sans adresser la parole à personne. Le lendemain matin, le géant l'accueillit en la serrant dans ses grands bras et remarqua sa petite mine triste. La musique reprit le dessus, elle dansa avec les musiciens, chanta pendant que M. Bertrand dormait, participa à la séance de chœurs et termina sa journée en souriant, heureuse de son nouveau quarante-cinq tours *Salomon et la reine de Saba* !

Sur WPQ, Marceline Gomard faisait la pluie et le beau temps. Elle était la toute-puissante directrice de la station de radio à la mode.

Ses deux réflexions préférées étaient :

« Il n'y a que les bons produits qui marchent ! » et « les play-boys ont toujours une belle voix ! ».

Forte de cette assurance qui n'appartient qu'aux « guides », chaque semaine, au cours d'une réunion de programmation marathon, elle écoutait ses collaborateurs et tranchait comme Salomon.

Autour de la table il y avait : Coco, Chouchou, Marie-Martine, Jeff et la patronne. Chacun défendait ou enfonçait une chanson avec la même détermination.

Chouchou dit à Marceline :

« J'aimerais que tu écoutes le dernier titre de la petite Mimi Brougnard, je pense qu'elle a quelque chose. Je suis totalement emballé ! »

Sa voix était pleine de conviction car sa main caressait délicatement le chèque qui dormait au fond de la poche de son pantalon. Après avoir écouté un couplet et un refrain, Marceline coupa le son et laissa tomber :

« C'est pas mal ! Mais je dois réfléchir. Nous en rediscuterons ! »

À son tour, Coco mit un quarante-cinq tours sur la platine. C'était un nouveau groupe de rock : *Les Crevettes lubriques*.

On écouta religieusement les vingt premières secondes et Marceline coupa de nouveau :

« C'est pas mal ! Mais c'est un peu "dur" pour l'image de la radio ! dit-elle.

– Écoute encore un peu, c'est "super-in" », reprit Coco en bondissant sur sa chaise.

On remit la platine en marche pour trente secondes et Marceline Gomard l'interrompit encore :

« C'est intéressant, mais, je le répète, on ne peut pas le passer à des heures de grande écoute ; enfin on verra ! Le chanteur a une belle voix ! Sois gentil, passe-moi la pochette, je voudrais voir sa tête ! »

Lorsqu'elle vit le beau blond avec les cheveux tombant sur les épaules, elle ne put s'empêcher de sourire discrètement. Il n'avait pas l'air mal et semblait très cool.

« Coco, tu vas te renseigner sur eux et tu me tiens au courant. On va peut-être pouvoir les aider quand même ! »

Ayant glissé la pochette du groupe dans ses affaires, elle donna la parole à Marie-Martine :

« Marceline, je t'ai parlé d'un truc avant la réunion. C'est énorme, tu sais, je crois qu'on tient le tube de l'été ! »

À ces mots, toutes les oreilles se dressèrent autour de la table.

« Tu as l'air bien sûre de toi, ma Titite ! Allez, fais-nous écouter ! »

Marie-Martine s'exécuta, posant le disque de vinyle sur l'appareil. Pendant trois minutes trente, une belle voix chaude et langoureuse envahit la pièce. C'était un slow ! Marceline dodelinait de la tête, les yeux perdus dans une rêverie romantique. Marie-Martine, pour faire comme sa chef, dodelinait aussi. Coco et Jeff avaient pris leur air concentré, disséquant la chanson comme de vrais professionnels. Quant à Chouchou, il faisait semblant de chantonner la ritournelle, pointant son pouce vers le haut tout en regardant Marceline.

« Mes enfants, c'est un TUBE !!! s'écria-t-elle en claquant des doigts.

« C'est chez qui ? demanda-t-elle à Marie-Martine.

– C'est un disque de chez Haudevan. Tu te rends compte, il fait déjà un carton avec Diana et, avec ce truc-là en plus, il a vraiment le ... bordé de nouilles ! »

Marceline s'était jetée sur la pochette où s'étalait la photo d'un play-boy aux yeux de velours et à la chevelure légèrement ondulée. Elle salivait d'envie en regardant le beau ténébreux et, dans un souffle, elle murmura son prénom : William. Le titre de l'œuvre était sans ambiguïté : *Je t'ai aimé mille et une nuits.*

Marceline Gomard reprit ses esprits et dit à sa collaboratrice :

« Quand nous aurons terminé, téléphone à Aline Mangetou et dis-lui que je veux déjeuner avec elle pour parler de cette affaire ! »

La programmatrice acquiesça d'un signe de tête, et Jeff profita de l'accalmie passagère pour proposer une nouveauté. C'était une petite nana, genre sirène exotique, au nom évocateur de Vahinénée. Au bout de dix secondes, la fille aux beaux nichons fut massacrée.

« C'est très mauvais, elle chante faux, c'est nul ! Qu'est-ce que tu lui trouves, Jeff ? T'as les oreilles en bois, ce matin, c'est pas possible ! »

Les ondes négatives fusaient de part et d'autre de la table.

« Je ne peux pas passer ça, décréta Marceline. Ça ne rentre pas dans la politique musicale de la station : qui est le producteur ?

– C'est un nouveau, il s'appelle Jacky Roublar, on dit qu'il a beaucoup de talent et je crois qu'il travaille avec Hubert Haudevan ! »

Sur cette information de première importance, la réunion hebdomadaire prit fin.

Jeff remonta très vite dans son bureau et téléphona à Jacky Roublar :

« Salut, Jeff, lança le producteur qui monte. Comment ça s'est passé pour la petite ?

– Très bien, très bien, c'est en bonne voie ! répondit Jeff.

– Ça commence à passer quand ? continua Roublar.

– Très bientôt, très bientôt, je dois voir ça avec Marceline. Tu la connais, elle se fait toujours un peu tirer l'oreille, mais ça fonctionne quand même !

– J'y compte bien ! répliqua Roublar. Ça m'a coûté quatre mille balles, j'espère que ce n'est pas pour rien !

– Mais non, mais non ! fit Jeff songeur, en pensant aux quarante billets de cent francs qu'il avait empochés l'avant-veille. Ne t'inquiète pas ! Je m'occupe de tout, je te tiens au courant ! Salut ! »

Aline Mangetou connaissait bien son petit monde des médias. Dans les couloirs sombres, dans les bureaux feutrés, dans les déjeuners discrets, on ne parlait jamais d'argent, on parlait besoins. On ne disait pas : « Si tu me donnes ça, je te passe untel. » On abordait les choses d'une façon plus subtile, du genre : « Je n'ai que des problèmes avec ma voiture et elle est tout le temps au garage. » Ou encore : « Je suis complètement crevé, j'irais bien me reposer une semaine au soleil ! » Autre version : « J'ai vu un petit guéridon très sympa mais, que veux-tu, on ne peut pas tout avoir ! »

C'est dans ces moments-là qu'Aline entrait en scène. Elle prenait bonne note des desiderata des uns et des autres pour en faire part à Haudevan. Celui-ci n'y allait pas par quatre chemins :

« Ma petite Aline, j'ai ouvert un compte spécial pour nos affaires. Voilà un chéquier, tu as la signature et carte blanche pour régler les "problèmes" de nos amis. Alors fonce, et tiens-moi au courant ! »

C'est ainsi que Marceline Gomard trouva, un matin, les clefs de sa nouvelle voiture dans une enveloppe posée sur son bureau.

Vahinénée à la poitrine chantante avait beaucoup de mal à s'imposer. Alors on eut recours au week-end à Marrakech, à la commode spéciale « maison de campagne » et, pour couronner le tout, à un parcours gastronomique grandiose qui passait par Guérard, Bocuse et Troisgros. Après tout cela, la carrière de la petite nymphette des îles s'éclaircit considérablement, et Jacky Roublar put parader en vantant ses mérites et sa force de persuasion. Jeff, le programmateur qui ne recule devant rien, en profita pour le taper encore de trois mille francs, car c'était grâce à lui si on entendait Vahinénée sur les ondes.

À la télévision, Paula David marchait du même pas que Marceline, et sa célèbre émission, *Chansons pour vous*, n'était pas avare de nouvelles têtes. Paula mélangeait les très connus et les inconnus et tout le monde criait : « Bravo, quel génie ! »

Paula David était fière d'avoir la réputation d'une découvreuse de talents et, pour « découvrir », elle avait besoin d'être découverte et de se charger d'énergie. Cette énergie, elle ne pouvait la trouver et l'emmagasiner qu'à la Martinique. Son corps devait impérativement, et le plus souvent possible, être en contact avec une température terrestre et aquatique de trente degrés Celsius.

Aussi, elle partait vers l'île des Antilles, une semaine tous les deux mois grâce à un admirateur anonyme, convaincu du rôle capital qu'elle jouait dans la promotion de la chanson française.

Les rédacteurs du magazine *Salut les copains* avaient laissé plusieurs messages pour Diana. Connaissant maintenant son « secret de Polichinelle », ils avaient décidé de l'emmener dans le désert avec son soupirant. Réjouie à l'idée de partir loin de tout pour quelques jours, elle rappela Georges Renoux pour accepter. Après une longue discussion, il la persuada de faire le reportage en compagnie de Mickael. Les photos seraient belles et les paparazzi la laisseraient sûrement un peu plus tranquille.

Voilà comment, quinze jours plus tard, l'expédition de quatre personnes se retrouva aux portes du désert. La vieille Jeep qui les attendait pour prendre la piste avait déjà fait beaucoup de route. Des bouteilles d'eau, des appareils de photo, des réflecteurs, un sac entier de pellicules furent chargés à l'arrière. Le chèche sur la tête pour se protéger du sable, Diana, Mickael, Georges et Benjamin étaient prêts pour partir à la recherche des « hommes bleus ». La première grande aventure de nos deux amoureux allait être au rendez-vous.

Ils partirent à l'aube, afin d'éviter au maximum la chaleur qui ne manquerait pas de leur tomber sur la tête. La piste n'était pas en bon état, et les soubresauts perpétuels de la voiture aux amortisseurs inexistants leur laminaient le bas des reins. Quatre heures de route au milieu de nulle part, et les esprits commençaient à s'échauffer. Au volant, Georges se posait des questions :

« Comment ça va Diana, tu n'es pas trop fatiguée ? À mon avis on ne devrait pas tarder à voir les tentes ! Sauf s'ils ont bougé, auquel cas nous sommes dans la panade ! »

Mickael, très sûr de lui, enchaîna :

« Vous avez pris vos informations, je suppose ? Quant à Diana, si elle est fatiguée, c'est pour tout autre chose, n'est-ce pas mon amour ! »

Diana lui sourit et enchaîna, gênée :

« Vous êtes certain d'avoir pris assez d'eau ? La chaleur commence à devenir insupportable. Remarquez, l'avantage ici c'est que l'on maigrit sans rien faire !

– Arrête-toi une seconde, je vais prendre les jumelles ! » dit Benjamin, réveillé par une secousse plus violente que les autres.

La Jeep stoppa et l'équipe descendit pour une petite halte. Scrutant l'horizon, Georges cria :

« Ils sont là-bas, j'aperçois les tentes ! Encore une heure et nous y sommes !

– Olé, vous êtes les meilleurs ! » hurla Diana en embrassant le chanteur.

– Et nous, alors ! » reprirent en chœur ses deux copains.

Elle les embrassa gentiment sous l'œil tendu de Mickael, qui commençait à les trouver pénibles.

Ils arrivèrent enfin près des tentes entourées par un troupeau de chameaux. Un homme s'avança lentement, vêtu d'une djellaba noire, la tête enveloppée par un turban sombre qui ne laissait entrevoir qu'une partie de son visage. Georges parlementa un petit moment avec de grands signes, pendant que Diana essayait en vain d'étancher sa soif.

Après un signe, ils entrèrent tous les quatre sous la tente principale, où le chef de la caravane les invita pour manger et boire, au grand plaisir de Benjamin qui voyait déjà son reportage réussi. Assis en tailleur sur des tapis, ils trouvaient merveilleusement désaltérant le thé à la menthe servi bouillant. Puis vinrent la semoule et le mouton grillé à l'odeur d'urine bien forte.

Les lois de l'hospitalité réservent aux hôtes de marque les morceaux de choix. Voilà comment les trois hommes furent contraints de déguster des testicules de mouton, servis avec précaution.

« C'est le plus goûteux ! » expliquait le chef.

Mickael, sérieux comme un pape, avala, défait, l'œil de la bête pour ne vexer personne.

Diana était constamment dévisagée par les yeux

étrangement clairs du seigneur. L'objectif attentif du photographe saisissait avec bonheur les couleurs chamarrées des tissus posés çà et là. Les plateaux de fruits séchés dégageaient des odeurs de sucre, le lait de chèvre avait un goût de beurre avancé, mais tout le monde gardait le sourire.

Diana posa devant les troupeaux, avec les femmes aux visages et aux mains tatouées de pointillés savamment dessinés. Puis les amoureux, allongés sur le sable, les yeux dans les yeux, s'aimèrent par photo interposée, pour la postérité. L'équipe accepta un dernier thé à la menthe avant de prendre congé, remerciant le chef pour tant de gentillesse. L'homme enveloppé de noir, avec son regard si clair, dévorait toujours Diana des yeux. Il lui offrit un collier local et lui baisa les mains, ce qui eut pour effet de mettre Mickael hors de lui :

« Il faut qu'il se calme un peu ce con-là ! Sinon, je lui mets mon poing dans la gueule ! » se mit-il à grogner.

Diana le foudroya du regard pour sa conduite stupide, tandis que Georges s'approchait de lui pour le calmer. En vain.

« Toi, tu me lâches ! » lança-t-il violemment.

Sur le chemin du retour, personne ne disait mot, lorsque le photographe demanda à Georges, qui conduisait, de quitter la piste pour aller vers les dunes, tenant absolument à son coucher de soleil. Au bout de cinq cents mètres, la catastrophe arriva, le sable trop mou bloqua une roue de la Jeep qui s'enlisa. Diana, devant la stupidité de la situation et la tête de ces trois messieurs, fut prise d'un fou rire nerveux qu'elle ne pouvait contenir :

« Voilà, il ne nous manquait plus que ça ! grinça Mickael.

– Je ne trouve pas ça drôle ! T'es idiote ou quoi ! continua-t-il en regardant la chanteuse, ce qui la fit redoubler de rire.

– Ce que j'aime chez toi, dit-elle, c'est que tu es tellement gracieux que même les scorpions doivent avoir peur de te piquer ! »

Essayant de conserver leur sérieux, Georges et Benjamin, avaient vidé l'arrière du véhicule pour prendre les pelles qui dormaient là depuis la dernière location. Mickael redevint Étienne et mit la main à la pâte, creusant dans le sable pour dégager la roue.

Les premiers essais ne servirent à rien. Un grand réflecteur termina sa carrière sous une roue et permit à l'expédition de repartir vers le minuscule hôtel, dernière halte avant le grand désert. Ils arrivèrent à la nuit. Épuisés, ils trouvèrent la force de se laver avec le peu d'eau disponible et ils grignotèrent quelques bricoles, avant de s'écrouler de fatigue sur leur lit.

À six heures du matin, un remue-ménage incroyable sortit Diana du lit. Elle se précipita à la fenêtre, réveillant Étienne en l'appelant par son surnom :

« Le pingouin ! Viens vite voir, c'est fabuleux ! Tu n'as jamais vu une chose pareille ! »

Sous leur fenêtre, se tenait le marché aux dromadaires qui attirait tous les indigènes des environs.

Elle prit une douche, se maquilla rapidement. Quelqu'un frappa à la porte :

« C'est Georges ! Vous pouvez être prêts dans combien de temps ? »

Elle ouvrit la porte, les cheveux encore mouillés, et l'embrassa, l'invitant à entrer.

« Benjamin est parti faire des repérages, expliqua Georges. Il sera là dans une demi-heure. Si vous pouviez venir en bas, il y a des trucs fabuleux à faire ! »

Vingt minutes plus tard, ils étaient dans le hall. La responsable de l'établissement vint, à la surprise générale, chercher Mickael en lui expliquant que quelqu'un l'attendait dehors. Diana resta dans l'hôtel pour l'attendre.

Un moment plus tard, Georges vint la renseigner :

« Je n'ose même pas te dire ce qui se passe ! Le chef des Touaregs est là, il veut t'acheter contre ses mille chameaux ! Tu vaux donc très cher ! dit-il en la prenant par la main. Il faut que tu viennes, car j'ai peur que ton petit camarade se fâche ! Tu vois ce que je veux dire ? »

Étienne, en effet, commençait à monter sur ses grands chevaux :

« Non ! Tu comprends ce que je te dis ? Elle est à moi ! Retourne d'où tu viens. »

La chanteuse se mit devant Étienne et prit la parole :

« Laisse-moi faire et calme-toi ! »

Mickael se calma un peu. Diana salua gentiment le Touareg aux yeux clairs, lui expliqua qu'elle repartait en France et le remercia de tant de marques de respect. Il insista encore en brandissant la corde qui tenait trois des chameaux. Elle lui dit au revoir avant qu'il ne glisse, dans le creux de sa main, un pendentif porte-bonheur représentant une main de Fatma. L'incident était clos.

L'amour effaça rapidement les petites anicroches du voyage et Diana se replongea dans le travail en allant prendre ses nouveaux rendez-vous aux « Champs ».

Là, une nouvelle étrange l'attendait. Pendant son voyage en pays saharaoui, il y avait eu du remous dans la société Haudevan. Hubert l'appela dans son bureau. Elle fut surprise en découvrant l'ex-inspecteur des impôts, compositeur à l'occasion et membre intouchable de la « famille », assis dans un coin, avec ses petites lunettes à gros foyer sur le nez. Elle connaissait le rôle important qu'il jouait dans l'ombre ; il était le responsable du montage financier des sociétés Haudevan et le gardien des secrets. Haudevan, debout derrière son bureau rentra directement dans le vif du sujet :

« Ma petite Diana, pendant ton absence nous avons pris la décision de mettre la Boutique en faillite ! Les affaires étaient tellement mauvaises, je ne pouvais pas faire autrement ! »

Diana reçut un grand coup de massue sur la tête et répondit en jetant violemment son sac au sol :

« J'adore ton sens de l'humour ! J'espère que vous êtes en train de plaisanter tous les deux ? Un inspecteur des impôts que tu nommes directeur et qui au bout de six mois t'envoie à la faillite ! Voilà une couleuvre que je vais avoir du mal à avaler ! »

Fusillant du regard le petit monsieur à lunettes qui se ratatinait dans son fauteuil, elle argumenta :

« Comment voulez-vous que je vous croie ? Il y a plus de quatre cents ou quatre cent cinquante magasins, et tout s'arrête, faute d'argent ? Ce n'est pas possible ! »

Haudevan l'interrompit pour la calmer, en ajoutant une phrase qui fit encore monter la mayonnaise :

« Tu vois, tu as de la chance ! Nous n'avions pas encore signé les papiers qui te donnaient des parts !

Sinon, tu te retrouverais aujourd'hui avec des dettes ! »

Persévérant dans son analyse, il insista :

« J'avais donc encore une fois raison ! Je sais ce qu'il te faut ! Tu vois, tes salaires, c'est la meilleure solution ! Tu as une protection sociale ! Nous en avons parlé tous les deux, nous sommes tombés d'accord, *tu y gagnes* ! »

Diana avait l'habitude de subir la mauvaise foi de son imprésario, mais cette fois il dépassait les bornes.

1973
De la guerre de Kippour à Wounded Knee

Dans les grandes bousculades d'une vie, l'amour sauve souvent des chutes « mortelles ». Diana préservait son indépendance tout en se rapprochant inévitablement de celui qui risquait de devenir « un sauveur » au sein de la mafia, dont elle était devenue le pigeon d'argile au centre de tir. Dans ses rêves et sa foi en l'être humain, elle espérait toujours un changement, pensant qu'un jour ou l'autre Haudevan réaliserait que ces dix années avaient été plutôt extraordinaires pour lui.

Mickael le « Mâaagnifique » jouait les don Quichotte tout en ayant un œil monté sur roulement à billes, ce qui lui permettait de ne rien rater des possibilités environnantes.

Après les fermetures des boutiques, sur un pari fou et pour endiguer la rage qui l'envahissait, le père Choubignac avait rasé sa moustache légendaire. Diana débarqua au bistrot pour embrasser ses parents, comme elle le faisait souvent. Elle gara sa voiture sur le trottoir et poussa la porte du *Joyeux Bougnat !* En découvrant Gustave, elle s'exclama :

« Oh, mon Dieu ! Tu ressembles à une lune ! C'est terrible ! » Et elle s'avança vers l'incontournable Tatane pour l'embrasser en passant devant les habitués, morts de rire.

« On te l'avait dit, Gus ! La môme va râler, tu ressembles à un ballon de foot ! Remarque, t'as de la chance, t'aurais pu avoir une tronche de poire ! »

Devant l'éclat de rire général et la déception de sa fille, l'Auvergnat devint tout rouge et répliqua :

« Vous êtes jaloux, un point c'est tout ! Je suis tellement beau qu'il va falloir que je me crève un œil ! Tu n'le trouves pas dans le coup ton poupa comme ça, comme chantait ta copine Sheila ?

– Je ne te reconnais pas ! répondit-elle. Je suis certaine que maman est désespérée, il y a de quoi ! Si tu n'as plus les moustaches qui frisent, que vont devenir les Choubignac ? »

Gustave n'acceptait pas la vérité mais il savait très bien dans son for intérieur, qu'à partir du lendemain des poils bien raides allaient réapparaître sous son nez. Diana passa derrière le comptoir pour embrasser son père, lorsqu'il lui demanda :

« Comment vont tes amours avec Michel l'oiseau ?

– Arrête de l'appeler comme ça, ce n'est pas drôle ! rétorqua-t-elle en l'entraînant vers le fond, pendant qu'il continuait à ronchonner (les chiens ne font pas des chats !).

– Faut vraiment être con pour choisir un nom

pareil ! Tu dois les attirer. C'est comme ce renégat de "Basderrière" ».

Diana, sentant que son père s'énervait de plus en plus, changea de sujet :

« On ne va pas revenir en arrière ! Tu n'y es pour rien ! Je voulais juste vous embrasser avant d'aller voir Cloclo ! Jure-moi que tu vas faire repousser ta moustache et dis à maman que je l'aime très fort ! »

Elle disparut aussi vite qu'elle était arrivée, regrettant d'avoir raté sa mère, mais rassurée d'avoir remis Gustave sur les rails.

Diana roulait à vive allure, chantant en écoutant la radio poussée au maximum. À chaque feu rouge, un petit coup de klaxon lui faisait tourner la tête. Un conducteur ou une conductrice, l'ayant reconnue, l'appelait pour lui faire un petit signe. Elle respectait énormément la sympathie grandissante des gens à son égard. C'était son rayon de soleil, un mot gentil par-ci, un bisou par-là.

Sur la place de l'Étoile, chemin qu'elle empruntait régulièrement, son grand plaisir était de faire le tour de l'Arc de Triomphe pour dire un petit bonjour aux agents de police, qui avaient pris l'habitude de la voir tous les jours. Après une semaine d'absence, ils se posaient des questions et attendaient de la revoir pour lui demander : « On s'inquiétait pour vous ! Vous n'étiez pas malade, j'espère ? » Ses journées au planning fou étaient baignées d'amitié anonyme qui valait, à ses yeux, tout l'or du monde.

Arrivée au restaurant juste à l'heure, elle attendait tranquillement Claude François, qui avait déjà appelé deux fois pour avertir de son retard. Prévoyante, elle avait amené avec elle des lettres de fans, des cas particuliers dont elle voulait s'occuper. Les trois quarts d'heure passèrent rapidement, lorsqu'une agitation la tira de son écriture. Cloclo, accompagné de son chauffeur, de son assistant et d'une secrétaire, entra dans la pièce telle une tornade, donnant des recommandations à chacun d'entre eux, avant de l'embrasser en s'asseyant. Il demanda au chauffeur de revenir dans une heure et demie. Enfin dans le calme, Cloclo prit la main de Diana.

« Je suis content de te voir, dit-il. Tu as l'air très en forme, tu es resplendissante !

– Je te remercie ! dit-elle en rougissant, et elle ajouta sur le ton de la plaisanterie : Tu dis ça parce que tu m'aimes ! Je te remercie d'avoir pris sur ton temps, j'avais envie de te parler ! Par contre, tu as l'air de courir toujours autant, à ce que je vois ! »

Devant leurs assiettes pleines, ils n'arrêtaient pas de parler et de sourire, seul à seul, au premier étage, le patron de l'établissement ayant garanti leur tranquillité. Les murs et les portes avaient subitement des yeux, les serveurs défilaient les uns après les autres pour surveiller l'eau sur la table, le sel, le poivre, s'il ne manquait rien.

Ce manège amusait les deux idoles qui poursuivaient leurs confidences :

« C'est merveilleux, dit Cloclo. Si tu l'aimes, tu n'as aucune raison de ne pas te marier ! Tu es tellement mignonne, je te jure, à t'écouter on dirait une petite fille ! Je ne vois pas ce qui t'inquiète !

– Tu me connais, je me pose toujours cent mille questions ! Ce qui me perturbe, c'est Haudevan, j'ai peur qu'il ait encore une idée incroyable ! Tu as vu le mariage de Sylvie et Johnny, c'était fabuleux ! Mais pour moi, j'aimerais qu'il y ait moins de monde !

– Tu ne vas quand même pas partir à Las Vegas, c'est triste ! Il te faut quelque chose de romantique, une journée que tu n'oublieras jamais ! »

Diana l'écoutait tout en dévorant un steak au poivre. Elle avait confiance en lui et savait qu'il était le seul capable de garder précieusement son secret.

« Je viens de penser à quelque chose ! reprit Cloclo. Vous devriez vous marier en Écosse, c'est superbe ! Tu seras tranquille, c'est très sauvage, et tu imagines un peu si tu termines ta journée dans un château ! Toi qui adores rêver, tu seras servie ! »

Le temps filait à deux cents à l'heure et le patron interrompit leur discussion en s'adressant à Claude :

« Excusez-moi de vous déranger, monsieur, mademoiselle ! Votre voiture est en bas ! Je voulais juste vous prévenir !

– Merci, qu'on m'attende ! Je viens dans cinq minutes ! »

Ils burent un café avant de prendre leur vestiaire et ils se dirigèrent ensemble vers la sortie :

« Tiens-moi au courant, mais avant tout je te souhaite plein de bonheur ! N'oublie pas de me téléphoner ! Dis-moi, au milieu de tout ça j'ai oublié de te dire, il faut que nous fassions des photos ensemble pour le journal ! J'espère que tu vas avoir le temps ! » termina-t-il en la serrant dans ses bras pour l'embrasser.

En l'espace de quelques secondes, le rythme infernal de leur vie reprit son cours. Il la déposa à sa voiture et ils partirent chacun de son côté avec déjà une demi-heure de retard sur leurs rendez-vous respectifs. Ce déjeuner, dans un coin de Paris où deux amis s'étaient retrouvés, changea ostensiblement les plans d'une union prochaine.

Diana avait trouvé pour Mickael un nouveau couturier à la mode, à deux pas du bureau. Il fabriquait et dessinait de nombreux costumes pour les artistes en vogue. Les vestes à grands revers, les chemises aux énormes cols sans fin, les pantalons pat'd'éph rallongés de dix centimètres en raison des semelles compensées.

Au premier étage, Mickael était en essayage avec le créateur, sous l'œil attentif de Diana qui supervisait la pose des épingles et en profitait pour commander un pantalon bayadère bleu et blanc pour sa prochaine télé. Une sonnerie déclencha l'ouverture automatique de la porte et une voix d'homme à l'accent très prononcé demanda : « Il y a quelqu'un ? » Puis un grand garçon apparut au milieu des doubles battants entrouverts.

« *Hi, Mike ! How are you ? May I introduce to you Mickael !* »

Ils se serrèrent la main et Mike Brant se dirigea vers Diana pour l'embrasser. Il la garda dans ses bras un petit moment, sous le regard assassin du chanteur couvert d'épingles.

« *You are so pretty, my love ! Do you want to marry me !* »

Diana riait en tournant devant lui, connaissant le regard charmeur du bel Israélien auquel aucune fille ne pouvait résister.

« *I love you too, but I am not free anymore !* » répondit-elle.

Mike, déjà au courant, se tourna vers celui qui était l'élu de son cœur :

« *You're lucky, Mickael, but watch out ! Because, she could be mine too !* »

La plaisanterie faisait partie du jeu, sauf pour le fiancé toujours aussi jaloux.

« Elle est à moi, alors fais attention où tu mets tes mains ! »

Cette réponse ne brisa pas l'ambiance, puisque Mike Brant ne parlait pas un mot de français. Diana abrégea la discussion en disparaissant, bien décidée à prévenir rapidement Haudevan à propos de son grand projet de noces.

Cinq minutes lui suffirent pour se retrouver devant l'immeuble des Disques Haudevan, où une vingtaine de fidèles attendaient du matin au soir les entrées et sorties de la chanteuse pour des autographes, pour faire la millième photo de leur « Fav », en posant trente questions à la seconde sur ses projets, sur le déjeuner avec Cloclo, sur Mickael, etc.

Elle finissait par se lier d'amitié avec certains d'entre eux. Elle s'arrêta quelques minutes pour des signatures et disparut pour se réfugier derrière la porte afin de stopper ses admirateurs, perpétuellement assoiffés de renseignements. En entrant dans les bureaux, elle découvrit Zaza perchée sur ses chaussures, avec un maquillage violet digne de « Cruella » et coiffée d'une perruque afro brune sur la tête :

« Bonjour ma Zaza ! Qu'est-ce qui t'arrive aujourd'hui, tu vas à un bal costumé ? ironisa la chanteuse.

– Pourquoi tu me dis ça ! J'ai trouvé cet ensemble aux puces ; quant à la perruque, c'est la même coiffure que Julie Driscoll ! Tu te souviens ? Tout le monde adore ici ! répondit-elle en faisant demi-tour.

– Je ne suis pas certaine que tu n'aies que des amis dans la maison ! enchaîna Diana. Je monte voir Haudevan, à tout de suite ! »

Au premier étage, Aline Mangetou, accrochée au téléphone, déblatérait sur la vie des autres, tout en glorifiant le talent incroyable de Haudevan. De son côté Trinité, elle aussi le combiné à l'oreille, inventait un cinquantième mensonge à son interlocuteur qui cherchait en vain à joindre celui qui refusait de lui parler.

Diana ouvrit la porte blindée et entra dans le bureau de H. H. Celui-ci était en pleine conversation téléphonique :

« Fais-moi écouter le mixage ! Mais si, j'entends très bien, même au téléphone ! C'est un métier, mon bon Bernard ! »

Diana comprit immédiatement qu'il était en communication avec le « Géant ».

« Rajoute-moi le pied ! Pousse la basse et ça ira très bien ! Ne me dis pas que la basse est au maximum, je ne l'entends pas ! Mais ça n'a rien à voir avec le téléphone, je sais de quoi je parle ! J'ai une oreille bionique, tu devrais le savoir, d'ailleurs je ne me trompe jamais ! Ne t'énerve pas, Bernard, c'est normal que tu n'entendes plus rien, tu es fatigué ! Fais ce que je te dis, ce sera parfait ! Je t'embrasse, mon grand ! »

Diana, attendant la fin du débat, souriait en imaginant la tête du spécialiste du son, obligé, après trois ou quatre heures de travail pour obtenir un mixage efficace, d'utiliser un fil plein de grésillements pour faire écouter la bande, Haudevan n'ayant ni le temps ni l'envie de se déplacer. Elle annonça sans détour sa grande décision à Zampano :

« Hubert ! Je voulais t'en parler, Mickael et moi, nous allons nous marier !

– Quoi ! Mais tu es devenue folle ! Si tu te maries c'est la fin immédiate de ta carrière ! Tu es morte ! hurla-t-il en tournant comme un lion en cage. Quand je pense à tout le mal que je me suis donné pour faire de toi, qui n'étais qu'une petite Bougnate insignifiante, une grande star ! Et mademoiselle, pour une espèce de Mautobalais, laveur de voitures, va tout foutre en l'air ! Il n'en est pas question ! C'est moi qui décide, je sais ce qui est bon pour toi ! Tu es et resteras célibataire ! »

Il continuait à tourner, commençant à faire des traces de plus en plus profondes sur les poils longs de la moquette. Diana, calme mais bien décidée à lui faire avaler coûte que coûte la pilule, reprit :

« Je ne vois pas pourquoi tu es désagréable ! Je ne vois pas pourquoi tout s'arrêterait ! Rien n'a changé pour Johnny et Sylvie, bien au contraire ! Alors, souhaite-moi plutôt beaucoup de bonheur ! Parce que, de toute façon, je ne changerai pas d'avis !

– Eux c'est eux et vous c'est vous ! Tu es une petite idiote mais, en t'écoutant défendre l'indéfendable, je viens d'avoir une idée pour essayer de sauver la situation ! Il faut organiser un très grand mariage, du jamais vu ! Une cérémonie PRINCIÈRE pour des ROTURIERS ! Voilà, j'ai déjà le titre pour la une de tous les journaux ! Il faut inviter le Tout-Paris, toutes les télévisions de France et de Navarre ! Je serai ton témoin, avec la duchesse de Kent. Quant à Étienne, il est obligé de prendre Gérard Louksor, c'est notre ami ! »

Telle une toupie remontée, Haudevan marchait de plus en plus nerveusement. Il s'arrêta pour se précipiter sur l'interphone :

« Trinité, trouvez-moi M. Bertrand sur-le-champ, je suis stressé et j'ai mal au cœur !

– C'est normal, il y a une heure que tu es branché sur orbite ! Si tu t'assieds un peu, tu vas te sentir beaucoup mieux ! fit Diana sur un ton rassurant. Elle ajouta :

« Je vois que tu ne manques pas d'imagination, tout ça est peut-être un peu excessif ! Nous aurons le temps d'y penser, le moment venu, conclut la chanteuse en se levant.

– Ne pars pas maintenant, il faut que nous en parlions ! insista Hubert en avalant sa quinzième vitamine.

– Je n'ai pas le temps ! Je pars avec Aline, pour Europe 1 ! Je suis en direct dans quarante-cinq minutes ! À plus tard ! »

Elle claqua la porte de trois tonnes derrière elle et sortit en demandant un cachet d'aspirine, certaine que son mariage serait complètement différent de celui concocté par le « Stratège magnétisé ».

Diana se réveilla de très bonne humeur. Elle avait pris sa décision et plus rien ne pourrait la faire changer d'avis. L'opération « Mariage en Écosse » pouvait commencer. Elle regardait Mickael qui était encore dans les bras de Morphée. Elle savait qu'il avait une préférence pour les projecteurs et les soirées mondaines et que cette idée de mariage secret et romantique ne l'emballait pas beaucoup. Enfin, il faisait contre mauvaise fortune bon cœur, et d'ailleurs il n'avait pas tellement le choix.

Depuis deux jours Diana étudiait les itinéraires qu'ils prendraient séparément pour se rendre dans les Highlands. Le scénario était digne d'un film d'espionnage. Mickael prendrait le train, direction Bruxelles. Arrivé là-bas, il louerait une voiture pour se rendre à Amsterdam. Dans la capitale hollandaise, il prendrait un avion pour Glasgow et s'installerait à l'hôtel en attendant sa dulcinée. Celle-ci partirait de Paris en voiture de location, destination Barcelone et d'une seule traite s'il vous plaît ! Arrivée à bon port, elle sauterait dans un avion en partance pour Londres et rallierait Glasgow par un vol intérieur.

Diana avait la hantise des fuites, et seule Zara était au courant car elle devait louer la voiture à son nom et lancer d'éventuels curieux sur une fause piste.

Le 10 février au matin, Mickael Jimmy Bird s'engouffra dans un taxi, lesté de deux énormes sacs. Il esquissa un sourire lorsqu'un flash lui explosa à la figure et il dit simplement au chauffeur :

« Bonjour, conduisez-moi gare du Nord ! »

Quatre-vingt-dix minutes plus tard, le train pour Bruxelles s'ébranlait avec le beau Mickael à son bord. À douze heures, Zaza, au volant de la voiture, sortit par le grand portail de la maison. À l'arrière, il y avait un très grand sac de voyage et une grosse couverture. Les deux photographes en faction et le groupe de fans qui faisaient le pied de grue firent des signes de la main à la chère Zaza. Celle-ci leur répondit gentiment d'un sourire et disparut bientôt à leur vue. C'est alors que Diana sortit la tête de dessous la couverture en soufflant :

« Bon sang ! J'ai bien cru que j'allais étouffer ! »

Dans le rétroviseur, Zaza semblait préoccupée. La chanteuse lui en fit la réflexion, elle prétexta une migraine.

Arrivées porte d'Orléans, les deux amies se quittèrent et, tandis que la fidèle secrétaire prenait un taxi, Diana s'engageait résolument sur l'autoroute A 6.

Au même moment, Haudevan s'adressait à Trinité :

« Trouvez-moi Diana, je dois lui parler immédiatement, c'est très important !

– Je m'en occupe, monsieur Haudevan, mais pour l'instant je n'ai pas encore pu la joindre ! » répondit l'assistante.

Haudevan entra dans le bureau d'Aline Mangetou, fort occupée à se peindre les ongles en rouge vif.

« Bonjour, Aline ! As-tu des nouvelles de Diana ?

– Non, pas depuis hier !

– Et Mickael ? continua Haudevan.

– Il doit m'appeler dans la journée, nous déjeunons ensemble demain pour préparer le direct sur RTL ! »

Haudevan réintégra son bureau où l'attendait mister Bertrand. Celui-ci le fluidifia de la tête aux pieds. Il lui massa les cuisses et les chevilles et il magnétisa même les talonnettes du « grand » homme. La séance se termina par la prise de plusieurs ampoules. L'une contenait du venin de cobra du Bengale, très bon pour la puissance ; une autre contenait du concentré de cerveau de gnou, très bon pour l'activité cérébrale ; une dernière fiole contenait quelques gouttes d'eau de la célèbre source de vie « Pahvupahpri », située aux confins du Népal et qui garantit à son heureux bénéficiaire une éternelle jeunesse.

Pendant que le devenir du monde était entre les

mains de M. Bertrand, Mickael Jimmy Bird récupérait une auto dans la capitale belge et reprenait la route.

Diana, le nez sur le ruban de l'autoroute, grignotait les kilomètres avec une assurance de chauffeur routier. Le 11 février en fin d'après-midi, Mickael prenait possession de la chambre dans un grand hôtel de Glasgow. Au même instant, sa promise passait à la verticale de la tête d'Hubert Haudevan, assise confortablement dans un avion d'Ibéria qui reliait Barcelone à Londres. Pendant le voyage, Diana fut accrochée par un flash inquisiteur.

« Mince ! pensa-t-elle. J'espère que c'est une fausse alerte ! »

Vers vingt et une heures, Diana retrouva enfin Mickael. Ils s'embrassèrent longuement dans la petite entrée ; les deux amoureux avaient franchi la première étape de leur parcours romanesque.

Après avoir fait sienne l'idée de Cloclo, Diana avait organisé son « affaire ». Le mariage aurait lieu le 13 février 1973, dans le village de Gretna Green, réputé dans le monde entier pour être le refuge de tous les « Tristan et Iseut » en fuite. La loi écossaise permettait en effet aux jeunes gens mineurs de se marier. Ce n'était pas leur cas, mais Diana trouvait là une manière personnelle de revivre la passion des « amants de Vérone ». On disait même que c'était le forgeron du village qui se chargeait de la cérémonie.

Mickael avait râlé un peu en faisant remarquer que tout cela n'était pas très officiel. Diana coupa court à toute discussion en l'assurant qu'on régulariserait la situation en rentrant en France.

Ils avaient loué une voiture pour se rendre à Gretna Green, à une centaine de kilomètres dans le sud. Une fois mariés, ils reviendraient à Glasgow et partiraient dès le lendemain vers Inverness, la vieille capitale des Highlands, porte du loch Ness, que Diana avait pardessus tout envie de voir. Là, ils resteraient deux jours à jouir de la beauté sauvage des hautes terres d'Écosse où tout semblait immuable depuis des siècles et des siècles.

Diana et Mickael passèrent la journée du 12, les doigts de pied en éventail, réfugiés dans la chaleur bienfaisante des draps amoureusement froissés. Le lendemain matin, le futur marié dévora comme quatre. Le petit déjeuner était copieux, on y trouvait même des côtes d'agneau grillées, mais cela ne suffisait pas à celui qui portait le nom de son oiseau préféré. Il appela le service d'étage, et bientôt un garçon à l'allure martiale entra :

« *Good morning !* dit-il en courbant légèrement le buste. *May I do something for you ?*

– *Yes !* déclara fièrement Étienne. *I want to drink a glass of blood !* »

Les yeux ronds du serviteur écossais en disaient long :

« *A glass of blood, sir ?* répétait le brave homme, visiblement horrifié.

– Oui, mon vieux. Je veux un verre de sang de bœuf. J'ai l'habitude d'en boire depuis que je suis tout petit ! Faites le nécessaire ! »

Diana regardait son futur époux en se demandant s'il n'avait pas été frappé par la maladie des vaches folles.

« Ça ne va pas, tu demandes à boire un verre de sang ! Arrête tes plaisanteries !

– Je ne plaisante pas ! répondit Étienne-Mickael.

Cette journée va être longue et j'ai besoin d'être en forme. Alors, il me faut un petit verre de sang de bœuf ! »

Le garçon d'étage était resté planté au beau milieu de la chambre ; il était silencieux et semblait tétanisé. Lorsque mister Bird lui renouvela la commande, il s'enfuit en hurlant :

« *My God, a glass of blood, my God !*

– *God save... !* »

Quant à Diana, elle se leva d'un bond et partit dans la salle de bains, au bord de la nausée.

« Mais qu'est-ce que j'ai dit ? protesta Mickael. Le sang du bœuf ou du cheval, c'est très bon pour la santé !

– Je t'en supplie ! Arrête ! » cria Diana.

Après cet épisode de l'horreur, ils prirent la route. Il était huit heures trente, le mariage était prévu pour onze heures, ils avaient donc le temps de flâner.

Le paysage était merveilleux. Mickael conduisait et semblait un peu nerveux. La conduite à gauche le désarçonnait.

Cinq miles plus loin, les tourtereaux étaient arrêtés par les « poulets » de Sa Gracieuse Majesté. Motif : conduite à droite ! Mickael haussa le ton, et la maréchaussée du Royaume-Uni lui fit comprendre, sans détour, qu'il était en faute. Après négociations et excuses, les deux futurs mariés continuèrent leur route

À dix heures quinze, ils entrèrent dans le charmant village des amoureux en cavale. À onze heures pile, ils serrèrent la main d'un colosse à cheveux blancs, vêtu d'une redingote noire. Il avait les joues rouges comme le feu et l'œil bleu lavande.

La cérémonie commença. L'officiant prit un vieux

livre recouvert de cuir usé, il l'ouvrit et commença à réciter des phrases que personne, à part lui, ne comprenait, vu son accent. Les seuls mots que Mickael avait réussi à décrypter étaient :

« Ah, vous êtes Français, cela est très bien, n'est-ce pas ? »

Pour le reste, le grand homme à la figure joviale leur prit les mains et leur demanda d'accomplir l'acte des anneaux. En réalité, le mariage eut lieu surtout par gestes, et à la fin l'homme à la redingote leur dit :

« *God bless you, my children !* Étiez heureux toutes les deux bon chance ! »

Les nouveaux époux suivirent leur hôte dans une petite pièce attenante où il leur servit un whisky sec dont une seule goutte aurait tué, sur-le-champ, un clan entier de fiers Highlanders. Un photographe de circonstance les immortalisa en train de s'embrasser, et le maître de cérémonies se joignit à eux pour deux ou trois clichés. On prit congé, on se donna l'accolade, on se serra la main chaleureusement, et la petite Auvergnate serrait sur son cœur le certificat de mariage tant espéré.

Diana était heureuse et couvait du regard son conducteur de mari. De son côté, Mickael se rengorgeait tel un dindon. Ils déjeunèrent sur le pouce à Glasgow, puis ils reprirent la route A 9 en montant vers le nord pour rejoindre Inverness. En roulant vers Stirling, les jeunes mariés auraient pu voir qu'une voiture les suivait depuis un bon moment mais ils étaient perchés sur un nuage et n'avaient rien remarqué de suspect. Après avoir poussé des oh ! et des ah ! d'étonnement en traversant les paysages montagneux et grandioses du nord de l'Écosse, ils arrivèrent fourbus au terme de leur voyage.

L'hôtel était fantastique. C'était un vieux manoir, digne des vieilles familles de l'aristocratie à l'emblème du chardon. Michel l'Oiseau portait les sacs et fut ravi lorsqu'un bagagiste vint à son secours :

« Merci, mon brave ! » dit-il, en ayant perdu la raison.

Diana ne put s'empêcher de dire :

« *Sorry ! He's tired !* »

Ce n'était pas grave car le bagagiste n'avait pas compris, mais l'Oiseau à l'accent de Montauban se retourna vers elle :

« Qu'est-ce que tu lui as dit ?

– Rien, rien, je lui ai simplement dit que l'hôtel était maaaaagnifique ! »

La suite royale était superbe avec son grand lit à baldaquin qui avait dû recevoir Marie Stuart. Les jeunes mariés prirent ensemble un bain qui dura plus que de coutume. Ensuite, ils fêtèrent leur mariage en buvant une bouteille de Cristal Roederer millésimé qu'Étienne voulut ouvrir avec un sabre accroché au mur. Suprême habileté, il faillit trancher la tête de la mariée. Diana ne désespérait pas de voir un fantôme venir leur faire la fête. Pour le dîner, on leur avait préparé une très belle table avec deux grands chandeliers. C'était un vrai conte de fées ! Ils eurent droit à une cuisine que n'aurait pas reniée Henri VIII. Les mets les plus raffinés et les vins les plus grands étaient au rendez-vous. Toutes les trente secondes, les bougies s'éteignaient, victimes d'un courant d'air espiègle qui n'était peut-être pas aussi naturel que ça. Le maître d'hôtel les rallumait chaque fois, sans paraître se lasser. Seul M. Diana s'énervait en disant au pauvre homme :

« Laissez, laissez, *I does !* »

Et Mickael craquait allumette sur allumette en pestant contre les joints des portes et des fenêtres. Même le lustre de cristal suspendu au-dessus de leurs têtes commençait à avoir des mouvements bizarres. Ils arrivèrent au dessert, et c'est alors que le chef, tout de blanc vêtu et toqué, leur présenta un gâteau qu'il avait spécialement confectionné pour leur mariage. Là encore, Diana avait beau être au courant, puisque c'était elle qui avait tout organisé, elle ne put s'empêcher d'avoir la larme à l'œil en regardant le cœur fait de chocolat portant leurs initiales en sucre glacé.

Ils eurent de nouveau droit au champagne, ouvert de main de maître par le grand sommelier. Les deux conjoints y firent largement honneur, et c'est légèrement grisés qu'ils regagnèrent leur chambre.

Allongée sur le lit, les yeux perdus au plafond, Diana reprenait son souffle et tout son être ne lui murmurait qu'un seul mot : *Hap...py !*

C'est ce moment que choisit le mari « Maaaagnifique » pour intervenir :

« Dis, tu ne sens rien ? On dirait que le lit a bougé !

– Mais non, c'est ton imagination ! » répondit-elle, en espérant qu'elle avait tort.

La porte de la salle de bains s'ouvrit brutalement et claqua contre le mur avec une extrême violence. Le lit à baldaquin commença à tanguer et les armes accrochées au mur émettaient des cliquetis inquiétants.

« Qu'est-ce qui se passe ? s'alarma Mickael. Je vais appeler la direction ! »

À peine avait-il terminé sa phrase qu'un tableau

pendu au-dessus du lit tomba en le frôlant dangereusement. Mickael commença à s'énerver sérieusement.

« C'est pas possible, ils le font exprès !

– À mon avis, c'est le fantôme du roi Duncan à qui tu as communiqué de mauvaises ondes et qui se fâche », plaisanta Diana.

Étienne se mit debout sur le lit et menaça avec ses poings serrés :

« Roi Duncan, viens, je t'attends. »

Le spectacle était grand-guignolesque.

L'environnement trembla, claqua, couina pendant encore une petite heure, puis tout rentra dans l'ordre.

Angelo Graziani, photographe de presse réputé, se planquait dans sa voiture depuis deux heures déjà. Il avait été mis sur le « coup » de Diana par un collègue français qui ne pouvait couvrir l'événement. C'était lui qui avait photographié la chanteuse lors de son transit à Londres. Il l'avait ensuite suivie pour découvrir qu'elle prenait le vol de Glasgow. Angelo Graziani arrriva le lendemain dans le grand port de la côte ouest. Il enquêta comme un vrai détective privé, à l'aide de photos, et il visita un certain nombre d'hôtels jusqu'à ce qu'il découvre le nid des jeunes mariés.

Photographier Diane et Mickael, c'était une aubaine pour lui. Il aurait l'exclusivité car personne d'autre ne semblait savoir où ils se trouvaient à l'heure présente. Il les suivit jusqu'à Gretna Green, les mitrailla à la sortie du mariage et, pendant que la cérémonie se déroulait, interrogea les habitants sur les coutumes de l'endroit. Dans une discrétion absolue, il continua sa filature et se retrouva à Inverness.

Le 14 février, à onze heures, il les vit sortir du manoir-hôtel et monter dans leur voiture. Lentement, il les prit en chasse de nouveau et leur laissa un peu de champ libre lorsqu'ils empruntèrent la A 82, la route qui longe le loch Ness. Au bout d'une vingtaine de kilomètres, le couple célèbre s'arrêta dans un hameau qui surplombait le grand lac majestueux. Ils se dirigèrent à pied vers le loch par un petit sentier sinueux. Angelo Graziani les traqua à distance, comme un guépard. Roméo et Juliette se promenaient main dans la main, s'embrassant tous les dix pas et heureux de se sentir seuls au monde. Angelo, harnaché comme un alpiniste, décida de grimper dans un arbre. La vue était superbe et il commença à engranger les clichés.

Mais, alors qu'il photographiait le énième baiser des amoureux secrets, son pied d'appui ripa sur la branche et il dégringola de l'arbre tandis que l'appareil se déclenchait. Heureusement pour lui, il était embusqué suffisamment loin pour ne pas être vu du couple qui ne se doutait de rien. Pour Angelo, le travail était terminé, il rentrerait à Paris avec le scoop de l'année. Il ne croyait pas si bien dire, car deux jours plus tard le monde entier découvrait la tête fugitive de « Nessie », le gentil monstre du loch Ness, immortalisé par le « grandissimo » Graziani, le roi des paparazzi. Lorsqu'il était tombé de l'arbre, la photo avait été prise au moment où la pauvre bête venait respirer le bon air. Quant aux photos des amoureux, elles s'étalèrent sans la moindre retenue sur toutes les couvertures des magazines, et *Dimanche-Paris* titrait : « LE MONSTRE DU LOCH NESS A FAILLI BRISER LEUR AMOUR ! »

Le téléphone sonna sur le bureau de verre épais. Aline Mangetou décrocha :

« Salut, Coco ! lança-t-elle inspirée. Quoi ? Qu'est-ce que tu dis ? Attends, je note ! Diana et Mickael prendront le vol Glasgow-Paris de demain après-midi ? Bon, c'est sympa de m'avoir prévenue, je te bise, à bientôt ! »

Aline donna quelques coups de fil et prépara son plan d'accueil...

Lorsque Diana et son cher et tendre époux débarquèrent à Roissy, ce fut l'émeute. Une foule compacte les attendait de pied ferme. Il y avait la télé, les radios, la presse française et étrangère, des admirateurs en tout genre et des fans en plein délire qui scandaient le nom des jeunes mariés. Ne pouvant échapper au grand cirque Barnum, Diana et Étienne Meugle s'embrassèrent comme au cinéma, sous le crépitement des flashes et sous les vivats de la multitude.

Hubert Haudevan, ne s'étant pas encore remis du mariage de la chanteuse de la « famille », avait décidé d'utiliser les noces romantiques pour faire un peu de profit supplémentaire. Il convoqua les jeunes mariés, en pleine lune de miel, pour leur annoncer doucereusement une nouvelle qui allait les « enchanter ». Ils se rendirent au bureau. Zaza embrassa sa copine, ainsi que son « maaaaagnifique » époux. Au premier étage, Trinité, Aline, le coiffeur-auteur, le maquettiste espagnol et Agatha, la nouvelle responsable de la décoration, des réparations, des pilules, des ampoules de cellules fraîches, l'accueillirent en criant :

« Bravo ! Vive Diana Meugle ! Quelles sont vos premières impressions, chère madame ? »

La boutade était de rigueur, mais pas les petits fours

qui étaient tristement absents. Au beau milieu de ce remue-ménage, la porte blindée s'ouvrit et H. H. apparut. Ignorant complètement les amoureux, il lança :

« Qu'est-ce qui se passe ? Je ne peux pas travailler, calmez-vous un peu, il y a du boulot à faire ! » Puis, avec un ton complètement faux, il feignit la surprise :

« Ah ! vous êtes là tous les deux ! Je ne vous avais pas remarqués ! Entrez ! Il faut que je vous parle ! »

Main dans la main, le couple avança, marchant sur un petit nuage.

« J'ai pensé vous faire un cadeau, je ne savais pas quoi vous offrir ! Mais vous me connaissez assez bien pour savoir que je trouve toujours une solution ! Alors, pour vous faire plaisir, je vous offre comme cadeau de noces votre premier duo ! Vous allez chanter tous les deux ! Ce n'est pas romantique, ça ? »

Mickael, qui avait pourtant l'habitude de détester toutes les suggestions venant de quelqu'un d'autre, sauta sur Diana en l'embrassant :

« Tu te rends compte, mon amour ! Hubert vient d'avoir une idée formidable ! Alors là, Hubert, je te félicite ! La chanson pourrait s'appeler *Elle est à moi !* C'est un bon titre, non ? »

L'emballement des deux hommes était pour une fois réciproque. Mickael se voyait déjà au firmament, gagnant du même coup le public fidèle de son épouse et une occasion supplémentaire d'augmenter sa future rente. Hubert avait définitivement main-mise sur le mari de sa « petite mère ». Diana était la seule à rester calme dans la liesse générale, elle prit la parole :

« Puis-je me permettre d'en placer une, messieurs ? Vous pourriez peut-être attendre l'avis de l'intéressée !

Personnellement, je pense que c'est une erreur ! À quoi ça sert de faire un duo ? »

Haudevan s'était minutieusement préparé à toutes les éventualités et il mit dans la balance le jeu des sentiments :

« Alors, vraiment, je ne te comprends pas ! Tu as tout fait pour qu'il chante ! Tu viens de te marier ! Mais tu ne veux pas l'aider ? C'est un tremplin supplémentaire pour sa carrière, tu sais très bien que je ne me trompe jamais, j'ai un instinct infaillible, c'est pour cela que sur la place de Paris tout le monde se bat pour travailler avec moi ! »

Une semaine plus tard, dans l'antre du « Géant », se retrouvèrent, pour l'enregistrement du duo *Elle est à moi*, « Hubert le jeune » et son costume trois pièces cravate, le « maaaagnifique » Mickael, M. Bertrand et son coussin magique, prêt à recharger en cas de faiblesse, Mlle Zaza qui garait les voitures et portait les cafés, Bernard qui se mangeait les doigts pour ne pas s'énerver lorsque H.H. poussait trop fort sur les potentiomètres, et Diana aveuglée par l'amour :

« Mets la voix de Diana devant, c'est elle qui fait vendre, glissait Hauvedan dans l'oreille de l'ingénieux ingénieur. Il n'a jamais su chanter en place, ce pauvre garçon ! Lui j'm'en fous, il n'y a qu'elle qui m'intéresse ! »

Dix jours après, Aline Mangetou circulait dans tous les couloirs, avec ses bagues aux doigts et des disques plein le manteau. L'accueil ne fut pas celui qui était escompté. Pour la promotion, Gérard Louksor avait l'exclusivité du couple. Un grand couturier avait, pour l'occasion, vêtu Diana d'une robe avec un cœur en paillettes brodé sur le haut transparent. Elle était très longue, en raison des quinze centimètres de talons, et dans un rose fluo du plus bel effet. Étienne portait pour l'occasion une combinaison verte pattes d'éph avec des jambes très longues, très longues pour couvrir les semelles compensées, le tout rehaussé par des clous dorés.

Les amoureux, qui devaient faire rêver, devenaient sans le vouloir la cause d'un cauchemar collectif. Le public fidèle de la chanteuse bouda pour la première fois le « duo de l'amour ». L'instinct de Diana ne l'avait pas trompé. Deux semaines suffirent pour qu'elle dise sa façon de penser à Haudevan :

« Je tiens à te remercier pour ton idée de génie ! C'est la première fois que je m'écrase en flammes ! Tu veux ruiner ma carrière, ou quoi ? Tu n'en fais qu'à ta tête et tu t'es gouré ! Mais c'est moi qui le paie ! Alors, maintenant, je veux mes comptes, mes disques d'or, ton centime qui doit faire beaucoup de billets de mille ! J'achète une maison de campagne et, comme je n'ai pas l'argent pour la payer, je vais être obligée de faire des dettes ; et, comme tu détestes le crédit, tu ferais mieux d'honorer ta parole, car sinon je peux te dire que cela ne va pas être excellent pour l'image du grand Haudevan. »

Diana révoltée repartit en compagnie de sa fidèle Zaza qui ne quittait plus le couple de jeunes mariés débordés par deux plannings qui leur permettaient tout juste de se croiser. Elle ne savait pas encore que ses royalties avaient déjà été englouties dans les méandres de la création d'une nouvelle société qui venait fermer le cercle en lettres lumineuses : « La distribution Haudevan ! »

1974
Le jazz perd le Duke

Diana avait vendu l'appartement du huitième étage et quittait la vue sur le couvent, pour financer une partie du prix de la jolie maison de campagne dont elle rêvait depuis si longtemps. Cachée sur les hauteurs d'un petit village au milieu des vergers, des champs de blé, à cinquante mètres de la forêt, elle avait trouvé son nid, qui allait devenir sa maison du bonheur. Le nez plongé dans tous les magazines de décoration, un mètre à la main, elle étudiait avec beaucoup de circonspection la disposition du futur mobilier à placer. Avec la promotion télé et radio de son dernier disque *Écoute la radio* organisée à cent à l'heure par Aline Mangetou, qui ne savait plus où donner de la tête avec l'écurie Haudevan, Diana faisait le double de travail pour assurer le passage obligatoire de toute la couvée Hubert qu'elle tirait derrière elle. Quand elle ne commandait pas par téléphone, Zaza faisait des allers et retours avec des échantillons de moquette, de papiers peints et même des lampes pour que la chanteuse puisse choisir.

Haudevan supportait difficilement le déménagement campagnard de sa « chose », surtout parce qu'il n'avait pas fait lui-même le choix du lieu et de la maison. Comment pouvait-elle respirer sans son accord ? Comme les vieux chiens bergers allemands, Hubert était rempli de lubies. Diana se heurtait à un nouvel obstacle. Un truc terrible, capable de faire basculer son avenir et dont le Tout-Paris parlait : « La ride du cou !! »

Le poète appelle ces deux petites marques rayant le cou, qui existent sur la plupart d'entre nous, des « anneaux d'amour », traduit par Hubert Haudevan comme étant deux crevasses béantes, insupportables à la télévision. La chanteuse, fatiguée par des discussions sans fin, préférait se battre pour récupérer ses comptes plutôt que de s'époumoner pour la défense de la ride du cou. Voilà pourquoi Diana, à dater de ce jour, porta régulièrement des garnitures en paillettes, en perles, en fleurs, des foulards, le tour de cou faisait partie intégrante de son nouveau look de jeune mariée.

Mickael promenait Diana au grand jour en avertissant tous ceux qui voulaient l'entendre : « N'approchez pas, elle est à moi ! » Pendant que madame, et fière de l'être, dansait, chantait, parlait, riait, reprenait dans l'euphorie générale, pour les besoins d'une émission, le duo catastrophe en compagnie de son copain Coluche, monsieur portait des combinaisons aux couleurs de plus en plus osées.

Mickael se sentait pousser des ailes, montant sa propre société. Il s'était mis dans la tête de devenir un très grand producteur pour lui-même et pour celle qui lui appartenait. La chanteuse trouvait l'idée alléchante mais, connaissant déjà un nombre incalculable de différends toujours pas réglés avec Hubert, elle préférait, en bonne Cantalouse qu'elle était, ne pas jeter ses salades pour une éventuelle racine.

Diana ne refusait jamais une participation dans les « Top », émission des Carpentier. Le couple-producteur lui demandait toujours d'interpréter des numéros inédits : *Daisy* avec Annie Cordy, *Le Feutre taupé* avec Aznavour, *Tea for two* avec Distel, *Elle est terrible* avec Hallyday, pour finir dans les bras du charmeur de ses dames, Julio Iglésias. Elle se retrouva habillée en marin avec Thierry Le Luron, qui faisait maintenant partie de la jet-set, Enrico Macias et Fernand Sardou, avec son accent du Midi et sa gentillesse légendaire et bien réelle, pour chanter dans un décor de bateau :

C'est nous, les gars de la mariiine ! Quand on est dans les cols bleus, on n'a jamais froid aux yeux ! Partout du Chillli jusqu'en Chiiiine, on reçoit les bras ouverts nos vieux loups d'mer ! Sur le plateau, la folie était générale. La chanson était, pour Diana, son soleil, son air pur, sa joie de vivre, sa vie.

Dimanche-Paris avait exploité le mariage à raison d'une première de couverture tous les quinze jours et continuait de plus belle avec des titres dans le genre : « DIANA et MICKAEL ! LE DOUTE ? DIANA SUPPORTERA-T-ELLE, TOUTES LES FEMMES QUI L'ENTOURENT ? » ou alors « DIANA SÉPARÉE DE SON HOMME ! LA CHANSON LES ÉLOIGNE L'UN DE L'AUTRE !! ILS NE SE VOIENT QU'UNE FOIS PAR MOIS ! » Ils titrèrent aussi : « MICKAEL, CHUTE DE

CHAMEAU, LE VOYAGE MAUDIT QUI FAILLIT TUER L'HOMME DE DIANA !!! ELLE VA LE VOIR TOUS LES JOURS À L'HÔPITAL ! »

La véritable histoire était celle d'un dromadaire qui n'aimait pas le chanteur et qui, en s'emballant, l'avait projeté sur le sol, ce qui lui valut un doigt de pied cassé et des égratignures plein les jambes. Plus de peur que de mal et surtout deux jours de repos forcé à la maison dès son retour dans la capitale.

La maison de campagne brillait comme un sou neuf, et Diana était très fière de sa décoration « psychédélique ».

Jalousement gardée par Tom, son champion de berger allemand, doux comme un agneau, mais prêt à l'attaque en cas de besoin, elle invita pour la soirée son éternel copain blagueur de RTL, Fabrice, qui se chargerait sûrement d'animer la soirée. Il arriva en compagnie d'une danseuse avec laquelle Diana avait souvent eu l'occasion de travailler. Le dîner dans la salle à manger, avec le fameux couscous de Rose la gouvernante, gava tout le monde, et on décida de descendre faire un « bœuf » au sous-sol. Mickael, guitare à la main, Fabrice à l'orgue Farfisa, Diana au piano, chantant au micro, et la danseuse au tambourin. La mise en place du groupe battait de l'aile et le chien avait préféré sortir dans le jardin pour ne pas subir la cacophonie qui lui cassait les oreilles. La bonne humeur, la rigolade et la puissance des baffles poussés au maximum en faisait vibrer les vieux murs.

« Nous avons le plaisir d'accueillir ce soir au Palais des Sports le groupe ''Pousse-toi d'là que j'm'y mette !'' hurlait Diana, suivie de Fabrice qui enchaînait :

– Et, 1, 2, 3, 4 ! signal de départ du concert fou. »

En plein milieu du morceau, l'arrivée de Rose, un énorme couteau de boucher à la main, provoqua des quolibets :

« Eh, bien, Rose ! Vous voulez assassiner qui ? demanda Fabrice.

– Ça y est, on est dans *Psychose* ! » plaisanta Diana, connaissant bien le tempérament peureux de son chaperon qui s'inventait toujours des ombres dangereuses dans tous les coins.

Mais Rose s'alarmait :

« Madame ! monsieur ! Vite, il y a un, un, homme de de devant la fefe fenêtre de la cuuuuisine ! bégaya la malheureuse.

– Calmez-vous, Rose ! On ne comprend pas ce que vous dites ! Respirez un grand coup, ça ira mieux ! dit Diana, qui ne l'avait encore jamais vue dans cet état.

– Mais il y a un homme devant la fenêtre de la cuisine ! Venez vite ! Il veut voir madame ! Le chien est avec lui ! » répéta-t-elle.

Toute l'équipe, subitement inquiète, monta dans l'entrée. Les femmes se réfugièrent derrière les volets clos de la salle à manger, Mickael sortit discrètement, découvrant l'homme au costume sombre appuyé contre le mur et immobilisé par le chien qui l'empêchait de faire le moindre mouvement. Il appelait Diana, lui déclarait sa flamme et insistait en hurlant pour la voir :

« Diana ! Je suis là pour toi ! Je t'aime ! Je sais que tu es seule ! Laisse-moi entrer, mon amour ! Je vais faire ton bonheur ! »

Son élocution pâteuse trahissait son état. Il était ivre. Mickael fondit sur lui et cria :

« Qu'est-ce que tu fais là, espèce de malade ? »

À la vue du mari chanteur, et oubliant le chien, l'inconnu se précipita bras en l'air pour foncer sur lui en hurlant :

« Tu ne devais pas être là ! Je veux la voir ! »

Le chien, persuadé que la vie de son maître était en danger, sauta sur l'homme, lui attrapant le bras puis l'épaule en le clouant au sol. Pendant ce temps-là, suspendue au téléphone, Diana découvrait les joies de la campagne en appelant désespérément la police :

« Allô ! La police ? J'ai un fou chez moi, c'est Diana, venez vite !

– Vous êtes où ? Vous ne dépendez pas de notre localité ! Il faudrait plutôt essayer à Saint-Germain ! »

Diana, folle de rage, pestait dans le combiné :

« Je suis seule, j'ai un fou furieux qui entre chez moi et qui peut me tuer ! Mais je ne dépends pas de votre localité ! Si je meurs, c'est pas votre problème car je n'appartiens pas à la localité ? »

Mickael avait calmé le chien et Fabrice s'était armé d'une bombe lacrymogène placée dans sa voiture. Assis sur le sofa de l'entrée, l'homme, complètement soûl, continuait à délirer. Il lançait des propos incohérents et devenait de plus en plus agressif, malgré les morsures du chien. Tout le monde attendait, tendu, l'arrivée des gendarmes. Diana décida, contre l'avis de son mari, d'aller voir l'homme pour lui parler et sortit la tête de la cuisine, ce qui acheva de rendre fou l'ivrogne. Il se leva d'un bond pour se précipiter une nouvelle fois sur Mickael. C'était reparti, le chien lui attrapa le bras, Fabrice, craignant le pire dans l'affolement général, se jeta dans la bataille en vidant la bombe de défense. Vingt minutes plus tard, les gendarmes débarquèrent, trouvant l'attaquant et les attaqués pleurant comme des madeleines.

Ils passèrent les menottes à l'ivrogne, apprenant par ses papiers qu'il était suisse, ingénieur chimiste, marié et père de trois enfants. Ils le propulsèrent sans ménagement à l'intérieur de la voiture de patrouille. L'un d'entre eux, maladroit, perdit les clefs des bracelets dans la pelouse, ce qui acheva la soirée par une chasse au trésor, la lampe de poche à la main. À deux heures du matin, tout le monde se sépara, les yeux rouges et toujours aussi larmoyants, avec plus de peur que de mal. Pour la première fois de sa vie, Diane trouva que la fausse nouvelle, répandue par la presse à scandale, l'avait sauvée dans une histoire qui aurait pu finir mal. Elle n'était pas seule et Mickael n'était pas à l'hôpital.

Le voyage de noces n'eut pas lieu mais fut remplacé par une semaine en reportage à la Martinique où ils retrouvèrent l'homme à la bombe magique et sa compagne. Diana connaissait le présentateur depuis longtemps mais n'avait jamais partagé de vacances avec lui. La fine équipe partit sur la plage pour profiter du soleil et de l'eau à vingt-huit degrés. C'est seulement à ce moment-là que Diana découvrit la poisse de son copain.

Ne supportant pas le soleil, Fabrice restait réfugié dans la voiture, se déshydratant de plus en plus à cause de la chaleur ambiante. Mickael et Diana insistaient pour qu'il se baigne, ce qu'il accepta après un quart d'heure de pourparlers. L'eau chaude, transparente, portait nos baigneurs qui s'éclaboussaient. Les fonds clairs faisaient briller des petits poissons d'argent. Tout était calme, lorsqu'un grand cri réveilla tout le monde :

« Aïe ! Ça y est ! Je me suis fait piquer ! C'est terrible !

– Piquer par quoi ! Il n'y a rien ! remarqua la danseuse.

– Une méduse, je vous dis qu'il y a des méduses ! »

Les quatre baigneurs sautèrent au secours du « piqué ». Une rougeur énorme sur la cuisse prouvait qu'il n'avait rien inventé, et pourtant aucune trace blanche ne troublait l'eau transparente. Il avait percuté la seule méduse égarée dans la mer. Il récupérait à l'ombre d'un cocotier, lorsqu'on lui proposa une course sur la plage. Son tempérament « sportif de haut niveau » lui prit au moins une demi-heure de réflexion, puis il se décida :

« D'accord ! Mais on va faire un petit entraînement ! Cool, cool ! Comme pour les pépés ! » dit-il d'une voix chevrotante.

Les deux filles, très en forme, couraient devant, en plaisantant sur le comportement des hommes soi-disant forts :

« Allez, les papis, un petit effort ! Vous n'avez pas honte de vous traîner de la sorte ? »

Elles riaient en augmentant la vitesse, histoire de secouer un peu les « tout mous ». Un cri accompagna la chute sur le sol du malchanceux :

« Aïe ! Aïe ! Ah ! J'ai mal ! »

Tout le monde vint vers lui.

« Qu'est-ce que tu as, chéri ? demanda son amour.

– Je me suis cassé un p'tit doigt de pied ! » répondit Fabrice geignant.

– Mais enfin, Coincoin, dit Diana qui lui avait trouvé ce surnom, ce n'est pas possible, tu cours sur le sable !

– Il y avait un caillou, j'en suis certain ! Vous n'avez qu'à regarder ! »

Un coquillage recouvert par le sable avait eu raison de son orteil. Monsieur catastrophe était parmi nous. Le retour en boitillant sous les cocotiers lui valut des cloques plein le dos et un nez pelé. Les jours suivants la guigne continua de s'acharner sur Coincoin. Une petite expédition dans une barcasse au fond transparent prit l'eau et coula, ce qui obligea tout le monde à rentrer à la nage. Le seul serpent de l'île « pas dangereux » le mordit ; résultat : deux jours de fièvre. Et l'hôtel faillit brûler à la suite d'un dîner aux chandelles. Les vacances de rêve de l'animateur ressemblaient à celles de *Monsieur Hulot* et avaient par la même occasion rendu celles du couple chantant pleines d'imprévus.

Mickael et Diana, pour ne pas faillir à la tradition, rejoignirent Haudevan à Saint-Tropez vers la fin août. Hubert était très tendu par leur absence et par le manque de photos des amoureux. Diana adorait le soleil et vivait comme un lézard. Elle ne comprit donc pas très bien pourquoi soudainement elle ne le supportait plus. Dès le retour à Paris, le programme des réjouissances commençait par CBE et le Géant pour enregistrer *Ne fais pas chavirer le voilier*.

Comme une enfant cachottière, elle décida de faire un test de grossesse avant de partir, intriguée par les réactions bizarres de son organisme. M. Bertrand,

Haudevan, Bernard, Proust, le monde entier pouvaient bien continuer à exister, la seule chose qui l'intéressait c'était de rentrer chez elle pour vérifier la couleur du test. Lorsque Diana eut fini de chanter, elle partit en trombe, prétextant des embouteillages, et à l'étonnement général car ce n'était pas dans ses habitudes.

Enfermée dans la salle de bains, le cœur palpitant, elle sortit la petite boîte enfermée dans le placard contenant « peut-être » la plus grande nouvelle de sa vie. Diana respira profondément, compta jusqu'à trois et ouvrit le couvercle qui cachait encore la réponse :

« VIOLET – ENCEINTE !!! » Elle était enceinte, elle ne voulait pas crier, mais la bouffée d'amour qui l'envahit soudain fit couler des larmes de bonheur sur ses joues rondes. Elle tâtait son ventre encore plat, se mettait de profil tout en tirant sur son large pull-over pour voir l'image que sa silhouette aurait dans quelques mois et dit : « Ne t'inquiète pas, mon bébé, maman veille sur toi ! »

Assise sur le canapé du salon, elle attendait, impatiente, l'arrivée du futur papa, tout en réfléchissant sur la meilleure façon de lui annoncer la grande nouvelle. Voyant qu'il était en retard pour le dîner, elle grignota dans la cuisine aux murs couverts de vinyle fleuri. Vers minuit, Diana s'était endormie devant la télévision allumée. Un grand bruit de portes qui claquent la réveilla en sursaut, Mickael arrivait :

« Je suis en retard ! J'avais un rendez-vous pour le bureau ! Il fallait que je parle ! »

Diana l'interrompit en pleine phrase et le regarda droit dans les yeux :

« Je vais t'annoncer une grande nouvelle pour nous deux !

– Tu quittes Haudevan, parce que tu n'aimes que moi ! dit-il, le sourire aux lèvres.

– Laisse-le où il est ! Je te parle d'une très très grande nouvelle ! Nous allons avoir un petit Étienne ! Je suis enceinte ! »

Elle se précipita dans ses bras malgré l'air surpris et inquiet du chanteur.

Gustave et Marj apprirent la nouvelle par leur fille, la semaine suivante. Le baromètre de Gus avait repoussé. Redressant sa moustache avec fierté, il se rengorgea :

« Je vais être grand-père ? J'espère qu'il ressemblera aux Choubignac, parce que les autres c'est pas des cadeaux ! »

Les parents de Diana acceptaient le gendre par la force des choses mais ne l'avaient jamais considéré comme tel :

« C'est un grand con qui parle trop ! » disait Gustave dans un langage qui ne l'aurait pas fait nommer nonce au Vatican.

Deux semaines plus tard, Diana pensa qu'il était temps de prévenir Haudevan & Co, une fois encore en plein déménagement, le couple ayant mis du beurre supplémentaire dans la soupe d'épinards du pharaon. L'ancien local de deux étages s'était transformé en un petit hôtel particulier moderne, tout en glaces, aux multiples bureaux où une moquette, couleur milk-shake à la framboise, venait d'être posée. Agatha, responsable de la décoration, se voyait dans l'obligation de changer en même temps toutes les moquettes de H. H., l'appartement de H. H., la maison de campagne de H. H., les « baise-en-ville » de H. H.

Diana entra dans la nouvelle cachette directoriale

de couleur blanc et rose. Derrière le bureau en verre très épais, l'immense fauteuil blanc dominait les deux autres, réservés aux visiteurs et apparemment identiques mais de taille plus réduite, ce qui permettait à Hubert d'avoir un avantage psychologique dans la négociation. Empilés dans un coin, des disques d'or rappelaient à la chanteuse que, malgré ses suppliques et déjà douze ans de carrière, elle n'avait toujours pas reçu un seul souvenir lui rappelant ses nombreux succès.

« Bonjour, Hubert, c'est la panique on dirait ! C'est superbe ici ! Mais qui a choisi la couleur de la moquette ? demanda-t-elle sur un ton moqueur.

– C'est moi ! C'est très à la mode, ça fait jeune, c'est bon pour le teint ! D'ailleurs ici tout le monde adore !

– Je veux te parler, c'est important ! dit-elle sous l'œil inquiet de Haudevan qui préféra attaquer, pensant qu'elle venait une fois encore demander ses comptes.

– Écoute, tu vois bien que Trinité et moi, nous sommes débordés ! Alors ce n'est pas le moment de me demander quoi que ce soit ! J'ai des problèmes d'argent en ce moment, j'investis pour ton image et pour la "famille" ! »

Diana prit la balle au bond :

« Justement ! C'est pour te parler de la famille que je suis là ! Je voulais te prévenir qu'elle va s'agrandir ! Je suis enceinte, c'est merveilleux, non ? »

Hubert fit tomber son téléphone de surprise :

« Ce n'est pas possible ? dit-il, hébété. Tu te rends compte, tu vas devenir énorme, c'est très mauvais pour l'image !

– Tu pourrais peut-être trouver autre chose à dire ! Tu ne crois pas ? lança Diana.

– Eh bien alors, je vais être tonton ? Ça ne fait pas très jeune, tout ça ! Il faut absolument que je trouve une solution pour l'image ! Tu te rends compte, qu'est-ce que tu vas mettre samedi après-midi chez Gérard Louksor ?

– Arrête de t'inquiéter ! Il n'y a pas que la télé dans la vie ! »

Diana lui demanda de garder la nouvelle pour lui et fit le point du planning qui l'attendait.

Diana passait son temps au laboratoire, au cabinet du gynécologue, lorsqu'une indiscrétion, venue d'on ne sait où, ébruita la nouvelle, au grand plaisir de Gérald de Vipère qui avait enfin trouvé un nouveau morceau d'os à ronger. *Dimanche-Paris* ne manquait pas une occasion d'annoncer l'événement à sa façon : « UN ÉTRANGE BRUIT CIRCULE : DIANA ATTENDRAIT UN ENFANT ! IMPOSSIBLE, ELLE EST STÉRILE, CONFIRME UNE DE SES AMIES ! MICKAEL SE REFUSE À TOUT COMMENTAIRE ! » La semaine suivante, les rats, trop contents de trouver quelque chose pour se rassasier, continuaient : « LA STÉRILITÉ DE DIANA LA REND FOLLE ! SES AMIS S'INQUIÈTENT POUR ELLE ! HUBERT HAUDEVAN NE QUITTE PAS SA CHANTEUSE ! C'EST UNE GROSSESSE NERVEUSE ! ELLE EST EN DANGER ! »

La rumeur, la rumeur monte, sourde, inexorable. C'est la maladie cachée, secrète, un mal inventé de toutes pièces par l'être humain et contre lequel il n'y a pas d'antidote. C'est incroyable ce que les gens peuvent arriver à dire ou à faire pour propager de fausses informations. Il y a le créateur de la rumeur, initiateur de l'arme fatale, et tous les autres, ceux qui vont devenir les rouages implacables de la machine à broyer les vies. Lorsque la rumeur est lancée, impossible de revenir en arrière ; chaque transmetteur se doit de crédibiliser son « information ». Alors il en rajoute, et petit à petit naît un monstre impossible à maîtriser. Qui ne connaît le fameux : « L'homme qui a vu l'homme qui a vu l'ours ! »

Pour Diana, ce fut la même chose. La fille de la cousine de la nièce d'une sœur de sa concierge connaissait la tante du mari de l'infirmière qui était la maîtresse du docteur qui l'avait auscultée. Tout était clair, limpide, la preuve faite. Du béton ! Diana est stérile. D'ailleurs, si elle ne l'était pas, les journaux n'en parleraient pas !

Chacun se vautre dans le mensonge de l'autre, en fin de compte c'est : « À chacun sa vérité ! »

La vie de Diana ne lui appartenait plus. Chaque mot, chaque geste, chaque situation était interprétés, décortiqués, étudiés à la loupe pour déchaîner les rotatives et faire vendre du papier.

Diana subissait tout cela avec difficulté. Sa philosophie du terroir l'aidait à tenir le coup. Elle pouvait aussi compter sur l'amour de son public qui ne l'abandonnait pas.

Sa silhouette changeait. Son ventre s'arrondissait, pointant en avant comme pour braver les médisants. Marjolaine, sûre d'elle, reprenait à son compte les vieux dictons des ancêtres : « Si la petite s'élargit, elle aura une fille ! Si elle porte tout devant, elle aura un garçon ! » La seconde partie de l'oracle satisfaisait parfaitement Diana qui n'envisageait pas une seconde de porter une petite fille. Elle marchait fièrement avec son petit ballon devant, tout en conservant, vue de dos, sa ligne de danseuse.

Elle avait beau essayer d'oublier les regards pleins de doute qui fixaient ses rondeurs, elle finissait par se fatiguer d'avoir à affronter les sarcasmes des gens. Le sommet fut atteint le jour où *Dimanche-Paris* titra :

« DIANA ENCORE ATTAQUÉE ! LES MAUVAISES LANGUES DISENT : DIANA PORTE UN COUSSIN SUR LE VENTRE ! » Inattaquable ! Le journal ne parle pas en son nom, ce sont les mauvaises langues qui racontent ça. Une nuit de pleurs, une sensation d'injustice et de solitude que personne, et surtout pas Mickael, ne pouvait comprendre :

« Ce n'est pas grave ! disait-il. Personne ne peut croire une chose pareille ! »

Il ne fit rien de plus pour faire cesser les attaques envers la mère de son enfant.

Les visites régulières de la chanteuse chez son coiffeur lui donnaient l'occasion de montrer en toute confiance ses rondeurs à ses copines.

Les clientes se laissaient aller à leurs réflexions :

« Vous n'êtes pas au courant, on lui a greffé une poche d'eau de mer sous la peau ! disait l'une.

– Nous avons le même médecin, c'est un coup de pub ! » affirmait l'autre.

Les coiffeuses, qui venaient de passer doucement leurs mains pour sentir les petits pieds qui bougent, s'énervaient :

« Écoutez, madame Martinez, je viens de sentir le bébé ! Vous n'avez pas le droit de dire des choses aussi épouvantables !

– Ma petite Hélène, vous êtes encore une enfant !

Je sais de quoi je parle, la poche d'eau de mer bouge suivant sa position ! c'est très bien fait, vous savez ! »

Tout ce joli monde avait réponse à tout, et le silence restait encore le seul moyen pour ne pas devenir un ou une criminelle.

Diana hébergeait maintenant Zaza qu'elle considérait comme sa sœur. Mickael commençait à faire quelques déplacements par-ci par-là et débauchait de plus en plus souvent Zaza pour s'occuper de ses affaires, prétextant un manque d'argent de sa petite société pour payer sa propre secrétaire. Diana accompagnée d'Aline enchaînait rendez-vous sur rendez-vous avec une forme olympique, sachant très bien qu'elle serait atteinte de la maladie du sommeil lorsqu'elle rentrerait le soir. Elle avait beau tenter d'attendre le retour d'Étienne et de Zaza, ses paupières lourdes se fermaient toutes seules.

Un matin, elle trouva une marque de rouge à lèvres sur le col de chemise du chanteur. Deux jours plus tard, du Rimmel noir sur le bas de sa manche et à la hauteur de la poitrine. Elle décida de garder les preuves et attendit le moment propice pour entrer dans le vif du sujet avec l'intéressé :

« J'aimerais beaucoup savoir d'où viennent ce rouge et ce Rimmel sur tes deux chemises ?

– De quoi parles-tu ? dit-il d'un ton innocent en regardant dans tous les sens les deux chemises.

– C'est très étrange, parce que c'est exactement les couleurs qu'utilise Zaza pour se maquiller ? ajouta-t-elle, certaine de ce qu'elle avançait.

– J'espère que tu plaisantes ! Tu as vu la tête qu'elle a ? Je t'aime, tu le sais très bien ! » enchaîna-t-il en la serrant dans ses bras.

Diana, rassurée, l'embrassa mais ne ferma pas l'œil de la nuit.

Sur le parcours vers Paris, Zaza, fidèle à elle-même, plaisantait avec Diana sur sa vie de patachon et sur le plaisir de voir la chanteuse aussi resplendissante. Tout semblait normal et Diana s'efforçait d'oublier les indices d'une possible trahison.

Un matin, après le petit déjeuner, Zaza monta dans le bureau pour répondre aux dizaines de factures qui s'étaient amoncelées sur la table, laissant son sac dans l'entrée. Diana, curieuse comme une chatte, jeta un regard furtif dans le sac et aperçut une pochette pleine de lettres. Elle plongea la main et sortit une feuille manuscrite, qu'elle parcourut. Son visage changea, il devint immédiatement livide à la lecture des premières lignes.

« Mon amour, je vis un enfer. Je t'aime, mais tu dors au premier dans les bras d'une autre. C'est elle qui porte ton enfant ! Je suis malheureuse. Lorsque tu me regardes, je sens bien que tu as des sentiments pour moi. Rappelle-toi dans la voiture, après le gala, nous étions seuls tous les deux. Tu m'appartenais enfin. »

Impossible, c'était impossible ! N'y tenant plus, elle réveilla Étienne en lui brandissant sous le nez les révélations qu'il ne pouvait nier. Une explication explosive entre Diana, son mari et la secrétaire était inévitable. Zaza s'écroula en pleurs, la suppliant de comprendre que Mickael n'était pas au courant, qu'elle fantasmait dans son coin mais que l'amitié qui existait depuis tant d'années entre elles deux lui interdisait d'approcher le chanteur. Diana, n'acceptant aucune excuse, lui demanda de quitter la maison sur-le-champ, avec armes et bagages. Mickael tentait en vain de raisonner sa femme en criant son innocence, jurant ses grands dieux qu'il n'était pas au courant et que tout cela n'était qu'un malentendu.

En début d'après-midi, Diana prit la direction de Paris car sa vie de chanteuse ne s'arrêtait pas pour autant. Une sensation de honte l'accompagnait sur le chemin du bureau. Elle se détestait avec son gros ventre, qui était sûrement la cause d'un dérapage insensé. La seule personne à qui elle se confiait était ce petit être qui grandissait en elle et qui tenait de plus en plus de place :

« Heureusement que tu es là, mon bébé ! Ne te fais pas de souci, rien ne nous séparera jamais tous les deux ! »

Aline Mangetou tentait d'avoir des informations en voyant le visage fermé de Diana qui jurait à tout le monde qu'elle était la plus heureuse du monde en ménage. Les reportages photos montraient les époux Meugle plus unis que jamais, recevant l'Oscar du couple pour l'année.

Haudevan devenait de plus en plus insupportable avec Diana, n'acceptant pas de la voir enceinte :

« Il faut que tu fasses quelque chose avec tes cheveux ! Je te trouve très mal coiffée ! D'ailleurs tout le monde m'en parle ! Tu devrais parler à Mickael, il fait une erreur énorme avec ses bureaux ! Aucune radio ne le suivra s'il me quitte ! Tu es au courant qu'il cherche une secrétaire ? »

Entre les rumeurs, Zaza, Haudevan, la promotion, ses doutes qui n'en étaient plus, Diana avait fort à faire pour conserver l'équilibre indispensable à son état.

Noël arriva, avec ses cadeaux, ses réunions de famille. Le repas du réveillon réunit les parents Choubignac, les parents Meugle, Diana, Mickael et Zaza qui avait réintégré le groupe après avoir perdu sa maman qui était sa seule famille. Diana, ne supportant pas de voir sa secrétaire malheureuse, avait décidé de lui donner une nouvelle chance.

La belle-famille montée à Paris faisait bonne figure. Quant à Gustave et à Marjolaine, ils se montraient souriants pour que leur fille soit heureuse. Vers une heure du matin, tout le monde monta se coucher sauf les parents de Diana qui préférèrent rentrer chez eux. La chanteuse, fatiguée, s'endormit sans attendre. À quatre heures, un cauchemar la réveilla en sursaut. En allumant la lampe de chevet, elle fut surprise de ne pas trouver son mari endormi près d'elle. Elle enfila une robe de chambre pour descendre au sous-sol rejoindre Mickael qui devait certainement jouer de la guitare.

Elle fut surprise de trouver toutes les lumières éteintes, elle remonta dans le salon sans lumière, ne voulant pas croire la terrible pensée qui lui traversait l'esprit. Elle se répétait en silence :

« Non, ce n'est pas possible ? Il n'aurait pas osé faire une chose pareille dans la maison ? »

Elle décida pourtant d'en avoir le cœur net et monta quatre à quatre les marches de l'escalier pour se retrouver devant la porte fermée de la chambre du futur bébé.

Les gémissements qui transpiraient des murs « insonorisés » étaient très significatifs et ne pouvaient lui laisser penser à autre chose qu'à deux personnes occupées à prendre du plaisir. En arrêt devant la porte, une terrible envie de vomir lui monta dans la gorge, mais rien ne pouvait la faire bouger. Elle frappa et essaya d'ouvrir la porte verrouillée :

« Zaza, ouvre immédiatement ! Je sais qu'il est là ! »

Une agitation se fit entendre, la porte s'ouvrit. Zaza, nue, jouait les candides :

« Il n'est pas là, qu'est-ce qui se passe ? »

Diana la poussa sans répondre et se précipita dans la salle de bains.

Mickael en robe de chambre, l'air enfariné, ressemblait à un gamin pris en faute. Il essaya d'expliquer qu'ils étaient en train de parler travail. Elle le gifla, ressortit et ordonna à Zaza :

« Toi, tu dégages sur-le-champ ! Je ne veux plus jamais croiser ton regard ! »

Elle pleurait. Malgré sa fierté, elle ne pouvait contenir les sanglots qui l'étouffaient. Étienne s'approcha pour la calmer, elle le repoussa :

« Dans notre maison ! Dans la chambre de ton futur enfant ! J'ai honte que tu sois son père ! Pars avec elle, si tu veux ! »

Elle regarda une dernière fois celle qu'elle aurait voulu tuer sur place.

1975
Les dents de la mer
ou la chute de Saigon

La tension dans le couple ne trompait plus personne. Zaza avait disparu, et les bons amis se chargeaient de lancer des allusions qui ne laissaient pas Diana indifférente. Aline Mangetou s'était rapprochée de la chanteuse, sautant sur l'occasion pour avoir quelques informations nouvelles qui pouvaient toujours être utiles aux yeux de son public de couloir et surtout pour Haudevan qui faisait tout pour attiser la zizanie régnant dans le ménage, bonne occasion pour lui de jouer les sauveurs.

Aline employait toujours des proverbes ou des phrases entendues çà et là mais, sa mémoire lui faisant défaut, elle leur donnait souvent une interprétation très particulière à l'arrivée.

« Ma petite chérie, quelle honte ! Une fille à qui on aurait donné la Sainte Vierge à confesse ! Tu as eu raison, tu l'as pas manquée, tu l'as eue comme un lapin en plein vol ! »

Mickael était devenu doux comme un agneau. Il tentait avec des fleurs, des petits cadeaux, de faire oublier à sa femme cet épisode malheureux. Il continuait à affirmer que rien ne s'était passé dans la chambre, qu'elle avait rêvé, qu'il ne faisait que discuter et que son erreur d'interprétation venait de la fatigue due à sa grossesse.

Diana avait décidé de surmonter coûte que coûte cette trahison, ne voulant pas admettre qu'elle s'était trompée en épousant le Rastignac montalbanais. Son énergie débordante la jetait dans le travail et dans les travaux de sa maison. Seulement voilà, les factures s'accumulaient et son salaire ne comblait pas le vide de son compte en banque. Elle alla voir Hubert, pestant contre une situation qui ne faisait qu'empirer :

« Mon p'tit Hubert, je viens te demander pour la cinq cent millième fois mes comptes ! J'ai le banquier aux fesses, je ne peux pas payer les travaux, aurais-tu par hasard trouvé une solution ? dit-elle en marchant de long en large sur la moquette rose.

– Mais tu as encore grossi ? lança-t-il sur un ton de dégoût.

– J'espère que tu as réalisé que j'attendais un enfant ! » répliqua-t-elle en le regardant.

Ayant réponse à tout, il continua son délire :

« Moi, si j'étais enceinte, je ne grossirais pas ! Je vais en parler à M. Bertrand, il a sûrement une technique ! »

Cherchant désespérément une raison valable pour ne pas continuer à subir le spectacle de sa chanteuse dans cet état, il enchaîna :

« Ce n'est pas bon pour toi de faire de la voiture comme ça ! Tu devrais éviter de trop te montrer, c'est mauvais pour l'image ! Je refuse énormément de photos, il vaut mieux que tu restes chez toi ! »

Il avait l'art et la manière de la mettre mal à l'aise, mais elle se sentait belle et forte avec ses mouvements gauches de future maman, se répétant, sûre d'elle : « C'est un garçon, j'en suis certaine ! »

« Je vais te payer les factures sur la société, ça viendra en avance sur tes royalties ! Je ne peux pas faire autrement, tu me reviens déjà très cher avec tes robes, la voiture, la coiffeuse, la maquilleuse ! »

Diana connaissait toutes les combines verreuses de son manager, elle refusait d'être traitée comme une moins que rien.

« Je te coûte trop cher ? J'espère que tu plaisantes ? Toutes tes petites conquêtes que tu loges, que tu habilles, à qui tu paies des voitures, sont comptabilisées dans mes frais ! Elle a bon dos, Diana ! Une Cartier pour Zézette = une montre pour Diana ! Une voiture pour Olga = une voiture pour Diana ! À ce tarif-là je dépense autant que la Bégum ! Donne-moi mon argent une fois pour toutes. Je vais avoir un enfant, je dois penser à lui et lui préparer son bas de laine ! »

Trinité, devenue celle qui cachait les cadavres, passait son temps à calmer la future maman.

« Pourquoi tu t'énerves avec lui, c'est mauvais dans ton état ! Il ne te laissera jamais tomber ; d'ailleurs son assurance vie est à ton nom ! Il prépare ton avenir dans ses affaires ! »

Trinité venait, involontairement de faire une gaffe, et le discours ne parlait plus de la « famille » mais des affaires Haudevan.

« J'en ai plus que marre ! jeta Diana. Moi, je suis sa poule aux œufs d'or et elles, ce sont ses poules aux yeux d'argent !!!! »

Le soir, enfin rentrée chez elle, elle crochetait des petits carrés de couleurs, histoire de passer le temps, lorsque le téléphone sonna :

« Diana ? C'est Hubert ! Je viens d'avoir une idée de génie, nous allons entrer en studio la semaine prochaine ! Quand tu vas entendre la chanson, tu vas m'embrasser les pieds ! »

La chanteuse le laissait parler, tout en sachant très bien qu'il avait sûrement besoin d'une nouvelle rentrée d'argent.

« Tu changes d'avis comme de chemise, mon pauvre Hubert ! Je croyais qu'il fallait que je me cache ; il faudrait savoir ce que tu veux ! »

Diana, heureuse de retourner en studio pour chanter, en profitait pour montrer son ventre rond à tout le monde, histoire de chasser l'horrible fantôme de sa « stérilité » qui hantait ses nuits et ses jours. Elle détestait les regards suspicieux et les questions du genre :

« Vous n'êtes pas très grosse. Vous êtes certaine que le bébé va bien ? Les gens sont méchants avec vous ! Même mon docteur m'a dit que vous ne pouviez pas avoir d'enfant ! C'est un mensonge, bien sûr ? »

Le nouveau disque en boîte, *Le médecin a dit !* passait sur toutes les ondes. Pas d'émission de télévision sur le planning, sauf une exclusivité pour Gérard Louksor, l'ami de la « famille ». Haudevan, prétextant la grande fatigue de son artiste, qui n'avait pourtant jamais été aussi en forme, exigea un sofa pour le tournage :

« Juste des gros plans ! hurlait-il en régie.

« Il ne faut montrer que son visage ! On ne doit pas voir qu'elle est enceinte : ça fait pas rêver, c'est mauvais pour son image ! »

Voilà comment, pour son dernier passage télé avant l'heureux événement, Diana devint la femme-tronc, ce qui eut pour effet d'attiser les bruits de couloir.

La clinique était réservée, le gynécologue était très fier de sa cliente, la sage-femme travaillait tous les jours la respiration pour l'accouchement sans douleur avec sa patiente, et les paparazzi traquaient les renseignements.

Le dimanche vers midi, les premières douleurs commencèrent à lui torturer le ventre. La course cachée commença. Elle prit sa valise, Mickael sortit la voiture devant le portail, ce qui déclencha une arrivée en grappe des photographes. Pendant ce temps, Diana sortit par l'arrière et se cacha sous une couverture. En trente secondes le tour était joué, et tout le monde avait raté son départ !

À la clinique Spontini, les infirmières, averties, attendaient dans le sous-sol l'arrivée de Diana. Une chambre au dernier étage, au bout du couloir, rideaux fermés, devait préserver la tranquillité de la chanteuse. L'adresse fut découverte dans l'heure qui suivit, et tous les appartements de l'immeuble d'en face furent loués à prix d'or par les paparazzi qui tentaient de photographier la maman et son enfant.

« Tu crois qu'elle va nous faire une grenouille à cinq pattes ?

– C'est un échange ! Elle a acheté une fortune l'enfant d'une gamine qui ne veut pas le garder ! »

Diana, loin du bruit et en pleines contractions, haletait comme un petit chien. Quatorze heures plus tard, dans la salle de travail, le gynécologue s'inquiétait :

« C'est un siège, il faut une césarienne, vous ne pouvez pas continuer à souffrir comme ça ! »

Au milieu des douleurs, des respirations, des cris, Diana refusait l'intervention :

« Je veux le voir naître ! Je tiendrai ! »

Dans le couloir, Mickael et le docteur discutaient sérieusement :

« Ça se présente mal. S'il y a un problème, il faudra faire un choix ! Le bébé ou la maman ! »

Diana eut quand même, mais avec beaucoup de difficulté, le bonheur de voir naître son enfant et d'avoir sur le ventre son tout petit bébé de deux kilos neuf cents et de cinquante centimètres. Ce petit garçon aux yeux verts allait devenir sa seule raison de vivre.

Dans les couloirs de la clinique, les allées et venues étaient nombreuses. Les infirmières épiaient toutes les entrées et sorties.

La surveillante du troisième étage remarqua deux hommes en blouse blanche sortant de l'ascenseur, l'air très détendu. Son instinct lui fit suspecter quelque chose d'anormal. Elle appela du renfort, et les infirmières sortirent des chambres pour vérifier leurs badges. Ils se dirigeaient, sûrs d'eux, vers la chambre de Diana, en poussant à grande vitesse un brancard. Stoppé par la responsable, l'un des « infirmiers » ne put cacher longtemps son appareil photo, tandis que le deuxième en profitait pour continuer sa course vers la chambre au fond du couloir.

Les éclats de voix des infirmières firent sortir Gustave de la chambre de sa fille. Le père de la chanteuse ne réfléchit pas une seconde et bloqua le deuxième infirmier harnaché d'appareils photo qu'il essayait vainement de cacher sous son déguisement. Les larges mains de Gustave projetèrent l'homme au sol dans un bruit de matériel cassé. Gustave, calme de tempérament, avait totalement perdu son sang-froid. Il attrapa le photographe par le collet, le soulevant du sol, et le poussa vers la sortie sans oublier de lui aplatir le nez sur une des portes battantes. Haudevan, averti le matin même, dirigeait de son bureau l'ensemble des opérations. Diana avait reçu pour la première fois une gerbe de fleurs accompagnée d'un mot de félicitations qui disait :

« Plein de bonheur au bébé et à la maman. Ne t'inquiète de rien, je m'occupe de tout. Je viendrai demain avec les journalistes et quelques photographes. Je t'embrasse, Hubert. »

Mickael avait regagné la campagne et venait tous les jours voir la mère et l'enfant. Diana maquilla son petit visage fatigué afin de faire face aux journalistes. Elle allait pouvoir faire taire tous ceux qui l'avaient attaquée, prouver au monde la méchanceté des gens jaloux, le mensonge d'un journaliste aigri et sans scrupule qui avait empoisonné sa vie. Haudevan fit son entrée, avec un air doucereux qu'elle ne lui connaissait que dans les grandes occasions :

« Fais attention à tes cheveux ! Tu as une petite mine ! Oh, comme il est petit ! c'est incroyable, il a la tête de ton père, tu n'as pas remarqué ?

– Il est beau comme un dieu, regarde comme il a

les doigts longs ! On pourra en faire un pianiste ! dit-elle en l'embrassant avec un grand sourire.

– Où est Mickael ? Nous l'attendons pour les photos, tout le monde est derrière la porte ! Il pourrait être à l'heure », fulmina Hubert.

La porte s'entrebâilla, laissant passer le chanteur suivi de Zaza !

« Salut, Hubert ! T'as vu mon fils, il est beau comme son père ! » lança-t-il très fier de lui et sans aucune gêne.

Il se pencha pour embrasser Diana :

« Qu'est-ce qu'elle fait là, celle-là ? Comment peux-tu l'amener ici ? Qu'elle sorte immédiatement ! ordonna la maman en fusillant Étienne des yeux.

– Elle va t'aider si tu as besoin de quelque chose ! » répondit-il avec un sourire digne de sa dernière télévision.

Hubert, pensant à ses photos, stoppa la dispute :

« Je fais rentrer les photographes, il y a trop longtemps qu'il attendent ! Tu sais que ton fils ressemble au père Choubignac ! » ironisa Hubert en ouvrant la porte.

Les trois privilégiés, triés sur le volet pour la photo de la semaine, entrèrent doucement avec une mine de circonstance.

« Je te félicite, ma copine ! Tu fais une superbe maman ! » dit James, le petit pigiste qu'elle avait connu à Saint-Tropez.

Depuis, il avait conquis une des premières places dans une grande agence internationale, assurant les plus gros scoops du pays, et il était également devenu un fidèle de Diana.

« Félicitations au papa et à la maman ! » dit le second pour ne pas être en reste.

Hubert, grand chef des opérations, intervint :

« Faites vite ! Mlle Diana est très fatiguée. Mickael, mets le petit dans les bras de sa mère et assieds-toi ! Qu'est-ce que t'as aujourd'hui, t'es mou ! C'est pourtant pas toi qui l'as fait ? continua le manager, pensant déjà qu'il allait diriger la mère, le père et pourquoi pas l'enfant à qui il fallait peut-être signer un contrat très vite.

– Excusez-moi, messieurs ! dit Diana, mais il y a ici des indésirables qui sont priés de sortir ! Ne te crois pas tout permis, Étienne ! Ce petit bout qui dort tranquille, il n'a rien demandé, lui ! N'oublie pas qu'un jour il va grandir ! »

Pendant que Diana parlait, la porte se referma sur Zaza qui avait reçu le message cinq sur cinq.

Le bébé fut pris sous tous les angles. Les objectifs cherchaient à fixer sur la pellicule le gros plan qui permettrait de trouver la ressemblance des parents.

« Il faudrait qu'il ouvre les yeux ! Il dort tout le temps ! dit Hubert, qui tournait autour du lit.

– Diana, fais attention à tes cheveux ! Lève la tête, tu as les yeux marqués ! Tu es sûre qu'il n'est pas malade ? Il dort trop, je vais t'envoyer M. Bertrand ! Pendant mes études, j'ai traité ce sujet, il faut faire attention, ça peut être dangereux ! » continuait-il en parlant comme un spécialiste.

Une sage-femme, qui portait bien son nom, pria tout le monde de quitter la chambre, trouvant que la maman était trop fatiguée.

Dimanche-Paris continuait à faire flotter le doute sur la naissance de l'enfant, utilisant tous les subterfuges pour éviter le procès UNE FEMME : « L'ENFANT DE DIANA ACHETÉ EN SUISSE ! RÉVÈLE LE TERRIBLE SECRET ! JE CONNAIS SA VRAIE MÈRE ! » Tout le personnel de la clinique Spontini se révoltait devant tant de stupidité et de mensonge, défendant la chanteuse qui était devenue un exemple de courage et de résistance à la douleur. Un colloque de sages-femmes réunit dans la même salle toutes ces dames, y compris celles qui avaient assisté Diana pendant son accouchement si difficile. La nouvelle de leur présence se répandit très vite et les médisances commencèrent à tomber :

« Elle est stérile ! Je connais le médecin qui la suit ! dit l'une.

– Combien avez-vous touché pour dire qu'elle a accouché ? demanda l'autre.

– Vous êtes prêtes à dire n'importe quoi ! Qu'est-ce que l'on ne ferait pas pour beaucoup d'argent, n'est-ce pas, mesdames ? »

L'écœurement et cette phrase de trop provoqua une bataille rangée. Les coups volaient, les insultes pleuvaient. Mais la sincérité des intervenantes ne put convaincre les langues de vipère.

Une semaine plus tard, Diana revint chez elle. Le bébé était désormais le roi de la maison, surveillé par sa maman, le chien qui veillait devant sa porte et la belle-famille Meugle, complètement traumatisée par l'arrivée du descendant. Diana, qui n'avait pris que six kilos pendant sa grossesse, était très fière de rentrer à nouveau dans ses vêtements, mais ce qui la réjouissait continuait à attiser les rumeurs de couloir : « Elle est trop menue pour l'avoir fait elle-même ! »

« Comme par hasard, on ne voit plus rien ! Haudevan a réussi un coup de presse formidable ! » Diana pouponnait, donnait le biberon, câlinait sa progéniture surnommée « petite pilule » qui confondait le jour et la nuit. Le beau-père, obsédé par le rapt éventuel du poupon, accompagnait la maman poussant le landeau et le chien qui avait pourtant déjà fait ses preuves.

Fusil au point, jumelles à la main, guettant l'invisible kidnappeur à chaque tour de parc, le grand-père s'était enrôlé lui-même comme garde du corps. Pendant ce temps, Mickael prétendait avoir un planning digne de Mac Cartney et n'était jamais à la maison. Diana avait très vite recommencé à travailler avec Haudevan qui augmentait encore ses effectifs. Une expert-comptable, un responsable de la SACEM qui relevait toutes les ventes. Le double foyer des lunettes du trésorier principal, qui avait définitivement quitté le ministère du Budget, attrapait des pellicules à monter les sociétés du groupe Haudevan qui s'enchevêtraient les unes dans les autres. Trinité, garde-barrière de « l'Ayattolah » de plus en plus inaccessible, était devenue la masseuse d'épaules, tandis qu'Aline Mangetou décontractait la voûte plantaire du petit homme aux grosses chaussures. Quant à M. Bertrand, il magnétisait de plus en plus souvent.

Chaque matin, Mickael et Diana quittaient la campagne ensemble. Le couple semblait reprendre une vie normale. Le mâaaaagnifique chanteur recommençait à regarder la chanteuse avec amour et essayait de l'amadouer pour qu'elle entre dans sa propre production : « Fortune. » Elle n'y tenait pas.

Haudevan et la chanteuse se retrouvèrent dans la cabine de CBE où le Géant, se mangeant toujours les doigts pour calmer ses nerfs, venait de recevoir d'Angleterre la dernière boîte d'effets à la mode :

« Bonjour, la jolie petite maman ! dit Bernard en l'embrassant tendrement. Il va te tuer au boulot, il ne te laisse même pas le temps de te reposer un peu ! Tu es belle comme un cœur et j'ai gardé pour toi la dernière nouveauté qui va rendre ta voix encore plus belle ! continua-t-il pour qu'elle se sente bien.

– Mon bon Bernard, tu sais parler aux femmes, toi au moins ! » ajouta-t-elle en riant.

Sa nouvelle chanson, un slow, *Mourir après s'être aimé*, demandait une grande tessiture, ce qui ne posait aucun problème à la chanteuse qui continuait à travailler régulièrement ses cordes vocales. Debout derrière son micro, elle attendait l'intro, casque sur la tête, lorsque Haudevan décida :

« Ma p'tite mère, on y va ! »

Diana, en professionnelle, chantait en se donnant au maximum, mais plus la chanson avançait, plus son gosier se serrait. Elle s'arrêta en pleurs au milieu du titre, se réfugiant au fond du studio pour se cacher.

« Qu'est-ce qui se passe ? Tout va bien, ta voix est très bonne, il n'y a pas de quoi se mettre dans un état pareil ! dit Haudevan, stupéfait.

– Je peux avoir un thé ? demanda Diana en respirant profondément.

– Elle est encore fatiguée ! dit Bernard. Ça va mal avec son mec, et les paroles ne sont pas d'une gaieté folle ! Il est venu l'autre jour avec une pin-up vulgaire qui va parler sur son nouveau titre ! Si tu veux mon avis, elle n'est pas là uniquement pour ça ! »

Haudevan, regardant sa montre, répondit :

« C'est un petit con ! De toute façon, Diana ne voit

rien ! Il la ridiculise ! Elle est aveugle ! Bon, il faut qu'elle chante ! Le temps passe ! Alors, il faut la faire rigoler ! On n'a pas de temps à perdre ! »

Diana, calmée, s'excusa et s'installa de nouveau devant le micro. Elle chantait en essayant de penser à la beauté de la vie et à la joie d'être mère. Arrivée à la même phrase, les larmes se remirent à couler sur ses joues, ce qui l'obligea à s'arrêter une fois encore.

« Viens nous voir en cabine, tu vas écouter ! » dit Haudevan qui commençait à s'inquiéter.

La bande défilait, la voix claire flottait au-dessus des violons.

« Tu vois, c'est super ! dit Bernard. Il n'y a aucun problème ! Respire un grand coup et tout va aller très bien ! »

Deux, trois blagues de mauvais goût, quelques plaisanteries et des bruits de couloir lui redonnèrent le sourire. Elle recommença à chanter. En grand expert, Bernard sauva la situation et elle fut obligée de finir phrase par phrase pour terminer le titre. Bernard savait qu'avec elle trois prises suffisaient. Il comprit, ce jour-là, combien Diana était seule.

Haudevan partit avec sa bande et lui fit remarquer qu'elle devrait dormir un peu plus, car elle avait l'air fatiguée.

Mickael Jimmy Bird et sa chanson : *Les Pingouins du Groenland*, promenait partout la « demoiselle » d'occasion, se vantant sur tous les plateaux télé de ne la payer qu'en nature. Une télévision espagnole engagea le chanteur pour participer à un concours, ce qui devait le retenir quelques jours à Madrid. Diana, sautant sur l'occasion, lui annonça son intention de l'accompagner, ce qui permettrait aux époux de se retrouver au soleil et de revivre un voyage en amoureux.

La réponse tomba nette et brutale :

« Ce n'est pas ta place ! Je vais là-bas pour travailler, j'ai besoin d'être seul ! Ce n'est pas bon pour mon image si nous sommes ensemble !

– Tu as bien été content de me trouver à tes débuts, j'étais comme par hasard excellente pour ton image ! C'est étrange ! Tu ne trouves pas ? » répliqua Diana. Puisque c'est ainsi, tant pis pour toi, mon vieux, je pars avec mon bébé aux USA ! »

Sa décision la faisait souffrir, mais trop c'était trop. Elle prévint Haudeban, appela James le photographe, prépara ses bagages, ceux de sa « p'tite pilule » sous les yeux affolés de sa belle-mère, qui criait au secours :

« Mais enfin tu es folle ! Ce n'est qu'un passage ! Reste calme et tout va s'arranger ! Étienne n'est pas un mauvais garçon, il t'adore au fond !

– Votre fils est formidable ! Mais vous seriez gentille de me laisser tranquille ! Il me cherche, il va me trouver ! » répondit Diana, sans même la regarder.

Elle ne supportait plus de voir le grand-père fusil au poing, la grand-mère avec un parapluie ouvert contre les dangers du soleil. Elle voulait partir loin sans qu'on lui explique la façon de langer son bébé ou les bienfaits d'un verre de sang à l'âge de la croissance.

Le lendemain, couffin à la main, elle partait sans se retourner. Quinze jours pour découvrir l'Amérique avec l'être le plus cher au monde à ses yeux, son petit garçon.

Le plan du voyage les conduisait de New York à

Los Angeles avec un arrêt dans l'enfer du jeu de Las Vegas. Elle avait engagé une nounou pour toute la durée du séjour afin de pouvoir se reposer un peu. Dans chaque hôtel, James, appareils à la main, photographiait la chanteuse à la découverte des gratte-ciel. Il fixait sur la pellicule la chanteuse mais aussi la maman câlinant son petit. Elle avait une confiance totale en lui et savait qu'aucune photo sur son intimité de mère ne sortirait de son placard.

Dans le désert du Nevada, les chevaux d'un ranch servaient de toile de fond. Chapeau de cow-boy sur la tête, Diana devenait « Annette du Far West ». À Las Vegas, en smoking blanc, elle posait devant les lumières, et mettait un ou deux jetons dans les machines que l'on ne pouvait éviter.

Diana s'amusait, se reposait et pensait malgré tout à son chanteur de mari. Elle se vengeait en faisant toutes les boutiques démentes de Melrose. Elle passa quatre jours à courir d'adresse en adresse, le couffin en bandoulière, poursuivie par James qui ne supportait plus les superbes « Santiag » qu'il venait d'acheter chez un fabricant. Le cuir trop dur lui donnait des ampoules à tous les doigts de pied.

« Quand est-ce qu'on rentre, Diana ? suppliait-il.

– Attends, il me reste encore trois ou quatre choses à faire ! » disait-elle pour le faire enrager.

Du séjour, ils rapportèrent un superbe reportage. Diana avait profité pleinement de son amour de poupon, dans un pays où elle pouvait vivre et marcher librement en tout anonymat.

Au retour, le couple tenta de jouer les grandes retrouvailles, mais le parfum entêtant d'une autre femme imprégnait trop les vêtements de Mickael. Diana courait à nouveau au milieu d'un planning d'enfer, suivie d'Aline Mangetou qui sondait la chanteuse avec des phrases pernicieuses :

« Comment ça va avec Mickael ? Tout le monde trouve très ravissante la fille qui fait les télés avec lui ! Qu'est-ce que tu en penses ? C'est une pouf, tu ne trouves pas ?

– Écoute, Aline, je l'ai vue deux fois ! Je lui ai rendu service en l'envoyant chez mon couturier ! Mais moins je la vois et mieux je me porte ! » déclara-t-elle pour clore la discussion.

Aline insista :

« Je ne voudrais pas être médisante ! Mais on les aperçoit partout tous les deux, tu ne trouves pas ça étrange ?

– C'est normal, ils font la promo ensemble ! Elle a fait un disque avec lui, je ne trouve rien de bizarre dans tout cela ! »

Elle mentait mal et le sujet attisait en elle une rancœur énorme envers le père qu'elle espérait et qu'il n'était pas.

Noël arriva et Mickael, sur une suggestion de sa mère, décida d'emprunter la maison d'un ami dans les Pyrénées, pour passer un mois de vacances :

« C'est bon pour le petit ! disait la grand-mère.

– De toute façon, je prends le fusil ! » enchaînait le grand-père.

Diana n'était pas vraiment enthousiasmée par cette idée. Elle accepta à la seule condition qu'ils soient seuls tous les trois. Mickael promit mais Diana partit avec un curieux pressentiment.

Elle ne s'était pas trompée. À leur arrivée, la belle-famille était déjà installée, prête à s'occuper de l'enfant.

« Tu m'avais promis que nous serions seuls ? reprocha Diana.

– Mes parents connaissent les environs ! Et si nous voulons sortir tous les deux, nous serons tranquilles ! » rétorqua Mickael avec un air de sous-entendu.

Elle restait malgré tout prudente, la confiance n'était plus au rendez-vous.

Deux jours plus tard, un coup de téléphone féminin demandait à parler au chanteur sans laisser de nom. La belle-mère, discrètement, faisait des signes à son grand con de fils pour éviter tout esclandre dans le couple. Ces messes basses avaient pour effet de rendre Diana hystérique. Elle se sentait captive d'un clan de menteurs, où l'intérêt du fils prodige passait avant la vérité. Le manque d'éducation d'Étienne, sa façon de traiter ses propres parents révoltaient Diana.

« Il faut fuir tout cela ! Je ne veux pas que mon enfant puisse devenir comme eux ! Ils vont me le rendre barjo », s'alarmait-elle en silence.

Un matin, Mickael prétendit avoir un rendez-vous impossible à repousser, qui l'obligeait à remonter à Paris de toute urgence. Diana n'en crut pas un mot et comprit qu'elle avait raison devant le sourire en coin de la belle-mère embrassant son fils en lui disant :

« Sois prudent, mon petit ! Travaille bien, ne t'en fais pas, on va s'occuper de ta femme et du petit ! Ils sont en sécurité avec nous ! Tu nous appelles, qu'on ne s'inquiète pas ! »

Mickael pouvait partir rejoindre « la rondouillarde » l'esprit libre, sa femme restait coincée avec ses parents au milieu des moutons. Elle aimait la nature mais seule avec les animaux. Elle passa la nuit à pleurer dans sa chambre. Cette fois c'était terminé. Elle prépara sa valise dans la nuit, téléphona à son mari qui était injoignable et appela un taxi.

Les suppliques des beaux-parents ne changèrent rien, elle partit pour l'aéroport le plus proche et décolla par le premier vol vers Orly, le bébé dans les bras. Elle avait en tête une idée qui commençait à s'installer fermement.

1976
Saint-Étienne en finale et les poteaux carrés

De retour à Paris, elle retrouva Mickael très surpris de la voir à nouveau dans la capitale. Elle prétexta l'ennui et préféra ne pas s'étendre sur toutes les raisons qui l'avaient poussée à revenir chez elle.

Haudevan se réjouissait des tensions du couple qui lui permettaient d'avoir Diana à disposition. Son dernier enregistrement, *La Fille au caractère de feu*, avait réduit son public qui adorait la voir danser sur chacun de ses disques. Hubert profita de ce séjour imprévu à Paris pour enregistrer le quarante-cinq tours suivant, *Un roi banni*, dont la sortie était prévue pour la fin du mois de février. Diana en profita de son côté pour accorder des interviews et faire les couvertures de *SLC*, *Jours de France*, *Hit Magazine* et *Podium*. Ce dernier appartenant à son fidèle ami Cloclo, il ne se passait d'ailleurs pas un mois où l'on ne parlait d'elle. Claude François, débordé entre les galas, les enregistrements, l'agence et son journal, n'avait plus une seconde à lui. Ils ne se voyaient plus tous les deux ou si peu. Mais lorsqu'elle allait à la maison de disques Flèches pour une séance de photos, elle était certaine de voir descendre « l'homme pressé » qui ne manquait jamais de prendre dix minutes sur son temps pour venir l'embrasser. Sa discrétion et son tact voulaient qu'il ne lui posât jamais de questions embarrassantes, mais certains regards en disaient long. Le lendemain, une superbe corbeille de fleurs accompagnée d'un petit mot venait confirmer son élégance : *Merci de nous avoir donné un peu de ton temps ! Les photos sont superbes ! Je pense très fort à toi et t'embrasse tendrement.* Signé : Claude.

Avant de repartir dans sa campagne, Diana passait toujours par les nouveaux bureaux des productions Fortune dirigées par Étienne. Une secrétaire débauchée de chez Haudevan avait remplacé Zaza. Le chanteur avait à présent sa duettiste Juliette comme accompagnatrice, une créature de boîtes de nuit très peu discrète. Feignant d'ignorer la possibilité d'être trompée une seconde fois, la chanteuse s'informa discrètement sur son emploi du temps un tantinet bancal. Renseignements pris, elle découvrit que Juliette, qu'elle avait surnommée la Tarentule, avait tissé sa toile deux immeubles plus bas dans la même rue.

Elle préféra rentrer, pour profiter au maximum de son p'tit bouchon qui la dévorait des yeux. Des bisous, des câlins, des broummm ! broummm ! sur ses joues abricot et sur son petit ventre déclenchaient fous rires de la mère et gazouillis du petit ange.

Cependant des nuages ombrageaient ce ciel bleu. Depuis quelque temps, le téléphone sonnait en pleine nuit et, lorsque Diana décrochait, l'interlocuteur raccrochait sans un mot. Exaspérée par ces appels répétés, elle changea de numéro, pensant enfin trouver la tranquillité.

Elle avait pris l'habitude de voir Mickael rentrer très tard le soir. Une nuit, la sonnerie du téléphone la sortit violemment d'un profond sommeil. Elle sursauta, alluma la lampe de chevet et décrocha :

« Allô ! dit-elle d'une voix blanche en regardant l'heure.

– Est-ce que Mickael est là ? interrogea une voix féminine.

– Qui est à l'appareil ? demanda-t-elle en ayant reconnu la voix de la Tarentule.

– Il faut absolument que je lui parle, c'est très important ! continua la demoiselle sans même répondre.

– C'est de la part de qui ? Je vous signale qu'il est quatre heures du matin, alors salut ! »

Assise sur son lit, réveillée par la colère, elle ruminait : Mais où est-ce qu'il est ? Si elle appelle à cette heure, c'est qu'il n'est pas avec elle ! Pourvu qu'il ne lui soit rien arrivé !

La sonnerie retentissant à nouveau dans le silence de la nuit fit battre son cœur à deux cents à l'heure. Elle craignait le pire.

« Allô, qui est à l'appareil ?

– C'est Juliette, est-ce que je peux parler à Mickael ? insista la Tarentule.

– Ne me prends pas pour une imbécile, tu viens d'appeler il y a cinq minutes ! Tu crois peut-être que je n'ai pas reconnu ta voix ! Je viens de te dire qu'il n'est pas là, et de toute façon je ne te le passerais pas ! Tu attendras demain ! »

Elle raccrocha en se levant pour enfiler une robe de chambre, bien décidée à attendre l'arrivée du fêtard. Elle descendait dans le salon, lorsque le téléphone sonna pour la troisième fois :

« Est-ce que tu vas me lâcher ? Tu ne lui parleras pas ! Tu peux comprendre ça ou c'est trop compliqué pour ta cervelle de salamandre ? hurla Diana qui regrettait de ne pas habiter Paris pour aller lui dire deux mots en tête à tête.

– Excusez-moi, mais c'est très urgent ! Je viens de le quitter et j'ai oublié de lui dire quelque chose d'important ! C'est une question de vie ou de... »

Diana n'écouta même pas la fin de la phrase et jeta le téléphone sur le canapé en le laissait volontairement décroché. Elle tournait comme une lionne en cage, en pensant à l'araignée venimeuse qu'elle rêvait d'écraser à grands coups de pattes.

« Elle appelle à quatre heures du matin pour me dire qu'elle vient de le quitter ! Et moi je suis là comme une conne à me faire un sang d'encre ! Ces imbécillités ne dureront pas très longtemps ! Ça c'est certain ! »

Elle n'arrivait même pas à pleurer, sa colère rentrée lui donnait envie de casser quelque chose. L'explication qui s'ensuivit fut plus que houleuse, en dépit des prétextes invoqués.

« C'est une catastrophe, elle ne veut plus continuer la promotion ! Il faut que je la persuade !

– Tout ça n'est que foutaise ! J'ai la réponse. Prends-en une autre ! Elle est dangereuse, elle cherche les problèmes, et avec moi tu es tombé sur un os ! »

Le petit déjeuner fut silencieux et Diana resta deux heures avec le petit dans sa chambre. Elle lui parlait, lui racontait ses malheurs mais, en voyant ses grands yeux, elle préférait lui chanter des chansons enfantines que lui avait apprises Marjolaine.

« Hou ! Hou ! Petit Indien s'en allait sur son joli canoë ! Et tous les oiseaux chantaient Ooohé ! »

Ayant oublié le reste des paroles, elle enchaîna :

« Salade de fruits, jolie, jolie, jolie ! Tu plais à mon père ! Tu plais à ma mère ! Salade de fruits, jolie, jolie, jolie ! Il faudra bien qu'un jour ou l'autre on nous marie ! »

Le petit bambin poussait comme un champignon dans la rosée et son premier anniversaire approchait. Les journaux en quête de reportages téléphonaient régulièrement, avides de photographier Diana et sa famille. Pendant ce temps, Mickael rêvait de gagner le jackpot sur sa société Fortune, grattant sa guitare pour composer une musique de fond. Il déclamait devant son miroir les vers bien connus : « TU SERAS UN HOMME, MON FILS ! »

Diana restait très évasive sur le projet, n'étant pas vraiment persuadée du bon goût de son idée et de ses talents de narrateur. Cependant elle préférait ne pas le sabrer, pensant qu'elle pouvait aussi se tromper.

Dans sa tour de Babel, Haudevan continuait à manger des ananas de chez Fauchon et des graines rajeunissantes importées du bout du monde, critiquant de plus en plus souvent ceux qui refusaient de prendre ses remèdes extraordinaires. Mais un week-end, une petite graine rebelle vint se coincer dans le cerveau du bonhomme. Toutancarton avait fait installer devant lui une boîte magique pleine de boutons lui permettant de convoquer ses esclaves en se musclant juste un doigt. Dans la pyramide de verre, les interphones espions renseignaient le pharaon et surveillaient en secret les conversations dans tous les bureaux. Aucune pièce n'avait été épargnée. Fini la lecture tranquille du *Canard enchaîné* dans les toilettes, on était sur écoute !

Lorsqu'il entrait dans ses W-C personnels, sa jouissance était de pouvoir, même avec le postérieur dans la cuvette, le pantalon baissé sur ses chaussures, continuer à pianoter sur sa deuxième console, en pensant intérieurement : je suis le maître du monde ! Et d'ordonner :

« Trinité ! Dans mon bureau sur-le-champ ! Demandez à Aline Mangetou de monter immédiatement ! »

L'hystérie s'emparait de lui et il pressait tous les boutons en même temps en répétant :

« Aline Mangetou ! Est-ce qu'Aline est chez vous ? Elle doit être là ! Appelez tout Paris, je la veux dans mon bureau maintenant ! Commencez donc par son coiffeur !

« Allô ! Allô ! Trop long ! Beaucoup trop long !

« Je ne vous entends pas ! Est-ce que quelqu'un va me répondre ? »

Une assistante affolée répondait en s'étranglant :

« Elle n'est pas là, monsieur Haudevan.

– Comment ? Quoi ? Qui parle ? Ça ne marche pas ! Je n'entends rien ! »

Ayant regagné à deux cents à l'heure son bureau, pour ne pas qu'on l'aperçoive (Haudevan était devenu celui que l'on ne voit jamais !), il continuait à jongler avec les touches, atterrissant dans une autre pièce pour passer ses nerfs :

« Trinité ! Ça ne marche pas ! Agatha ! Je veux Agatha dans mon bureau ! C'est encore une installation minable ! Je n'entends rien ! Je veux Aline Mangetou, Trinité, Agatha et M. Bertrand dans mon bureau ! C'est pourtant simple ! »

Aline, qui passait les trois quarts de son temps au téléphone ou chez son coiffeur, monta voir Trinité afin de lui faire part de sa révolte :

« Mais qu'est-ce que ça veut dire ? Je travaille dix-huit heures sur vingt-quatre pour lui ! Je reste jusqu'à minuit pour essayer de faire passer toutes ses merdes, dont personne ne veut ! D'ailleurs, il faut que je te parle de ma note de téléphone ! Je tiens à te dire qu'à dater d'aujourd'hui je te les envoie ! On ne m'a jamais fait une chose pareille ! De toute façon, il veut faire jeune mais il est vieux comme mes robes ! »

Trinité, qui continuait à soutenir son « boss » et dont la position ne cessait de grandir, choisit de rester calme et répondit en souriant :

« Tu es ravissante aujourd'hui ! Tu es allée chez le coiffeur ? »

Ce qui eut pour effet de changer de sujet et surtout de faire descendre la tension.

« Tu l'as remarqué ? J'en avais besoin, je ressemblais à une Tartiflette sans fromage ! J'ai un déjeuner très important avec Marceline Gomard, c'est bientôt son anniversaire et je crois qu'elle veut changer son salon ! Nous allons sortir encore une nouvelle chanteuse, et un cadeau me paraît indispensable pour obtenir des passages ! »

L'interphone, pas encore au point, grésilla, signifiant à ces dames qu'elles étaient sûrement sur écoute. La confirmation ne se fit pas attendre :

« Alors, vous deux ! Vous n'avez rien d'autre à faire ? Ça fait trois heures que je vous appelle ! M. Bertrand, où est M. Bertrand ? Trinité, apportez-moi son coussin ! Je veux le coussin magique de M. Bertrand sur mon tabouret ! »

La voix déformée par le mauvais fonctionnement de l'appareil ressemlait à celle d'un canard fuyant le chasseur.

Trinité leva les yeux au ciel et dit à Aline :

« Je l'adore, mais il ne comprend pas que j'ai du travail ! Regarde si tu ne vois pas un coussin rose avant d'entrer ! J'arrive tout de suite ! »

Aline regarda rapidement autour d'elle sans faire aucun effort et se gratta la gorge avant d'ouvrir la porte. Trinité lança sa nouvelle assistante sur les traces du coussin, prit son dossier où les factures à payer s'empilaient et entra, lunettes sur le nez, interrompant Aline en pleines explications :

« Tu comprends, Hubert, personne n'en veut ! Je suis obligée de courir partout ! Les gens commencent à dire que tu sors n'importe quoi ! Diana, c'est autre chose, on la réclame partout ! »

Hubert stoppa net la femme aux doigts d'or et attaqua Trinité bille en tête :

« Mais vous êtes folle ! Qu'est-ce que c'est que ces lunettes ? Ce n'est pas possible ! On dirait ma grand-mère, vous ne pouvez pas porter ça. Ici on est jeune ! Pas de lunettes ! Aux Productions Haudevan on voit clair ! Trouvez une solution ! Mais au fait, le coussin, vous l'avez trouvé ? J'en ai besoin, je souffre ! »

Trinité, dépitée par le manque de tact de H. H., répondit, l'œil brillant :

« Je vais faire le nécessaire, monsieur Haudevan ! Je ne sais pas où est le coussin, mais j'ai besoin de signatures ! »

Sans même répondre, il se remit à appuyer sur toutes les touches comme un dément :

« Agatha, dans mon bureau ! Allô, allô ! Qu'on me trouve le coussin qui a disparu ! C'est quand même terrible, je suis entouré d'imbéciles ! Trinité, enlevez-moi vos lunettes, que je puisse vous parler ! Aline a un problème de voiture, on va lui en acheter une, et à partir de maintenant payez-lui ses notes de téléphone ! Allô, allô ! On l'a trouvé, ce coussin ? » continua-t-il en se levant, mélangeant avec un malin plaisir tous les problèmes.

Aline, ravie d'avoir réussi son coup, se leva triomphante et aperçut sur le fauteuil présidentiel un petit tas rose. Elle donna un coup de coude à Trinité qui annonça la nouvelle :

« Ne cherchez plus le coussin magique, vous étiez assis dessus, monsieur Hubert !

– Qui a fait une chose pareille ? J'ai mal au dos depuis une heure ! Trouvez-moi le responsable immédiatement ! »

Puis il se tourna vers dame radio et ordonna sans attendre de réponse :

« Bon, alors maintenant va faire ton travail ! Tu as une belle voiture ! Tu es contente ? Donc, je suis le meilleur, tous mes disques sont formidables, et remercie le ciel d'avoir la chance de travailler avec le plus grand ! Fais bien passer le message ! »

Elles sortirent sans demander leur reste. Aline jeta un regard vers Trinité et lui dit, un brin hypocrite :

« C'est quand même formidable, ces interphones ! Hubert a toujours des trouvailles révolutionnaires ! C'est indispensable pour un homme aussi débordé que lui ! Tu sais, il a raison, tu devrais changer de lunettes car ça te vieillit ! »

Pendant ce temps, Diana, Mickael et le bébé préparaient une fois de plus un petit séjour à Gourbit pour un reportage photo sur la nouvelle famille. Diana, sur le qui-vive, avait décidé de tenter une dernière fois de sauver son couple. James, le fidèle photographe imposé par la chanteuse, faisait partie du voyage. Avec lui la confiance était de rigueur, son côté téméraire et jovial amusait Diana qui était toujours prête pour des fous rires interminables.

Mickael, imprégné par son rôle de chanteur, se débrouillait pour être débordé par un planning à moitié rempli. Il appelait sa secrétaire dix fois par jour, refaisait son show-biz avec de futurs associés, prêts à tout pour lui plaire et surtout impatients d'approcher sa femme. Il n'était encore que le prince de Gourbit mais il était convaincu que Hubert lui mangerait très bientôt dans la main. Entre chaque communication, il continuait à déclamer son poème en marchant une fois sur deux sur la patte du chien qui ne comprenait pas la nouvelle façon de parler de son maître. Diana, debout devant le placard, donnait ses dernières recommandations à la gouvernante, tout en préparant les valises.

Le vol fut rapide, et les mouvements du bébé dans les bras de sa maman laissaient déjà penser qu'il ne tiendrait pas en place en grandissant.

La belle famille accueillit Étienne à grands coups

de compliments, Diana avec des embrassades et des sourires à n'en plus finir, et l'héritier avec des incantations.

James essayait de garder son sérieux mais se demandait si tout ce joli monde n'en faisait pas un peu trop. Mickael ne quitta pas une seconde le téléphone qui ne cessait de sonner. Diana restait calme mais n'en pensait pas moins. Elle partit dans la chambre pour défaire ses valises, sortit une immense cape rouge et brillante qui allait lui servir pour ses prochaines télévisions et revint avec une partie de son futur costume sur les épaules, sous les yeux éberlués de James qui commença son numéro d'humour :

« Quelle merveille ! Franchement superbe ! Je veux exactement la même ! » dit-il en se tordant de rire.

Ils riaient de bon cœur, Diana tournait sur place, agitant ses bras pour faire bouger le tissu couleur de feu :

« Arrête une seconde ! Tu vois bien qu'il faut que je m'entraîne ! lança-t-elle à James qui plaisanta :

– Oh ! Joli ! Tu sais que c'est dangereux un truc pareil ! À mon humble avis, il ne faut pas faire ça dehors, tu risquerais de t'envoler ! Les moutons n'en croiront pas leurs yeux ! »

Des larmes de rire coulaient sur les joues de la chanteuse qui continuait ses moulinets devant les beaux-parents affolés.

« Arrête ! Le p'tit va avoir peur !

– Mais c'est un futur enfant de la balle, vous voulez en faire une poule mouillée ou quoi ? Regardez-le, il trouve ça très amusant ! » répondit-elle en passant la cape sur la tête de sa p'tite pilule qui battait des mains.

À l'autre bout de la pièce, Mickael chuchotait toujours au téléphone, fronçait les sourcils en laissant supposer que son interlocuteur était le président de la République.

Exaspérée par ces conciliabules, Diana fonça vers lui et dit tout haut :

« Donne le bonjour à Paris de ma part ! Mais attention, je vais arrêter toute cette mascarade d'un coup de cape magique ! »

Elle ne crut pas si bien dire. Elle tourna sur elle-même en levant le bras et fit passer la pièce d'étoffe au-dessus de sa tête en le décoiffant, ce qui eut pour effet de lui faire lâcher le combiné qui tomba sur le sol. Devant le manque d'humour de son mari, elle s'agenouilla, recouverte par sa cape, prit l'appareil et chanta :

« Allô, allô, James ! Quelles nouvelles ? Absente depuis quinze jours ! Répondez-moi, valet fidèle, que trouverai-je à mon retour ? »

Elle pensait entendre une voix amie qui allait ajouter à l'ambiance générale, mais un silence glacé la replongea dans la réalité. Ne perdant pas contenance, elle enchaîna :

« Eh bien ! C'est terminé pour aujourd'hui ! » et raccrocha. Le visage d'Étienne changea de couleur, il devint blême mais choisit la conciliation face au regard incendiaire de sa femme.

« Tu sais que tu es formidable, mon amour ! Tu es d'une spontanéité épatante ! » Et se tournant rapidement vers James il ajouta :

« T'imagines la chance que j'ai ! Et en plus, elle est à moi ! Qu'est-ce que tu veux boire, mon bon James ? »

La gaieté était retombée, le calme était revenu

devant un verre d'alcool. James avait parfaitement compris ce qui venait de se passer et décida de préparer l'organisation des photos du lendemain, en sollicitant l'avis de chacun. Ils discutaient déjà à bâtons rompus, lorsque Diana, n'entendant plus les gazouillis de son bébé, se dirigea vers la chambre afin de voir ce qui se passait :

« Où est ma p'tite pilule ? demanda-t-elle à sa belle-famille, en ne le voyant pas.

– Il est sur son pot, derrière le rideau. Il se cache ; autrement il ne veut pas faire et il risque d'être malade ! »

Diana ne répondit pas et écarta le double rideau. Le bébé poussa un hurlement en s'accrochant au tissu. La tension monta d'un cran.

« Tu vois bien qu'il veut être là ! Laisse-le, il ne dérange personne. Tu vas le traumatiser ! apostropha la grand-mère, certaine de tout connaître à l'éducation.

Son mari renchérit :

– Il a bien le temps d'être contrarié dans la vie ! Ce n'est pas la peine de commencer maintenant ! »

Tremblante de fureur, Diana sortit sans répondre, de crainte d'éclater devant tant de bêtise.

La séance photo du lendemain se déroula dans la neige sous un soleil de plomb. Bardé d'appareils, James courait dans tous les sens, mitraillant sans relâche les deux chanteurs et leur progéniture. Le déjeuner se déroula sous les flashes et les sourires de bébé, ravi d'être le nouveau centre du monde. Le téléphone continuait à sonner avec insistance, et Mickael, persévérant, chuchotait de plus en plus fréquemment. James repartit le soir même, heureux d'avoir ses poches remplies de pellicules ; il remercia Diana pour sa fidélité et lui donna rendez-vous trois jours plus tard en lui assurant que rien ne sortirait de son coffre sans son accord.

Le couple se retrouva dans le salon, pendant que dans la cuisine les grands-parents préparaient le dîner. Le téléphone sonna pour la centième fois et Diana, plus rapide que son mari, se précipita pour décrocher :

« Allô, j'écoute ! Allô, allô ! »

Le signal occupé fut sa seule réponse. La personne au bout du fil n'avait apparemment pas envie de lui parler.

« C'est très étrange ! Lorsque c'est moi qui réponds on me raccroche systématiquement au nez ! J'espère vraiment que ce n'est pas l'autre ! Dis-toi bien que ma patience a aussi des limites ! »

Le visage d'Étienne vira au vert.

« C'est une histoire terminée ! Je te l'ai déjà dit ! Tu ne vas pas me pourrir la vie avec ça ! J'ai assez de problèmes !

– Dans ce cas, tu n'as aucune raison de t'énerver, tu parais bien agité, mon amour ! Tu sais, ton comportement a changé ! Et tu es de plus en plus distant pour un homme qui est censé être comblé ! »

Il ne répondit pas et disparut dans la pièce d'à côté. Restée seule, feuilletant un magazine sans le regarder, Diana tournait distraitement les pages en se répétant tristement :

« Mais pourquoi ça m'arrive à moi ? Il ment, il triche, il me prend pour une conne ! Je ne veux pas passer ma vie à être le dindon de la farce ! Nous venons d'avoir un enfant et il s'en fout ! Il ne me voit plus, ne me regarde même plus ! Qu'est-ce que je vais faire ? »

Elle resta digne, ravala ses larmes et retourna vers sa chambre pour ne plus être vue. En traversant le couloir, elle fut surprise et déchirée de surprendre à nouveau son mari chuchotant d'une voix suave au téléphone et alors elle comprit que, quoi qu'elle dise, il avait fait son choix ! Elle le regarda et ferma la porte derrière elle à double tour.

Après avoir pleuré seule dans son coin, elle cacha ses yeux rougis derrière des lunettes et sortit pour aller chercher son enfant qui était et allait devenir encore plus sa seule raison de vivre et de continuer à se battre.

Elle alla dans le salon et retrouva la grand-mère qui faisait le pied de grue devant le double rideau :

« Où est ma p'tite pilule ? demanda-t-elle.

– Attends une seconde, Annette ! Il est sur le pot ! dit-elle en montrant le bas de la tapisserie, mais la sonnerie du téléphone la fit disparaître, ce qui permit à Diana de soulever le rideau, provoquant une fois de plus les hurlements de l'enfant qui avait décidé de rester dans sa cachette.

– Allô, oui ! Bonjour, madame ! Ne quittez pas, je vous le passe ! »

Et la mamie souriante appuya sur l'interphone :

« C'est pour toi, mon grand ! »

Se tournant vers Diana, elle ajouta :

« Pourquoi tu le contraries ? Tu vas le traumatiser, cet enfant !

– Je vois que vous êtes rapide ! C'était qui ? demanda la chanteuse avec suspicion tout en haussant le ton pour couvrir la voix de l'enfant qui avait décidé d'apitoyer sa grand-mère.

– C'était pour Étienne ! Un rendez-vous, sûrement ! Il ne faut pas t'angoisser pour des bagatelles, les hommes reviennent toujours ! D'ailleurs, tu sais bien qu'il n'y a rien ! C'est une passade ! Occupe-toi plutôt du petit, regarde, il est tout rouge ! »

Diana emporta son enfant qui couinait de plus en plus fort, envoya au diable le pot et répondit en sortant de la pièce :

« Vous pensez que votre fils est un saint ? Je ne suis pas du genre à attendre dans la cuisine le bon vouloir d'un salaud ! Chacun sa vie ! Quant à mon fils, il apprendra à faire ses besoins dans les toilettes comme tout le monde ! Nous sommes au XXe siècle, et la chouette des *Mystères de Paris* est morte depuis belle lurette ! »

Le dîner se déroula comme une véritable fourberie. Les sourires et les plaisanteries sonnaient faux. Aucun geste de tendresse ne rapprocha le couple malgré les attentions d'Annette qui espérait une dernière fois ne s'être pas trompée.

Deux nouveaux coups de fil interrompirent le repas sous les yeux gênés de la belle-famille qui commençait à craindre le pire.

Après le souper, Diana prit la direction de sa chambre en invitant Étienne à l'accompagner. Il refusa, prétextant ne pas vouloir dormir et préférer discuter avec ses parents. Trop, c'était trop ! Elle décida d'en avoir le cœur net et alla se réfugier dans la chambre mitoyenne de la cuisine. La conversation qu'elle entendit fut édifiante :

« Écoute, mon petit, tu devrais faire attention ! Tu es père de famille maintenant ! Sois un peu discret ! Annette est une gentille fille ! Tu devrais penser à ton avenir et au sien, il faut que vous restiez ensemble ! »

dit la mère de Mickael en essayant de préserver la chèvre et le chou.

« Tu ne peux pas comprendre, maman... J'en ai marre de me trimbaler un tas pareil, je ne la supporte plus ! Elle me fatigue ! De toute façon nous sommes mariés, elle est à moi ! Elle n'a rien à dire, un point c'est tout ! Je fais ce que je veux de ma carrière, de ma vie. Elle m'a et elle devrait en être contente ! »

Diana, l'estomac noué, n'en croyait pas ses oreilles. Tout son amour s'effondrait comme un château de cartes. Étienne qu'elle avait porté au pinacle, Étienne qu'elle avait défendu contre vents et marées, Étienne avec qui elle s'était mariée et à qui elle avait donné un enfant par amour était un autre homme.

Leur union n'était qu'une pantalonnade. Mickael était insensible, il n'avait pas de regrets, pas de scrupules, pas de respect pour la mère de son enfant, plus une once de tendresse, plus un brin d'amour. La vérité est toujours difficile à regarder en face surtout lorsque l'on est fleur bleue. La cloison transformée en miroir lui renvoyait ses rêves déchirés, lacérés, brûlés. Elle vivait un Hiroshima personnel, une tragédie insoutenable. Elle s'était trompée, c'était sa faute, il n'était qu'un sinistre salaud et elle n'était qu'une pauvre gourde.

De retour à Paris, Diana demanda une séparation de corps, en attendant le divorce, pour protéger l'enfant des disputes quotidiennes et le préserver, lui qui ne devait pas souffrir, ou le moins possible, de l'erreur de sa mère.

Étienne accepta en se faisant prier, jurant ses grands dieux qu'elle avait la berlue, tout en cherchant à rattraper la situation :

« Tu viens, tu te sers et tu disparais de ma vie ! » lui lança-t-elle, meurtrie.

Le beau roman, la belle histoire laissèrent Diana déçue et désabusée, un peu plus seule et sur le point de s'endurcir un peu plus.

Diana alla annoncer sa décision à Hubert, qui dramatisa, à son habitude, alors qu'elle espérait un peu de réconfort :

« Tu divorces ! Mais tu es folle ! C'est la fin de ta carrière ! Tu ne peux pas faire une chose pareille ! Je t'avais prévenue : tu dois rester mariée ! Pense à ton image ! J'ai tout fait pour toi qui n'étais qu'une petite rien ! »

Elle pleurait mais trouva le courage de le couper en plein milieu de sa phrase :

« Écoute, change de disque ! Tu dis toujours la même chose ! Je me fous de l'image, de ton travail, il ne m'aime plus, je ne veux plus le voir ! Je divorce, un point c'est tout ! Mais je ne suis pas toute seule ! Il faut que je pense à mon gosse ! »

Haudevan, du haut de son donjon, pensait au couple en plein marasme et se réjouissait en silence. Le moment était venu pour lui de récupérer sa chanteuse. Après avoir râlé, il était prêt à utiliser tous les subterfuges pour la tenir à nouveau dans ses serres. Il la connaissait depuis son adolescence, elle était vulnérable, et la moindre mouche suffirait à ferrer une fois de plus le poisson.

Diana s'était réfugiée à la campagne. Elle supportait très mal cette maison où les assiettes avaient volé, où les cris restaient incrustés dans les murs de chaque pièce. Trop de souvenirs pesaient sur ses épaules, elle souriait sur tel plateau de télé, agitant sa cape comme elle l'avait répété tant et tant de fois mais, lorsqu'elle rentrait, son moral était au plus bas.

Haudevan la convoqua dans son bureau, prétextant une nouvelle chanson à écouter. Diana entra et le boss pria immédiatement Trinité de sortir. Il fit signe à la chanteuse de s'asseoir et posa les pieds sur son bureau.

« Ma p'tite mère, je suis content que tu sois là ! Je n'aime pas te voir dans cet état ! J'ai donc pris une grande décision ! Pour régler les fameux comptes, bien que je ne te doive rien ! Tu vas quitter la campagne et revenir vivre à Paris ! Fini les conneries ! Je vais t'offrir un superbe duplex ! Tout va reprendre comme avant et tu seras très heureuse avec mon neveu ! J'ai plusieurs choses à visiter. Tu n'auras plus de souci à te faire ! Je m'occupe de tout et tu ne me parleras plus jamais de comptes ! »

Diana le regardait parler, en nattant ses cheveux. Elle n'en croyait pas ses oreilles.

« Que se passe-t-il, t'es malade ? demanda-t-elle en retenant ses larmes.

– Je ne veux plus te voir comme ça ! Nous avons du travail et pas de temps à perdre avec des histoires de midinette ! À partir de demain, Agatha, toi et moi on visite ! Je vais te régler ça en cinq minutes ! Mais après, tu es mignonne, on parle d'autre chose ! Laisse-moi tranquille maintenant, et à demain matin dix heures », finit-il en appuyant avec tous ses doigts sur sa console magique.

Diana l'embrassa à contrecœur avant de sortir et partit s'enfermer dans les W-C pour pleurer.

Pendant plusieurs semaines, guidés par Agatha, ils visitèrent tout ce qui était à vendre dans le VIIe, le

XVe, le XVIe et Neuilly. Un magnifique duplex avec terrasse au huitième étage donnant sur le Bois fit craquer Diana. « C'est trop vieux ! » répondait Hubert. Un appartement sur le champ de Mars : « tu vas t'ennuyer ! », « trop grand ! », « trop cher ! », « ça pue ! », « c'est hanté ! », « j'aime pas la moquette ! », « la porte-fenêtre coulisse mal ! » On peut tout inventer avec de la mauvaise foi... Il choisissait, puisqu'il savait ce qui était bien pour elle. Comme par hasard, le seul qui retint son attention était placé à Passy dans le même immeuble que lui, à l'étage en dessous du sien : « Regarde, c'est très bien ! » dit-il d'un ton réjoui. Diana trouvait qu'il manquait de lumière mais surtout n'envisageait pas une seconde de vivre sous H. H. qui passerait son temps à lui demander de monter le voir, d'écouter une nouvelle chanson, lui demander du beurre, débarquer pour une visite imprévue juste pour surveiller ses amis, savoir si elle s'était couchée tard ou tôt, si elle mangeait du fromage, etc. Impossible de vivre ainsi. Le plus bel appartement du monde, ce qui était loin d'être le cas, ne valait pas une chaîne terminée par un énorme boulet à la cheville, un esclavage permanent. Le temps passait, les visites continuaient, Agatha s'empiffrait de sucreries pour rester calme et rien ne satisfaisait Hubert le décideur.

Lasse, Diana commençait à désespérer et espaçait les visites, pensant qu'il avait changé d'avis et qu'il voulait la calmer. Agatha trouva un très bel hôtel particulier qu'elle loua, espérant bien convaincre Haudevan de l'acheter.

« C'est superbe, le loyer est très intéressant. Il est

très beau et, en attendant de trouver autre chose, tu y seras très bien, avec le petit ! »

Diana s'installa avec la nouvelle nurse, Marie-Claire, qui allait surveiller sa petite merveille pendant qu'elle travaillerait.

Elle évitait de retourner à la campagne pour le moment, refusant de voir celui qui habitait les murs, s'acharnant à se tourner vers le futur. Heureusement, Marie-Claire était là. Tranquille, sereine, elle parlait beaucoup avec la chanteuse qui avait trouvé en elle quelqu'un de confiance qui ne pensait qu'au bonheur du bébé et de sa maman. Le rythme endiablé de l'emploi du temps de Haudevan ne comblait pas la tristesse de Diana qui touchait le fond.

Elle ne tenait plus sa vie en main. Tout devenait noir, elle se trouvait mauvaise. Hubert se moquait complètement de ses goûts artistiques, se fichait de ses envies de scène, elle était là pour se taire et exécuter les souhaits du tyran. Pas de sentiments, du boulot, c'est tout ce que l'on te demande. Après avoir enregistré *Jacky mon amour*, elle eut la sensation de ne chanter que des conneries.

Quelque chose avait basculé et donnait un mauvais goût à ce qu'elle entreprenait. Après les désillusions et la douleur, il restait un malaise. Les gens l'aimaient toujours autant, mais elle se détestait de plus en plus...

1977
Un « pays » pour Paris

Dans l'hôtel particulier de Neuilly, le petit garçon attendait sa maman en écoutant les histoires de bonnes fées racontées par Marie-Claire. Diana avait à cœur de ne pas rater l'heure du repas, tenant à donner un semblant d'équilibre à cette famille sans père. Quel plaisir de retrouver la cheminée du salon où le bon feu crépitait et les éclats de rire de son enfant insouciant ! Enfin, elle se laissait distraire de la confusion qui l'habitait encore.

Les Choubignac quittaient de temps à autre *Le Joyeux Bougnat* pour profiter de leur héritier et surveiller leur fille du coin de l'œil. Marjolaine savait très bien qu'Annette se sentait trahie et s'en voulait surtout de s'être laissé aveugler par un amour illusoire. La tête haute, elle jouait la femme libérée et forte, mais elle ne trompait pas sa mère.

Gustave préférait ne pas aborder le sujet et bêtifiait résolument devant *lou pitio* :

« T'es bien aussi beau qu'ton grand-père, toi ! Tu

vas en faire des malheureuses ! Tu sais, Cachaniu, quand je serai mort, c'est toi qui hériteras de mon couteau !

– Tu crois vraiment que ça l'intéresse ! demandait Marj, en regardant son énorme "nounou", fière de lui.

– Tu n'peux pas comprendre ! Les femmes ça ne saisit rien à ce genre de chose ! À Pléaux, le couteau de l'aïeul c'est sacré ! Il faut qu'il apprenne le patois ! *By ti chanta una cansonne !* » persistait-il.

Dans la cuisine, Marie-Claire, qui leur tenait compagnie, souriait sous le manteau :

« Vous êtes formidable, monsieur Choubignac ! Pouvez-vous surveiller le petit ? Je reviens. »

Il acquiesça, ravi de se retrouver enfin entre hommes. Diana, au téléphone, terminait de noter son emploi du temps, et Marj lisait comme à son habitude les lettres de fans entassées dans un panier.

« C'est l'heure du dîner du petit. Voulez-vous lui donner ?

– J'arrive tout de suite ! Mais qu'est-ce qu'on entend ?

– C'est votre mari qui discute avec le *pitwo*. Je ne suis pas sûre de mon accent ! Venez voir ! »

Comme trois gamines préparant une bonne blague, elles s'approchèrent sur la pointe des pieds pour écouter la grosse voix qui s'époumonait :

« *La Bollé la Mariana ! La Bollé m'y loureieieilll ! La Bollé la Mariana ! La Bollé m'y loureieieilll !*

« Elle est jolie, la cansonné de papy, hein, *Pitio* ? Encore un p'tit coup, tu veux ? »

Diana, se penchant, aperçut son père les bras en l'air, esquissant des pas de danse, tapant des mains et frappant des pieds. Le Cantal à Neuilly ! Encouragé par les sourires du Cachaniu, ventre en avant, il évoluait comme un éléphant dans un magasin de porcelaines :

« *La Bollé la Mariana ! La Bollé m'y loureieieillll ! La Bollé la Mariana ! La Bollé...* »

Diana surgit en imitant un pas de bourrée :

« Quelle légèreté ! Tu vas t'envoler !

– Écoute, Nounou, tu vas finir par te tordre une cheville ! suivit Marjolaine, rouge de confusion.

– Ne vous inquiétez pas, Marie-Claire. C'est la première fois que je le vois dans cet état-là ! »

Lou Pitio, très déçu de voir la fête s'arrêter, dessina une grosse moue qui annonçait des larmes.

« Voilà ! On était bien tous les deux ! Regardez-le, vous allez le faire pleurer. Quand les femmes arrivent, il y a péril en la demeure ! »

Et il prit les menottes de l'enfant dans ses mains énormes pour marquer le rythme avec lui et lui offrit cette fois la traduction :

« Je la veux, la Marianna ! Je la veux, je l'aurai... »

Diana revoyait son enfance dans l'arrière-salle du *Joyeux Bougnat*. Elle se réjouissait que sa p'tite pilule profite d'un gros grand-père blagueur, au cœur d'or, et d'une mamy artiste inavouée, écologiste avant l'heure, d'une énergie à toute épreuve. Les joies et les histoires de la famille graveraient dans la mémoire de son petit garçon des instants qui lui seraient précieux tout au long de sa vie.

Après la dernière becquée et quelques jeux, Diana monta coucher son fils avec un simple *Au clair de la lune*. La soirée se termina avec un rami où Gustave écrasa ses femmes.

Haudevan, attendant Diana avec impatience, agitait son doigt musclé à force de presser sur les touches de sa console pour surveiller les conversations de ses sujettes :

« Mesdemoiselles, au lieu de discuter entre vous, dites plutôt à Aline Mangetou qu'elle passe beaucoup trop de temps chez son coiffeur ! Agatha, ta place est dans ton bureau, pas ici ! »

Pressant sur une autre touche, il continuait son inspection diabolique :

« À qui parlez-vous dans ce bureau ?

– Je vérifie les comptes avec le studio CBE, monsieur Haudevan ! sursautait la chef comptable.

– Vous ne payez rien ! CBE, c'est mon problème, je m'en occupe personnellement ! Raccrochez ! Je veux acheter une nouvelle voiture, voyez ça avec Agatha ! »

Et, appuyant sur deux touches en même temps, il dicta sa loi à ses ilotes :

« Agatha, va me chercher tous les catalogues de voitures américaines ! Les plus chères et les plus longues ! Je veux les avoir dans mon bureau d'ici un quart d'heure !

– Excusez-moi, monsieur Haudevan ! Vous vous êtes trompé, vous êtes dans le bureau de Trinité !

– Je sais ce que je fais ! Vous feriez mieux de me trouver Diana. Je l'attends depuis une heure », aboya-t-il, vexé.

Diana, qui entrait, sourit de voir Trinité les yeux levés au ciel.

« Salut, Trinité ! Ce cher Haudevan serait-il en train de nous faire une petite scène ?

– Entre vite, ça va peut-être le calmer ! Il ne supporte pas d'attendre, tu le sais bien !

– Pas d'affolement... Il y a des choses beaucoup plus graves dans le monde ! *Le chien aboie et la caravane passe !* »

Pour détendre l'atmosphère, elle prit un dossier en guise de chapeau et se mit à imiter une meneuse de revue à Broadway :

« *Y'a d'la joie, bonjour bonjour les hirondelles !*

« *Y'a d'la joie, dans mon cœur par-dessus les toits !*

« *Y'a d'la joie, mon cœur bat, chavire et chancelle !*

« *Y'a d'la joie, partout, y'a d'la...* »

L'interphone siffla sur la voix aimable de Haudevan :

« Trinité, vous êtes devenue folle ou quoi ? »

Penché vers le micro, Diana murmura d'une voix suave :

« Bonjour, monsieur Hubert ! J'aimerais tellement vous rencontrer pour faire un disque !

– Diana, viens dans mon bureau immédiatement ! » hurla-t-il sans le moindre humour.

Elle poussa la lourde porte. Pas de bonjour, il attaqua directement :

« On vient de m'apporter cette chanson pour toi. Qu'est-ce que tu en penses ? Mets le magnéto en marche ! »

Elle s'exécuta en s'asseyant face à lui. Cheveux en bataille, en simple chemise, il était avachi sur son trône, jambes écartées. Elle écoutait la bande quand elle aperçut, émergeant entre les cuisses du manager, un crâne qui redisparut aussitôt. Elle fit pivoter son siège, ne voulant à aucun prix imaginer ce qui se passait là-dessous. Mais elle fit aussitôt un autre demi-tour : il fallait qu'elle en ait le cœur net.

C'était certain : il y avait quelqu'un sous le bureau...

Interloquée, elle se leva pour arrêter la bande :

« Mais enfin, Hubert, tu te moques de moi ! Il y a quelqu'un sous ton bureau ?

– C'est M. Bertrand ! J'ai un rendez-vous ce soir. Il faut que je sois en forme ! Il me recharge... Mais pourquoi as-tu arrêté la bande ? laissant sortir sans la moindre gêne la tête du brave homme qui lâcha un rot retentissant :

– Oh, excusez-moi ! Bonjour, mademoiselle Diana ! Je suis en train de lui remonter ses énergies ! souffla le magnétiseur, rouge pivoine en se redressant, les mains sur le bas des reins.

– Ne vous arrêtez pas, monsieur Bertrand ! Je ne me sens pas encore parfaitement bien ! Je suis trop fatigué, vous êtes le seul à me faire du bien, continuez ! insista Haudevan en appuyant sur son épaule.

– Laissez-moi récupérer deux petites minutes ! Cette position n'est pas très confortable !

– C'est vrai, mais ça me fait encore plus d'effet ! Annulez tous vos autres rendez-vous, je vous garde avec moi tout l'après-midi ! Vous n'y perdrez pas ! »

Diana comprit que son producteur était définitivement atteint d'un vieillissement du bulbe rachidien, que les injections répétées n'y suffisaient plus et que M. Bertrand risquait fort de camper dans son bureau pour les années à venir.

Elle préféra se remettre à écouter la bande en essayant d'oublier la scène hallucinante qui se poursuivait sous le bureau.

« C'est super ! Je veux l'enregistrer mais en anglais !

– Ce n'est pas pour toi. Je voulais que tu écoutes pour avoir ton avis, mais tu n'es pas capable de chanter en anglais ! affirma Haudevan, toujours aussi aimable.

– Mais tu me prends vraiment pour une imbécile ! Si j'étais aussi nulle que tu le prétends, te connaissant, il y a longtemps que tu m'aurais jetée ! »

S'animant et riant, elle surenchérit :

« Je vais créer un groupe avec des étrangers. J'en ai toujours rêvé ! On chantera et on dansera. Advienne que pourra ! Voilà enfin une aventure qui m'intéresse ! C'est énormément de travail, mais le risque en vaut la chandelle ! Et, ensuite, je fais enfin de la scène à Paris ! »

Haudevan tenta de la calmer, lui proposant d'y réfléchir :

« C'est tout réfléchi ! On ne dit rien à personne et on le fait ! Il me faut une étudiante américaine pour me suivre partout. Je travaille mon accent, et hop ! »

Un mois plus tard, la maison de disques Haudevan sortait un nouveau groupe : DC Reaction. Le disco débarquait en France. DC Reaction explosait dans toutes les boîtes à la mode. Diana avait gagné son pari. Trois danseurs de couleur l'entraînaient sur un rythme fou.

Haudevan, pour surveiller les répétitions sans perdre de temps, avait transformé une partie du parking en salle d'entraînement.

Pendant que la sueur dégoulinait du front des danseurs qui manquaient d'air, il recherchait déjà comment passer les frontières avec son groupe en vogue, et s'ouvrir grand les portes de l'International.

La vie de Diana se transforma à une vitesse folle. Elle ne quittait plus le sous-sol que pour rejoindre sa p'tite pilule et Marie-Claire, puis elle s'écroulait, le corps brisé par les courbatures, dans un sommeil profond. Les propositions de l'étranger s'amoncelaient sur le bureau du grand chef qui ne laissait plus une minute à Diana. Plus le temps de visiter des appartements, plus le temps de parler de comptes ou de disques d'or, plus une seconde pour le shopping : Diana réservait tous ses moments libres à son fils.

L'Europe semblait au rendez-vous, et il fallut vite constituer une équipe pour accompagner le groupe : Jean (prononcez *gin*), la secrétaire-habilleuse, new-yorkaise qui ne parlait pas un mot de français et donnait des maux de tête à la chanteuse à force de mélanger les deux langues ; Mouny, la maquilleuse-coiffeuse, qui avec ses appareils dernier cri amusait toute la troupe ; Mlle Nickita, très bon chic bon genre, engagée par le patron pour faire connaître sur le marché international les sociétés Haudevan, et enfin, cerise sur le gâteau, H. H. *himself* qui avait décidé de ne pas laisser sa « perle rare » lui échapper...

Haudevan s'était fait faire de nouvelles paires de chaussures, bien décidé à marquer de ses empreintes extraordinaires le sol à conquérir.

Dans la voiture qui le menait au Bourget, M. Bertrand magnétisait, le chauffeur se laissait insulter pour sa conduite trop molle, Aline Mangetou, carnet à la main, était au rapport, Agatha cherchait désespérément dans une pile de prospectus quelle piscine commander pour la campagne, le maquettiste rangeait ses projets de pochettes, toutes mauvaises et à recommencer.

Tout le groupe était déjà à l'aéroport où il avait loué un jet privé pour s'éviter des contacts inopportuns avec la foule et des retards... qu'il infligeait systématiquement aux autres.

Sa voiture le déposa précisément au pied de l'appareil :

« Le vent, je ne peux pas supporter le vent ! » avait-il prévenu.

L'Italie accueillit Diana en vraie star. D'interviews en festivals, de radios en télévisions, tout le monde se battait pour voir la p'tite Française en paillettes qui était entrée dans le royaume des grands. Elle croisait désormais le fer avec les Anglais, les Allemands, les Italiens, les Hollandais, les Américains, fière de représenter les couleurs de son pays.

Elle fut happée par un tourbillon de folie : le festival de Venise, une nuit à l'hôtel, l'avion pour l'Allemagne, radios, photos, interviews, l'émission-phare *Musik Laden*. Elle rencontra Blondie, Village People, Boney M., Tina Turner. Les artistes et leur manager se retrouvaient régulièrement de capitale en capitale, suivant le même parcours pour conquérir la première place des hit-parades.

Pendant que le groupe revoyait pour la énième fois la chorégraphie, Haudevan et Nickita multipliaient téléphones et rendez-vous, utilisant Diana comme une « bête de cirque », pour rencontrer tous ceux qui rêvaient de l'avoir sous contrat.

Une journée de halte à Paris. Diana retrouva son petit garçon avec une dent supplémentaire, un mot nouveau dans son gazouillis et un petit bourrelet de plus sur son ventre rondouillard. Marie-Claire le surveillait avec amour, lui racontant en long et en large les aventures de sa maman, le préparant savamment à des retrouvailles qui inondaient de bonheur Diana, exténuée mais fière de sa plus grande réussite : son fils. Elle refusa toute la promotion parisienne pour profiter au maximum de celui dont elle était trop souvent séparée.

Mais un avion était déjà prêt à décoller, direction San Remo.

Couronnée reine du festival, elle regagnait sa chambre d'hôtel, accompagnée par Jean les bras chargés de fleurs et de cadeaux en tout genre. Haudevan, épuisé par sa course à l'échalote, ne venait plus qu'une fois sur deux, déléguant à Nickita le pouvoir de le représenter. Elle était chargée de distribuer la carte de visite du plus jeune, du plus talentueux, du plus célèbre et du plus efficace P-DG, producteur, distributeur, musicien, auteur (arnaqueur) de Paris. Elle devait aussi surveiller les faits et gestes de la chanteuse qui n'était pas là pour s'éparpiller. Diana avait compris le manège et décida après le spectacle d'en profiter et de découvrir les discothèques branchées. Nickita fut mise au pied du mur :

« Écoute, je connais le numéro par cœur ! dit Diana à l'envoyée spéciale, qui joua l'innocente.

– Je ne vois pas de quoi tu veux parler.

– Aie au moins la gentillesse de ne pas me prendre pour une imbécile ! Alors mettons les choses au clair : à partir de ce soir, je m'éclate ! Soit tu viens avec nous, soit tu fais ton rapport, mais, quoi qu'il en soit, tu ne vas pas me ficeler au pied de mon lit ! Alors, lorsque tu iras parler à Hubert, n'oublie pas de le saluer de ma part ! »

Les voyages succédant aux voyages donnaient l'occasion à Diana d'oublier Mickael, qui continuait à inviter ses conquêtes dans la maison de campagne. Les soirées italiennes, où les artistes se retrouvaient devant un verre, dansaient jusqu'au matin et parlaient d'avenir, noyaient Diana dans les bulles de champagne et les éclats de rire. Libre, elle était libre, et profitait de son succès en oubliant tout le reste.

Londres, ville chargée de souvenirs d'escapades, attendait DC Reaction à grand renfort de publicité. Déjà classé dans les cinq premières classes des Charts, le groupe à la mode se préparait une nouvelle fois à monter dans le jet privé à la moquette couleur framboise écrasée, signe distinctif de la dernière acquisition de Haudevan.

Le Bourget, dix heures du matin, l'œil encore fermé par une nuit agitée, les trois danseurs s'engouffrèrent dans l'avion pour finir leur nuit. Diana et Jean, les bras chargés de housses de costumes, de sacs et de manteaux, montèrent à leur suite. Mouny les héla en réclamant de l'aide.

Diana s'esclaffa de voir la rondelette reine du pinceau réparateur souffler comme un bœuf en portant deux énormes valises métalliques et son immense vanity-case.

« Je suis au régime. Je commence mon nouveau traitement électrique. J'ai besoin d'un lit pliant et d'électrodes. Regardez, les garçons ! Vous ne voyez pas la différence ? » interrogea-t-elle en tournant sur elle-même.

Le silence qui s'ensuivit était significatif.

« *Hi, my Mouny, I'am sorry but you hav'not lost a pound, my dear !* » lança Jean, sachant déjà qui allait porter ce chargement d'hôtel en hôtel.

Le cortège Haudevan fit son apparition.

« Faites-moi de la place, j'apporte des plateaux-repas ! Nous allons déjeuner ! Nickita, sors les plateaux ! ordonna H. H. à la responsable de l'International dont le nez pincé laissait deviner une tension qui avait débuté très tôt le matin.

– Excuse-moi, Hubert, mais il est dix heures et demie. Personne n'a faim ! plaida Diana en voyant les grimaces de Mouny.

– La répétition de *Top of the pop* commence à midi, nous n'aurons pas le temps de déjeuner, alors pas de discussion ! Tout le monde mange du rôti de veau aux p'tits pois ! »

Les plateaux furent distribués malgré les supplications du groupe.

« Hum ! Délicieux ! s'extasiait Nickita, la bouche pleine, avec une fourberie digne de Scapin.

– Nous allons traverser une zone de turbulences ! Veuillez regagner vos places et attacher vos ceintures ! »

Un grand trou d'air arracha des cris d'horreur aux passagers :

« *Ah, oh, help ! I'am going to gerbe !* » implora Jean.

L'avion était secoué de petits sauts répétés qui rappelaient la tôle ondulée du désert saharien.

« Attention aux plateaux ! » hurla Hubert un mouchoir sur la bouche.

Un second trou d'air, encore plus fort que le premier, provoqua de nouveaux hurlements et, dans un geste involontaire, Mouny projeta son assiette de petits pois qui roulèrent sur le sol.

« Mon Dieu, la moquette ! se lamenta Hubert accroché à son siège. Que tout le monde ramasse les petits pois ! Attention où vous mettez les pieds ! Nickita, mais regarde, tu viens d'en écraser un ! Voilà, idiote que tu es ! Maintenant il y a une tache ! »

Diana fut prise d'un fou rire nerveux devant le ballet de postérieurs à la recherche des petites graines vertes.

« Hubert, pourquoi tu ne te baisses pas toi aussi ? T'as un lumbago ou quoi ?

– Ici, c'est moi qui paie ! Alors tout le monde se tait et fait ce que je dis ! » éructa l'Attila du microsillon en vomissant dans un sac plastique.

– C'est le bon Dieu qui t'a puni ! » se réjouit Diana qui ne supportait pas de voir Haudevan traiter ainsi en despote toute son équipe.

Le tournage de *Call me Birdy* se fit rapidement, et les DC Reaction regagnèrent l'hôtel sans un mot.

Le travail n'était pas terminé pour Diana qui devait faire une série d'interviews pour la presse londonienne. Haudevan, oscillant sur ses chaussures, accueillait les journalistes dans la suite présidentielle. Le crachin de Londres lui avait arrangé une coiffure afro des plus réussies.

« *Hello ! My name is Mister Haudevan ! I* suis le producteur *of Diana, I* manège la *plus big record maison in France !* se répandit-il en courbettes japonaises.

– *I'am sorry but may I speak to Diana !* » s'insurgea un journaliste, légèrement énervé par le Zoulou en faction.

Diana s'avança et lui tendit la main, l'invitant à s'asseoir pour le sempiternel jeu de questions :

« *Strange man, strange hair, strange shoes ! He seems a little bit crazy, isn't it ?* » s'interrogea le reporter.

Diana rit de bon cœur en lui expliquant que le vol avait été très difficile et que, par ailleurs, pour rien au monde l'individu en question n'aurait voulu donner l'adresse de son bottier.

Ce à quoi le journaliste rétorqua avec humour que personne n'aurait songé à la lui demander.

Au retour, les douaniers voulurent faire ouvrir les bagages.

Haudevan, offusqué, demanda à parler au responsable qui lui signifia de patienter comme tout le monde.

« Ils vont entendre parler de moi ! » grogna-t-il pour ne pas perdre la face.

Les douaniers, imperturbables, inspectaient le barda des danseurs, retournant les vêtements dans tous les sens.

Lorsqu'ils tombèrent sur les deux énormes valises métalliques soigneusement fermées à clef, ils appelèrent d'un signe la propriétaire pour qu'elle veuille bien ouvrir l'objet de leur curiosité. Mouny, nerveuse, cherchait désespérément son trousseau dans ses boîtes à secrets, dans son immense sac de voyage, sous les yeux exorbités d'Haudevan qui, les nerfs en pelote, apostropha Jean, tranquillement assis avec les danseurs.

« Tu dois savoir où elle a mis ses clefs ! Tu es responsable des bagages, alors trouve-moi le trousseau vitesse grand V ! »

Jean, révoltée, commença à l'insulter dans son jargon, sous les yeux de la police arrivée à la rescousse.

« *Fucking shitt ! This man has a pen in his ace !* »

Mais Mouny lui souffla discrètement :

« J'ai oublié les clefs à l'hôtel ! Il faut retourner les chercher ! »

En voyant ces conciliabules, les chercheurs de trafiquants changèrent de ton :

« Your jeu is stupide ! C'eïï very long, trouop longgg ! Nous éllonss l'ouvrrouir ! »

Avec un tournevis, ils commencèrent à forcer les valises dans tous les sens, jusqu'à ce qu'un couvercle saute dans un grand bruit de ferraille provoqué par les ressorts du lit qui se dépliait.

« Diana, qui t'a autorisée à voyager avec un lit pliant ? demanda Hubert, qui n'était au courant de rien. C'est inconcevable, tu dors pendant que je travaille ! Vous êtes tous virés ! » cria-t-il en pleine crise.

Le foulard en bataille, le manteau de travers, les fermetures Éclair de ses bottines descendues, il traînait ses quinze centimètres de semelle comme un hussard sur le champ de bataille.

« Je suis Hubert Haudevan, je dois tout voir, tout savoir ! Je vous fais vivre et personne ne fait rien sans mon autorisation ! Nickita, tu es payée pour me représenter et surveiller une chanteuse qui m'appartient ! Ne pensez pas ! Faites ce que je vous dis, un point c'est tout ! »

Dans son énervement, il perdit une chaussure, ce qui le fit immédiatement redescendre sur terre et achever là son discours, salué par les éclats de rire des danseurs qui venaient de découvrir le secret de sa haute taille.

Deux heures plus tard, Mouny ramassait ses deux valises disloquées et la troupe était enfin autorisée à repartir. Pas un mot ne fut échangé pendant le vol.

Haudevan s'endormit après un massage du pied prodigué par Nickita qui, tout compte fait, voulait conserver son job. Diana préféra se réfugier dans le fond de l'appareil avec son groupe afin de leur remonter le moral.

En trois semaines, elle enregistra un nouvel album dans la langue de Shakespeare, prépara de nouvelles chorégraphies savamment réglées par ses danseurs dans le parking, procéda aux nombreux essayages indispensables à son nouveau look, dévorée par un succès qu'elle ne maîtrisait pas et qui remplissait les heures sans lui laisser une seconde pour s'interroger sur sa vie.

Dancing in the rain, son titre-phare, était prêt pour continuer sur la lancée la conquête du monde.

Sur le zinc du bistrot, Marjolaine et Gustave répondaient aux questions des habitués, regrettant de ne pas voir assez leur « grande sauterelle », et tout le quartier buvait avec fierté à la santé d'Annette, la petite Auvergnate qui avait parcouru tant de chemin depuis son enfance.

L'effervescence battait son plein : on discutait en ce moment de l'élection du maire de Paris !

Pensez donc, un maire à Paris, ça faisait un bon bout de temps qu'on n'en avait vu.

Derrière son comptoir, Gustave écoutait en essuyant les verres. On débattait des stratégies, des analyses et des convictions idéologiques avec ce savant mélange de pertinence et d'irréalisme dont les Français ont le secret.

« Moi, j'ai bien envie de voter Fizbin ! Il a l'air

sympa et puis il a un air de titi parisien ! » lança un des habitués.

Chacun avait son candidat et vantait son programme pour décrier, l'instant suivant, celui du voisin. Gustave écoutait, son regard allait de l'un à l'autre en hochant la tête. Tatane le relança :

« Et c'est quoi, ton idée ? Si Môssieur veut bien nous faire part de son opinion ! »

Gustave Choubignac chassa d'un revers de main une mouche imaginaire et annonça fièrement :

« Mon idée, c'est Chirac !

– Et pourquoi ça ? demanda un client au comptoir. Il est pas parisien que je sache ?

– Moi non plus ! répondit Gustave. Et pourtant je vis ici et c'est mon quartier ! »

Mme Choubignac, qui passait la tête par la porte de la cuisine, apporta sa contribution au débat :

« Moi, je le trouve beau et il a pas l'air mollasson ! »

Gustave tourna la tête vers sa femme et dit :

« Merci de nous avoir éclairés, Marj ! Va donc voir dans la cuisine si tout se passe bien avec la truffade ! »

Et, pour clore la réunion électorale improvisée, il décréta :

« De toute façon, c'est un ''pays'', alors le problème est réglé ! »

Sur ces paroles définitives, Diana fit irruption dans la salle. Elle embrassa son père et sa mère, circulant au milieu des tables pour dire un petit bonjour à chacun, lorsque Tatane la prit par la main :

« Et toi, ma p'tite Diana, tu vas voter pour qui à la mairie de Paris ?

– Quelle question ! Pour Jacques Chirac, bien sûr,

il est formidable et je suis sûre qu'il sera président de la République ! »

Sur cette prophétie auvergnate, elle disparut dans la cuisine d'où montait une alléchante odeur d'ail et de tomme fraîche.

À Neuilly, le bout de chou commençait à fredonner des « la, la lère » et grandissait à vue d'œil. À chaque escale dans cette maison bien cachée dans la verdure, Diana se réservait une journée pour emmener son fils au Jardin d'acclimatation. Métamorphosée en brune, cachée derrière de petites lunettes rondes, elle se transformait pour la circonstance en institutrice, afin de préserver l'incognito et la tranquillité de son enfant.

Des manèges au toboggan, du toboggan aux pâtés de sable, sans oublier le petit train, elle redevenait une maman ordinaire qui s'émerveillait devant les progrès de son fils. Lorsque son garçon était assis dans son siège fixé sur la banquette arrière, elle choisissait ce moment pour lui apprendre une nouvelle chanson :

« Comme un p'tit coquelicot, mon âme !

Comme un p'tit coquelicot !

« À toi, mon amour, chante avec maman ! trois, quatre ! » répétait-elle inlassablement.

Toujours heureux d'entendre les applaudissements de sa mère, il essayait en s'appliquant :

« *Comme un p'tit clocliclot madam ! P'tit clocliclot !* Un ôte, maman, un ôte ! »

Ces après-midi bien remplis se terminaient toujours dans un bon bain où maman et bébé faisaient des bulles dans l'eau. Le dîner avec Marie-Claire réunissait un semblant de famille sans le père. La vérité était simple à comprendre et difficile à accepter, Nougaro l'avait pourtant chanté : « Elle voulait un enfant mais lui n'en voulait pas ! » Le soir, elle profitait du calme pour trier avec la nurse le courrier en retard, constatant avec horreur que le loyer montait à une vitesse vertigineuse.

Il était indispensable pour elle de continuer à chercher l'appartement promis par Haudevan, pour mettre à jour les comptes dont elle ne disposait toujours pas.

Invitée d'honneur de *Jours de France*, elle partit trois jours à Marbella pour prendre des cours de tennis avec Björn Borg. Elle était accompagnée de Jean et d'un photographe d'agence qui couvrait « l'événement » pour le journal. Le soleil, les fleurs, l'attachée de presse, le directeur du journal, les accueillirent chaleureusement à leur arrivée à l'aéroport.

À Puente Romano, le superbe complexe avec sa végétation luxuriante, sa piscine et son nombreux personnel la surprirent par sa beauté, et pourtant elle en avait vu d'autres ! Le bagagiste et le directeur de l'établissement rivalisèrent de prévenance. Une suite digne de la reine de Saba était préparée pour elle. Des fleurs et des fruits frais décoraient la table du grand salon.

Un rendez-vous fut fixé à quinze heures dans le jardin. Diana et sa secrétaire s'y rendirent ensemble.

Une confiance totale régnait entre elles. La répétitrice et son élève étaient devenues comme les deux doigts de la main. Jean apprenait à travailler et la chanteuse perfectionnait son accent.

Elles retrouvèrent le photographe et partirent pour la rencontre avec le roi de Roland-Garros.

Une demi-heure passa, et Diana commençait à trouver le champion d'une impolitesse folle. Le photographe surveillait la lumière en cherchant à la calmer :

« Ne t'énerve pas, ce sera meilleur pour l'éclairage !

– Si tu crois que je vais attendre encore une heure, tu te goures ! »

À peine avait-elle terminé sa phrase que Borg entra dans la pièce en se confondant en excuses dans un anglais venu directement de Suède. Tout de blanc vêtu, bandeau sur la tête retenant sa longue chevelure blonde, le visage et les jambes hâlés, il décida de tout tenter pour se faire pardonner.

Le photographe se dérida en voyant avec quelle bonne volonté le champion se prêtait à toutes les suggestions.

Puis vint le moment de jouer.

Diana, sans aucun complexe, exécuta un premier service en riant à l'avance, bien persuadée de ne pas voir passer le retour. Björn renvoya galamment la balle dans sa raquette. Elle n'avait pas un pas à faire et les balles s'échangeaient sans lui demander aucun déplacement. Puis elle se prit au jeu et commença à placer ses coups, droite, gauche, droite, gauche.

Le tennisman, amusé par la chanteuse qui se donnait un mal d'enfer, choisit de faire un superbe amorti, qui écrasa la balle juste derrière le filet. Diana, prise par son élan, se jeta raquette en avant pour tenter de renvoyer le coup et, se faisant un croche-pied phénoménal, elle trébucha sur la terre battue et accomplit un roulé-boulé très original.

Il se précipita en sautant le filet les pieds joints et se pencha sur elle :

« *Are you okay ? Did you hurt yourself ?* » demanda-t-il en souriant.

Assise sur le sol, Diana, se sentant complètement stupide, le remercia en regardant discrètement le haut de sa cuisse rougi par son atterrissage manqué. Il la félicita pour sa ténacité, et la séance du jour se termina par une promenade dans les allées fleuries. Ils se quittèrent en se donnant rendez-vous le lendemain vers quatorze heures pour la suite des photos.

Diana suivie de Jean regagna sa chambre en faisant des commentaires sur l'athlète. Elle le trouvait plutôt sympathique, un peu timide mais plein de bonne volonté, pas bavard mais plus intéressant au naturel qu'en photo. Des trucs de fille, quoi !

En début de soirée, elle alla visiter l'exposition de peinture qui se tenait dans une galerie au milieu de quelques boutiques. Elle contemplait une toile en se disant que Marjolaine était beaucoup plus douée, lorsqu'elle sentit quelqu'un derrière elle. Diana, détestant être collée de près, fit un demi-tour précipité pour se retrouver nez à nez avec Björn Borg.

« Tout va bien. Je ne vous ai pas fait peur, j'espère ?

– Ça va, je vous remercie ! Aimez-vous ce genre de peinture ? » interrogea-t-elle en plongeant dans son regard bleu.

Ils échangèrent leurs impressions artistiques sous l'objectif du photographe ravi, qui garnissait ses poches de pellicules supplémentaires.

Ils essayèrent de gagner discrètement le bar mais toute la jet-set espagnole et parisienne les attendait. Chacun de son côté fit son métier en souriant et en répondant à toutes les questions des invités, plus chics les uns que les autres.

Une immense tablée était présidée par Régine qui attendait d'emmener tout ce monde dans une de ses discothèques. La maîtresse de cérémonies décida de les placer l'un en face de l'autre, comprenant très bien que la soirée risquait d'être longue. Toute cette belle société brillait de mille feux. Qui a le plus gros diamant au doigt ? Celle-là ne porte que du Cartier ! Regarde ses boucles d'oreilles, c'est du vrai ou du faux ? Diana, en regardant furtivement l'exposition de bijoux de ces dames, pensait qu'elle ne faisait vraiment pas partie de ce monde. Langoustes et autres crustacés débordaient des plats qui défilaient sur la table, les « bons mots » fusaient, les potins circulaient au milieu des rires :

« Vous ressemblez terriblement à Angie Dickinson jeune ! » disait l'un en fixant Diana. Le goujat continua de plus belle :

« Mais c'est incroyable ! Regardez, mes amis, on dirait Angie ! insistait-il, fier de sa découverte.

– Angie qui ? demandait un autre, alerté par la voix forte du premier.

– Angie, notre amie, Angie Dickinson ! Diana est son sosie ! »

Voulant rester civile, la chanteuse répondit avec la plus totale fourberie :

« Je vous remercie, mais vous ressemblez terriblement à Marty ! Mon ami Marty Wilde ! »

Elle souhaitait qu'il comprenne le ridicule de la situation mais, gonflé comme un paon, le vieux beau vérifiait son toupet et faisait passer la nouvelle tout au bout de la table.

Quelque temps plus tard, dans la discothèque, le champion très entouré à sa table avait vraiment l'air désespéré. La chanteuse passait le temps agréablement en discutant avec Jean et son photographe. Le défilé des chevaliers servants était impressionnant à sa table pendant qu'à côté les demoiselles piaffaient d'impatience pour se faire inviter.

Régine plaça sa main sur l'oreille de la chanteuse et murmura :

« Björn aimerait beaucoup te parler ! Il demande que tu viennes à sa table ! »

Au bout d'une demi-heure, la conversation entre les deux invités vedettes battait son plein, puis ils usèrent la semelle de leurs baskets sur des rocks endiablés. Ils se trouvèrent respectivement mâaaaaagnifiques, et l'aube couronna une très longue et voluptueuse nuit.

Les deux jours qui suivirent, ils se partagèrent entre des séances de photos et des parties de cache-cache, épuisantes pour les nerfs, mais indispensables pour trouver un peu d'intimité.

Ils se séparèrent à l'aéroport où Björn Borg, accompagné de son équipe, décolla vers la Suisse, tandis que Jean, Diana et le photographe embarquaient pour Paris.

Quelques coups de téléphone les relièrent à travers le monde et ainsi prit fin leur « brève rencontre ».

Elle eut peu de temps pour profiter de son petit garçon. Elle repartirait avec son groupe pour l'Italie, direction Vérone.

Haudevan, de plus en plus insupportable, grognait tout le temps :

« Fais attention aux courants d'air ! Il faut que tu manges, tu es trop maigre ! N'oublie pas de parler des disques Haudevan dans tes interviews ! Attention à tes cheveux, tu es mal coiffée ! Pense à me regarder quand tu chantes ! »

Ridicule, tout ça devenait complètement ridicule.

Dans les arènes de la ville de Roméo et Juliette, devant trente mille personnes en folie, Diana et DC Reaction brûlèrent les planches, chantant, dansant au milieu de tous les groupes à la mode. Plus d'Hubert, plus de contraintes, plus de pressions, l'énergie du public et de ses danseurs lui donnait des ailes. Elle reçut ce soir-là, dans la démence générale, une nouvelle récompense : la Coupe des juke-boxes italiens. Les carabiniers, tenant en laisse des chiens policiers, l'escortèrent dans les loges et, plus tard, à sa voiture sous les hurlements de ses supporters entassés derrière les balustrades.

La gloire grandissait. Les voyages, les escales, les hôtels, les capitales défilaient dans sa vie en un rythme infernal, haché par les commentaires inutiles d'un manager qui la rendait folle.

Vers la fin de l'année, une indiscrétion lui apprit que le fameux Highwind qui signait les chansons anglaises systématiquement classées numéro un dans tous les hit-parades n'était autre que Hubert Plumt, dit Haudevan.

Il lui avait encore menti, il continuait à entasser en secret des piles de lingots d'or. Il ne respectait pas sa parole qui partait toujours en fumée. Écœurée par cet homme sans foi ni loi, elle prit une grande décision pour briser les barreaux qui l'emprisonnaient.

En un mois, elle organisa son déménagement selon un plan radical : c'était une question de survie. La p'tite pilule dans les bras, avec Marie-Claire qui ne les quittait pas, elle traversa l'Océan vers une vie différente, direction Big Apple !

« *New York, New York, beautiful town !* »

1978
Cloclo et Brel au paradis

Hubert, pressentant qu'il risquait d'y laisser des plumes, voulait sauver la mise coûte que coûte. Les filiales étrangères Haudevan étaient ouvertes à travers l'Europe mais pas installées. Il ne pouvait donc pas se permettre de perdre sa p'tite mère avec ses shorts à paillettes. Il trouva comme par hasard son idée de buildings excellente et ajouta qu'elle avait toujours des idées extraordinaires pour son métier d'artiste où elle était vraiment « la meilleure ».

Marie-Claire, bien que chargée comme une mule, s'extasiait devant les affiches de comédies musicales qui tapissaient les couloirs de l'aéroport. Diana, son petit garçon à moitié endormi sur son épaule, souriait à la pensée d'une nouvelle installation. L'attente d'une heure pour accéder aux guichets de la douane ne lui sembla durer que quelques minutes. Une fois les formalités accomplies, elles s'engagèrent dans le hall où un homme inconnu, brandissant une petite pancarte sur laquelle était écrit « Mademoiselle Diana, disques

Haudevan », les attendait. Marie-Claire laissa échapper un commentaire acerbe.

Diana se présenta au chauffeur de la limousine qui avait été envoyé pour la conduire, elle et sa famille, au nouveau home. « Pour une fois qu'Haudevan ne mégote pas... il doit être vraiment très angoissé », pensa-t-elle en montant dans la voiture à six portes.

À leur arrivée, le portier gardien de nuit remit à Diana un message d'un certain M. Hwoudivenne (*sic*). Elle le fourra dans sa poche sans même le lire.

L'appartement situé au trente-septième étage offrait une vue surprenante sur l'Hudson et une forêt de buildings. Des meubles modernes et un canapé beige habillaient l'immense living. Un *king size bed* en acier doré trônait au beau milieu de la chambre.

« Marie-Claire, venez voir la taille du lit ! On pourrait coucher à quatre là-dedans ! Eh bien, je n'ai pas fini d'avoir froid aux pieds ! »

Elle continua à faire le tour du propriétaire avec un léger sentiment d'inquiétude devant cette nouvelle vie. Mais la perspective de conquérir une ville où elle était encore complètement inconnue la réjouissait. Elle jeta quelques idées de décoration sur un bloc-notes et descendit faire des courses au *Super Market* du coin de l'avenue. Depuis qu'elle avait quitté *Le Joyeux Bougnat* pour se lancer dans la chanson, elle n'avait jamais plus eu l'occasion d'aller dans une grande surface. Le lèche-vitrines lui était devenu inconnu et la foule lui faisait peur. Si elle avait gagné la gloire, elle avait perdu sa liberté. Tout en essayant de déchiffrer les étiquettes, elle se retournait sur chaque personne qui la croisait en pensant qu'on allait lui demander un autographe ou un bisou. Mais les gens passaient dans l'indifférence la plus totale. Seuls quelques-uns remarquaient son habillement qui disait qu'elle n'était pas américaine.

Elle remplit à ras bord deux caddies de jus de fruits, de café français (qu'on ne trouve qu'aux États-Unis), de lait aux multi-vitamines, de muffins, de bacon, de sirop d'érable pour les pancakes du lendemain matin, de cream cheese, de cookies, etc.

Elle paya et demanda, dans un anglais à l'accent français encore très prononcé, à se faire livrer.

Sur le chemin du retour, elle découvrit un restaurant qui livrait à domicile de sympathiques salades et des sandwichs géants. Elle se sentait bien.

La nurse avait déjà installé la chambre qu'elle partagerait avec P'tite Pilule. Celui-ci vidait consciencieusement le contenu des valises devant la télé allumée.

« C'est fabuleux, je suis certaine que l'on va être très heureux tous les trois ici ! Je suis excitée comme un vieux pou ! » dit Diana en se frottant les mains avant de jeter son manteau sur un fauteuil pour s'affaler sur le sofa.

« Regardez toutes ces lumières, c'est grandiose ! Marie-Claire, êtes-vous allée sur le balcon pour regarder en bas ? demanda Diana en se levant pour faire l'expérience.

– Je ne peux pas, c'est trop haut, ça me fait peur ! répondit-elle sans bouger.

– Mais venez donc, Marie-Claire. C'est pas sympa ! Vous ne devez pas me laisser toute seule ! »

Diana, remontée comme un yoyo, était bien décidée à faire de Marie-Claire une téméraire sportive, mais la nurse trouva une excuse imparable, bien convaincue cependant que c'était reculer pour mieux sauter.

« Je défais vos valises ! Pas ce soir ! Je me sens un peu fatiguée ! Demain, on verra ça demain ! » Elles passèrent une commande au restaurant du coin et pique-niquèrent en discutant devant le *Johnny Carson Show* avant d'aller se coucher.

Le lendemain matin à six heures, le téléphone sonna :

« Bonjour, ma p'tite mère, c'est Hubert ! Je te réveille ? Tu ne m'as pas rappelé hier soir ! Pourtant j'ai laissé un message au gardien ! Il fallait à tout prix que je te parle !

– Tu ne me réveilles pas, mais je te signale quand même pour information qu'il est six heures du matin, ici ! »

Trouvant immédiatement une réponse, il s'en prit à Trinité qui n'était sûrement au courant de rien :

« Six heures ? Mais elle est idiote, cette secrétaire, elle m'a dit qu'il était huit heures. Il est midi ici, il est six heures chez toi, donc il y a euh... euh... six heures de décalage, c'est bien ça, six heures de moins !

– C'est bizarre, mon bon Hubert ! Mais tu vas beaucoup plus vite lorsqu'il s'agit de compter la recette ou de négocier un pourcentage ! dit-elle en se moquant, alors qu'il enchaînait sans aucun humour :

– Il faut que je prenne une décision pour les télés allemandes ! Tu sais combien c'est important pour ta carrière ! Tu comptes rentrer quand ? interrogea-t-il sans la moindre gêne.

– J'espère que tu plaisantes ! Je suis arrivée hier soir ! Je ne sais pas quand je rentrerai, je n'y pense même pas et d'ailleurs peut-être que je ne rentrerai plus jamais ! À part ça, as-tu autre chose à me dire ? demanda-t-elle passablement énervée.

– Tu n'es pas bien réveillée, je te rappellerai plus tard, et on en reparlera tranquillement. Rendors-toi bien ! »

Les jours suivants, elle était devenue la reine de la marche à pied, remontant de long en large la Cinquième Avenue, Central Park, Park Lane Avenue, Broadway. Entre les vitrines, Bloomingdale, Schartz, Massy's, et les écoles de danse, son carnet d'adresses se remplissait à vue d'œil. Dans l'appartement, les appels et les messages urgents signés Haudevan s'empilaient à côté du téléphone. Diana avait mieux à faire : elle s'était inscrite aux célèbres cours de danse de Franck Hatchett et d'Alvin Haley.

Sa seule correspondance au bureau de Haudevan était Jean, sa secrétaire, qui avait préparé son voyage dans les moindres détails. Jean s'ennuyait, seule à Paris, à subir les trente-sept mille questions quotidiennes d'Hubert. Au bord de la dépression, elle prétexta un problème familial et posa un congé. Elle débarqua quinze jours plus tard dans sa ville natale, ravie de retrouver sa famille et Diana.

Elle se joignit à Diana et Marie-Claire pour déguster les fameux sandwichs au pastrami de chez Kaplan et reprit rapidement goût à la vie. Diana, à l'appétit insatiable, décida de travailler également la comédie et prit contact avec John Strasberg, qu'elle avait rencontré à Paris. Fils de Lee Strasberg, créateur de l'Actor's Studio, dont la réputation n'était plus à faire, John avait ouvert lui aussi son cours non loin de celui de son père. Diana téléphona au Real Stage et prit un premier rendez-vous dans la 44th Street pour établir un plan de travail avec celui qui allait lui permettre d'effacer les traces laissées par les méthodes d'Haudevan.

À dater de ce jour commença le travail de titan d'une « star internationale » qui avait décidé de plonger dans l'anonymat le plus total afin de faire peau neuve et d'échapper aux turbulences d'Hubert, avec un h, comme « Highwind ».

Elle prit son premier cours de danse réservé aux professionnels comme une débutante, et découvrit avec stupeur qu'elle avait un mal fou à suivre le tempo de ceux qui travaillaient le soir sur les planches de Broadway. Elle se sentait ridicule et préférait rester au fond de la salle pour que personne ne voie la p'tite Française s'emmêler les crayons. Après une heure et demie de cours, elle se précipita au bar, avala un grand jus de carotte pour ne pas faire une syncope et fut bien obligée de regarder la réalité en face. Bien décidée à relever le défi, elle sortit, marcha droit devant elle jusqu'à un *health food*, où elle déjeuna léger, avant d'aller assister à son premier cours de comédie dans la 44e Rue. Tous les élèves qui y participaient étaient rompus depuis longtemps aux improvisations, aux classiques, à Tennessee Williams... et aux exigences du professeur. Assise à côté, elle écoutait les remarques, les commentaires, les réflexions de celui qui aidait à chasser toute pudeur et à faire surgir les vrais sentiments. À la fin du cours, il lui donna une énorme pile de pièces de théâtre à lire, il décida de la scène qu'elle devait apprendre et désigna, parmi ses élèves, le partenaire qui allait lui donner la réplique. Ils se reverraient la semaine prochaine.

« N'oublie pas de venir regarder trois cours dans la semaine, et débrouillez-vous, tous les deux, pour répéter un maximum ! Ma femme t'appellera ce soir, je veux que tu voies le plus de pièces possibles ! Ça aussi, c'est un excellent exercice : regarder, commenter et travailler ! Courage, ça va être difficile, mais je sais que tu peux aller très loin, alors au boulot ! » expliqua John en anglais, sans quitter son chapeau ni se départir de son calme olympien qui le faisaient ressembler à un pêcheur.

Diana repartit avec un sac qui pesait une tonne et choisit de rentrer chez elle à pied pour digérer une journée bien chargée. Sur le chemin du retour, elle faisait le point en redescendant vers Central Park. Les gens se retournaient sur sa tenue *very french* et sur sa chevelure blonde. Quelques plaisanteries fusaient :

« *Hi beauty ! You look pretty good today !*

– *I'm sorry, are you a model ?*

– *You look beautiful, you're not from New York !*

– *Where're you from ?* »

Diana qui n'avait jamais connu ce genre de choses, en raison de sa position d'artiste « starisée » depuis ses débuts, restait stupéfaite à chaque fois. Elle était une jeune femme incognito dans la grande ville et elle attirait tout simplement les regards par sa façon d'être ou parce qu'on la trouvait plutôt jolie.

De retour au trente-septième, elle retrouva Marie-Claire et Jean qui en avaient profité pour faire du shopping tout en promenant un petit garçon avec des yeux encore plus grands qu'à l'habitude. Diana fit part de ses angoisses à Jean qui l'écoutait toujours patiemment :

« Tu sais, Jean, je ne sais rien faire en comparaison de tous ces gens ! Je suis nulle, je travaille à travers le monde, je suis connue et pourtant je ne leur arrive pas à la cheville ! Je t'assure, c'est minant !

– Ne dis pas une chose aussi stupide ! Tu n'as pas suivi la même école, c'est tout !

– Tu te rends compte, la plupart des élèves de John travaillent dans les bars la nuit pour payer leurs cours ! Quand ils jouent, tu as la chair de poule, certains d'entre eux peuvent te faire pleurer en trente secondes, c'est vraiment impressionnant ! Il y a tellement de choses que je suis incapable de faire ! » insista la chanteuse qui remettait toutes ses années de succès en question.

Une heure plus tard, le nez plongé dans ses lectures, Diana se battait contre un mal de crâne et décrocha machinalement le téléphone lorsqu'il sonna :

« Allô, Diana ! C'est Trinité. Comment vas-tu ? C'est beau, New York ? M. Haudevan te cherche partout, tu es très difficile à joindre et il me rend folle ; surtout ne quitte pas, je te le passe ! »

Elle soupira en regrettant de s'être fait piéger comme une débutante.

« Diana, c'est Hubert ! Écoute, ma cocotte, il faut que l'on convienne d'un code tous les deux ! Je ne peux pas passer mon temps à te courir derrière ! Ça coûte très cher, le téléphone, tu vas finir par me ruiner ! »

Sans pouvoir en placer une, la chanteuse avait décollé le combiné de son oreille et continuait à lire en attendant qu'il ait fini son grand numéro de producteur vexé.

« Il faut absolument que tu sois à Paris dans deux jours, tu dois faire la prochaine émission de Gérard Louksor, tu ne peux pas faire autrement, je lui ai promis ! C'est impératif, il nous a rendu tellement de services ! En plus nous en profiterons pour visiter un ou deux apparts qu'Agatha a trouvés ! Je t'ai donc fait une réservation sur le Concorde de demain qui décolle à treize heures, comme ça tu aur...

– Hubert, arrête cinq minutes, tu me fatigues ! Tu n'aurais pas dû promettre quoi que ce soit sans m'en parler, parce que je ne vais pas prendre l'avion demain ! M. Gérard Louksor t'a rendu des services à toi, il ne faut pas confondre. Et d'ailleurs, si ma mémoire est bonne, rien n'était gratuit ! Quant aux appartements, tu ne me penses pas assez stupide pour te croire encore ! Je suis très bien à Neuilly, tu le sais, et tu devais tout faire pour que j'y reste. Aurais-tu oublié ? C'est incroyable comme tu mémorises les promesses que tu fais aux autres et comme tu oublies celles que tu me fais depuis des années ! Je ne veux pas revenir, j'ai des choses à faire ici ! Je travaille pour moi ! Pour une fois, ça change ! Inutile de prendre des télés pour le moment ! J'ai besoin de changer d'air. Quant à mon retour, nous en reparlerons une autre fois ! » répondit-elle, calme et détachée.

Surpris par la réponse de Diana, il continua, inquiet, à poser des questions :

« Qu'est-ce que ça veut dire, tu travailles pour toi ? N'oublie pas que tu es en contrat avec moi ! Tu me dois tout, je suis toute ta famille ! Tu ne peux pas me quitter sans mon autorisation !

– Allô, allô ! Hubert ? Reste calme, c'est mauvais pour ton cœur et tu vas encore épuiser le pauvre M. Bertrand ! On se parlera une autre fois, je te souhaite une excellente journée ! Bye, bye ! »

Elle raccrocha et se laissa aller dans le fauteuil.

« Ce mec me fatigue ! Bon, j'ai faim. Qu'est-ce qu'on mange ce soir, les filles ? »

Elles se jetèrent sur un repas chinois et Diana alla se coucher pour être prête à affronter la journée du lendemain qui s'annonçait très remplie.

Entre les deux cours de danse quotidiens, les cours de comédie, les spectacles du soir, la chanteuse passait son temps à courir.

Jean l'accompagnait aux comédies musicales, de *Sophisticated Lady* à *The Little Horse House in Texas*, le spectacle de Cher, *Dream Girls*, etc. Diana se délectait en admirant le talent des participants, de la vedette jusqu'au dernier danseur, qui aurait pu être une star en France. John et sa femme avaient pris Diana sous leur aile, lui faisant découvrir les lieux branchés, John Mac Mullen, Elen's, dans le Village, One for the land two for the sea, etc. sans oublier les *parties* où il fallait être vu et les pièces de théâtre qu'il ne fallait pas manquer : *Aching heart* avec Faye Dunaway, *Crime of the heart* avec Lauren Bacall et Al Pacino. Comme une éponge de la mer de corail, elle se nourrissait de tout ce qui passait à sa portée, de tout ce qui était susceptible de lui faire faire des progrès.

Elle essayait, à force de travail, de devenir une artiste à part entière, capable de chanter, danser, rire et pleurer, et de posséder la palette pleine de couleurs des vrais clowns saltimbanques.

Un matin, alors qu'elle répétait les répliques de Célimène dans *Le Misanthrope*, elle reçut un coup de téléphone de Fernanda, la gouvernante de sa maison de campagne.

« Allô, allô, madame ! C'est une catastrophe, il vient de se passer quelque chose de terrible avec monsieur ! balbutia-t-elle, terrifiée.

– Fernanda, calmez-vous ! Expliquez-moi ce qui s'est passé ! exhorta Diana, le cœur battant.

– Ce matin très tôt, M. Mickael a sauté le portail et il est devenu fou ! Il a voulu me frapper parce que la porte de la maison était fermée à clef !

– Ce n'est pas possible ! Mais il est dingue ! Qu'est-ce qu'il voulait ? Dites-moi tout, Fernanda !

– Il a rentré un camion, il a défoncé la porte d'entrée, fait sauter la serrure, jeté une télé du premier étage dans le jardin et il a emporté plein de choses ! Il savait que vous n'étiez pas là ! Il me l'a dit, c'est pour ça qu'il est venu ! Il a tout renversé dans la maison et, quand j'ai essayé de l'en empêcher, il m'a jeté un vase à la tête en m'ordonnant de rentrer chez moi, sinon il me faisait ma fête ! Madame, il m'a hurlé ça ! Je vous jure ! Il était avec quelqu'un que je ne connais pas ! Oh, mon Dieu, madame ! Comme j'ai peur ! »

Assise sur le canapé, Diana était livide. Elle avait l'impression d'être vidée de son sang. Elle voulait tous les détails, en se demandant ce qu'il était venu chercher. Elle avait à maintes reprises proposé à son ex-mari de venir faire le tri de ce qu'il souhaitait garder. Elle voulait avoir l'esprit libre et chasser de sa vie ce qui était devenu pour elle une erreur de jeunesse.

– Madame, ils viennent de repartir et tout est chamboulé dans la maison, je ne veux rien toucher ! Excusez-moi, j'ai peut-être fait une bêtise ; mais je viens d'appeler les gendarmes, parce qu'on ne peut plus fermer la porte !

– Vous avez bien fait, Fernanda ! Vous ne pouviez pas faire autrement ! Je vais prévenir ma mère, elle viendra vous voir ! Je vais faire le nécessaire, ce n'est pas votre faute, ne vous inquiétez pas, je vous rappelle ! »

Diana raccrocha, totalement sous le choc. Elle avait la sensation d'être piétinée. Tout, décidément il lui avait tout fait. « Minable, c'est vraiment minable ! » se répétait-elle en allant tout raconter à Marie-Claire qui n'en crut pas ses oreilles.

« Il ferait mieux de s'occuper de son fils ! Il n'appelle jamais pour avoir de ses nouvelles, il ne le voit jamais, il oublie même Noël et son anniversaire ! Ma parole, c'est un monstre », conclut la nurse qui connaissait parfaitement la situation.

Il fallut plusieurs jours à Diana pour réussir à penser à autre chose. Elle continua à se plonger avec encore plus de hargne dans le travail et joua sa première scène avec son partenaire, un extrait de *Lovers and other strangers*. John, assis dans son sempiternel fauteuil, regardait ses deux élèves travailler. Diana connaissait son texte par cœur et n'était pas vraiment gênée d'être sur le plateau, mais elle sentait qu'elle était très mauvaise, sans pouvoir rien y faire.

« *Diana, don't acte !* Respire ! lança le maître. Tu en fais trop. Sois toi-même ! »

Elle avait l'impression de se liquéfier sur place.

À la fin, elle s'écroula en pleurs comme une enfant qui aurait raté son examen de passage. Sans lui laisser un moment pour la pause, il lui ordonna d'une voix ferme et définitive de recommencer immédiatement.

« *I can't !* Je ne peux pas ! répondit-elle en essuyant ses larmes.

– Ne discute pas, recommence maintenant ! Ne pense à rien ! *Do it ! Now !* »

Ils recommencèrent depuis le début. Subitement vidée de tous ses nerfs, de tout ce qu'elle avait appris depuis tant d'années, elle sentait qu'elle redevenait Annette, et qu'un peu de ses sentiments, de son cœur et de son âme se découvrait. John les félicita et dit à Diana :

« Tu vois que tu as plein de choses enfouies en toi ! Ce qui m'intéresse, c'est ce que tu caches, je viens d'en voir un morceau ! Bientôt, si tu t'accroches et que tu gommes tout le reste, tu seras superbe ! Je sais que c'est difficile pour toi, car tu dois redevenir toi-même ! Tu as été dévorée par Diana ! Je veux connaître Annette ! »

Le cours prit fin et elle rentra chez elle, la tête pleine de questions.

Dancing in the sun venait de sortir aux USA et elle fut la première surprise en entendant, alors qu'elle faisait son shopping, le groupe DC Reaction qui passait en nouveauté sur les ondes. L'été approchait, elle décida de rentrer en France avec sa petite famille pour un mois. Des semi-vacances.

El señor Haudevan se réjouissait de passer quinze jours dans son château de Saint-Tropez. Il était tellement content de pouvoir exposer à nouveau sa chanteuse internationale dans les restaurants de la station des stars. Diana avait invité Jean et Mouny pour une semaine. Marie-Claire était devenue une spécialiste des valises, et P'tite Pilule, transformé en voyageur au long cours, grandissait entouré de l'admiration de ces dames qui craquaient lorsque, à chaque proposition de sa mère, il répondait : « D'accord ! D'accord, maman ! Pour te faire plaisir ! » Ils partirent tous les cinq pour une balade improvisée en mer. Marie-Claire, toujours aussi sportive, refusait de nager partout où elle n'avait pas pied et s'angoissait à l'idée que Diana allait l'emmener dans des endroits bien trop profonds pour elle.

L'immense Cigarette, bolide de deux fois quatre cents chevaux surveillé par un marin, attendait l'arrivée très remarquée des passagers. Aux commandes, Diana jouissait du vent du large et se grisait de vitesse, sautant de vague en vague, au grand plaisir de la troupe qui lançait des « Olé ! Olé ! » à chaque rebond.

Elle prit la direction de Pampelone pour atteindre une petite crique à l'abri de la houle où chacun pourrait profiter d'une baignade bien méritée. En approchant de la côte, elle diminua légèrement sa vitesse et tourna la tête pour vérifier que tout le monde allait bien, lorsqu'elle aperçut une étrange fumée noire qui sortait des tuyaux d'échappement. Elle mit le bateau au point mort, stoppa les deux moteurs et demanda à tout le monde de quitter immédiatement la plage arrière. Un gros nuage noir jaillit alors de sous les coussins blancs recouvrant la plage arrière.

« Regardez, que se passe-t-il ? dit-elle au jeune marin. Vite ! Marie-Claire, enfilez un gilet et sautez à la baille avec les filles !

– Ah, non ! Je n'ai pas pied, je reste là ! Vous savez bien que je n'aime pas ça !

– Dépêchez-vous, vous ne risquez rien ! Tout le monde saute, il y a le feu à bord ! » ordonna-t-elle comme un chef scout voulant sauver ses louveteaux.

Elle se hâtait de mettre les brassières à son fils, pendant que Jean plongeait comme une championne, suivie de la ronde Mouny qui avait abandonné son régime. Elles attrapèrent la nurse qui s'affolait au risque de boire la tasse, pendant que Diana rassurait son garçon qui commençait à avoir peur :

« Mon amour, tu vas nager avec maman ! Tu es un grand champion ! Tu ne risques rien ! Je te passe dans les bras de Jean, j'arrive ! »

La fumée, de plus en plus épaisse, était effrayante, et les réservoirs pleins d'essence risquaient d'exploser à tout moment.

« Venez avec nous ! » lança-t-elle au marin avant de plonger.

Mais celui-ci, en bon commandant, refusa d'abandonner le navire. Les filles escortaient Marie-Claire qui n'avait jamais nagé aussi vite. Diana, son fils sur le dos, avançait vers les bateaux ancrés non loin de là. Elle continuait à parler avec P'tite Pilule, le persuadant qu'il était en train de sauver sa mère afin qu'il ne reste pas traumatisé par une telle frayeur.

« Fais attention, chéri, ne me serre pas trop le cou, tu vas m'étouffer ! Allez, mon poupou, nage avec tes jambes, tu es Billy Joe, tu vas sauver maman, chéri ! Nage, nage, pousse sur tes jambes ! »

Le petit garçon, très fier, essayait d'exécuter ses mouvements. Voyant de loin la fumée, plusieurs bateaux levèrent l'ancre et fuirent comme des lâches, craignant les problèmes. Mouny et Jean faisaient de grands signes pour que l'on vienne les récupérer.

Plus elles nageaient et plus les bateaux leur paraissaient loin, le courant les obligeait à redoubler de vitesse pour avancer. Sur le bateau le plus proche, Diana distingua quelqu'un qui regardait avec des jumelles.

« Ohé, ohé ! Venez vite, il y a un enfant ! »

Le bruit du moteur fut sa seule réponse : le bateau disparut au large, emportant ses passagers et leur indifférence.

Ils furent repêchés par des gens charmants qui, réalisant que tout le monde était en danger, n'hésitèrent pas à utiliser leur « pioupiou ». Cette aventure laissa à tous un souvenir indélébile. À Diana, des crampes terribles dans les jambes, à son fils, une belle aventure de sauveteur de maman à raconter, à Mouny, deux kilos en moins, à Jean, un record battu, et à Marie-Claire, l'envie de prendre des cours de natation que Diana lui donna tous les matins.

La nouvelle chanson *Dancing in the rain* était arrivée jusqu'aux oreilles du fameux Gene Kelly. Enfin, un attaché de presse rusé organisa une rencontre chez le monstre sacré en Californie.

Haudevan, l'homme qui normalement ne voyageait jamais à cause des microbes, accompagna cette fois la chanteuse. Dans l'avion qui survolait l'océan, il commença sa comédie, devant son plateau-repas où un canapé de caviar et une charmante langouste devaient lui ouvrir l'appétit.

« C'est vraiment immangeable, c'est du surgelé ! Je vais avoir une crise de foie ! »

De mauvaise humeur, il avait décidé de saper le moral de quelqu'un d'autre. Il attaqua sa voisine avec un tact n'appartenant qu'à lui.

« Il faut que tu te reposes. Regarde, tu as une ride sous l'œil ! Ça te vieillit ! Tu fais un régime en ce moment ? Il faut que tu fasses attention, tu fais grosse ! Je voulais justement t'en parler, tu as trouvé une solution pour tes genoux ? »

Diana, fourchette à la main et d'excellente humeur, regarda son manager aux bajoues légèrement tombantes et continua à attaquer son crustacé avec entrain.

« N'essaie pas de me stresser, tu n'y arriveras pas ! C'est tout de même étrange, tu es le seul à me dire ce genre de choses ! Quant au poids, j'ai perdu deux kilos ! Tu es sûr de ne pas avoir besoin de lunettes, par hasard ? » répondit-elle en continuant son déjeuner.

À la fin du repas, elle changea de place pour faire une partie de Scrabble avec le photographe et Mouny qui les accompagnaient. Dix heures plus tard, tout le monde se retrouva au *Beverly Hills Hotel*, en plein décalage horaire. Haudevan découvrait dans une même journée le « Jet Fly » et l'air conditionné, qu'il ne supportait pas. C'était trop. La pauvre Mouny en fit les frais en passant des heures et des heures à lui tirer sur les doigts de pied pour le détendre. À chaque fois qu'il clignait de l'œil, elle tentait de s'éclipser doucement, mais, arrivée devant la porte, elle entendait une voix qui l'implorait de continuer encore cinq petites minutes.

Le lendemain, jour de l'extraordinaire rencontre, Diana se préparait dans sa chambre et cherchait

Mouny partout. N'obtenant aucune réponse, elle composa le numéro d'Hubert.

« Allô, Mouny ? Mais qu'est-ce que tu fais là ? Je t'attends depuis une demi-heure !

– Je n'ai pas fermé l'œil de la nuit ! Hubert est malade ! Il a mal à la gorge ! expliqua-t-elle d'une voix d'outre-tombe.

– Écoute, il faut que tu viennes. Passe-le-moi, j'ai des cachets pour ça ! »

Il y eut un silence d'une minute et Hubert parla avec une voix enrouée :

« Je déteste ce pays, les Américains sont des cons avec leur air conditionné ! Je suis malade comme un chien ! Aussitôt que tu es prête, renvoie-moi Mouny, il faut qu'elle s'occupe de moi ! Je suis très mal ! »

La chanteuse, connaissant H. H. par cœur, savait que cette merveilleuse journée ensoleillée risquait de tourner au vinaigre.

Deux heures plus tard, elle attendait, vêtue d'un chemisier blanc, d'un pantalon de lin beige, veste assortie posée sur le bras, l'arrivée de Sa Sainteté bancale, en arpentant le hall avec le photographe. Le ridicule atteignit son comble lorsqu'il parut en haut de l'escalier. Le cheveu hirsute, deux foulards autour du cou, son costume trois-pièces sous un long manteau en cachemire marron, il était fin prêt pour affronter les neiges du Kilimandjaro, alors que la température ambiante tournait autour des 25 °C à l'ombre. Vu la tête bougonne d'Hubert, Diana préféra ravaler son compliment et s'engouffra dans la voiture sans un mot.

Elle fut accueillie comme une princesse par un roi de la danse et des claquettes qui la félicita de long en large pour l'enregistrement de son standard. Gene

Kelly, charmant et grand pro, se plia à toutes les photos avec un sourire étincelant. La séance fut, comme il se doit, supervisée par Haudevan, *the biggest producer in the world*. La star, très intriguée par l'accoutrement d'Hubert, se pencha sur Diana :

« Jé souis vrraiment désoly, *but* qui est cet hômme ? Est-il vôtreu ami ? Il douat avouar trrès chaud ! Je souis chûre qu'il est frrrancé ! »

Diana le fit rire en donnant sa version des faits :

« Il ne voyage jamais et il a confondu deux fuseaux horaires et trente degrés de latitude ! Il pensait sûrement que vous habitiez en Alaska ! »

Installés devant un jus de fruits sous la tonnelle, ils parlèrent danse. Elle l'interrogea sur son extraordinaire carrière et ils se séparèrent en s'embrassant comme s'ils se connaissaient depuis vingt ans. Haudevan, toujours aussi emmitouflé, transpirait à grosses gouttes en étant persuadé qu'il avait d'énormes poussées de fièvre. Gene Kelly raccompagna Diana sur trois pas de danse et lui demanda de ne pas manquer de passer le voir lors de son prochain passage à Los Angeles. Elle promit et le remercia en admirant le professionnalisme de ce mythe vivant qui, avec ses chaussures ferrées aux pieds, faisait toujours rêver la planète.

Haudevan passa la semaine enfermé dans sa chambre d'hôtel et constata qu'il détestait ce « pays d'abrutis ». Diana finit son reportage en Harley Davidson avec les nombreux collectionneurs de la moto de Marlon Brando. Ils se séparèrent en prenant chacun une destination différente : Hubert regagna Paris, en n'ayant vu que sa chambre d'hôtel et l'aéroport ;

Diana décolla pour New York pour continuer ses stages intensifs.

Lorsque Diana rentra chez elle, elle crut comprendre, à partir de quelques détails, que l'appartement d'à côté avait changé de locataire. Un soir de pluie, alors qu'elle entrait, cachée sous un grand chapeau, dans l'ascenseur de son immeuble, un homme, enfoui lui aussi sous un chapeau texan, avec des petites lunettes sur le nez, bloqua les portes qui commençaient à se fermer et se glissa à l'intérieur. Il lui lança un *Hi* neutre, lui demanda à quel étage elle montait et appuya sur le 37.

Elle le vit enlever son chapeau et passer sa main dans ses cheveux blonds. Arrivés au 37, les portes s'ouvrirent. Il se tourna vers elle en lui faisant galamment signe de passer, elle leva les yeux, le remercia d'un sourire et piqua un fard monumental en reconnaissant ce visage très célèbre. Voulant rester discrète, elle fit mine de n'avoir rien remarqué et s'engagea dans le couloir. Le très bel inconnu la suivit.

« Ce n'est pas possible ? Et si c'était lui le nouveau voisin ? » se dit-elle en sortant les clefs de sa poche. Il sortait également les siennes. Elle se tournait pour voir si elle n'avait pas rêvé, lorsqu'il lui dit en souriant :

« *Nice to meet you ! I'm your new neighbour ! Hope to see you again ! Have a good night !*

– Merci ! *Sorry, thank you ! Have a good nigth too !* » bégaya-t-elle en franglais avant de refermer la porte sur elle et de laisser tomber à terre son gros sac à terre.

Elle n'avait pas rêvé... C'était bien lui, en chair et

en os. Son nouveau voisin n'était autre que le superbe, merveilleux, fantastique... Robert Redford. Pour une surprise, c'en était une...

La vie continuait, rythmée par les cours qui se succédaient et sa chanson, de plus en plus présente sur les ondes de la côte est. Sa participation à un concours hollywoodien pour l'élection de la plus belle paire d'yeux du monde fut sollicitée. Tous les plus grands noms du cinéma américain et de la télévision y participaient. Elle se retrouva, à sa grande surprise, dans le peloton de tête. Toute la presse du pays reprit :

« *N° 1, Sophia Loren, N° 2, Christine Farrare. N° 3, Diana, la chanteuse du groupe DC Reaction.* »

Diana fut invitée à la soirée *Night of the 100 Stars* qui se déroula au Radio City Music Hall.

Comme Cendrillon, elle avait soudain l'impression d'avoir reçu un coup de baguette magique sur la tête. Diana se trouva au beau milieu d'un des plus beaux parterres du monde : Paul Newman, Rock Hudson, Elizabeth Taylor, Al Pacino, Bette Davis, Anthony Quinn, Jane Russell, Gene Kelly, Robert De Niro, Clint Eastwood, Robert Redford, etc. La chanteuse, habillée très frenchy, attira les regards, spécialement lorsque Gene Kelly l'embrassa en la serrant dans ses bras, en souvenir d'une sympathique rencontre. Au dîner, elle se retrouva à la table de Al Pacino, Anthony Quinn et de son voisin de palier Robert. Les discussions allaient bon train, chacun évoquait ses projets de tournage à venir. Al Pacino, apparemment très angoissé, regardait partout autour de lui, faisant des signes aux quatre énormes gardes du corps qui ne le lâchaient pas une minute.

« Que se passe-t-il ? Il a un problème ? demanda discrètement Diana à son voisin Robert Redford.

– *Don't worry !* Il est *always* comme ça ! Je souis chûre qu'il est *sick* ! » susurra-t-il à son oreille.

Anthony Quinn, toujours charmeur, demanda à Diana de sa grosse voix :

« Je m'excuse, mais il me semble vous avoir déjà vue ! Vous chantez, n'est-ce pas ? »

Diana lui répondit timidement :

– Oui, je chante beaucoup en Europe en ce moment !

Il l'interrompit, et en la montrant du doigt, ajouta :

– Je sais votre nom, DC Reaction ! Attendez, laissez-moi trouver ! Vous êtes très populaire en Grèce, on vous voit partout ! Euh ! J'ai trouvé, votre nom est Diana ! Mais oui, Diana ! Je suis ravi de vous rencontrer, j'adore ce que vous faites ! »

Comblée par tant de gentillesse, elle le remercia, se trouvant vraiment toute petite dans ce dîner qui représentait des milliards de milliards de dollars.

La soirée se termina tard dans la nuit, et son voisin lui proposa de la raccompagner chez elle, puisqu'ils habitaient au même endroit. La voiture à rallonge les déposa devant le 400 East 56 Street, où ils prirent un dernier verre, en voisins...

Une semaine plus tard, le Concorde la ramena à Paris, d'où elle repartit tout aussitôt dans le Haudevan's Jet, direction la Suisse. Son plus grand plaisir fut de retrouver, dans la même émission de télévision, celui qu'elle aimait tant, Cloclo. Ils tombèrent dans les bras l'un de l'autre, toujours heureux de se retrouver. Entre les répétitions de chacun, les dernières mises en place des uns et des autres, ils n'eurent pas beaucoup de temps pour discuter. À la fin de l'émission, ils se retrouvèrent dans la loge et se fixèrent un rendez-vous pour la semaine suivante.

« Je t'appellerai demain soir pour te confirmer le jour ! lui dit Claude.

– N'oublie pas et ne me fais pas faux bond ! Il faut que l'on se voie ! insista-t-il en l'embrassant avant de la quitter.

– Tu sonnes, j'arrive ! répondit-elle en le taquinant.

– Tu sais, si c'est plus facile pour toi, on peut toujours se retrouver à New York ! » lui lança Claude.

Un grand geste de la main, un baiser jeté à la volée... Il prit son avion pour Paris, elle s'envola vers Chambéry pour déposer Haudevan dans sa nouvelle acquisition à la montagne (un immense chalet avec piscine, superbe moquette framboise écrasée recouvrant les planchers, etc.).

Le lendemain soir, Diana attendait, assise sur son canapé, le coup de téléphone de Cloclo. Lorsque enfin la sonnerie se fit entendre, ce n'était pas sa voix mais celle d'un inconnu qui lui annonça : « Cloclo nous a quittés. » Pensant à une blague de mauvais goût, elle raccrocha, refusant d'en entendre davantage. Pour patienter, elle alluma son poste de télévision. Le journal de vingt heures confirma, hélas, l'incroyable, l'impensable, l'impossible : « Claude François est mort cet après-midi ! » Elle monta s'enfermer dans sa chambre et refusa d'en sortir jusqu'au lendemain, ne pouvant admettre ce qui venait de se passer.

La foule en pleurs, les hurlements des Favinettes qui avaient perdu leurs rêves, la place trop petite pour accueillir tout le monde. Des fleurs, des fleurs, encore des fleurs. La petite église d'Auteuil n'était pas assez grande pour recevoir tout le show-biz qui le respectait, ceux qui l'aimaient, ceux qui l'entouraient, ceux qui l'avaient toujours suivi. La flèche s'était brisée et tout devenait différent. Ce métier, ébloui par les paillettes qu'il portait si bien, ne serait jamais plus le même. Un « homme pressé », un homme aux mille talents, aux mille facettes, venait de nous quitter sans crier gare.

Diana, arrivée seule, fut placée au premier rang parmi les chanteurs qui étaient venus lui rendre un dernier hommage. Elle ne pouvait parler avec personne, les larmes l'étouffaient. Rester digne devant le sale coup du sort était impossible, elle pleurait, envahie par la douleur de se retrouver seule sans son ami des débuts.

Elle ne pourrait plus jamais ouvrir son cœur ni demander conseil à la seule personne qui ne lui voulait sincèrement que du bien. Elle pleurait en détestant les rendez-vous ratés pour des riens. Elle pleurait de ne pas lui avoir suffisamment parlé. Elle pleurait de ne pas avoir osé lui dire tous les sentiments qu'elle avait pour lui. Par pudeur, par timidité, par orgueil, aucune excuse n'avait aujourd'hui de sens. Il était trop tard pour revenir en arrière. À dater de cet après-midi maudit pour la France entière, mais peut-être béni pour Cloclo s'il nous observait du paradis, Diana décida de garder pour elle ses angoisses, ses questions. Elle regrettait de n'avoir jamais pu lui avouer combien elle l'adorait.

Ne vous étonnez pas si certains jours, chez Diana, le téléphone pleure.

1979
De Khomeiny
à *Apocalypse now !*

La chanson française souffrait de l'absence de Cloclo, et Diana n'arrivait pas à se faire à l'idée qu'il n'était plus là. À la demande générale, elle avait enregistré à nouveau un simple dans sa langue natale, *La Guardia Airport*, satisfaisant les inconditionnels qui avaient la sensation d'être abandonnés.

Elle avait réintégré Neuilly pour deux ou trois mois car la promotion française et étrangère l'empêchait de séjourner à New York. Les Choubignac tentaient de profiter au maximum de leur fille et de leur petit-fils.

Marjolaine passait l'après-midi pour embrasser la P'tite Pilule et lui jouer un air de musique sur le piano du salon. L'équipe des filles, leur emploi du temps constamment perturbé, se retrouvait toujours dans le petit hôtel au jardinet fleuri. Jean triait les factures qui s'entassaient, Mouny testait sur la table de massage son nouvel appareil d'ozone, Marie-Claire écoutait le récit des aventures de voyage, et Maïté, reine en cuisine, mijotait de bons petits plats qui comblaient les estomacs dérangés par l'irrégularité des heures de repas et les sandwichs à répétition.

Le garçonnet passait son temps à poser des questions :

« Et pourquoi tu as des nunettes, toi ?

– Dis, Mouny, pourquoi tu mets pas une robe rouge ? »

Les réponses amenaient toujours une nouvelle question. Il s'approchait doucement d'elles pour dire :

« Je peux te faire un bisou ? Ou fais-moi un câlin ! »

Si petit, il charmait les demoiselles qui accédaient à tous ses désirs.

Diana râlait en voyant que personne ne lui refusait rien, qu'elle était la seule à sévir, se doutant bien que les années à venir risquaient d'être plus difficiles. Lorsque l'enfant repérait l'œil noir de sa mère, il trouvait toujours comment la faire craquer :

« Tu es ma maman chérie ! Tu sais que tu es belle comme un bouquet de printemps aujourd'hui ! »

Il se jetait dans les bras de sa maman en l'attrapant par le cou au point de l'étouffer et lui faisait des bisous mouillés sur tout le visage. Diana retenait un éclat de rire en pensant qu'elle aussi avait vraiment énormément de mal à lui résister. D'ailleurs, le voulait-elle ?

Un coup de téléphone d'Hubert annonça un départ précipité pour l'Italie, arrachant une fois encore le groupe à trois jours de repos mérités.

Les DC Reaction se retrouvèrent à midi dans le hall du bureau des Champs-Élysées pour attendre la confirmation de l'heure de décollage. H. H., descendu de sa tour, fit monter la chanteuse et ses trois danseurs dans sa nouvelle voiture, d'une longueur encore plus interminable que la précédente et, fait d'exception, prit lui-même le volant :

« Nous sommes en avance. Cette idiote d'Agatha a oublié mon pamplemousse de chez Fauchon ! Il faut que je mange quelque chose, sinon je vais tomber ! » annonça-t-il en déboîtant sans regarder dans le rétroviseur, ce qui lui valut les insultes d'un coursier en vélomoteur qui évita de peu de finir en chair à pâté.

Il stoppa trois rues plus loin sur le trottoir, devant une crêperie qui servait souvent de cantine au personnel Haudevan.

« Diana, viens avec moi ! Les autres, attendez-moi là et ne bougez pas, j'arrive ! » ordonna-t-il, comme un vieil adjudant.

La chanteuse le suivit, pensant qu'il voulait être avec elle pour avoir une place rapidement (erreur funeste !). Il sauta sur une table vacante, lui demanda de s'asseoir et s'installa tranquillement sous ses yeux écarquillés :

« Mais, Hubert, la table est trop petite pour nous tous, où vont se mettre les danseurs ? demanda-t-elle en le voyant lire la carte.

– Tu es folle, on ne va pas se mettre à la même table qu'eux ! Assieds-toi et mange, je ne veux pas de Noirs à ma table ! Ils peuvent attendre dans la voiture ! Je les paie, c'est déjà bien, ils n'ont pas à se plaindre, ce sont d'anciens esclaves après tout ! Dépêche-toi, mange, tu me fatigues avec tes singes ! »

Une terrible envie de vomir envahit Diana et lui retourna l'estomac de dégoût. Refusant de faire un esclandre dans un lieu public, elle tenta de rester calme et répondit en l'assassinant des yeux :

« Je refuse de manger en face de toi ! C'est une honte de parler comme ça, c'est minable ! Tu es pourtant bien content de les avoir avec moi lorsque tu passes à la caisse ! Les racistes sont des cons ! Alors, tu vois, je préfère être avec des Noirs que j'adore plutôt que de m'asseoir avec un Blanc qui a une tronche de cake ! »

Elle lui tourna le dos sans attendre de réponse et retrouva ses danseurs à la voiture. Elle téléphona à Jean, qui commanda quatre sandwichs pendant que le groupe regagnait à pied le bureau.

Trinité s'étonna qu'ils partent avant le retour d'Haudevan. Elle prétexta le besoin d'être tranquille, ce qui ne trompa personne. Les DC Reaction prirent la direction du Bourget, conduits par la chanteuse qui préféra garder pour elle ce trop bel exemple de bêtise humaine.

Haudevan, resté seul comme un imbécile, comprit très vite qu'il avait passé la mesure et les rejoignit sur la piste, accompagné par Aline Mangetou, où il se répandit en sourires et courbettes.

« Mes petits enfants, je ne peux pas venir avec vous ! J'ai un empêchement de dernière minute ! Aline va s'occuper de tout ! Les garçons, je vous confie Diana. Prenez bien soin de ma ''p'tite mère'', elle est un peu nerveuse en ce moment ! Je compte sur vous ! Travaillez bien, comme d'habitude ! N'oubliez pas de sourire, vous êtes tellement beaux quand vous souriez ! Allez, bon voyage !

« Aline, n'oublie pas de m'appeler quand vous arrivez !

« Attention à ma troupe, commandant, bon vol ! »

La porte se ferma avec ces paroles doucereuses sur la rage rentrée de Diana qui ajouta :

« Je ne peux vraiment plus le supporter ! »

Pendant le voyage, Aline, réjouie de faire partie du voyage, papillonnait parmi les danseurs. Son amie Nickita, ne pouvant tenir sa langue, lui avait raconté à maintes reprises les dîners ou les sorties nocturnes qui réunissaient régulièrement les artistes. Elle tentait déjà de se renseigner sur les festivités prévues après l'émission.

« Dis-moi, Diana, vous avez prévu quelque chose ce soir ?

– On verra ! Tout dépend si nous ne sommes pas trop fatigués après la télé ! grommela la chanteuse de mauvaise humeur.

– Pour une fois que je viens, vous pouvez bien faire un effort ! lança-t-elle en se dirigeant vers les toilettes.

– Tu ne pourras pas ouvrir cette porte, Aline, va de l'autre côté ! l'avertit Diana en la voyant forcer sur la poignée qui ne cédait pas.

– Qu'est-ce qu'il y a là ? Pourquoi on ne peut pas ouvrir ? C'est nouveau ? demanda-t-elle, curieuse, devant la nouvelle porte.

– Ce sont les W-C de Mr Highwind ! répondit Diana. Ça vient juste de sortir. Depuis qu'il signe des titres en anglais, il ne veut plus poser ses fesses n'importe où ! Il est le seul à avoir les clefs ! Si tu veux mon avis, il y a un coffre planqué là-dedans et, à chaque voyage, il doit déposer des enveloppes pleines de billets sur un nouveau compte en banque ! C'est fait pour ça, un jet privé, ma cocotte !

– C'est pour ça que Trinité a l'air bizarre ? s'interrogea Aline avec suspicion. Elle ne me parle de rien en ce moment ! Chaque fois que j'entre dans son bureau, elle planque les papiers ! Il faut que je demande une augmentation, c'est quand même moi qui parle de lui tout le temps ! » conclut-elle avant de s'enfermer dans les W-C du pauvre personnel.

Arrivée à l'hôtel, Aline ne put s'empêcher de se renseigner auprès d'Haudevan lui-même. Sa réponse fut brève :

« C'est mon trône. Personne sauf moi ne peut s'y asseoir ! Je ne me mélange pas avec le petit personnel. La bêtise, c'est dangereux et ça s'attrape !

« Je suis Hubert Haudevan, ma chère Aline ! Je crois que tu n'as pas bien réalisé avec qui tu as la chance de travailler ! »

Furieuse d'être ravalée au rang du petit personnel, elle tripla sa note de frais en s'achetant une nouvelle bague, qu'elle mit sur la note de l'hôtel en alcools et repas pantagruéliques.

Elle trouva *ses* artistes excellents dans l'émission et apprécia la soirée en discothèque qui suivit.

Deux jours plus tard, toute l'équipe avait regagné Paris, échappant au retour à une tempête de grêle qui faillit bien les envoyer de vie à trépas. La foudre et les éclairs qui annonçaient le début du désastre déclenchèrent des hurlements et une crise de nerfs de Jean qui voulait descendre. Diana prit sur elle de demander au commandant de bord de rebrousser chemin.

Celui-ci prit la décision de continuer le vol et demanda à la chanteuse de se rasseoir et dit :

« Il est trop tard ! On arrive en plein dedans, il est préférable maintenant de continuer ! On devrait pouvoir passer sans trop de problèmes ! »

Trois quarts d'heure de fin du monde. Des grêlons

gros comme des œufs de pigeon frappaient la carlingue. L'avion montait et descendait selon les coups de manche du pilote qui tentait désespérément de chercher une voie plus calme. À l'atterrissage le pare-brise était brisé en plusieurs endroits, mais il avait résisté malgré tout jusqu'à bon port. Cette nuit-là une petite étoile avait choisi de les renvoyer sur terre.

Dans l'immeuble de verre où siégeait Haudevan & Co, l'agitation était à son comble.

Diana s'arrêta acheter des journaux avant de rejoindre les bureaux fous : elle ne manquait jamais sa revue de presse quotidienne. Mais le marchand l'interpella :

« Félicitations, mademoiselle Diana ! Nous sommes très heureux pour vous ! Alors, c'est vrai ? Vous allez définitivement nous quitter ?

– Excusez-moi monsieur Fred ! Je ne vous suis pas ! répondit-elle, le nez sur la couverture de *Dimanche-Paris*.

« Allons bon ! Qu'est-ce qui m'arrive encore ! Je vais partir très loin, je me retire au couvent ou je me remarie ? Voyons voir ! C'est bien ça !

« Un bel inconnu, ma meilleure amie ne dit rien, mon entourage s'inquiète, Haudevan se cache dans son bureau... C'est parfait, ils n'ont rien oublié ! Mon fils me fait hésiter ! On s'en serait douté ! Bon, pas de soucis, monsieur Fred, ils sont sur une fausse piste ! dit-elle en ramassant sa monnaie. Alors, comme d'habitude, à demain ! »

Elle surmonta facilement l'énervement et la contrariété de toutes ces fausses nouvelles. Elle en avait tellement vu, tellement entendu, tellement supporté qu'elle finissait par s'amuser du manque d'imagination et de la répétition systématique des titres. Les responsables se protégeaient toujours derrière les autres pour éviter le tribunal : « Le mot d'un ami, un bruit de couloir, une fuite ! » La méthode Haudevan était installée : « Tant qu'on parle de toi, c'est bon ! »

Elle monta au deuxième étage, pour rejoindre son bureau où Jean s'agitait devant sa machine à écrire : « *Hi, Mister Haudevan is waiting for you !* Il é *trouès nervouss* ! » lança-t-elle, excédée, ce qui signifiait qu'il avait dû passer ses nerfs sur elle.

Diana l'embrassa, monta à l'étage supérieur réservé à l'élite et entra dans le bureau directorial.

« On me cherche ? On s'affole ? On embête ma petite camarade ? Monsieur Hubert, me voilà ! dit-elle sur le ton de la plaisanterie en découvrant M. Bertrand déjà à l'œuvre.

– Mais où étais-tu ? On te cherche partout ! Ils sont d'accord ! Nile Rodgers aime ce que tu fais ! Ils font ton prochain album. Dans quinze jours, tu as les chansons ; dans trois semaines on enregistre à New York dans leur studio !

– Génial, ça c'est une bonne nouvelle ! Ça s'arrose ! Champagne ! Pour la peine, tu vas me donner enfin tous mes disques d'or et organiser une énorme fête. Je l'ai bien mérité, n'est-ce pas, mon bon Hubert ? dit-elle en faisant tourner le fauteuil comme une toupie.

– Bon écoute, laisse-moi, j'ai du travail ! Les disques d'or c'est démodé ! Plus personne ne fait ça !

– Alors, je suis une vieille démodée, mais moi je serai fière de les avoir, c'est toute ma vie quand même ! »

Elle appuya sur la console magique et l'imita :

« Trinité, dans le bureau de M. Haudevan tout de suite ! Viens, ma p'tite Trinité, qu'on parle des comptes et des disques d'or ! » insista-t-elle sans aucune pudeur.

La chef des chefs entra, embrassa Diana et fut immédiatement arrêtée par le surchef qui préférait encore affronter la question des disques d'or plutôt que celle des comptes, lesquels, depuis la création de la famille, devaient constituer un énorme magot.

« Trinité, soyez gentille, essayez de voir ce qu'on pourrait donner comme disques d'or à Diana !

– Je ne te demande pas de cadeau ! s'interposa la chanteuse. Regarde tes droits d'auteur ! Tu es bien placé pour savoir combien ça représente.

– Ne t'énerve pas ! Tu sais que tu as un problème avec tes nerfs ! Je crois que tu deviens folle ! Tu devrais voir M. Bertrand, il va t'hypnotiser, ça va te faire du bien ! Trinité, voyez avec elle et réglez-moi ce problème, j'ai du boulot ! Allez, ma p'tite Diana, laisse-moi maintenant ! »

Elle ne répondit même pas, sortit en claquant la porte de plus en plus lourde et préféra redescendre à l'étage du dessous. Elle avait beau être patiente, elle avait de plus en plus de mal à ne pas lui balancer un cendrier à la tête. Trinité descendit la rejoindre en promettant de faire le nécessaire, ce qui lui semblait plus que normal. Elle lui trouva encore une excuse : « Tu le connais, il n'est pas psychologue ! Il fait des blocages de temps à autre pour des stupidités mais il t'adore, n'oublie pas que son assurance-vie est à ton nom ! C'est une preuve, non ? Il ne te laissera jamais dans la panade, il s'occupera toujours de toi ! Crois-moi, je le connais bien ! »

Diana l'écoutait sans être convaincue et répondit en se rebellant :

« Mais c'est quand même incroyable ! On a toujours la sensation qu'il te fait un cadeau, alors que c'est la moindre des choses ! Il paie ses dettes, il me donne mes disques d'or, il tient ses engagements, il n'y a rien d'exceptionnel dans tout ça, c'est juste et c'est normal ! »

Fort heureusement, la discussion ne s'éternisa pas. Vers dix-neuf heures trente, Diana et Jean prirent la direction de Neuilly, laissant Zampano avec une nouvelle chanteuse pendant que le pauvre M. Bertrand attendait dans la pièce adjacente. Le lendemain matin, vers six heures, la femme de ménage découvrit un gentil monsieur, seul avec un piano dans une petite pièce, qui avait l'air plutôt désespéré. Haudevan plein d'énergie était parti avec sa danseuse sous le bras, oubliant derrière lui son magnétiseur personnel, qu'il avait enfermé pour une nuit entière dans l'immeuble.

Dans le Concorde qui emmenait Diana et son manager vers la Big Apple, Hubert stressait en se rappelant l'air conditionné qui l'avait rendu « si malade » lors de son premier voyage aux USA :

« New York, c'est moche ! Tout le monde le dit ! De toute façon en arrivant, on mange, on va au studio, tu chantes, et on rentre à Paris ! Est-ce que tu sais tes chansons ?

– Devine ? Tu ne crois pas qu'il est un peu tard pour poser une question pareille ! » répondit-elle sachant très bien qu'elle en avait pour trois heures vingt à subir les maux de ce vieil hibou qui détestait les voyages en avion.

Ils descendirent du grand oiseau blanc magique et attendirent l'arrivée des bagages. Ils récupéraient leurs deux valises, lorsque Haudevan demanda au porteur de prendre une mallette en métal :

« Mais qu'est-ce que c'est que ce truc-là ? demanda-t-elle à Hubert.

– Ça vient de CBE, je l'ai emprunté au Géant ! Tu peux être rassurée, j'ai amené la boîte à effets pour ta voix ! Tu en as besoin pour que ta voix soit bonne ! répondit-il content de son exploit.

– Voilà encore une nouveauté ! Après M. Bertrand, c'est la boîte ! Tu crois qu'un jour ou l'autre, tu vas réaliser que tout marche aussi bien sans rien ! Tu me fais honte, on est à New York ! Dans les meilleurs studios ! Et tu viens avec une boîte ! Mais je rêve, tu es complètement dépassé ! »

Diana ne voulait pas s'énerver, sa journée allait être très longue. La limousine la déposa devant l'appartement qui était maintenant décoré avec goût. Hubert visita l'endroit en trente secondes et décréta qu'il détestait le canapé. Il alla s'installer au Park Lane avec une vue magnifique sur Central Park. Elle avala un club sandwich pendant qu'il mettait le feu par téléphone dans ses bureaux parisiens, puis ils remontèrent dans la limousine pour prendre la direction du studio où le groupe le plus branché du moment attendait *The French Girl.*

Haudevan enveloppé dans son manteau tenait sous son bras sa boîte qui fait bien chanter les chanteurs. Diana le suivait en guettant ses talonnettes savamment cachées par le tissu : « Tiens, il a rallongé les jambes de son pantalon ! »

Ils entrèrent dans la cabine où ils furent accueillis

par Nile Rodgers, le leader du groupe. Les présentations furent rapides, l'ambiance était sympathique, Haudevan discutant avec Nile trouvait subitement les gens de couleur fooormidables...

Jusqu'au moment où il chercha à lui expliquer comment enregistrer, en insistant sur les bienfaits de sa boîte sur la voix de sa chanteuse :

« *I know what is good* pour elle ! C'est *a magic box* pour la *voice* ! Elle ne peut pas singuer sans sa boîte ! »

Nile, conservant son calme, fit sortir tout le monde de la cabine et annonça à Hubert qu'il voulait rester seul avec l'artiste :

« *I am sorry ! Everybody out !* Rappelez en fin de journée ! Ici, je fais ce que je veux ! *So, bye, bye now !* » dit-il en le poussant dehors.

Derrière son micro, sans boîte, Diana chantait une fois de plus en anglais. Sur la musique composée par les meilleurs, elle enregistrait pour la première fois dans les graves. Suivant les conseils de Nile, elle boucla tout le nouvel album en trois après-midi.

Très fière d'elle, elle se sentait libérée sans M. Bertrand et les tics d'Haudevan. Elle quitta le studio avec, dans sa poche, la cassette d'un titre qui allait faire le tour du monde : *Astronaute*.

Pour fêter cette extraordinaire première journée, elle s'était arrêtée chez Tiffany's et acheta la dernière folie américaine : « une chaîne vendue au mètre ! »

Elle repartait pour Paris des souvenirs plein la tête et Haudevan qui ne la quittait pas d'une semelle. Assis à ses côtés pendant le vol du retour, il lui tenait lieu de chaperon. Un voyageur inconnu, grand, mince, blond, bel homme, avait embarqué sur le même vol, attaché-case à la main, le *business man* type. Il ne cessait d'aller et venir dans le couloir de l'avion, dévisageant Diana de son regard bleu.

La chanteuse, consciente du manège, attaqua Haudevan en plaisantant :

« Tu sais que c'est dramatique ! Il y a un super mec, qui essaie désespérément de m'approcher et, toi, tu es là à me coller comme une sangsue ! Je vais peut-être rater l'homme de ma vie à cause de toi !

– Mais enfin tu es folle ! Tu ne vas tout de même pas parler à un inconnu !

– J'ai l'impression d'entendre ma grand-mère ! Tu devrais te méfier parce que, là, franchement, tu vieillis. »

Hubert ne changea pas de place, l'inconnu reprit une ou deux fois ses traversées de couloir, puis déclara forfait. À la descente d'avion, les photographes, renseignés, accueillirent la chanteuse avec des flashes. Le bel inconnu suivait discrètement les opérations.

Diana retrouvant Jean lui raconta son aventure ratée et lui montra de loin l'homme d'affaires qui attendait ses bagages. Profitant d'un moment d'inattention de la chanteuse, Jean en profita pour aller donner à l'inconnu une carte de visite avec le téléphone du bureau où joindre sa belle aux yeux clairs.

Une semaine après, un message arriva d'Australie, annonçant un nouveau passage à Paris du play-boy qui souhaitait vivement rencontrer celle qu'il avait croisée sur le vol de New York. Diana comprit en lui parlant au téléphone qu'il ne savait pas du tout qui elle était. Elle joua le jeu en se faisant passer pour un mannequin et garda son anonymat.

C'est plus tard, lors d'une escale à Munich, qu'il

découvrit le groupe DC Reaction et sa chanteuse Diana dans un grand show télévisé.

Ils se retrouvaient entre deux voyages, entre deux avions, en coup de vent. Il venait de Sydney pour passer un long week-end avec elle. Ils essayaient de se rejoindre aux quatre coins du monde.

Nés le même jour, sous le même signe, ils possédaient des tas de points communs. Seule la musique les séparait. Le *bushman* rêvait de s'installer dans son ranch, peuplé de chevaux et de kangourous. Elle ne voulait pas arrêter son métier qu'elle aimait tant. Elle adorait les feux de bois et les animaux, mais elle ne se sentait pas prête à changer de vie. Ils finirent par se quitter, fatigués de courir l'un après l'autre.

Durant chaque petit séjour à New York, Diana se précipitait à la danse, aux cours de comédie avec toujours autant de plaisir. Elle bâtissait des plans sur la comète et projetait de ramener en France une école de spectacle, où les débutants passionnés auraient la possibilité d'apprendre le chant, la comédie, la danse, la musique, leur ouvrant toutes grandes les portes pour devenir des artistes complets. Elle était devenue très proche de tous ses profs et envisageait de les faire venir régulièrement à Paris pour des stages intensifs, en plus des cours normaux.

Fame était au goût du jour, l'idée grandissait dans sa tête et lui donnait des ailes. Hormis le plaisir sans fin de travailler le détail qui change tout, ce concept lui laissait entrevoir des lendemains qui chantent et qui dansent.

De retour à Paris, elle chercha discrètement le futur local qui allait abriter son école. Avec Jean, elle visita des hangars et d'anciennes écoles désaffectées, mais la chanteuse n'avait pas le coup de foudre. Un matin, elles se retrouvèrent place de l'Odéon, devant l'entrée d'un passage fermé par une grosse porte cochère. Le représentant de l'agence s'étonna en reconnaissant la chanteuse, mais resta discret à sa demande. Poussant la grosse porte, elles entrèrent dans une impasse au bout de laquelle dominait une façade énorme. Elles suivirent le guide et, en entrant dans l'ancienne imprimerie abandonnée, Diana comprit qu'elle venait de trouver un paradis pour les futurs artistes.

La chanteuse montait, descendait, calculant les emplacements des salles de répétitions, des douches, des vestiaires... Elle revint dès le lendemain avec les plans qu'elle avait tracés et un entrepreneur à qui elle demanda d'établir le devis des travaux. Le comptable fit une étude de rentabilité. Tout était prêt pour la grande aventure.

Dossier à la main, elle monta voir l'homme à la talonnette folle et au coffre plein.

« Voilà, tu ne m'as pas encore acheté l'appartement de mes rêves, je crois que je peux mettre une croix sur Neuilly ! Conclusion : mes comptes ne sont pas réglés, j'ai un projet qui me tient très à cœur, donne-moi une avance pour les travaux ! Il faut que je pense à mes vieux jours : je ne suis pas sûre de ton sens de la famille ! N'est-ce pas, mon bon Hubert ? »

Éberlué, vexé, il essaya de s'en tirer :

« Mais enfin, Diana, tu es folle ! On n'a pas le temps de s'occuper de ça ! Avec tous tes voyages, tu as beaucoup mieux à faire. Ce n'est pas le moment de penser à des écoles de danse. D'ailleurs ça n'intéressera personne ! Laisse-moi regarder ça tranquillement, il faut que j'étudie le dossier. Et puis, tu comprends, en ce moment, j'ai des problèmes... »

Cette fois, Diana ne le laissa pas terminer :

« Ne commence pas à radoter ! S'il te plaît, Hubert, trouve une solution rapidement ! Demain, je pars en Italie, puis en Espagne pour des télés ! Tout est organisé : les profs, les élèves, les stages. J'ai trouvé un superbe local à louer, mais il faut que je fasse très vite ! Alors dépêche-toi ! »

La chanteuse et sa troupe reprirent la route, de capitale en capitale, passant une frontière par jour pour défendre la production américaine de Nile Rodgers, *L'Astronaute*.

Pendant ce temps, Haudevan ne bougeait pas, en expliquant que l'idée était nulle. Le local échappa à Diana faute d'argent, et le projet dans lequel elle avait investi son temps et sa passion, sombra tel le *Titanic*.

Quelques mois plus tard, Haudevan montra le bout de son nez véreux en lui annonçant sa nouvelle idée :

« Ma p'tite mère, j'ai eu une vision une nuit ! J'ai vu l'affaire du siècle : je vais te monter une école de danse ! J'ai pris contact avec des danseurs de l'Opéra qui donneront les cours. J'ai acheté un petit immeuble, je vais m'occuper de tout, tu n'as pas à t'inquiéter ! »

Diana blêmit, prise d'une envie irrésistible de lui sauter à la gorge :

« Il y a six mois, je t'ai apporté l'idée, le projet, le local, les élèves et les professeurs ! Plus des stages avec des pros américains qui me suivaient. Et tu as tout fait rater ! Aujourd'hui, tu arrives la bouche en cœur comme si tout venait de toi ! Qu'est-ce que tu connais à la danse ? Tu as besoin de quinze radiateurs dans une pièce pour ne pas attraper froid ! Mais, mon vieux, danser c'est produire de la chaleur humaine ! Alors, sache que cette fois tu ne feras pas une autre fortune avec un projet que je t'ai apporté et dont tu ne me laisseras que les miettes ! Tu n'utiliseras pas mon nom en lettres lumineuses, pour me déposséder de tout ensuite ! Essaie donc de le faire sans moi et d'expliquer aux élèves en dansant que tu es le grand Haudevan ! »

Elle quitta la pièce, sans autre explication.

La période des vacances arriva à point nommé pour détendre l'atmosphère. Diana décida de partir le plus loin possible du *Hubertus XII*, de la villa aux quinze chambres, de la troupe des hypocrites intéressés et des restaurants de plage où serviettes blanches et courbettes annonçaient l'arrivée du Seigneur des enveloppes.

Elle embarqua son fils, Marie-Claire et Aline Mangetou, qui tentait de suivre le bon courant, pour le soleil californien, dans une jolie maison de Brentwood entourée d'un parc où les attendait une prometteuse piscine. Le sport était à l'honneur, avec séance de natation le matin – Marie-Claire était devenue une experte –, suivie par un nouveau défi : « le plongeon. »

Le garçonnet, qui adorait l'élément liquide, barbotait comme une grenouille mais refusait d'avoir de l'eau dans le nez :

« Pas sous l'eau, maman ! Même Marie-Claire elle a peur ! »

L'enfant cherchait toujours une parade. Diana, entêtée, rusait du mieux qu'elle pouvait pour amadouer son fils :

« Moi je vais sous l'eau ! Ceux qui m'aiment me suivent !

– Maman, un bisou, maman ! Je veux un bisou !

rusait-il lui aussi en voyant sa mère au fond de la piscine.

– D'accord, je descends une marche sous l'eau, je t'attends et tu viens me faire un bisou ! » répondait-elle sans se décourager en redescendant une nouvelle fois.

Après quelques tentatives, la P'tite Pilule, les yeux grands ouverts, retrouva sa maman sous l'eau. Petit à petit, jour après jour, tout le monde participa au concours de plongeon, dans un style très particulier mais très efficace.

Le Calicamp avait accueilli le petit Français, qui faisait maintenant partie des Racoons, retrouvant des garçons et filles de son âge. Il passait la moitié de ses journées dans un camp d'Indiens spécialement aménagé pour les enfants et rentrait tous les jours avec quelques nouveaux mots d'anglais sans le moindre accent, ce qui faisait la fierté de la chanteuse. Arpentant Malibu, Beverly Hills, Sunset Boulevard, Hollywood Boulevard, Diana promenait Marie-Claire et Aline, reprenant tous les circuits de l'année précédente.

La grande responsable du microsillon, Aline, appelait régulièrement son boss pour tenter d'arrondir les angles, glissant discrètement des informations sur Diana :

« Allô, Hubert ! Comment vas-tu ? Je m'ennuie de Saint-Trop ! Je crois qu'elle va bientôt rentrer ! Elle est très en forme ! Non, elle n'est pas là, elle te rappellera ! À demain ! »

Aline, la femme aux mains d'or, essayait de suivre le rythme infernal de la « vedette internationale », qui voulait tout voir et tout essayer.

Aussi, quand Diana décida de se mettre au roller-skate, dernière trouvaille en vogue, elles partirent à Venice Beach, haut lieu branché de la mode où elles se retrouvèrent plongées dans une faune étrange.

« Aline, tu es toujours d'accord, on fait du roller-skate ? interrogea une dernière fois la chanteuse.

– Si ça peut te faire plaisir ! Tu es consciente qu'on va être ridicules ! temporisait Aline inquiète.

– On s'en fout, personne ne nous connaît ! On peut faire ce qu'on veut ! Allez, Lili, on va rigoler ! » insista Diana en souriant.

Dix minutes après, nos deux Françaises, harnachées comme pour un match de football américain, se préparaient au grand départ. Le nouveau look d'Aline, vu sa petite taille, était très original. Les gants recouvrant ses brillants donnaient à ses mains une forme bosselée très extra-terrestre ; les coudières flottaient sur ses petits bras ; les genouillères lui montaient à mi-cuisse avant de finir sous son bermuda Saint-Laurent. Diana s'efforçait de garder son sérieux pour ne pas se déconcentrer :

« Il ne nous manque plus qu'une plume quelque part et on décolle ! Tu l'as bien dit : notre look, c'est l'enfer ! » lança-t-elle dans un fou rire.

Main dans la main, elles avancèrent sur la pointe des pieds en utilisant au maximum les stoppeurs.

« Tu es prête ! Allez, plie les genoux ! Un, deux, on pousse ! »

Comme des crabes en déséquilibre constant, elles évoluaient bras écartés pour ne pas tomber. Après des efforts méritoires, ce qui devait arriver arriva : une chute magistrale les entraîna sur le sol, sous les applaudissements et les rires de spécialistes qui avaient trouvé le spectacle de leur journée. Lorsqu'une voix bien de chez nous se fit entendre :

« Eh bien alors, ma chérie ! Est-ce que ce n'est pas un peu ridicule à ton âge ? Je croyais que tu travaillais tout l'été. Je vois qu'il te reste quand même un peu d'argent pour partir en vacances ! »

Aline levant les yeux reconnut la directrice d'une célèbre radio, Marceline Gomard, habillée comme Gloria Swanson au temps du muet. Heureusement, à Venice, on était cool :

« Marceline, mais qu'est-ce que tu fais là ? Je te croyais à Saint-Trop avec Hubert ? s'avisa Aline, rouge de rage mais inquiète pour la promotion de septembre.

– J'avais envie de changer d'air ! Hubert a eu une excellente idée en me conseillant de passer quelques jours à L.A. ! Il m'a d'ailleurs demandé de t'appeler ! C'est sympa, on va sortir ensemble ! » annonça Marceline sur un ton qui n'admettait pas de réplique.

La soirée se termina chez *Ma Maison*, restaurant bien de chez nous, entre deux courbettes et cinquante ragots : tout ce que Diana avait voulu quitter en traversant les États-Unis.

Aline quitta le pays la première pour servir de gouvernante à Marceline, qu'il ne fallait en aucun cas contrarier. Marie-Claire, Diana et le petit garçon restèrent au calme encore dix jours et en profitèrent, avant de repartir, pour découvrir le monde magique de Disneyland.

Une mauvaise surprise attendait la chanteuse : un courrier comme personne n'aime à en recevoir. Une lettre recommandée du ministère des Finances lui annonçait que M. Étienne Meugle, dit Mickael Jimmy Bird, ayant disparu sans laisser d'adresse, elle devait payer les impôts en retard de son mari. La colère s'empara de Diana :

« J'espère que vous plaisantez ! Je ne peux pas payer ! J'ai déjà du mal à payer mes propres impôts, je ne vais pas vous donner de l'argent sur quelque chose que je n'ai même pas reçu ! Trouvez-le, faites un effort ! Il n'est pas très loin ! »

Mais l'inspecteur restait de marbre :

« Vous ne viviez plus ensemble, peut-être ! Mais vous n'étiez pas divorcés ! La femme est responsable des dettes de son mari ! C'est la loi ! »

Il n'y eut rien à faire. Tous les salaires de la chanteuse furent bloqués, jusqu'à ce qu'elle accepte de signer l'accord qui l'obligeait à couvrir les dettes du fuyard.

L'Astronaute battait des records de ventes, disque de platine en France, numéro un dans toute l'Europe et en Amérique du Sud, montant doucement mais sûrement dans les chars américains. Haudevan roucoulait, gloussait, assurant à qui voulait l'entendre qu'il avait maintenant ses bureau à New York et que la Motown n'avait qu'à bien se tenir.

Revenant d'une télé en Suisse allemande, Diana, faisant halte dans les Alpes, fut très étonnée de constater que le *biggest producer* l'attendait avec Agatha :

« Demain nous avons une journée très chargée ! Agatha nous a fait une sélection de chalets ! Comme Neuilly est trop cher, je pense qu'il vaut mieux acheter un truc ici pour commencer ! »

Diana, fatiguée par le voyage, lui répondit que

c'était une excellente idée, bien persuadée que tout ce trafic servait uniquement à gagner du temps :

« Pourquoi pas ? Mais je pense sincèrement que tu peux acheter Neuilly !

– Tu perds toute mesure ! Tu n'as aucune notion de l'argent, rétorqua-t-il avec une parfaite mauvaise foi.

– Je suis sûre que tu me racontes n'importe quoi ! Mais d'accord. Après les beaux quartiers, visitons les chalets montagnards, ça nous occupera ! »

Le manège infernal reprit : trop petit, trop grand, trop cher, c'est hanté, tu vas tomber malade là-dedans (à mille cinq cents mètres d'altitude au milieu des marmottes, chacun sait que l'air est mauvais, c'est bien connu).

Ils retrouvèrent Paris d'un coup de jet à la moquette rose et Diana rentra chez elle sans faire aucun commentaire.

Avant Noël, elle regagna New York avec la nurse et le petit pour des télévisions et les emmena passer le réveillon en Floride chez Mickey. La seule chose qui comptait était de construire des souvenirs joyeux pour son petit garçon au lamentable papa.

1980
John Lennon for ever

Sous le soleil de l'été et la végétation luxuriante de la Floride, Disneyworld préparait le dernier jour de l'année en compagnie des célèbres personnages de dessins animés. Diana et Marie-Claire, baskets aux pieds, venaient de quitter le *Disneyland Hotel* en compagnie d'un petit garçon passablement énervé par ce qui l'attendait. Pleines de courage, après avoir avalé pancakes, corn flakes, œufs au bacon, elles remontèrent Main Street, pour Adventureland où le voyage en bateau de Jungle Cruise allait donner des émotions à Lou Pitio. Les Pirates, la Maison hantée, le Monde des Poupées commençaient à épuiser nos héroïnes et leur rythme ralentissait de pas en pas. Diana rêvait de retourner dans la folie de Space Mountain. Marie-Claire préférait rester sur terre craignant que son hamburger ne remonte plus vite qu'il n'était descendu. Le garçonnet ne voulait pas quitter sa mère et hurlait de colère en la voyant partir sans lui.

« Chéri, tu es trop petit ! Bientôt, tu iras avec

maman, bientôt ! » lui expliquait Marie-Claire sans réussir à le consoler.

Elles finirent la journée dans plusieurs circuits du Train de la Mine et regardèrent la Grande Parade en guise d'apothéose. Arrivés à l'hôtel sur les genoux, nos trois aventuriers se plongèrent dans un bain chaud bien mérité. Après un dîner léger, le sommeil eut raison du petit garçon qui s'endormit sans demander qu'on lui raconte une histoire. Dans le petit salon de la suite, Diana passait quelques coups de téléphone n'oubliant pas d'appeler Gustave et Marjolaine afin de les embrasser. Assises devant la télé, la nurse et la chanteuse se relaxaient, lorsque Diana sursauta :

« Mais, Marie-Claire ! C'est le 31 aujourd'hui, il faut faire un réveillon ! Bon, puisqu'on est là toutes les deux comme des idiotes, on va se venger sur le menu !

– C'est triste pour vous ! Vous pourriez peut-être descendre au restaurant, moi je garderai le petit ! » proposa gentiment la nurse, peinée de voir la chanteuse démarrer l'année seule.

– Vous plaisantez, j'espère ! On va s'éclater ! On va boire un petit coup de rouge, une fois n'est pas coutume ! Mais il faut que l'on tienne jusqu'à minuit, sinon ce n'est pas drôle ! Voyons voir. »

Le menu continental était d'une tristesse totale.

« Ça me ferait pleurer... Pas vous, Marie-Claire ? Mais qu'est-ce qu'on va prendre ? interrogea Diana avec une moue qui en disait long.

– Je vais peut-être vous paraître ridicule, mais je vois que l'on peut commander des pizzas. Qu'en pensez-vous ? répondit-elle d'une voix hésitante.

– Voilà ! Bonne idée, une pizza, un p'tit coup de

rouge, ça franchement, pour le réveillon, c'est original ! »

Diana, affamée, commanda deux pizzas fromage et anchois, une « reine », une bouteille de french beaujolais et deux *ice-creams*. Le garçon d'étage s'étonna, mais ne posa aucune question. Vingt minutes plus tard, on sonna à la porte.

« *Yes ! I am coming !* répondit Marie-Claire dans un anglais parfait en se dirigeant vers la porte. Oh, mon Dieu ! Mais qu'est-ce que c'est que tout ça ? Mais il y en a pour quinze personnes ! » s'écria-t-elle en faisant entrer le livreur.

Diana se leva en entendant Marie-Claire et ajouta :

« Ce sont des pizzas d'ogre ! Je pensais qu'elles étaient petites ! Il doit penser que l'on fait de la boulimie, il nous regarde avec un œil bizarre !

– *Good evening ! Enjoy yourself and happy new year !* » dit le garçon en sortant.

Assises sur la moquette, nos deux mangeuses s'empiffrèrent avec la spécialité italienne revue et corrigée par l'excès *made* in USA en pizza pour un régiment de Marines. Elles attendirent tout de même les douze coups de minuit. Après s'être souhaité plein de bonnes choses pour l'année qui commençait, elles s'embrassèrent et allèrent se coucher.

De retour à Paris, Haudevan tout bronzé continuait de son fauteuil à pivot, difficilement soutenu par Nickita, à tenter d'esbroufer les Américains, en se faisant passer pour le « Quincy Jones, Berry Gordy » français.

Après son *Astronaute*, le *King of the planet* survolait les hit-parades européens. Diana enchaînait les voyages et les kilomètres avec toujours autant de plaisir. Les haltes sur les Champs-Élysées se faisaient de plus en plus rares et elle finissait par ne plus s'y retrouver dans les projets, les cachotteries et les magouilles de son producteur. Chaque rencontre des deux membres de la « famille » se terminait par des cris et des hurlements. Il devenait pratiquement impossible d'avoir une conversation avec Hubert. Le sens du dialogue, quasiment inexistant chez lui, s'était transformé en oraison divine sur l'adoration de son Moi.

« Dieu » était parmi nous, acceptant de toute sa hauteur et sa bonté d'avoir encore la gentillesse de nous garder à ses côtés.

« Ma p'tite Diana, je n'ai pas le temps de discuter ! J'ai beaucoup trop de choses à faire ! » disait-il depuis son bureau vide, lorsqu'il passait sa tête par la porte entrouverte.

Ce qui ne l'empêchait absolument pas d'entrer.

« Dommage ! Il faut que je te voie maintenant ! Je veux monter sur scène, je suis dans tous les plus grands shows, je travaille avec les meilleurs, mais où sont les galas ? J'ai le métier qu'il faut pour chanter à Paris, en Europe, dans toutes les plus grandes villes ! J'en ai marre d'attendre, tu as tout dans les mains ! Les tubes, les danseurs, la chanteuse ! C'est indispensable pour moi maintenant ! Qu'est-ce que tu fabriques ? »

L'air très affairé à ne rien faire, il appuya d'un doigt fébrile sur son joujou magique et prit un ton angoissé :

« Aline Mangetou dans mon bureau ! Trinité, Aline Mangetou dans mon bureau ! C'est très urgent ! Écoute, Diana ! On va en reparler un autre jour, je suis occupé ! répondit-il en regardant la longue liste de celles qui l'amusaient le soir.

– Je crois que tu ne comprends pas très bien ! Je suis en train de perdre mon temps à te regarder réfléchir et j'en ai ma claque !

– Oh, là là ! tu es beaucoup trop nerveuse ! Tu vois bien que tu ne tiendrais pas une seconde ! Tu entres dans mon bureau, tu t'agites, tu cries ! Tu n'as pas la santé, tes nerfs sont malades ! Il faut que tu vois un psychiatre, avant de penser à la scène ! lança-t-il avec sa mauvaise foi habituelle.

– Arrête, je sais bien que tu veux me faire passer pour une folle ! Ça t'arrangerait, mais, désolée pour toi, je vais très bien, alors ne m'explique rien ! Qu'est-ce qu'on fait ? Réponds-moi, un point c'est tout ! »

Il la regarda en la toisant et commença son grand numéro :

« Je suis Hubert Haudevan ! On ne me parle pas comme ça ! Tu ne comprends rien à ce métier. Sans moi tu ne serais rien, tu me dois tout ! Pour qui te prends-tu ? Qu'est-ce que tu ferais sans moi ? La scène, ma pauvre cocotte, c'est fini depuis bien longtemps ! Regarde les Américains, ils laissent ça pour les idiots ! De toute façon, tu n'es pas faite pour ça, tu n'es pas assez forte pour en faire ! C'est un autre métier que tu ne connais pas ! Et à ton âge, c'est trop tard ! La télévision, c'est le progrès, tu touches des milliers de gens, des millions même ! Qu'est-ce que tu vas nous enquiquiner pour deux mille, trois mille ou cinq mille personnes, alors qu'à la télé tout le monde te voit !

« C'est infernal, tout ce métier vient à moi pour

m'écouter, me demander des conseils, je vois des gens qui sont prêts à payer des fortunes pour que je m'occupe d'eux, et toi, tu es là comme une petite capricieuse obstinée ! La scène, c'est pour ceux qui ne savent pas, mais tu as de la chance de m'avoir, car moi je sais ! conclut-il.

– Je crois qu'il va falloir que tu changes ta vision des choses ! Je veux aller voir les gens ! Chanter pour eux, c'est mon métier ! J'ai passé des années à répéter avec des musicos, j'ai vu des décors de spectacle que t'ont donnés les Anglais en pensant aux futurs concerts ! Je sais très bien que l'on te propose une tournée à travers l'Europe ! Si je suis nulle, tout le monde n'est pas de ton avis ! Alors, penses-y et fais vite ! En rentrant de Californie, il faut que le problème soit réglé ! Je vais enregistrer ce nouvel album, tu me donnes mes sous et je pars en tournée ! »

Diana, vidée devant le mur d'incompréhension auquel elle était confrontée, avait des crampes à l'estomac et mal à la tête. Il fallait qu'elle sorte de ce cercle infernal. Coincée, ligotée, elle était pieds et poings liés par un certain M. Plumot chanteur raté qui avait changé de nom, d'âge et de « famille » en se donnant le droit de tout gérer.

Elle sortit, refermant la porte derrière elle. L'interphone fou se remit aussitôt en marche :

« Trinité, si Diana est dans votre bureau, dites-lui de descendre au sous-sol ! Allez avec elle, et montrez-lui les caisses ! »

Sachant très bien que la chanteuse était en train de traverser le bureau de la chef des collaboratrices, il enchaîna en l'apostrophant :

« Maintenant tu es contente, tu les as tes disques

d'or ! Tu peux les emporter chez toi, c'est une affaire réglée ! Fais-toi aider par mon chauffeur, il y en a beaucoup, ça doit être lourd ! »

Diana descendit au sous-sol avec le chauffeur et dénicha dans un coin du parking plusieurs gros cartons mal fermés, abandonnés comme de vieilles reliques. Elle en ouvrit un au hasard nerveusement, arracha le papier qui entourait le grand cadre et découvrit un album de platine sur lequel était écrit :

ALBUM DE PLATINE *Dancing in the Rain* À DIANA
pour plus d'un million de disques vendus.

Elle dégagea le second cadre un peu plus petit et lut sur la plaque dorée :

DISQUE DE PLATINE *La classe est finie* À DIANA
pour plus d'un million de disques vendus.

Une grande partie de sa vie et de celle d'Hubert Haudevan était enfermée là, dans des cartons. Les murs de sa tour avaient été construits grâce à ces petites galettes noires qui portaient le nom de la chanteuse.

Ce qu'il avait négligemment jeté aux souris, pour cause de risque de rides précoces, n'avait en réalité jamais rien représenté pour lui. Il n'avait jamais eu de famille. La fortune d'Hubert était dans des coffres, celle de Diana dans des cartons. Sans un mot, elle chargea, avec l'aide du chauffeur, sa vie dans le coffre de sa voiture.

Elle rentra à Neuilly, demanda à Maïté et Marie-Claire de lui donner un coup de main et refusa, malgré les suppliques de la nurse, de regarder les récompenses qu'Haudevan lui avait jetées, comme on donne une cacahuète à un singe savant pour qu'il continue à faire son travail.

Le lendemain matin, Haudevan dans un moment de calme, téléphona pour ferrer à nouveau le poisson :

« Ma p'tite mère, tu as raison ! Je vais sérieusement penser à la scène pour toi ! Il faut bien que tu t'exprimes un peu !

– Pourquoi tant de générosité ? Tu as quelque chose à te faire pardonner ? demanda-t-elle sur un ton désabusé.

– Ne sois pas bête, je t'adore, je ne veux que ton bonheur, tu le sais bien ! Au fait, Keith Olsen m'a téléphoné, il travaille et attend ton arrivée avec impatience ! Tu vas poser ta jolie voix sur la bande, comme d'habitude ! C'est formidable, on s'occupera de tout à ton retour ! Est-ce que mon neveu va bien ? Il faut que je m'occupe de cet enfant, je vais lui apprendre la vie ! Tonton Hubert va veiller sur lui ! dit-il avec grandiloquence.

– Mais bien entendu, mon bon Hubert ! À mon avis, tu devrais lui signer un contrat tout de suite, il pourrait déjà commencer à se faire des muscles pour pouvoir, dans trente ans, charger dans son coffre de 2 CV les miettes que tu auras eu la grande gentillesse de lui laisser ! Excuse-moi, mais il faut que je te laisse ! Salut ! » conclut-elle en raccrochant.

Ses valises l'attendaient. Une heure plus tard, Marie-Claire monta une corbeille de fleurs accompagnée d'une carte de visite qui disait :

Ne t'inquiète pas, je m'occupe de tout. Signé : *Hubert.*

Comme d'habitude, pensa-t-elle en fermant la dernière valise. Un taxi emmena la petite famille à Roissy. Dix heures de voyage la séparaient d'une nouvelle expérience californienne.

Diana s'était installée pour plusieurs mois dans la maison de Brentwood. Le producteur renommé de la côte Ouest, Keith Olsen, lui rendit visite comme convenu. Une Porsche dernier modèle s'arrêta devant la porte. Un homme râblé et de petite taille, santiags et chemisette, en sortit. Son teint pâle et ses cheveux mi-longs lui donnaient un vrai look de rocker. Il embrassa Diana et lui faisant part de la joie qu'il avait de travailler pour la première fois avec une chanteuse française, il la félicita pour son enregistrement avec Nile Rodgers et l'embarqua dans son bolide, direction le studio.

« *You're gonna be very happy ! We've got a dream team with us !* dit-il avec un accent nasillard digne des cow-boys du Middle West.

– Comment pouvez-vous avoir si mauvaise mine avec un soleil pareil ? interrogea Diana, le trouvant encore plus vert de près que de loin.

– Un producteur de disques doit passer sa vie en studio ! Je ne suis pas supposé être au soleil ! Avec un teint pareil, je passe pour le meilleur ! » plaisanta-t-il.

Keith avait son studio, le Goodnight LA, caché au fond d'une cour, sur la route de Santa Monica. Son repaire était rempli de photos, de disques d'or de stars de la musique californienne. C'était impressionnant.

Dans la cabine, le play-back était poussé au maximum. L'équipe, décontractée, accueillit la *frenchy singer* avec des « Oh ! » et des applaudissements nourris de sifflets stridents. Elle en rougit. Ils avaient tous l'air réjouis de faire partie de l'aventure.

Keith fit les présentations. Que du beau monde ! Tom Kelly, David Foster, Richard Page, Bill Champlin, Trevor Raven, Vernette Gould, Chas Sandford, Tim Pierce, Mike Baird, Denis Belfield, Rick Phillips, Alan Pasqua. Diana serrait des mains, encore des mains. Keith donna le signal de départ :

« *OK, guys, are you ready ? Let's do it once more !* »

La bande se mit à tourner laissant la chanteuse collée à son siège : les voix aiguës, le tempo, les guitares de *Strange* l'étourdissaient. Elle n'arrivait pas à réaliser que ce titre était pour elle. Nous étions loin d'Haudevan et de sa « boîte magique », loin de M. Bertrand et de son magnétisme, du thé au miel et des chats dans la gorge. Pas de questions inutiles, pas de sautes d'humeur, ici tout le monde assurait !

Elle révisa plusieurs fois les paroles de son amie Lisa, écouta les autres titres et termina la journée avec Keith, son assistant et son amie au restaurant *Le Marquis* sur Sunset Boulevard. Tous les matins, elle profitait du soleil avec Marie-Claire, Lisa et le Cachaniu avant de rejoindre le studio où le rock and roll battait son plein. Les musiciens branchés fumaient avec plaisir l'herbe des plantations jamaïcaines.

À trois heures ou quatre heures du matin, l'ambiance était passée du cent dix volts aux vingt mille watts des centrales électriques. Un cône savamment roulé s'échangeait avec précaution. Elle décida de tenter le voyage. Pour elle qui ne fumait jamais, l'expérience ne fut pas concluante. Mais elle ne voulait pas mourir idiote. Après un seul taf de pelouse, elle radota béatement pendant six heures, s'extasiant sur la beauté du vol d'une mouche qui avait choisi comme lieu d'escale la tête du producteur. Son choix était définitivement fait, elle préférait se doper au body-building et au *coleslaw* !

Les nuits de recording étaient longues, mais la musique l'emportait sur la fatigue, qui se faisait seulement sentir une fois la porte du studio refermée. Elle était devenue très amie avec son producteur qui l'emmenait régulièrement écouter des musiciens, tous meilleurs les uns que les autres. Diana et Lisa allaient souvent le rejoindre dans sa magnifique maison pour déguster les excellents *tee bones* grillés avec art par sa femme, et plonger dans la piscine alimentée par une gigantesque cascade.

Haudevan avait décidé de ne pas subir un deuxième affront et préférait rester enfermé dans sa tour parisienne. Il appelait régulièrement sa chanteuse et évitait invariablement Keith, qu'il avait beaucoup de mal à comprendre. Les recommandations journalières transmises à la nurse prenaient un air de ritournelle :

« Attention à l'air conditionné ! Il faut qu'elle se couche tôt, elle a besoin de dormir ! Il ne faut pas qu'elle fume ! Il ne faut pas qu'elle sorte, ces gens-là sont tous des drogués ! Elle ne doit parler à personne, c'est dangereux ! Il faut qu'elle me rappelle, c'est très important ! Il faut qu'elle rentre très vite, j'ai besoin d'elle ! Il faut qu'elle fasse des photos, j'ai dix mille rendez-vous pour elle. »

Diana ne prêtait plus aucune attention aux réflexions

de H. H. Elle ne pensait qu'à terminer son nouvel album, une expérience qui ne ressemblait en rien à celle qu'elle avait vécue à New York. Quelques semaines plus tard, elle rentra à Paris trois jours pour porter les bandes et avoir le plaisir de voir la tête échevelée de l'homme aux pieds bots !

Barricadé derrière sa porte blindée, Hubert écoutait :

« On n'entend pas ta voix ! Ils sont cons ces Américains, ils ne comprennent rien ! Ils ne savent pas ce qu'est un tube ! J'aurais dû y aller, je leur aurais expliqué, moi ! »

Diana le regardait verdir : il ne supportait pas une seule seconde qu'elle puisse chanter sans lui. Les critiques fusaient, M. Bertrand officiait, rien de changeait dans le royaume du grand Haudevan. Il s'aimait chaque jour un peu plus, dévoré par son narcissisme. Tout ce qui n'était pas lui et risquait de lui faire de l'ombre devait être annihilé.

Elle regagna Brentwood avec un planning chargé de rendez-vous pour tout le mois d'août.

L'aéroport de L.A. voyait passer des milliers de Français en balade d'été. Diana attendait avec impatience l'arrivée de son copain Bob qu'elle avait connu sur plusieurs plateaux de télé et qui était devenu un producteur talentueux. Elle aimait son humeur corrosif, son regard aiguisé sur tout ce qui l'entourait, son cœur d'or et sa galanterie qui faisaient de lui un vrai gentleman.

Il avait loué une superbe maison sur les hauteurs de Beverly Hills et accueillait ses amis à bras ouverts. Diana profitait de sa présence pour sortir en toute tranquillité dans les restaurants à la mode, les discothèques branchées et les invraisemblables *parties* privées dans des propriétés de stars, hautement surveillées par la police et où les participants étaient triés sur le volet.

Elle avait décidé pour l'occasion de faire une folie en louant pour une semaine l'Escalibur de ses rêves, laissant au garage la très longue Pontiac, un peu trop banale dans ces collines où tout est démesuré. Les regards se posaient sur elle de façon différente infirmant le proverbe : « L'habit ne fait pas le moine ! »

Elle profita de la présence de son ami Bob pour sortir. Spagos, le spécialiste italien sur Sunset Boulevard, recevait la jet-set qui venait se gaver de pâtes fraîches. Les Français se retrouvaient chez *Ma maison* où, hélas, on ne servait pas la fameuse patranque de son Auvergne natale. *Carlos et Charlie* était une halte indispensable avant un bon concert de Santana. Diana profitait au maximum de sa liberté. Elle revit pour la quatrième fois *Sophisticated Lady* et tomba une fois de plus en extase devant la performance de Gregory Hines. Elle ne rata pas le spectacle de Bette Midler ni le show du groupe Kool and the Gang.

Une soirée privée dans une résidence de Bel Air était au programme. Une famille richissime recevait à grand renfort de surveillance policière quelques amis producteurs de cinéma et Diana reçut une invitation de la mère d'Oliver Stone. Elles avaient fait connaissance à Paris chez leur ami commun, Bob, et se rencontraient souvent à New York. Étant nées toutes les deux un 16 août, une complicité supplémentaire les rapprochait. La partie s'annonçait chic et chaude. Bob, plus élégant que jamais, vint chercher sa copine, ne supportant pas de la voir sans un chevalier servant.

Ils partirent tous les deux en grande forme. Les gardes du corps étaient regroupés devant l'immense maison aux éclairages extérieurs dignes d'une production de la Metro Goldwyn Mayer. Bob, toujours à l'aise dans n'importe quelle circonstance, évoluait au milieu de femmes couvertes de bijoux venant tout droit de la place Vendôme. Leurs liftings et leurs coiffures exagérément gonflées les faisaient ressembler à des poupées Barbie, mais Bob faisait mine de ne rien remarquer. Quelqu'un les interpella en hurlant :

« Diana ! Diana ! Bob, mes amis, je suis là ! Venez nous rejoindre ! »

Ils reconnurent immédiatement la voix de celle qui les avait invités.

« Ma chérie, comment vas-tu ? Tu es ravissante ! Mon Bob, je suis tellement contente de te voir ! dit-elle en les embrassant avec fougue. Diana, il faut absolument que je te présente Oliver ! Tu vas l'adorer et je suis certaine que tu vas beaucoup lui plaire, il adore les blondes ! »

Elle se mit à sa recherche, demandant à toutes les personnes qu'elle croisait :

« Oliver ! Où est Oliver ? Vous n'avez pas vu mon fils ? »

À cet instant, Diana lui lâcha le bras en s'excusant et traversa la pièce, certaine d'avoir reconnu cette longue chevelure blonde. Elle s'approcha et dit :

« C'est incroyable, je ne rêve pas ! Bonjour, ma Dali, comme je suis contente de te voir ! Mais je ne savais pas que tu étais en Californie ! »

Les deux chanteuses françaises, qui se voyaient très peu, mais se vouaient une tendresse réciproque, se retrouvaient au bout du monde dans une party très américaine. Elles s'isolèrent quelques instants pour échanger leurs impressions et convenir d'un moment pour déjeuner ou dîner. Une voix les interrompit :

« Diana, je te présente Oliver ! Tu vois, mon chéri, je te l'avais dit, elle est ravissante !

– *Nice to meet you, Oliver !* lança Diana légèrement troublée par les propos de son amie.

– *Please*, excusez ma mère ! Vous êtes *very pretty*, elle a raison », dit-il en souriant.

Il embrassa Diana et reprit presque aussitôt son air bougon signifiant qu'il n'était pas très heureux au milieu de tout ce monde.

Le champagne et les compliments coulaient à profusion, les dollars étaient présents dans chaque conversation, on fréquentait tout le monde mais on ne connaissait personne. Quelques têtes connues circulaient mais les producteurs aux gros moyens représentaient la majorité de l'assistance. Diana dégustait un canapé lorsqu'elle fut abordée par un monsieur d'un âge certain qui lui dit :

« *Miss*, je fous connet trrrès bien ! C'est *wonderfull* cé qué fous faites ! On m'a bôcup perlez *of you* ! Fous êtes *born in Egypte*, fotre accent ! Bréfo Dalida, fous êtes oune *big artist* ! » lança-t-il en la serrant dans ses bras.

Diana retenait le fou rire qui la gagnait.

« *I am sorry, but I am not Dalida, my name is Diana !* répondit-elle.

– Diana, *I know* ! Jé fous connet trrrès bien ! C'est *wonderfull* cé qué fous faites ! *Everybody* perle de fous, *in Europe* ! Fous êtes a *big artist* ! » recommença-t-il avec le même aplomb.

Diana ne savait pas comment se dépêtrer de ce vieux chnoque, sûrement riche comme Crésus mais laid comme un pou. Une main se posa sur son épaule ; Oliver venait la sortir de ce mauvais pas.

« Certains amis de ma mère sont fatigants ! Je

n'aime pas tellement ce genre de soirée, allons près de la piscine, on sera au calme ».

Ils s'éclipsèrent, plantant là le bonhomme qui continuait ailleurs :

« *Miss*, jé fous connet trrrès bien... »

Ils discutèrent de leur jeunesse respective. Il lui raconta son engagement pour le Viêt-nam, dont il portait encore les séquelles. Il lui raconta l'idiotie de la guerre, ce qu'il avait vu, entendu. Elle écoutait sans le savoir le récit de ce qui deviendrait un jour à l'écran *Platoon*. Leur tranquillité fut hélas interrompue par l'arrivée de la mère d'Oliver qui tenta encore une fois de lui expliquer le talent de son fils. La soirée se termina avec des allées et venues pas très discrètes dans les toilettes où les amateurs pouvaient se poudrer le nez à volonté.

Bob la raccompagna dans la maison de Brentwood où elle retrouva toute sa petite famille plongée dans un sommeil profond. Son séjour californien continua entre les sorties avec Bob, les rencontres avec Oliver (sans sa mère), les cours de body-building, plusieurs reportages pour l'Europe, les séances de photos pour faire plaisir à Haudevan. Elle fit la connaissance d'un mâaagnifique danseur, maître de ballet, végétarien, qui ne sut pas, malgré ses merveilleuses salades, la retenir... Puis elle retrouva la France avec Marie-Claire, Lisa et Lou Pitio, les bras chargés de valises et la tête pleine de rêves.

Le retour dans la capitale la replongea directement dans la réalité. Pendant son absence, le loyer de Neuilly avait encore augmenté. Haudevan ne parlait plus de visiter quoi que ce soit, les dettes d'Étienne Meugle continuaient à courir derrière elle et elle ne supportait plus d'aller frapper à la porte du Seigneur pour lui demander un petit pourboire, alors que *Little Honey*, titre phare de l'album produit par Keith Olsen, grimpait à grande vitesse dans les hits. La côte Ouest américaine avait accueilli Diana. Une semaine à New York lui permit de faire plusieurs talk-shows, elle revit pendant le week-end Nile Rodgers et sa femme française dans leur country-house de Long Island, elle dîna avec John Strasberg qui lui fixa rendez-vous à Paris dans sa nouvelle école. Elle ne savait pas encore qu'elle voyait son appartement pour la dernière fois.

Haudevan, le plus grand, l'homme qui fait du vent, décida avec impudence que sa chanteuse lui coûtait trop cher. Il envoya Nickita dans la Big Apple. Elle vida l'appartement de tous les objets que la chanteuse avait choisis avec amour et trouva dans le Village un petit pied-à-terre où le nouveau représentant de Haudevan & Co s'installa.

Les envies de Diana fatigaient H. H. L'incompréhension volontaire du producteur faisait monter la pression. La chanteuse ne voulait plus subir les vieux tics d'un homme qui ne comprenait plus rien à rien. Les nouveaux décors, le projet hypothétique d'une tournée mondiale lui servaient à gagner du temps. Elle avait connu la liberté et elle n'envisageait plus de retourner dans sa prison, même dorée.

Elle rêvait de quitter Haudevan, mais n'acceptait pas de tirer un trait sur ce qui lui appartenait depuis tant d'années. « Famille », quand tu nous tiens...

1981
Après le 10 mai, bonjour Dallas...

Diana continuait à espérer un changement, une lueur d'espoir, un accord qui permettrait au rossignol qui ne voyait que trop les barreaux de sa cage d'ouvrir enfin ses ailes.

Seulement voilà, la balance n'avait jamais été vraiment équilibrée. L'ex-chanteur, devenu producteur d'une petite débutante, avait été atteint par une maladie grave, sans antidote, incurable : la « mégalomanie grandissante en plaques ».

Elle alla chercher au bureau la maquette des décors que Trinité avait oublié de cacher dans un placard, et rentra comme une bombe dans le sanctuaire à la porte blindée :

« Qu'est-ce que c'est que ça ? Comme c'est bizarre, tu ne m'en as pas parlé ! Où sont les dates de galas, je vais travailler avec qui ? Apparemment les Anglais sont d'accord ! Où est le problème ? »

Saint Hubert, enveloppé dans un plaid et entouré de

cinquante boîtes de mouchoirs, lui joua la grande scène du malade imaginaire :

« Ma p'tite mère, tu vois bien que j'ai une grippe terrible ! Je suis contagieux. Ne reste pas là, c'est plein de microbes ! M. Bertrand m'attend chez moi, il faut que je parte tout de suite ! Mais tu sais, j'ai bien réfléchi au projet ! Je ne suis pas sûr que ce soit le bon moment pour monter un spectacle ! À notre âge ! Il aurait fallu commencer plus tôt ! Tu es un peu vieille pour te lancer là-dedans maintenant ! »

Elle jeta sur le bureau le carton qui contenait le projet futuriste, où se balançaient des plateaux mobiles reliés par un escalier à levier, monté sur pivots, qui transformait la scène et la mettait en mouvement au gré du spectacle.

« Vieille ! Mais qui est vieux ici ? Tu t'es regardé ? Tu ne vas pas me caser tes éternels gimmicks ! N'oublie pas que nous avons quinze ans d'écart, même si à t'entendre tu es mon jeune frère cadet ! C'est étrange, la scène ce n'est plus de mon âge, mais les plateaux du monde entier, je peux encore les faire ! Tu sais quoi ? Va prendre tes pilules et fiche-moi la paix ! »

Elle sortit en claquant la porte, ce qui fit trembler les murs, sous l'œil éberlué de Trinité en pleine discussion avec une nouvelle recrue de la maison Haudevan & Co.

« Ma petite Diana, calme-toi ! Il est très énervé en ce moment ! Tout va s'arranger », s'époumona-t-elle à la poursuivre.

– T'es gentille, tu me lâches ! Vends ta salade à ce jeune homme. En ce qui me concerne, ce n'est pas le jour ! »

La chanteuse démarra en trombe sa voiture, bien décidée à réagir.

« N'importe quoi ! Mais quelque chose ! Je ne peux pas rester comme ça ! C'est décidé, il faut que je bouge ! »

Diana, Jean et Mouny roulaient à vive allure en direction de Sarlat, le pays de l'or noir.

Dans l'hôtel en effervescence, Jean-Charles Chaumard, entrepreneur de spectacles, suivi par le régisseur, attendait l'arrivée de la vedette en s'agitant avec son téléphone portable :

« Le spectacle est vendu ! Oui, c'est un chapiteau ! Débrouillez-vous, ce n'est pas mon problème ! Je la vois ce soir, parce que, demain, je suis à Perpignan avec Francis ! Comment, quel Francis ? Lalanne, bien sûr... à moins que ce ne soit Cabrel, je ne sais plus ! »

Une légère tension du portier l'alerta.

« Bon, je te laisse ! Appelle Tété, il est responsable du plateau de Diana ! Il sera sur place ! Pour la billetterie, n'oublie pas les sacs postaux ! »

Diana entra dans l'hôtel, suivie de Jean et Mouny, chargées comme des mules :

« Diana, je commençais à m'inquiéter ! Je suis ravi de te voir ! »

Il tournait autour d'elle, fier comme un paon :

« Installe-toi dans ta chambre, je t'attends au restaurant. Je suis obligé de partir ce soir ! Mais ne t'inquiète pas, tout est prêt et Tété est là pour régler les problèmes ! »

Le dîner se déroula entre les compliments excessifs et les sourires fourbes de Chaumard, et les coups de téléphone de ses informateurs qui passaient au rapport.

« Excuse-moi, Diana ! Oui, combien, cinq cents personnes ! Il doit être d'une humeur massacrante ! Et la buvette ? Ah bon ! ça c'est intéressant ! Embrasse-le de ma part ! Ciao ! »

Le lendemain, coups de téléphone, interviews de la presse locale, autographes et photos occupèrent la matinée. Après un déjeuner sur le pouce, Diana et Jean prirent la nationale pour Thuillier, petite ville de province où Diana avait décidé de se faire la main.

Sur la route, çà et là, un panneau sur un poteau électrique ou une affichette annonçaient : « Ce soir concert exceptionnel ! Diana et DC Reaction à Thuillier à partir de 20 h 30. » Mais aucun véritable affichage.

Elles arrivèrent vers quinze heures sur la place du marché, où le chapiteau à rayures bleues et blanches, encerclé par des camions, avait pris possession des lieux.

Diana entra sous la tente et aperçut le régisseur et les musiciens sur la scène. Dans la salle, les piles de chaises n'étaient pas encore dépliées.

« Tété ! je suis là, tu peux envoyer quelqu'un pour montrer la loge à Jean ! »

D'excellente humeur, Diana alla embrasser ses musiciens, plaisantant sur la taille de la scène.

« On va se marcher dessus ! On ne pourra pas faire le ballet ! Tant pis, on va le couper ! C'est dommage, on s'est donné tellement de mal pour le mettre en place... enfin, on n'a pas le choix ! Bon, je vous laisse tout préparer, je suis dans la loge. Dans quinze minutes, on répète ! »

Diana, guillerette, sifflota en se dirigeant vers la caravane qui lui servait de loge. L'espace restreint obligeait Jean et Mouny à se lever chacune à son tour pour ne pas encombrer le passage.

Soudain surgirent des éclats de voix et la porte s'ouvrit sans crier gare sur le responsable des musiciens :

« Qu'est-ce qui se passe ? Tu pourrais frapper ! dit-elle au responsable des musiciens en cachant subitement un sein. T'en fais une tête !

– Ils se foutent de nous ! Il n'y a pas assez de tension. Si on se branche tous, ça saute ! Comment veux-tu que l'on répète ? » s'expliqua-t-il, très, mais alors très, très énervé.

Tété, qui suivait, essaya de rassurer Diana en lui demandant d'être patiente, il était là pour s'occuper de tout et il trouverait la solution.

Une heure plus tard, la répétition n'était toujours pas commencée, mais Diana entendit des sons de guitare électrique : la solution avait été trouvée. Elle sortit donc de sa loge, passa sous la tente et monta le petit escabeau qui servait d'escalier :

« Bon, on va pouvoir enfin faire une balance ? Oui ou non ? lança-t-elle vers le fond de la salle à l'ingénieur du son caché derrière la console.

– C'est bon, Diana ! Tu peux y aller ! Tony, pousse pas trop sur ton ampli, tu satures ! Léo, donne-moi quelques notes sur ta basse magique ! Super ! Yann, un petit solo du Breton pour le plaisir ! Mais c'est qu'il peut quand il veut ! »

Les blagues allaient bon train et tout le monde s'était détendu sauf Diana qui, assise dans son coin, s'inquiétait de ne pas voir allumer les poursuites et les vari lights.

Elle prit son micro :

« Tété, tu m'entends ? J'aimerais répéter avec les lumières, s'il te plaît ! Tééétéééé ! » continua-t-elle sur l'air des lampions en ne voyant personne bouger.

Un coin de bâche se souleva sur le visage moustachu du régisseur. Il fit signe à Diana d'approcher :

« Je suis embêté : on ne peut pas avoir de lumières ! Il faut choisir. On est dans un trou. Alors, c'est le son ou la lumière... On ne peut pas avoir les deux ! articula-t-il, très embarrassé.

– Bon maintenant, assez joué ! réagit Diana en perdant patience. Trouve-moi Jean-Charles, c'est son problème, pas le mien ! On n'est pas à la foire aux bestiaux, c'est un spectacle ! Alors démerdez-vous, je ne vais pas chanter à la bougie ! Il faut que tout soit réglé avant dix-neuf heures. Sinon pas de show et on rentre à la maison ! »

Et elle commanda à tous de regagner leur caravane-loge.

À sept heures quinze, les lumières étaient branchées sur la caserne des pompiers qui faisait face au chapiteau, les instruments alimentés par le bistrot d'à côté, et ils purent répéter rapidement quelques mesures avant de se préparer.

Diana avala un sandwich préparé par Jean, pendant que Mouny la coiffait et, comme chez les militaires, toute la troupe fut sur le pied de guerre à l'heure dite, vingt heures trente-cinq. Mais, contrairement à l'habitude, on n'entendait ni hurlements ni martèlements de pieds. Un silence angoissant persistait malgré l'heure déjà largement dépassée pour l'entrée en scène.

Elle envoya Jean en éclaireuse. La secrétaire revint, passablement défaite, en présentant la nouvelle avec précaution :

« *Something's wrong !* Je ne comprends pas, il n'y a que deux personnes dans la salle.

– Ce n'est pas possible ! Une moitié de salle peut-être, mais deux personnes ! Va me chercher Tété, il doit être à la caisse ! » demanda Diana en feignant de ne pas s'inquiéter.

Sa montre indiquait vingt et une heures et le silence était toujours aussi profond.

Elle rejoignit les musiciens qui tournaient en rond, lorsque Tété arriva :

« Pas de panique ! Tout est très normal, je me suis renseigné. Le chapiteau est plein, tout est vendu ! Mais les gens sont encore à table, ils ne seront pas là avant vingt-deux heures. »

L'équipe, rassurée, trouvait cependant curieuses les mœurs du pays. Les musiciens décidèrent de boire quelques bières en attendant. Diana, impatiente, goûta une petite gniole qui lui fit légèrement tourner la tête. Une heure plus tard, un va-et-vient bruyant indiqua que les spectateurs arrivaient enfin. Jean, curieuse, alla soulever un morceau de rideau pour découvrir la salle pleine comme un œuf. Elle revint en courant rendre compte à la chanteuse qui rongeait son frein :

« Tu as un public très spécial ce soir ! Tu devrais reboire un petit coup avant d'y aller ! Tu risques d'avoir un choc ! Ce sont les fermiers du coin avec leur famille ! Sympathiques mais ils ont déjà bien arrosé la soirée ! »

Diana aussitôt convoqua tout son monde :

« Bon, écoutez, il paraît que la salle est un peu étrange ! Alors, quoi qu'il arrive, on enchaîne tout jusqu'à la fin ! On coupe le ballet. Pas d'entracte et je ne porterai qu'un seul costume ! »

Mais elle était dans son élément, elle se sentait bien et, comme un coureur dans les starting-blocks, elle se présenta sur la ligne de départ. La musique démarra et la salle fut plongée dans le noir. Elle fit son entrée captée par le halo de la poursuite.

C'est alors seulement qu'elle comprit pourquoi Jean l'avait incitée à boire un petit coup.

À ses pieds, non seulement le public du premier rang avait le regard un peu fixe, mais chaque famille avait amené, pour une raison encore inconnue à ce jour, son mouton ! Les animaux un peu surpris regardaient de leurs gros yeux noirs la chanteuse, tandis que leurs propriétaires, des fermiers ravis, tentaient de rester en équilibre sur leur chaise !

Diana et ses musiciens croyaient rêver :

« Plus fort ! Je ne vous entends pas ! » lança-t-elle sans faillir dans le micro.

Sous ses yeux, la salle entière tentait de marquer le rythme mais la dose d'alcool était trop forte et les trois quarts des gens tentaient en vain de réunir leurs deux mains pour les claquer, produisant un irrésistible ballet de chasse-mouches.

Mais la foule était en délire, les moutons bêlaient, Diana chantait, les premiers rangs beuglaient :

« Beuuh, beuuh, Tronaute ! Aaaaaaah, la la lère ! Le tronaute ! Ouais, une autre, une autre ! tre, tre ! le tronaute du tronaute, la, la ! »

Jamais les chansons ne s'étaient enchaînées aussi rapidement. Diana sortit sous les cris de joie pour se désaltérer un instant. Quand elle réapparut, elle hoqueta de surprise en découvrant que ses musiciens, bien décidés à participer à l'ivresse générale, étaient tous en caleçon. Les femmes hurlaient de joie, les hommes chancelants s'agrippaient pour tenir debout à leurs moutons qui participaient activement au concert en faisant tinter leurs cloches. Le spectacle touchait au grandiose, un vrai morceau de bravoure, un triomphe !

La sortie fut un peu houleuse et il fallut les jets d'eau des pompiers pour calmer les esprits échauffés. Un bon dîner clôtura cette soirée de fous et la chanteuse reprit la route vers trois heures du matin pour rentrer sur Paris. Jean conduisant, Diana s'allongea à l'arrière de la voiture pour s'endormir en comptant les moutons.

Diana découvrit ainsi les aléas de la scène et ce que certains appellent des « galères » ! Mais rien ne la ferait changer d'avis, elle prenait trop de plaisir à chanter. Il fallait tenter une dernière fois d'amadouer Haudevan.

Elle décida donc de le rejoindre, en compagnie de son garçonnet, pour passer quelques jours sur la côte. La douceur des nuits tropéziennes allait peut-être calmer le pygmalion.

Diana loua pour tout le mois d'août une petite villa nichée dans les parcs. C'était très tranquille, de sorte que Marie-Claire et Lou Pitio, qui avait maintenant six ans, étaient bien protégés à l'abri des regards.

Hubert décida d'organiser un grand dîner pour l'anniversaire de Diana. Encore une fois, était-ce un geste sincère ou l'occasion rêvée pour H. H. de manifester sa puissance et son art de vivre ?

Certains invités étaient déjà sur place, en villégiature d'été. Les autres venaient de Paris à bord du jet privé de M. Z. Quant à Mikis Stéphanopoulos, armateur grec de son état, il faisait le voyage de Monaco jusqu'à Saint-Trop avec sa « petite barcasse » de soixante mètres de long...

Tout ce beau monde était convié à la villa Zampano pour la soirée du 16 août, autour d'une très belle table, sur une terrasse abritée, dominant majestueusement le golfe.

Il y avait là Marceline Gomard, patronne de la radio WPQ, accompagnée d'un jeune chanteur plein d'avenir qui montait, montait... sous le nom magique de Patrick de Saint-Herblain. Il y avait aussi le célèbre Robert Belkacem, patron de Radio J., la radio des jeunes, avec son ami Joël ! Le grand Gérard Louksor et sa collaboratrice préférée Yasmine étaient de la partie, ainsi qu'Aline Mangetou et son homme du moment, un grand blond silencieux, genre bûcheron canadien muet !

Il y avait encore la productrice TV en vogue, la redoutable Dominique Camargue, l'influent producteur hollywoodien, David T. Burn, un acteur de cinéma français, très connu, accompagné de... (nous taisons son nom par charité chrétienne). Il y avait deux représentants du monde politique et leurs épouses, l'un député, l'autre sénateur-maire... Deux ou trois couples qui n'avaient pas été présentés à Diana, étaient, selon Haudevan, des gens très importants. Il y avait même une princesse qui descendait tout droit de son père et de sa mère et qui régnait dans la joie sur la principauté de Padimpocebo, petite île paradisiaque, quelque part au large des côtes malaises.

Cette assemblée d'une trentaine de convives était royalement présidée par Sa Majesté Hubert Haudevan, accompagné de sa petite dernière qui montait elle aussi, la bientôt célèbre Valérie Pépète, facilement reconnaissable à son fard à lèvres abricot vif et à son maquillage de paupières couleur couenne de porc braisée. C'était une créature, une vraie !

Le fameux soir, tout le monde se retrouva à la villa de Haudevan vers dix-huit heures, apéritif cocktail oblige. Malgré la chaleur, chacun avait fait l'effort de s'habiller pour le soir et ses dames rivalisaient en toilettes. Diana, moulée dans une longue robe de satin blanc qui laissait son dos dénudé jusqu'aux reins, semblait sortie tout droit de la remise des Oscars sur Hollywood Boulevard. Après les dernières présentations d'usage, les bouchons de champagne, du meilleur bien entendu, sautèrent et chacun porta un toast en l'honneur de l'attraction de la soirée : The Diana's Birthday.

Celle-ci, déjà couverte de fleurs par les autres invités, était encore curieuse du cadeau que lui avait réservé Hubert le Grand quand il leva sa coupe pour déclarer solennellement :

« Ma petite Diana, je suis très heureux, moi qui ne pense qu'à ton bonheur, d'avoir pu organiser cette fête en ton honneur. »

Une mouette passant à la verticale d'un parasol déféqua sans retenue. Hubert, qui aurait pu penser à un mauvais présage, n'avait rien vu et il continua :

« Quant à mon cadeau, il arrivera pour la rentrée, tu verras, c'est une surprise, tu seras très contente ! En attendant, accepte ce splendide jogging marqué *Hubertus XIII*... »

Diana s'empara du survêtement bleu ciel, sous les applaudissements de l'assemblée, en remerciant son mentor pour l'originalité de son présent. Elle ne savait pas encore que, le lendemain, elle verrait le même jogging sur le dos de Mlle Pépète et sur celui d'Aline Mangetou. Hubert the Great avait dû avoir des prix sur un lot de vêtements de sport... Un petit coup d'*Hubertus XIII* dans le dos et hop ! le tour était joué ! Il avait trouvé le secret de l'éternelle jeunesse.

La boisson à bulles coulait à flots, servie par des garçons en livrée, façon Louis XV, avec perruque et tout le saint-frusquin. Les pauvres qui devaient crever de chaleur restaient pourtant de marbre, se contentant parfois d'essuyer discrètement une goutte de sueur perlant sur leur front.

Vers vingt et une heures, un des serviteurs ayant glissé à l'oreille de Môssieur que tout était prêt pour passer à table, H. H. invita les heureux élus à prendre place. Il était temps car tout le monde commençait à être passablement éméché. Chacun découvrit un menu à son intention. Le maître n'avait pas fait dans la dentelle et les commentaires feutrés allaient bon train en parcourant le morceau d'anthologie.

En premier lieu, des oursins sans piquants, spécialité des Galapagos, paraît-il ! Dans la foulée, un foie gras, cuit à l'ancienne, mais servi façon cuisine moderne.

Pour suivre, des filets de mérou grillés par inadvertance, pêchés la veille au soir dans une île des Seychelles et livrés *by courtesy* d'un pilote de l'armée de l'air comorienne, venu jusqu'à Hyères avec son avion de combat pour demander par la même occasion l'asile politique.

Puis des pigeonneaux varois, tués à l'ancienne, c'est-à-dire sans doute à coups de lance-pierres, hors de la présence de Brigitte Bardot.

Les légumes du jardin, c'est-à-dire de chez Fauchon, avaient été transportés par un avion du GLAM, avec l'autorisation de je ne sais plus qui !

Les fruits étant du coin, il était vivement conseillé de les éplucher par prudence, on ne sait jamais !

Et, restons naturel et simple, une dizaine de gâteaux et de glaces avaient été préparés par Lenôtre à l'intention de « Nouzôtres » !

Quant aux vins, se suivaient chablis premier cru, sauternes, un château cheval-blanc pour les pigeonneaux et pour le reste.

En cuisine, Mme Yvonne était la reine incontestée. Entourée de deux aides, elle vaquait.

Deux valets de pied commencèrent à servir le chablis, qui fut préalablement goûté par Gérard Louksor, intronisé testeur en chef par Haudevan.

« Mon cher Gérard, j'espère que tu apprécieras mon choix, je te fais confiance et je sais que tu es un homme de goût, un spécialiste ! »

Mais il enchaîna à l'adresse des invités :

« De toute manière, ce vin est merveilleux, il est à bonne température et, croyez-moi, je m'y connais ! »

À cet instant, deux autres valets commencèrent à servir les oursins. Chacun mit le nez dans son assiette, les uns avec gourmandise, les autres avec circonspection, tandis qu'Haudevan tapotait des boutons sur une curieuse boîte posée à sa droite et munie d'un interphone :

« Allô, allô, répondez-moi ! Qui a enlevé les piquants sur les oursins ? Allô. Où sont les piquants ? »

Une voix nasillarde lui répondit :

« Il n'y a pas de piquants, monsieur Haudevan. C'est ce qui fait leur caractéristique et leur rareté !

– Pas de piquants ? Comme c'est curieux ! pensa tout haut Hubert. Verrait-on un banquier sans son cigare ? lança-t-il en riant nerveusement, immédiatement relayé par Aline Mangetou qui déclara :

– Quel humour, mon cher Hubert, c'est vraiment très drôle ! »

Et la table reprit en chœur :

« Oh oui, oh oui ! Ah, ah, ah, ah, ah ! »

Seule Diana, imperturbable, resta le nez plongé dans le corail.

Lorsque le maître de maison eut terminé, il écrasa un bouton de sa boîte, ce qui répercuta une lointaine sonnerie et amena, dix secondes après, un des « laquais » devant Haudevan qui lui fit signe de débarrasser et d'apporter la suite.

Lorsque le foie gras fit son apparition avec un liquide doré au doux nom de sauternes, un Château-d'Yquem 1955 pour les amateurs, d'un geste vif, Hubert pressa encore un bouton :

« Pas assez grillés, les toasts ! Pas assez grillés ! Allô, l'office, vite, apportez d'autres toasts ! »

Pendant ce temps-là, les convives devisaient à voix basse et la bonne humeur régnait. Seul Hubert, le président du club, semblait un peu tendu et, trois minutes plus tard, quand on apporta d'autres toasts, il se crispa sur un bouton :

« Trop grillés les toasts, beaucoup trop grillés ! Mais, enfin, qu'est-ce que vous faites ? Appelez-moi Mme Yvonne tout de suite ! »

Un grésillement se fit entendre, puis une voix dit :

« Yvonne est occupée, monsieur Haudevan, elle est avec les pigeonneaux !

– Mais comment ça ? s'indigna le président. Que fait-elle avec les pigeonneaux ? »

Gérard Louksor s'interposa :

« Ce n'est pas grave, Hubert, plus grillé, moins grillé, chacun y trouvera son compte ! »

La tablée, affamée, répondit en chœur « oh oui ! oh oui ! oh oui ! » et se jeta sur le foie gras comme la pauvreté sur le monde. Les minutes qui suivirent se passèrent divinement, tant le foie gras fondait en bouche. Mais il y eut un moment de flottement lorsque Mlle Valérie Pépète, tentant de recoller un pan de son faux cil droit, déclara :

« Hubert, il faut que je te dise, il est bon le pâté, tu sais ! »

Haudevan, légèrement crispé, faillit briser son verre entre ses doigts et les fourchettes se firent un peu plus sonores. Diana commençait à se dire que la soirée n'allait peut-être pas être si ennuyeuse...

Aline Mangetou tenta de venir au secours de son patron en demandant à la cantonade :

« Vous avez vu le *Hubertus XIII*, il est magnifique, n'est-ce pas ?

– Cé oune tress bou bateau ! » répondit Mikis Stéphanopoulos, qui ne pouvait pas en penser un mot vu son propre bateau : comment comparer un Zodiac avec le *France* ?

David, le producteur d'Hollywood, commençait à avoir l'œil légèrement allumé : il avait déjà englouti une bouteille de champagne, une de chablis et plus d'un demi-sauternes. Sa main droite pelotait ostensiblement la cuisse de la femme du député, qui ne faisait pas mine de protester.

Hubert ayant appuyé une nouvelle fois sur un bouton, un homme en livrée surgit. Diana se mordit la lèvre jusqu'au sang pour ne pas rire : sa perruque blanche, rebelle, était toute de guingois, le catogan perché sur une oreille, tandis que sur l'autre venaient mourir quelques mèches en révolte. Le pauvre garçon, qui ne se rendait compte de rien, discutait avec Haudevan des modalités de l'opération mérou quand celui-ci prit conscience de l'allure du bonhomme. Il éructa :

« Mais qu'est-ce que vous avez sur la tête, mon vieux ? On dirait une serpillière ! C'est inadmissible ! Allez m'arranger ça immédiatement ! »

Le laquais disparut sans attendre et Hubert se précipitait déjà sur sa boîte magique :

« Allô, les cuisines, allô, je n'entends rien ! Le mérou, apportez le mérou ! Nous attendons depuis quarante secondes, c'est insupportable ! »

Mme Yvonne, au bord de la crise de nerfs, dut terminer de griller le poisson au lance-flammes, ce qui lui donna un petit air de pneu carbonisé. Enfin, ça sentait bon et c'était délicieux. Et re-chablis pour tout le monde. David T. Burn avait maintenant les deux mains sous la table. Soudain, Joël, l'ami de Robert Belkacem, s'étrangla malencontreusement avec la seule arête du plat. On lui apporta diligemment de l'eau, un linge humide pour son front et on vit Robert, la main au fond de la gorge de Joël, tenter d'extirper la chose avec ses doigts.

Diana, les larmes aux yeux, se demandait si elle allait tenir le coup. C'était trop !

Pendant ce temps-là, H. H. parlait à sa façon de politique, répondant à une question du sénateur-maire sur le nouveau président :

« Mitterrand ? Je le trouve très bien ! D'ailleurs Giscard était très bien aussi ! Et on doit se souvenir que Pompidou était très bien lui-même. Il faut dire qu'il succédait à de Gaulle qui avait été très bien tout le temps ! Alors c'est normal, vous comprenez ?

– C'est certain ! » laissa tomber le sénateur-maire, effondré, la tête entre les mains.

La princesse de Padimpocebo, quant à elle, discutait de la vie amoureuse du panda avec le bûcheron blond d'Aline Mangetou qui jetait à Son Altesse des regards assassins, sans pouvoir aller plus loin, diplomatie oblige.

Mais un petit courant d'air marin eut raison de la perruque de l'infortuné laquais, qui s'envola et vint atterrir dans l'assiette de Dominique Camargue, laquelle, pince-sans-rire, demanda :

« Quelqu'un a-t-il perdu quelque chose ? »

Hubert, ulcéré, congédia le malheureux sur l'heure.

« Mais ce n'est pas de sa faute, c'est le vent ! plaida Diana.

– Je m'en fous ! rétorqua Haudevan le Magnanime. Il n'avait qu'à faire attention ! Est-ce que j'ai des problèmes avec le vent, moi ? »

Joël, toujours très rouge, n'avait pas l'air bien du tout. Il ingurgitait des litres d'eau, sans respirer :

« Elle est toujours là ! » murmurait-il en montrant sa gorge.

Gérard Louksor, parlant télévision avec Stéphanopoulos, envisageait le tournage d'une émission sur le bateau de celui-ci.

« C'est une très bonne idée ! intervint Aline Mangetou en s'incrustant dans la conversation. N'est-ce pas, Hubert ? continua-t-elle en chuchotant : On pourrait caser quelques nouveautés et faire un grand ballet de sirènes avec Diana en déesse de la mer. Qu'est-ce que tu en dis ? »

Hubert ne répondit pas, trop occupé avec sa boîte. Il implorait :

« Allô, l'office, allô, la cuisine. Vous ne m'entendez pas ? Vous ne m'écoutez pas ? Où sont les pigeonneaux ? Apportez-moi les pigeonneaux !

– Y'a plus de pigeonneaux, envolés les zozios ! » lança une voix déformée par l'interphone qui ressemblait étrangement à celle de Mme Yvonne. Elle avait peut-être craqué, mais les oiseaux arrivèrent, tranquillement couchés sur leurs petits légumes.

Patrick de Saint-Herblain, le petit protégé de Marceline Gomard, oubliant toute retenue, se servit deux pigeonneaux d'un coup. Horreur et damnation ! Le nombre des oiseaux varois avait été calculé au plus juste, et un illustre convive allait en être privé. Le chanteur inconscient n'en avait cure : il mangea les deux sans même jeter l'ombre d'un regard autour de lui.

C'était à Hubert Haudevan de se sacrifier et le coup était d'autant plus injuste que le pigeonneau était son plat favori. Il attendait impatiemment cet instant depuis le début du dîner et patatras... Il en avait les larmes aux yeux. Il croquait sans appétit un petit légume quand il fut repris d'un espoir fou : Valérie Pépète lui proposa la moitié du sien. Malheureusement, ladite moitié tomba par terre en voulant rejoindre son assiette.

Hubert, hagard, pianotait sur sa boîte, balbutiant des

mots sans suite et affolant tout le monde dans les communs. Vint l'heure des desserts et leur cortège digne du Roi-Soleil. David T. Burn, effondré sur la table, à demi noyé par une bouteille de saint-émilion château cheval-blanc, malencontreusement renversée, murmurait de temps en temps :

« *My love, I want you, my love !* »

La princesse malaise, maintenant assise sur les genoux du bûcheron norvégien, échangeait avec lui ses impressions sur l'accouplement des lions dans la région du Botswana oriental. On frisait la Troisième Guerre mondiale : Aline Mangetou était cramoisie de colère. Le super manager, qui se remettait lentement de sa déception, vit le danger et intervint :

« Ma petite Aline, si tu nous parlais un peu du voyage au Mexique que le groupe Haudevan va organiser pour fêter ses bénéfices record de l'année dernière !

– Mais bien sûr, Hubert ! répondit Aline en fusillant du regard le blond félon.

– Un voyage au Mexique ? Quelle bonne idée ! rattrapa Marceline Gomard.

– Oh oui ! surenchérit Robert Belkacem qui avait renoncé à venir en aide à son ami, l'abandonnant dans un état quasi comateux.

– Au mois d'octobre, ça serait parfait ! » ajouta Dominique Camargue en consultant son agenda.

Diana avait eu chaud, et elle avait rarement autant ri.

Valérie Pépète avait définitivement perdu l'un de ses faux cils et, comme ils étaient très longs, le déséquilibre était curieux. Pour comble, l'abricot vif qui soulignait ses lèvres commençait à baver par endroits.

Les somptueux desserts avaient déjà disparu. Personne n'avait plus faim et Hubert commanda à l'office de jeter tous les gâteaux et toutes les glaces entamés. On ne reprend jamais d'un dessert déjà commencé, ça ne se fait pas, prétendit-il. Diana lui suggéra avec un drôle d'air que le personnel pourrait en profiter.

« Jamais de la vie ! s'énerva-t-il. Il n'en est pas question. »

On proposa du cognac, un bon cru de 1925, et Diana vit une main sortir de dessous la table pour se saisir de la bouteille. Le grand David avait élu domicile sous la nappe.

Vers trois heures du matin, les honorables invités prirent congé... Diana partit dans les derniers en remerciant Hubert pour son hospitalité et sa « grande générosité » et rentra retrouver son petit garçon. Elle regrettait de ne même pas avoir pu lui rapporter une part de dessert. Pour fêter son anniversaire, elle n'avait aucune bougie à souffler et Hubert avait fait jeter tous les gâteaux ! Décidément, pensa Diana, il est dingue.

Pendant ce court séjour, un faux mouvement sur un court de tennis lui bloqua malencontreusement le dos. On lui indiqua un kinésithérapeute « zen » qui était de passage. Au dire des connaisseurs, ayant vécu au Japon, il n'utilisait que des méthodes ancestrales. Elle téléphona à tout hasard et par chance le trouva. Il accepta de venir la rejoindre une heure plus tard, dans la petite maison sous les pins.

Lionel se présenta et, en une demi-heure, la chanteuse était redressée et soulagée. Elle lui offrit à boire, lorsque le bel homme d'un calme olympien se lança dans les confidences :

« Vous ne vous en souvenez sûrement pas, mais nous nous sommes déjà rencontrés, il y a quelques années, au *Colombes Palace* ! »

Diana le regarda en souriant, se rappelant les concours d'orchestres de ses débuts.

« Votre parcours est formidable ! Le mien est totalement différent ! J'étais le guitariste soliste des Piverts maudits. Nous avons fait le même concours, la vie est étrange, n'est-ce pas ? »

Il lui expliqua comment de la guitare de banlieue il était passé au pays du Soleil-Levant où il avait vécu quinze ans.

Son calme, sa sérénité et son humour le rendaient très sympathique et très drôle. Ils échangèrent leur numéro de téléphone et promirent de se revoir à Paris.

Sur les Champs-Élysées, l'enseigne Haudevan & Co s'était encore agrandie.

Diana arriva sans crier gare, prête à attaquer une discussion sur sa nouvelle vision de la collaboration avec H. H. son producteur.

Un calme surprenant flottait au troisième étage. Elle poussa la porte du bureau, toujours aussi ridiculement lourde, et s'installa. Le bureau avait l'air à l'abandon avec les disques d'or posés sur le sol, les papiers trop bien rangés sur le bureau de verre glacé et le magnétophone, vidé de ses bandes.

Elle regardait par la fenêtre, en pensant que le temps de ses débuts était vraiment très loin.

Un gros dossier rose marqué « Neuilly » en lettres majuscules attira son attention. Elle s'approcha et l'ouvrit avec curiosité. En découvrant l'en-tête d'un notaire, elle commença à lire. Non, elle n'était pas en train de rêver, les papiers le prouvaient. Haudevan avait toujours refusé de placer l'argent qu'il lui devait dans la petite maison au jardinet fleuri qu'elle aimait tant. Il trouvait le prix inabordable. « Trop cher, beaucoup trop cher », disait-il. Or, elle avait sous les yeux un acte de vente, daté de 1977, certifiant qu'il était le nouveau propriétaire de l'hôtel particulier de Neuilly.

Elle essaya de garder son calme mais elle tournait comme une lionne en cage en se répétant :

« Les loyers qui augmentent sans arrêt, c'est lui ! Il sait que je ne peux pas tenir, il pousse le prix pour me jeter dehors ! Depuis cinq ans, il attend que je débarrasse le plancher ! »

Elle se sentait piétinée, roulée, trahie par cet homme dépourvu de sentiments et prêt à tuer pour ne pas partager son empire, qu'ils avaient construit à deux.

Elle reposa le dossier grand ouvert et le couvrit d'une feuille de papier blanc sur lequel elle écrivit : « Superbe famille ! » et signa « Diana ».

De retour à Neuilly, elle se sentit soudain très mal à l'aise dans son décor. Elle garda la nouvelle pour elle, ne voulant angoisser personne, mais Marie-Claire qui la connaissait trop comprit qu'il se passait quelque chose de grave. Le poids qu'elle avait sur la poitrine l'empêchait de respirer.

Elle téléphona à Lionel et accepta une séance de shiatsu pour se détendre les nerfs. Elle aimait voir Lionel qui la relaxait par son calme et savait la faire rire.

Haudevan, ayant appelé plusieurs fois sans réponse, envoya Trinité en éclaireur :

« Diana, il faut que tu viennes ! Il va trouver une

solution ! Hubert a fait ça dans ton intérêt, pour tes impôts ! C'est mieux pour toi ! Ne t'inquiète pas, il ne te laissera jamais tomber ! insistait l'âme damnée d'Haudevan, bien embarrassée d'avoir oublié de ranger le dossier classé Secret Défense.

– Tomber... il ne me laissera pas tomber... mais qui rapporte de l'argent ? Je veux mon dû ! Ce que j'ai gagné avec mon boulot ! J'en ai assez, je ne veux plus travailler avec lui ! Il me tient avec ça, il le sait très bien et il va faire comme à New York, tout brûler en me disant que c'est vieux ! Salut ! »

Elle raccrocha, n'arrivant plus à retenir ses larmes. Son dégoût et son chagrin ne lui ôtaient pas, malgré tout, son envie insatiable de chanter. Elle rêvait de créer une nouvelle équipe, de nouvelles musiques, de retrouver l'enthousiasme qu'elle avait ressenti en travaillant avec les Américains.

1982
Exit les paillettes, vive la déesse Raison !

La grande chasse aux ringards est ouverte et, comme chacun est le ringard de l'autre, ça tire dans tous les coins. Les tribunaux d'exception reprennent du poil de la bête, c'est Section spéciale, version show-biz !

On tire sur tout ce qui brille, c'est plus facile à repérer. « Tout ce qui n'est pas jeune est vieux ! » hurle à pleins poumons un jacobin de la culture.

Et Diana trinque ! Elle a trop occupé le terrain pendant des années : trop vue à la télé, trop entendue sur les radios. Ce sont les signes de l'intolérable décadence qui ronge notre beau pays. Certains, ils sont peu nombreux, émettent l'idée qu'on ne dure pas vingt ans par hasard... « Foutaises » rétorque la horde barbare : « Diana ? Qu'est-ce qu'on en a à foutre, c'est une conne ! » À trente-cinq ans, la chanteuse se pose des questions et c'est bien normal. Elle est lasse de courir après son adolescence par chansons interposées.

H. H. continue à gérer sa carrière comme au début, sans tenir aucun compte de ses aspirations de femme, ni de sa maturité. Il décide de tout et c'est très bien comme ça. Tout ce que Diana peut proposer est systématiquement rejeté avec un haussement d'épaules :

« Ma pauvre, décidément, tu ne comprends rien ! Je sais ce que le public et les médias attendent de toi ! Tu dois me laisser faire sans discuter ! »

Diana essaie de résister :

« Mais, Hubert, j'ai peut-être autre chose à faire aujourd'hui !

– Tu ne sais plus ce que tu dis ! Prends quelques jours de vacances, ça te remettra les idées en place ! »

Pour les habitants de l'Olympe, les leaders d'opinion, comme on dit, Diana ne chantait que des « niaiseries » et, curieusement, elle était la seule à en porter la responsabilité. En proie à la vindicte de la tribu des oreilles raffinées, auteurs, compositeurs, éditeurs (ces derniers étant les grands pourvoyeurs en adaptations de succès étrangers) étaient devenus amnésiques.

« J'ai fait une chanson pour Diana ? Moi ? Là, vous m'étonnez, ah bon ! Et c'était quand ? Enfin, vous me comprenez, c'était alimentaire (mon cher Watson) ! Il faut bien vivre ! »

Bien vivre... mot juste pour la circonstance car la petite vendait ses disques comme des petits pains... Mais personne ne semblait mort d'indigestion et l'appétit allait en grandissant.

Et Diana planait... Comment faire autrement ? Elle était si heureuse de chanter qu'elle en était devenue sourde et aveugle pour ne pas entendre les tombereaux de « gentillesses » déversés chaque jour devant sa porte, pour ne pas apercevoir l'esquisse d'un sourire méprisant au coin des lèvres d'un censeur habité par une incontournable vérité, la sienne.

D'un certain point de vue, Diana avait de la chance de ne pas se sentir trop touchée par tout ça. Elle était peut-être protégée par la Bonne Mère des Auvergnats, dont les deux devises mamellaires étaient : « Bon sens et Bon sens ! »

Depuis le début de l'année, les rapports entre Haudevan et Diana s'étaient encore envenimés : le grand ponte, cheveu électrique, nez refait et talonnettes branlantes, était devenu complètement caractériel, hurlant et bourré de tics, tel Néron juste avant l'incendie.

Diana mettait la pression. Cette fois, elle ne céderait pas. Elle voulait intervenir dans le choix de ses chansons et préparer une grande scène parisienne. Elle avait accepté d'enregistrer une adaptation, *Alléluia ! Alléluia !* mais c'était la dernière fois : elle n'avait donné son accord sans rechigner que parce que le titre n'était pas mauvais. Et hop ! Elle se retrouva une nouvelle fois numéro un au cours de l'été, ce qui n'empêcha pas Hubert de dire qu'elle était finie, qu'elle lui compliquait trop la vie, qu'il n'avait qu'une idée en tête, la faire taire. Il lui fit même une proposition singulière :

« Si tu veux, j'achète un restaurant et tu en seras l'hôtesse ! Je suis sûr que le Tout-Paris y viendra. Plus tard, il sera à toi !

– Merci pour le plan de carrière ! répondit Diana. Si je monte un jour un restaurant, ce sera le mien et c'est moi qui tiendrai la caisse... tu vois ce que je veux dire !

– Tu reviendras me parler quand tu seras moins énervée ! hurla l'homme à la tête de sphinx, les yeux sortis de la tête et la main gauche griffant sauvagement l'accoudoir de son fauteuil.

– Regarde-toi. Si tu continues comme ça, tu vas finir à l'asile !

– Je suis HUBERT HAUDEVAN, je suis le roi ! s'égosilla-t-il. PERSONNE ne m'a jamais parlé comme ça, tu n'es rien ! Et je suis tout ! Sans moi, tu n'existerais pas. Je préfère te tuer ! » finit-il en s'effondrant sur la moquette framboise écrasée. « Trinité ! Venez tout de suite, il me faut mes cachets, les roses ! Non, les bleus, vite ! »

Diana avait enfin compris qu'il était trop tard. Il avait fait mûrir la « pomme » pour mieux la grignoter jusqu'au trognon. Du point de vue d'Haudevan, c'est elle qui lui devait de l'argent. Elle savait maintenant que toutes les portes lui seraient désormais fermées et qu'elle ne pourrait travailler nulle part ailleurs.

Heureusement, elle retrouvait régulièrement Lionel, qu'elle trouvait de plus en plus fréquentable...

Aline Mangetou avait repris du poil de la bête en voyant les relations se tendre entre les deux protagonistes. Son choix était fait, deux de ses doigts étaient encore sans bague. Elle adorait mettre de l'huile sur le feu, laissant tomber des phrases sibyllines du genre :

« Pourquoi tu ne vas plus à New York en ce moment ? »

Diana continuait la promotion internationale, tout en respectant scrupuleusement le planning français étudié par son « amie de trente ans ».

Rien ne changeait, tout était bloqué, sauf la tête de Diana qui cogitait à deux mille à l'heure.

Elle préparait en secret son plan. Lionel était près d'elle. Le Pitio avait grandi et elle aussi. Il était temps.

Elle vendit discrètement sa maison de campagne qui était son seul bien. Elle décida de sortir dignement. Sa fierté lui dictait de partir sur un succès et les conditions étaient réunies.

Elle disparut sans prévenir personne.

ADIEU, le petit hôtel de Neuilly qui sentait maintenant le moisi. ADIEU, Trinité et ses terribles secrets. ADIEU, Aline et ses bruits de couloir. ADIEU, le petit inspecteur des impôts qui avait mal tourné. ADIEU, surtout Hubert qui finirait définitivement emmuré dans sa tour aux lettres lumineuses :

HAUDEVAN & Co

Diana, Lionel et la P'tite Pilule commençaient une nouvelle aventure.

Annette avait choisi de revivre entourée d'amour, à la recherche « enrichissante » de ses racines.

1985
Épilogue

À Issoire, Diana n'éprouvait aucune amertume. Elle ne gardait que les bons souvenirs, ceux qui font chaud au cœur.

Elle avait créé une sorte de drugstore-pub-restaurant dans le centre-ville. C'était un peu la caverne d'Ali Baba et on y trouvait tout, aussi bien des cigarettes (souvenirs de son enfance), des livres, des journaux que des bijoux fantaisie et mille autres cadeaux à offrir.

Elle ne se plaignait pas, ça marchait plutôt bien, le pub-restaurant étant le rendez-vous « branché » de la ville.

De temps en temps, on lui demandait un autographe. Elle était toujours un peu surprise qu'on puisse encore s'intéresser à Diana, alors qu'elle avait tout abandonné.

Un matin, en feuilletant les revues fraîchement arrivées, elle remarqua un article sur Sheila, annonçant qu'elle préparait le Zénith pour le mois de février

1985. Diana fut émue en regardant la photo de son ancienne rivale. Elle n'avait pas changé, se disait-elle (flatteuse, va !) et une petite larme lui vint au coin des yeux. Diana n'était pas malheureuse. Au contraire, c'était une bouffée de bonheur qui montait en elle comme une bienfaisante nostalgie. Sa décision était prise, elle irait à Paris voir le spectacle.

*
**

Le jour de la première, j'étais dans ma loge, à la fois excitée et anéantie à la pensée de ce qui m'attendait.

Yves me tendit un nouveau télégramme :

Bonjour, ma grande. Je suis avec toi et je te dis merde pour ce soir. Signé : *Diana.*

En lisant ces mots, mon visage s'éclaircit d'un franc sourire. Je ne faisais pas la tête mais, vu les circonstances, j'étais légèrement préoccupée...

« Diana, c'est Diana ! Mon Dieu, qu'est-elle devenue ? Ça fait au moins sept ou huit ans que je ne l'ai pas vue ! »

J'eus, l'espace d'un instant, la vision de Diana en train de se trémousser dans sa jupe à pois sur le plateau d'*Âge tendre et tête de bois...*

La semaine suivante, une fois de plus, je suis dans ma loge (que voulez-vous, on y prend goût !). C'est l'entracte et l'on frappe à la porte.

Marie entre, suivie de, ce n'est pas possible... Diana !

« Entre, ma chérie !

– Bonjour, Sheila, j'espère que je ne te dérange pas ?

– Tu parles ! » et je la serre dans mes bras.

Comme deux sœurs qui se seraient perdues de vue, on s'embrasse, on échange des souvenirs, on rit de bon cœur, heureuses de se revoir. Ce moment suspendu dure une éternité.

Malheureusement, tout rêve a une fin et on vient m'avertir :

« Dans deux minutes en scène ! »

Diana me dit au revoir. Nous nous embrassons encore, nous échangeons nos téléphones...

Nous nous promettons de nous revoir bientôt et nous nous quittons à regret. Lorsque Diana a refermé la porte de la loge derrière elle, je me tourne vers le miroir pour me donner un dernier coup de peigne et c'est alors que je dis à Yves :

« Tu vois, quand j'y pense, la vie de Diana, ça aurait pu être la mienne... »

Remerciements

La vie est faite de rencontres, les rencontres d'échanges, les échanges de partage et d'amour, alors je n'aurai pas l'outrecuidance d'oublier de remercier ceux qui, pendant ces mois d'écriture, ne m'ont jamais lâché la main :

Yves MARTIN : pour être encore près de moi et avoir inondé de musique mon cœur et mes feuilles blanches.

MA MÈRE : pour tout l'amour qu'elle me donne.

MON PÈRE : pour être un menhir au cœur tendre.

MA GRAND-MÈRE : pour la coquetterie de ses quatre-vingt-seize printemps.

NADINE : pour son amitié fidèle et ses lectures nocturnes.

LUDO : pour ses câlins répétés à sa maman...

Et enfin merci à Jean-Pierre MARTIN : pour être un fumeur de cigares passionné et, par-dessus tout, pour sa patience et son aide dans cette entreprise périlleuse que fut l'écriture de ce livre.

Table des matières

Composition P.C.A.
Bouguenais (L.A.)

Impression réalisée sur CAMERON par
BRODARD ET TAUPIN
La Flèche

pour le compte des Éditions Ramsay
en juin 1995

Imprimé en France
Dépôt légal : juin 1995
N° d'impression : 6928 L-5
ISBN : 2-84114-078-4

50-0619-2